RECEITAS CASEIRAS PARA VIVER E MORRER

DEBRA ADELAIDE

RECEITAS CASEIRAS PARA VIVER E MORRER

Tradução
Adriana Lisboa

Título original: THE HOUSEHOLD GUIDE TO DYING

Copyright © Debra Adelaide, 2008

Direitos de edição da obra em língua portuguesa no Brasil adquiridos pela EDITORA NOVA FRONTEIRA S.A. Todos os direitos reservados. Nenhuma parte desta obra pode ser apropriada e estocada em sistema de banco de dados ou processo similar, em qualquer forma ou meio, seja eletrônico, de fotocópia, gravação etc., sem a permissão do detentor do copirraite.

Texto revisto pelo novo Acordo Ortográfico

EDITORA NOVA FRONTEIRA S.A.
Rua Bambina, 25 – Botafogo – 22251-050
Rio de Janeiro – RJ – Brasil
Tel.: (21) 2131-1111 – Fax: (21) 2286-6755
http://www.novafronteira.com.br
e-mail: sac@novafronteira.com.br

CIP-Brasil. Catalogação na Fonte
Sindicato Nacional dos Editores de Livros, RJ

A181m   Adelaide, Debra
       Receitas caseiras para viver e morrer / Debra
    Adelaide ; tradução Adriana Lisboa. - Rio de
    Janeiro : Nova Fronteira, 2009.

       Tradução de: The Household Guide to Dying

       ISBN 978-85-209-2156-2

       1. Romance australiano. I. Lisboa, Adriana,
    1970-. II. Título.

CDD: 828.99343
CDU: 821.111(94)-3

Dedicado com amor à memória de
Adam Wilton e Alison McCallum

*Morte, você é mais bem-sucedida que a América;
mesmo que não a aceitemos, nos juntamos a você.*

John Forbes, *"Death, an ode"*

UM

A PRIMEIRA COISA QUE FIZ hoje de manhã foi visitar as galinhas. Archie já tinha dado restos de comida a elas, então me debrucei sobre a cerca e joguei punhados de ração. Como sempre, elas ficaram alvoroçadas, disputando aquilo como se nunca tivessem sido alimentadas antes e nunca mais fossem ser. Então abri o portão e fui até as caixas de postura, onde elas ainda se amontoavam a um canto, embora houvesse espaço suficiente. Havia três ovos limpos: dois marrons, um branco. Não fazia muito tempo, eu podia dizer que galinha tinha posto que ovo. Agora, às vezes, não consigo me lembrar de seus nomes. Peguei-os cuidadosamente. Um ainda estava quente. Mas é extraordinário como o toque põe a memória para funcionar, e então eu de fato me lembrei de que os cor de chá eram das galinhas marrons, e o pequenino e branco era de Jane. Segurei-o de encontro à face por um momento, saboreando quão quente e sadio era. Perguntei-me se aquilo era uma coisa sobre a qual os poetas algum dia escreveriam, porque era uma experiência que eu tinha como preciosa. O formato reconfortante, o frescor surpreendente. A ideia de que aquele ovo, branco e perfeito na palma da minha mão, fosse uma nova vida em potencial, requisitando do mundo nada além de calor.

O amadurecimento é tudo. Isso foi algo que um poeta disse, certa vez. Eliot, acho, ou Shakespeare. Talvez ambos — é difícil lembrar agora. Com os ovos no meu bolso, segui de volta para casa. Lá dentro, o telefone tocava outra vez, mas eu não me dei o trabalho de correr para atendê-lo. Parou depois de tocar cinco vezes. Aquilo estava acontecendo de vez em quando. O ar estava lavado pela chuva que caíra mais cedo naquela manhã. Eu podia ouvir o ruído surdo de uma tesoura de poda. Devia ser Mr. Lambert, na casa vizinha, cuidando de seu gramado; Mr. Lambert, cuja devoção à tarefa o orvalho pesado, a chuva ou até mesmo uma nevasca — se uma coisa dessas fosse possível ali nos subúrbios de clima temperado — nunca inibiam. Como se estivesse no fim de sua vida, toda sua atenção só podia ser direcionada para baixo. Eu me dei conta de que Mr. Lambert evitara meu olhar durante anos. Eu me pergunto se ele pensa em voltar à terra, agora que foi pego pela aposentadoria e até mesmo seus netos não o visitam mais. Ou será que isso sou apenas eu pensando em meu próprio futuro?

EU DISSE FUTURO? Realmente gostaria que houvesse uma palavra certa para tudo isto, porque a "*ironia*" não chegava perto, era totalmente inadequada. Para começar, descobri que o poeta Eliot estava certo a respeito do mais cruel dos meses — exceto pelo fato de que para mim não era abril, mas outubro. A primavera debochava de mim com seus gloriosos sinais de que o verão estava a caminho. A glicínia do lado de fora da minha janela fazendo a mais esplêndida bagunça na varanda. A entrada da casa suja de pétalas feito pedaços de papel. Meu carro coberto por elas, como confetes. Se eu fosse dirigir hoje de manhã seria um aborrecimento, mas em vez disso estava livre para admirar o modo como as flores tinham sido lançadas sobre o para-brisa. O carro desgastado e velho estava radiante como uma noiva no dia do casamento. E agora o sol tinha saído e o vento estava quente, eu podia sentir o cheiro da glicínia. Ou talvez fosse o jasmim, que ficava ao longo da cerca da frente, fora do meu campo de visão. Meu olfato estava ficando impreciso.

O que era mesmo que havia com as flores púrpuras e cor de malva? Lembrei-me naquele momento de que Mr. Eliot (meu professor de inglês na escola sempre se referia a esse autor com respeito) também tinha uma queda por elas — lilases e jacintos —, mas para mim era a glicínia, e agora a íris. Archie plantou íris num velho tanque de lavar roupa de concreto que transformara num pequeno lago, e a cada ano ficavam mais cheias e abundantes. Precisavam de uma poda, mas eu não ia fazer isso. Eu as andara observando ao longo das últimas duas semanas ou coisa assim. Suas hastes grandes e compridas. O cheiro sutil dos brotos nos caules. No caminho de volta do galinheiro, notei que a primeira íris tinha desabrochado. Estava caída — talvez a chuva mais cedo tivesse sido mais forte do que eu me dera conta —, mas a flor estava ilesa. Cortei-a e a coloquei num vaso no banco da cozinha. Era bela, lembrando, para ser sincera, uma genitália. Púrpura-escuro com um veio de amarelo subindo por cada pétala. E nenhum cheiro. Acho que o cheiro dos lilases me deixaria com ânsias de vômito, agora.

Sempre pensei que essa margem amena entre o inverno e o verão jamais poderia ser cruel. Mas aqui, embora o hemisfério esteja invertido, fui tão ferroada pela crueldade quanto o poeta. A primavera é o tempo da esperança. De canções inspiradoras e ações animadas. De possibilidades, de expectativa, de planos. As pessoas emergem do inverno, depois de tolerar o início extravagante que o outono confere à estação, e sabem que se a primavera chegou é porque o verão não está longe. Todas as primaveras a comunidade local faz um grande piquenique no parque das proximidades. As crianças fazem festas de aniversário ao ar livre. Primavera é época de ação, de limpeza, de revolução.

Revolução. Agora eu pensava bastante no significado preciso das palavras. E em sua sonoridade. Revolução era como a palavra rejeição. Desgosto. Repulsa. Hoje de manhã trouxe meu café para cima (meia torrada sem manteiga: era impensável comer um dos ovos que guardava no bolso). Ele estava certo sobre uma coisa: o amadurecimento é tudo, mas eu gostaria de dizer ao senhor T.S. Eliot que sua primavera representava um tipo insípido de crueldade comparada à minha. Uma crueldade risível. Não podia ser mais cruel do que isto: a estação da expectativa, da esperança, do crescimento; a estação do futuro, quando não havia nenhum. Pelo menos ele tinha suas pedras e seu punhado de terra em que se sustentar para aguardar.

Primavera agora significava dor, crise, deterioração. Foi quando eu fiz a primeira cirurgia, haveria apenas tempo suficiente para me recuperar até o final do ano e não me isentar de minhas responsabilidades natalinas, em vez de ficar na cama, como era meu desejo. Primavera outra vez quando descobri que a operação não havia detido o câncer. Mais remoção de partes do corpo e tratamento químico intensivo representavam um par como Silas e Caríbdis, contra o qual fui golpeada por cerca de mais seis meses. Eu na verdade teria preferido remar para trás, mas Archie me implorava que continuasse tentando, minha mãe me persuadiu, a existência de minhas duas filhas pequenas me censurava, então fiz força para seguir em frente. Depois de perder os seios e o fígado e ficar magra como um inseto ou inchada de maneira grotesca, esperava pelo menos ter uma chance razoável. E mesmo até a última operação, quando meu corpo foi fatiado, serrado e aberto (a cabeça dessa vez), mantive um vestígio de esperança. Mas agora que a mais cruel das estações chegara de novo, já não tinha tanta certeza. Alguma coisa no vento sugeria que esta seria a última primavera.

DOIS

Cara Délia,
você poderia resolver uma discussão que estou tendo com minha amiga (jogamos golfe juntas)? Ela diz que só deveríamos fazer as compras de supermercado com uma lista. Que eu perco tempo e dinheiro sem uma. Nunca faço as compras com pressa e sempre penso no que estou fazendo, e é verdade que às vezes volto para casa e me esqueço de que precisava de lâmpadas ou farinha de arroz... Mas na verdade ela também.

Incerta.

P.S.: Ambas temos 65 anos.

Cara Incerta,
a nossa incomparável mestra vitoriana Mrs. Isabella Beeton sustentava que "a dona de casa eficiente nunca realiza suas compras de supermercado sem uma lista". Diz-se que o impulso de comprar é reprimido quando se leva uma lista. Que uma lista evita que o vendedor inescrupuloso force seu freguês a comprar produtos indesejados. No entanto, a vida é curta. Há muito a se dizer sobre a espontaneidade. Você pode ocasionalmente esquecer as lâmpadas, mas aposto que compra aqueles biscoitinhos cobertos com chocolate amargo quando estão em promoção, ou latas extras de salmão quando já tem pilhas na despensa. Aposto que sua amiga que leva a lista também.
P.S.: Mrs. Breeton só tinha vinte e oito anos quando morreu. Sua amiga talvez queira pensar nisso da próxima vez que estiver escrevendo a lista.

A ECONOMIA DOMÉSTICA FOI PROMOVIDA a ciência em algum momento durante os anos 1970. Eu mesma nunca estudei essa matéria, já tendo sido treinada dentro de casa por minha mãe e minha avó. Ambas acreditavam na Escola de Imersão de treinamento doméstico. E assim, minha avó, que cuidava de mim quando eu estava na pré-escola, simplesmente me apontava a direção correta e eu começava a escovar, molhar, esfregar e varrer junto com ela. Quando eu estava um pouco mais velha, minha mãe, Jean, cuja especialidade era a cozinha, assumiu o lugar. Eu tinha de ser capaz de bater, dobrar e escaldar (mais tarde, fritar rapidamente) com uma aula, e olhe lá. A teoria delas era de que eu simplesmente pegaria o jeito, que sendo mulher eu aprenderia tudo isso por osmose. Uma ideia risível, poderia ser dito. Mas ou eu era uma aluna astuta e dócil ou havia algo verdadeiro nessa Teoria da Osmose, pois aprendi num piscar de olhos. Compreendi como era costurar, cozinhar, limpar e tricotar. Quando cheguei à escola na adolescência e fui obrigada a fazer um período letivo de culinária, me dei conta de que não havia mais nada para descobrir e não me interessei. Aprender uma matéria como ciência doméstica parecia tão elementar quanto aprender a pegar o ônibus ou a colocar uma carta no correio. Todas as pessoas simplesmente não faziam essas coisas? E a essa altura eu gostava de filmes, livros e música e não conseguia ver muita esfera de ação para essas coisas nas cozinhas austeras de Mrs. Lord ou na aula de corte e costura de Miss Grover.

Trinta anos depois, era diferente. Nós, mulheres do início do século XXI, sabíamos que estávamos equilibradas em algum lugar entre a liberdade doméstica e a servidão. A casa estava pronta para ser reinventada. Até mesmo os teóricos reivindicavam isso. Os anjos estavam fora de moda, tinham sido expulsos anos antes. Agora você podia ser uma deusa, uma bela produtora de refeições pródigas em magníficos templos culinários. Ou uma puta doméstica, servindo audaciosamente risotos comprados prontos e ostras tamanho família, e deixando a arrumação para os outros. Deusa ou puta, as duas coisas eram aceitáveis.

Mas para Isabella Beeton, a administração da casa era um assunto de disciplina marcial e estratégia política, estando a dona de casa no posto tanto de comandante de um exército quanto de líder de uma empresa. No início do século XX, o serviço doméstico era uma questão de economia. A dona de casa era o nexo de roda de uma unidade econômica autônoma. Então se tornou uma ciência, e tudo o que acontecia dentro de casa era explicável por uma lógica clara e um processo linear. Fazer uma fornada de bolinhos era o mesmo que destilar uma fórmula química. Crianças que recebessem as quantidades certas de afeto e punição podiam crescer de modo tão bem-sucedido quanto uma fornada de pãezinhos doces a exatos 170°C durante quinze minutos. Não que a ciência doméstica sugerisse que a mulher era uma cientista doméstica. Isso nunca poderia ser escrito nos formulários, no item Profissão/Ocupação.

Por fim o lar se tornou um *local*. O trabalho doméstico, como todas as outras coisas, desde o surfe até lutas sensuais de mulheres cobertas de gelatina, agora havia sido sequestrado pela teoria. Eu não sabia qual o nome atual da matéria no sistema de ensino secundário, mas aposto que não incluía a palavra *lar*. Tenho certeza de que havia inúmeros projetos de pesquisa e dissertações em curso naquele exato momento sobre a casa como *locus*, os discursos do aspirador de pó e a multimodalidade do processador de alimentos.

Mas talvez não. Lembrei-me de que era trabalho de mulher, afinal das contas.

Confinada à cama, como eu estava periodicamente por causa desta doença, eu contemplava uma lista, que apanhara na bancada da cozinha certa manhã. Esta era a mesma cama em que eu cabriolara com meu marido por dez anos ou coisa assim e tivera o mais terno e excitante sexo, embora, agora me desse conta, nem perto do suficiente; concebera duas crianças e dera à luz uma delas (a outra chegou perto, mas exerceu obstinadamente seu direito de entrar no mundo via intervenção hospitalar); lera inúmeros livros, muitos deles excelentes, um bocado deles lixo, mas um lixo maravilhoso; bebera incontáveis xícaras de chá todos os domingos enquanto passava os olhos pelos tabloides com iguais porções de cinismo e deleite; e fizera anotações sobre todo tipo de coisa, inclusive sobre escrever listas.

Listas não eram essenciais à minha vida. Certamente não são agora. Nada mudaria um átomo se eu nunca escrevesse outra, e eu suspeitava que sem elas talvez ainda conseguisse cumprir as tarefas. Mas nunca pude me permitir não escrevê-las para descobrir. Seja como for, a lista dessa manhã em particular não era para mim, e eu a escrevera tarde na noite anterior.

Pôr roupa para lavar
Dar restos de comida às galinhas
Dar comida aos peixes/ratos (lago & tanque)

Acordar as meninas

Fazer os almoços (sem pasta de amendoim para E)

Dar comida às meninas (não deixar D colocar achocolatado no cereal outra vez)

Lembrar E do dever de casa

Conferir se D está levando guia de leitura, bolsa da biblioteca

Pendurar roupa limpa

Esvaziar/encher lava-louça

Meninas na escola meia hora mais cedo (ensaio do coral)

E também:

Tomar banho (se der!)

Fazer café, beber ainda quente (ha!)

Eu só estava escrevendo esse tipo de lista ao longo do último ano, ou coisa assim, já que se tornara claro que certas tarefas teriam que ser delegadas. Até que as coisas estivessem *arranjadas*. Esse era o termo que adotamos para descrever o futuro que abria a goela como um crocodilo: funda e assustadora. Compilar essa lista foi difícil porque ela representava coisas que eu fazia intuitivamente havia anos. O que incluir e o que deixar de fora? Eu a colocara estrategicamente debaixo do moedor de pimenta tarde da noite. Quando as meninas vieram me dar um beijo de despedida na manhã seguinte, eu estava grogue demais para saber se seus cabelos estavam presos direito, se os dentes estavam limpos. Murmurei até logo e levantei a cabeça para roçar os lábios no rosto delas. Quando acordei, mais tarde, havia uma pena no lençol, uma pena marrom-escura. É lógico que elas não tinham levado suas galinhas para a escola...

Quando a reli, imaginei como Archie devia ter se sentido lendo-a mais cedo naquela manhã, se ele se sentiu insultado ou preocupado, ofendido ou grato. Perguntei-me se devia ter estipulado que as meninas se vestissem com seus uniformes escolares, ou lembrado a ele dos seus chapéus. Então me perguntei por que sentia que tudo aquilo era tão importante. Saí da cama e joguei a lista fora. Archie provavelmente nem reparara nela.

EM GERAL ACORDO CEDO, antes que a luz tenha eclodido por completo. Uma dessas manhãs fiz um pequeno bule de chá e levei uma xícara para o jardim.

Algumas das galinhas já estavam murmurando baixinho para si mesmas. Fui até o terreiro e me sentei na cadeira de vime debaixo daquela *cheflera* com meu chá entre as mãos, escutando. Sempre achei o barulho das galinhas imensamente agradável. As cinco saíram do galinheiro naquela confusão barulhenta conforme a luz aumentou. Lizzie — Elizabeth —, a menor e mais bonita, foi a primeira a chegar lá fora, liderando a correria rumo ao sol. Ela era uma Sussex clara, com penas pretas sobre sua plumagem branca como um xale de renda, e era mandona, instruindo as outras em que ordem deveriam sair do galinheiro. A última a emergir foi Kitty, marrom-escura quase preta nas pontas das asas. Até onde eu sabia, todas as manhãs Kitty saudava o dia da mesma forma: uma pausa na porta do galinheiro, riscando a terra, uma rápida corrida de uns quarenta ou cinquenta metros, um recuo até a porta, mais alguns metros, mais um recuo, antes de finalmente descrever uma linha rumo ao comedouro do outro lado do terreiro. No meio do caminho, Lizzie sempre se virava e a bicava, para que voltasse, e com isso o ritual recomeçava até que algo as distraísse. Kitty havia sido comprada por último, embora não fosse a mais nova, e o procotolo das aves domésticas aparentemente insistia que fosse qual fosse o caso essa cadeira de autoridade permanecia.

Decidi que se tivesse outra vida poderia simplesmente estudar as galinhas. Somente naquela manhã, sentada ali, e jogando os restos do meu chá por cima da cerca (as galinhas todas corriam para investigar: eram de uma curiosidade incorrigível), eu me dei conta de que apesar de ter tido galinhas por muitos anos sabia pouquíssimo sobre elas. O problema consistia em serem tão fáceis, tão dóceis, que exigiam um cuidado mínimo. Eu as aceitava, percebi, como algo natural. Havia aspectos seus que eu jamais compreenderia. Por que, por exemplo, Jane, uma Australorp com magnífica plumagem preta, lustrosa e de um verde iridescente sob o sol, punha ovos brancos? Por que, quando eu as criara quase que a todas desde quando eram franguinhas, elas ainda hesitavam ou mesmo protestavam ao ser pegas? Kitty uma vez se aninhou contente na cama com Daisy, mas depois de cinco minutos se debateu para se livrar. Dando-me conta de que as galinhas preferiam dormir no poleiro, tive por fim que persuadir Daisy a colocá-la de volta junto ao resto do bando. Depois disso Kitty se tornou patologicamente tímida. (E, como acontecia com as crianças, o desejo intenso de Daisy de dormir com as galinhas todas as noites evaporou. Alguma outra obsessão por animais se materializou. Primeiro os peixinhos dourados, e depois, quando ela por fim aceitou que eles não eram receptivos aos afagos, os camundongos: Índia, África e China. Alguns meses atrás Daisy insistia que se não levasse China, seu favorito, para a escola no bolso todos os dias, ou ela ou ele iria morrer.)

Senti o gosto dos menores átomos da vida naqueles poucos minutos de tranquilidade. Bebendo chá e esperando junto às galinhas antes que o resto do mundo se levantasse. Joguei para elas um punhado de ração. Kitty se aproximou da cerca e comeu da minha mão. As picadas suaves de seu bico em minha palma. O cacarejar satisfeito. Lizzie saiu em disparada e a empurrou para o lado. Fui tomada por uma súbita urgência de proteger a menor do meu bando. Entrei no galinheiro. Apesar da poeira, a pungência terrosa do estrume de galinha, os restos de ossos e conchas e tudo mais que elas desenterravam em seu infinito e incansável ciscar em busca de deleites vermiculares, o galinheiro e o terreiro eram lugares agradáveis. Proporcionavam momentos doces que não podiam ser encontrados em nenhum outro lugar. Os postes de luz inclinados capturando redemoinhos de poeira dourada. As penas esvoaçando e assentando no chão. O cacarejar abafado que parecia ao mesmo tempo satisfeito e aflito. Acima de tudo, o ar de expectativa que emanava de cada uma das galinhas, não importava quão bobas fossem. O puro otimismo que fazia com que pusessem um ovo dia após dia, quando dia após dia o ovo era levado embora. Alguns talvez achem isso estúpido, mas eu considerava de uma generosidade insuportável. Uma galinha de postura era tão cheia de integridade, com toda aquela devoção e foco em sua vida. E então, o próprio ovo, às vezes na terra, às vezes com uma crosta de merda de galinha, às vezes limpo e perfeito como uma barra nova de sabão. Mas por dentro mais do que completo, recheado, inteiramente, de possibilidades.

Ocorreu-me naquela manhã que eu devia ter aproveitado com mais frequência a oportunidade de observar e me maravilhar inteiramente com aquele canto do jardim, com aquele aspecto comum da vida no quintal dos fundos da casa. Tarde demais agora.

Na verdade era cedo demais, mas fui até Estelle e Daisy mesmo assim. No sono, seus corpos assumiam uma maciez e uma delicadeza que haveria de se dissipar quando acordassem. Por uns poucos momentos bebi de sua inocência e pureza. Então coloquei as galinhas cuidadosamente ao lado de cada uma delas. As mãos de Estelle se enroscaram automaticamente em torno de Lizzie, Daisy se sentou com um sobressalto quando sentiu Kitty, quente e fazendo cócegas, junto à sua bochecha.

O que foi?, perguntou ela.

Não passava muito das seis horas, mas eu imaginava que minhas filhas teriam que lidar com coisa muito pior do que serem arrastadas cedo para fora da cama.

Preciso mostrar a vocês uma coisa muito importante, disse eu.

Aninhando suas galinhas, elas me seguiram até a cozinha, onde eu preparei um leite achocolatado para cada uma e as sentei em seus bancos em frente à bancada. As galinhas se ajeitaram no colo delas com uns poucos gorjeios surdos. Colocando a chaleira mais uma vez para funcionar e pegando a lata de chá, comecei.

Preparar a xícara de chá perfeita não é algo que você necessariamente vai aprender por acaso, disse eu. Embora, como diz Mrs. Beeton, haja muito pouca arte em fazer um bom chá. *Se a água estiver fervendo e não houver economia da folha aromática, a bebida quase que invariavelmente será boa.*

Quem é Mrs. Beeton?, disse Daisy.

Deixe para lá, propôs Estelle, pressentindo a importância do momento.

Fiz o chá enquanto falava com elas durante todo o processo, otimizado para o século XXI, e levando-se em conta as condições locais. Usei o pequeno bule marrom que era perfeito para duas xícaras, chá do tipo Irish Breakfast e uma das xícaras brancas. Expliquei que elas ouviriam falar de coisas como aquecer o bule e o debate "leite primeiro *versus* leite depois", as discussões "bule de metal *versus* bule de cerâmica", que dividiam os puristas em campos opostos de dimensões swiftianas.

Swiftianas? O que isso quer dizer?, perguntou Estelle.

Jonathan Swift. Escreveu *As viagens de Gulliver*, lembra?

Ela fez que sim. Tínhamos lido uma adaptação infantil juntas alguns anos antes, quando ela estava com nove anos.

Ele escreveu sobre pessoas chamadas *Big-Endians* e *Little-Endians*, eu expliquei. Tudo para saber de que lado você descascava seu ovo cozido. Ou algo assim. Não se preocupem com isso agora. Vamos falar dos ovos mais tarde.

Elas só precisariam esquentar o bule em dias frios, continuei. Não era um grande problema por ali, especialmente com o aquecimento global. Tampouco, expliquei que deviam prestar muita atenção na regra "uma para cada pessoa e uma para o bule". Dependeria de quão forte você gostava do seu chá, e, como elas sabiam, por acaso eu gostava do meu bem fraco (elas fizeram que sim, sabiam disso), enquanto outras pessoas, sobretudo as que tomavam seu chá com leite (Jean, a avó delas), talvez preferissem forte.

Quando o chá ficou pronto e foi servido, eu o coloquei debaixo do nariz delas e lhes pedi que respirassem fundo. Sabia que não iam querer dar um gole. Elas fungaram e fizeram que sim quando lhes perguntei se conseguiam perceber o aroma maltado.

Na minha opinião, acrescentei, o Irish Breakfast ainda é o melhor chá para começar o dia. Na falta dele, alguma marca que contenha folhas de Assam. E podem se esquecer do Billy Tea, que hoje em dia já não é mais nem a sombra do que era.

Então joguei tudo fora e comecei de novo, para ter certeza de que elas haviam entendido. Beberam o resto do seu chocolate e observaram até seu intervalo de tempo de atenção expirar e elas voltarem devagar para a cama, ainda segurando as galinhas.

Hoje em dia, concentro minha atenção em coisas pequenas mas significativas. Atualmente, minhas filhas são bem condescendentes comigo. Há um ano elas resistiriam, reclamando. Haveriam de se recusar a reconhecer a importância do sentido das xícaras de chá, que só gente velha bebia. Agora eram mais tolerantes com as minhas exigências excêntricas. Às vezes olhavam para mim de um jeito bem intrigado, avaliando se eu era realmente eu. Pelo menos, pensei, ensinei minhas filhas a preparar uma xícara perfeita de chá. De outro modo elas poderiam passar pela vida achando que o chá era sempre feito com saquinhos. Embora eu mesma não possa explicar, na verdade, por que sentia que isso seria algo ruim. A sós na cozinha, levei a xícara à boca, mas a xícara perfeita de chá agora tinha um gosto amargo e minha garganta se contraiu. Voltei para a cama, onde Archie se espreguiçava, acabando de acordar.

TRÊS

Cara Délia,
meus filhos não querem comer verduras se eu não colocar batatas
fritas junto. E meu marido odeia salada. Você tem alguma sugestão
para fazer com que eles comam verduras e outros vegetais? Estou
farta de preparar refeições que eles quase não comem.
De Saco Cheio

Cara De Saco Cheio,
Mrs. Breeton declarou: "Como acontece com o COMANDANTE DE UM
EXÉRCITO, *ou o líder de uma empresa, assim também é com a dona*
de casa. Seu espírito será visto em todo o estabelecimento." Faça va-
ler seus direitos, De Saco Cheio. Você é a cozinheira, então assuma
o comando e cozinhe o que você acha que eles deveriam comer. Na
verdade, você deveria cozinhar o que você quer comer, mesmo que
seu prato favorito seja sardinhas na torrada ou curry de dobradinha.
Faça suas refeições sozinha, se necessário. Deixe que eles tentem en-
tender o que se passa. Lembre-se: você é quem manda.

O QUE QUER DIZER, afinal, estar no fundo do coração de alguém?

As coisas mais estranhas lhe ocorrem quando você está parada junto a um túmulo. E diante de um túmulo um dicionário, provavelmente, é a última coisa que terá em mãos. Eu sabia o que era fundo e o que era coração, mas quando chegasse em casa teria que conferir a expressão.

Enquanto isso, era um dia bem frio mas claro de final de inverno, e eu vagava pelo cemitério de Rookwood buscando um túmulo. Aquele diante do qual eu estava, naquela cidade silenciosa, tinha uma lápide inclinada que dizia:

Arthur Edward Proudfoot
Falecido nesta Paróquia

Inscrição sob a qual fora acrescentado:
Também Alice Elizabeth
Sua Esposa

E em letras pequenas a mais triste de todas as inscrições:
Henry James Proudfoot
Natimorto.

E depois, debaixo de tudo isso:
Morto em 1875
Foi-se, mas Não Foi Esquecido
Sempre no fundo do nosso coração

Toda uma história de família, num ano curto e bárbaro, capturada numa lápide, erguida por um membro da família agora provavelmente desconhecido. Havia algo de genuinamente dickensiano naquilo. Sobretudo quando o maior e mais negro corvo que eu já vira pousou numa lápide duas fileiras abaixo e me fitou com um olhar desafiador.

Vamos conferir no mapa, disse eu às minhas filhas, ainda pensando no fundo do coração.

Archie tinha caminhado bem na frente, tirando fotos dos enormes monumentos aos mortos construídos pelos italianos. Havia câmaras mortuárias ali maiores do que apartamentos no centro da cidade, e provavelmente mais caras. Ruas inteiras devotadas a abrigar os mortos. Eu não teria ficado surpresa se visse alguma mulher de cachecol preto emergindo da porta de uma câmara mortuária e começando a varrer a entrada, ou uns velhos sentados a um canto fumando e jogando cartas.

Não havia nada de extraordinário sobre os mortos, eu já aceitara isso. Mas *era* extraordinário que eu tivesse passado a maior parte da vida sem visitá-los. Agora eu fazia uma pesquisa para o meu livro. E também procurava meu pai, Frank, que morrera de um ataque cardíaco repentino há cerca de trinta e cinco anos. Seu túmulo era um lugar que eu nunca tinha visitado. Agora que eu sabia que estava morrendo, precisava vir.

ESTOU DE SACO CHEIO. Isso é tão chato. Quando é que a gente vai embora? Eu lhe disse para trazer um livro ou algo do gênero.

Mas Daisy tinha razão. Não havia muitas coisas mais entediantes para uma criança de oito anos do que se arrastar atrás de um adulto por um cemitério. Eu sabia que Estelle também estava de saco cheio, mas ela compreendia por que era importante que viéssemos a Rookwood, além do que, ela trouxera seu Nintendo DS.

Eu, ao contrário, estava encantada. Ainda não tinha encontrado meu pai, apesar dos mapas presos em toda parte e da orientação da minha mãe, mas estava feliz passando pelas fileiras e mais fileiras de câmaras mortuárias familiares. Tínhamos visto túmulos colocados como *trailers* que pareciam provisórios. Talvez fossem temporários, talvez algumas famílias planejassem levar seus familiares mortos consigo se por acaso mudassem de estado ou de país. Olhei fixamente para o monumento lituano e fui espiar de perto a amostra de terra lituana preservada atrás de um painel de vidro. Mais parecia algo de uma experiência de biologia do que um punhado de terra.

Aqui, chamou Archie, e então eu o segui e por fim cheguei ao lugar onde meu pai estava enterrado. A lousa da sepultura era simples, como eu sabia que seria, sendo Jean a pessoa prática que era. De granito cinza, baixa e modesta, com uma placa de metal onde estava inscrito o nome dele. Dizia:

Frank (Francis) Bennet

(nem mesmo Em Amorosa Memória De: esse não era o estilo de Jean)

Marido de Jean
Pai de Délia
Triste Ausência

E era isso. Nenhum outro detalhe. Nenhuma data. Na base do túmulo, Jean plantara um tipo de planta para cobrir o chão que só precisava de manutenção a cada cinco anos, que era agora o intervalo médio de suas visitas.

Hibbertia, disse Archie. Capaz de sobreviver a uma guerra nuclear.

Eu me inclinei e a examinei mais de perto. Naquele final de inverno, o clima estava ameno e os brotos começavam a se formar. Logo ela estaria coberta de flores de um amarelo chapado.

Eu tinha cinco anos quando meu pai morreu e não me levaram ao funeral. Aquela era uma época em que tudo o que tivesse a ver com a morte era silenciado, escondido e guardado, como um animal raivoso com o qual a família era obrigada a ficar, apesar de tudo. Em que principalmente as crianças eram mantidas a distância, mesmo de seus pais mortos, como se uma mordida daquele animal pudesse infectá-las para sempre. Nos primeiros anos depois que meu pai morreu, Jean o visitava ocasionalmente com uma lata de Brasso, um produto de limpeza, e um novo buquê de flores falsas, mas nunca me levava, e eu não me lembro de querer ir. Agora era diferente, parecia normal que eu levasse minhas filhas ali — mesmo reclamando como elas estavam —, assim como era normal discutir com elas aspectos do processo da morte, que afinal elas observavam mês após mês, semana após semana.

Já é o bastante?, perguntou Archie, depois de eu ter ficado um pouco mais de tempo diante do túmulo de Frank Bennet. Eu mal me lembrava dele. Ele não era muito mais do que um vulto alto e escuro do passado. Lembrava-me dele sobretudo no escritório da casa onde cresci, onde havia livros que ele tirava das prateleiras com tamanha reverência que pareciam ser objetos frágeis. Raramente me era permitido tocar neles. Ele tinha um depósito no jardim cheio de ferramentas também proibidas para mim. Ele me fazia ficar observando à distância enquanto aplainava um pedaço de madeira ou afiava as lâminas do cortador de grama. As lembranças mais fortes do meu pai envolviam imagens de mim correndo até o seu estúdio ou o seu depósito com recados da minha mãe sobre telefonemas ou jantares, e a poderosa sensação de importância que isso me dava.

Pensei que o momento fosse ser mais carregado de emoção, mas não transcorreu assim. Não senti muita coisa, de pé ali. Mas estava feliz por ter vindo, por vê-lo, e por me despedir, num certo sentido, antes que começasse a fazer a mesma coisa. O único ataque cardíaco do meu pai tinha sido repentino e fulminante. Em um minuto estava em seu escritório diante da mesa, no outro, caído no chão. Perguntei-me o que havia acontecido com o mecanismo do seu coração, se ele tinha apenas se estilhaçado e se fechado, ou se o tempo todo era defeituoso.

Quando saíamos de carro do cemitério de Rookwood, notei um enorme armazém à esquerda, com estaleiros de carga num dos lados. Com certeza o volume de mortos não era tanto que precisasse ser estocado ou tratado como carga aérea. Nos fundos da construção havia um letreiro vermelho e branco. Correio da Austrália.

Deve ser o centro de processamento de correspondência, disse eu. Estranho lugar para uma coisa dessas.

Talvez seja o arquivo morto dos correios, disse Estelle após um segundo. Então nós duas tivemos um ataque de riso.

Não entendi, disse Daisy, parecendo ofendida.

Deixe para lá, querida, disse Archie enquanto fazia a curva e voltava à autoestrada. Você ainda quer ir a Waverley?

Olhei para o relógio. Passava um pouco do meio-dia.

Sim, por que não? Talvez nós possamos almoçar por lá, também.

Mesmo assim vai ser um saco, disse Daisy. Por que a gente não pode fazer um passeio diferente, por que a gente não pode ir para a praia?

— É perto da praia. Podíamos ir ali perto, em Bondi, depois e comprar um sorvete.

Mas eu quero nadar! Quero ir para a praia de Manly.

Não, disse eu, colocando um CD no som, ainda está longe de ficar quente o bastante para nadar na praia, ou em qualquer lugar. Além disso, eu escolho os passeios daqui por diante.

As notas iniciais de "Heartbreak Hotel", de Elvis, encheram o carro.

Ai, ele de novo não, disse Estelle. Será que a gente não pode escutar outra coisa?

Não, disse eu. Escolho a música daqui por diante também.

QUATRO

CERCA DE SEIS MESES antes de nossa visita ao cemitério, eu saíra para um outro passeio, sozinha, e descobri que também era uma questão de qual seria a música certa.

Havia um lugar que eu tinha que revisitar antes que fosse tarde demais. Bem ao norte, um lugar onde eu morei no passado. Onde nós dois moramos. Mas eu sabia que se falasse a Archie, ele ia me deter. Sabia que se tentasse me despedir de minhas filhas não conseguiria sair. Tinha que escolher com cuidado o dia, um dia de escola, um dia de trabalho, uma espécie de dia calmo de subúrbio, quando uma ida de carro até as lojas locais podia se estender casualmente a um trajeto longo. Eu só tinha que entrar no carro e ir. E de todas as coisas de que devia estar cuidando, a única que me preocupava era ter uma companhia durante a longa estrada ao norte. Se arranjasse a música de fundo certa, tudo mais entraria nos eixos. Era uma trilha sonora, esse *road movie* da minha vida, essa aventura que seria a única chance para terminar com todas as aventuras, onde meus ouvidos iriam se tornar os órgãos em que eu me fiaria mais do que qualquer outro, mais do que, às vezes, ao que parecia, meu próprio coração.

Então, esqueci os mapas, esqueci de abrir o capô para verificar, debaixo do capô, os níveis de óleo e água, esqueci o estepe. Esqueci de ligar antes para perguntar que lugares tinham hotéis de beira de estrada e que lugares não tinham, que lugares eram lugares de verdade, não apenas pontos no mapa, pontinhos com um único posto de gasolina, café e mercearia, todos juntos e aglomerados, uma parada para os motoristas mais solitários, os tanques mais vazios, parada de dez minutos cercada de betume e decepção, e sempre fechada nas tardes de domingo.

Não enchi uma garrafa térmica, nem verifiquei se tinha óculos escuros, pacotes de nozes e frutas secas, duas garrafas d'água, uma para mim, outra para o radiador. Simplesmente saí por aquela porta um dia com apenas o mais essencial numa pequena bolsa, uns livros, e fui embora de carro, deixando a casa entregue aos seus próprios ritmos e ruídos. As camas foram feitas às pressas, nos pratos eu passei uma água para deixá-los, depois, na pia, o bilhete ficou na bancada.

A porta de tela ainda estava se movendo para trás quando parti. Ao meu redor os passarinhos gorjeavam em suas árvores como se fosse apenas mais uma manhã de maio com o carro dos correios na rua, dando marcha a ré, com a madressilva ainda precisando ser podada debaixo da caixa do correio e o cocô do cachorro branco ali na faixa de terra junto com a lata esmagada e a polpa encharcada do jornal local da semana anterior que eu tiraria dali. Um dia.

Só que não naquele dia. Porque naquele dia em particular eu precisava sair enquanto não houvesse ninguém por ali para me deter ou me perguntar por que ou falar com sensatez ou me lembrar de tudo o que precisava ser feito nas semanas ou meses seguintes. Ou me dizer a coisa mais lógica de todas: que aquilo em cuja direção eu ia correndo não podia ser encontrado. Era uma viagem que eu vinha adiando fazia anos, e no entanto agora eu saía correndo, como se fosse uma emergência.

Ao dar marcha a ré na entrada de casa, com a suavidade e a agilidade de um aperto de mãos, acenei para minha vizinha do outro lado da rua, que varria o caminho na frente de sua casa, cumprimentei a moça dos correios quando ela passou, indolente, depois acelerei pela rua, que se tornava rua principal e depois autoestrada, aquela que ia me levar até o norte.

A música seria minha companhia. Seria uma presença tão vital que quase dirigiria por conta própria o carro. Mas acima de tudo inundaria minha cabeça, afogando o som de meus próprios pensamentos e os detalhes, o remorso, o desespero, a dor que insistiria em me acompanhar naquela fuga. A trilha sonora traria como que por um encanto minhas memórias de volta, aquelas que eu não queria mas já não podia evitar. Aquelas que eu tinha que levar comigo enquanto viajava de volta, e para o norte. As memórias, que eram uma trilha sonora particular.

Escolhi com cuidado. Nada muito depressivo. Nada de Tom Waits, ou eu atiraria o carro para fora da estrada de encontro à árvore mais próxima que oferecesse aniquilamento certo e completo. Bach era bom para longas extensões ininterruptas: as complexas peças em forma de fuga eram incompatíveis com a travessia de rotas traiçoeiras ou tráfego pesado em cidades estranhas.

Remexi em minha caixa de música, a maioria das fitas ali dentro com as capas rachadas, reunidas para viagens de carro ao longo dos últimos quinze anos, a maioria contando algum tipo de história, embora todas desprovidas de lógica. A fita de Willie Nelson era a que eu preferia atualmente, com sua versão de "Graceland" (havia definitivamente toda uma história ali). Fitas de cantores e bandas diversas, sem qualquer relação: Dusty Springfield, Georgie Fame, as Andrew Sisters, a Glenn Miller Band. O negligentemente insolente George Formby, agora um intérprete tão obscuro que eu me perguntava como ele chegara a fazer a transição do disco para a fita. Mahalia Jackson, se eu estivesse interessada em augusta serenidade. Country, todos os tipos. Hank Williams. Canções dos Alpes europeus. Gillian Welch. Lyle Lovett. ("Asleep at the Wheel", ou "Dormindo no volante", eu evitaria, por razões óbvias.) Era uma coleção grande, suficiente para as minhas necessidades.

E havia sempre Elvis. Eu não punha aquelas fitas para tocar fazia quase quinze anos, nunca ouvia uma única canção, se pudesse evitar. Mas agora tinha incluído os velhos cassetes na caixa que levava comigo. Era hora de voltar a ouvir Elvis. Mas eu esperaria um pouco mais antes de colocá-lo no toca-fitas. Seria uma longa viagem, e havia tempo suficiente para isso.

Então dirigi para o norte com canções como "Graceland" me incitando, rumo ao calor opulento e fumegante, a um lugar remoto e ainda assim acessível, único e ainda assim universal, concreto e sólido e imóvel como uma pirâmide. Havia uma chance ali, uma chance que eu tinha que tentar ou ela escapuliria para longe mais rápido do que o pôr do sol no sul. O que exatamente eu estava arriscando?

Eu ainda não me conhecia, embora estivesse ansiosa para chegar lá, meu coração mais acelerado que meus pensamentos e, ainda que vazia de compreensão naquele estágio, eu ainda estava plena de expectativa. Havia tido as mesmas sensações ao chegar lá tantos anos antes.

A CIDADE DE AMETHYST FICAVA fora do mapa, mas estava ali, sem dúvida, bordejada por margens espessas de florestas tropicais e montanhas que se estreitavam devagar, esticando-se até começar a se fundir no comprido triângulo que num dado momento chegava a Cape York. A cidade se situava no meio do meio, mais ou menos na metade do caminho a norte da fronteira de New South Wales, e na metade do caminho a oeste da costa. Eu podia sair do sul e rumar para o norte sem um mapa — todo mundo podia, o lugar era bem-sinalizado.

Mas num certo ponto, perto do lugar certo, eu precisava de um mapa, embora o nome não estivesse marcado. Vi outras placas indicando a direção, e eram nomes atraentes: Emerald, Sapphire, Ruby. Riquezas lendárias.

Em algum lugar antes dos nirvanas do surfe e outros atrativos da costa, virei para oeste. Em dado momento desliguei a trilha sonora, deixando Hank e Frank e Mahalia e todo o resto jazer em sua caixa no chão do carro junto com os lenços de papel e embrulhos de comida para viagem e o telefone celular que eu ligaria de novo quando suportasse fazê-lo. A nuvem que tinha se formado e se instalado como um nevoeiro em minhas memórias começou a se esgarçar, depois se elevou por completo. E então eu não precisava do mapa. Sabia sem olhar que um lugar no meio de lugares com nomes de joias estava perto, e eu precisava chegar lá. Não era muito longe de Emerald, e também não era muito longe da autoestrada.

A tarde do quarto dia de viagem já estava em horário avançado quando olhei para o lado e vi as placas e o comércio de beira de estrada: um posto de gasolina, uma madeireira e, o mais estranho dos três, um lugar para jardins artísticos, com gnomos enfileirados junto à cerca da frente, que indicava a entrada para a última cidade da estrada, Garnet, o último lugar antes do meu destino. Eu viajava num aclive quando vi a placa que se projetava das árvores ao lado da estrada anunciando o acampamento para *trailers* e vans do Lazarus, três quilômetros adiante. Uma placa com uns cinquenta anos de idade, descamada e desbotada, e marcada pelos habituais tiros de rifle. Depois dos dois quilômetros seguintes eu diminuí e fiquei atenta. Não se via nenhum outro veículo, e eu não conseguia me lembrar de ter cruzado com algum desde a última cidade.

Eu sabia que estava no lugar certo, ou bem perto. A placa não dizia nada sobre onde exatamente, mas eu dirigi devagar mais uma vez até divisar uma entrada nas árvores à minha esquerda. Peguei a saída depois da coleção de veículos antigos de Lazarus, sabendo que era o caminho certo. A estrada desceu um pouco, sinuosa, depois começou a subir. Em algum lugar bem no limiar da cordilheira eu soube que tinha entrado naquele grande triângulo de vales e colinas e riachos indolentes que se faziam passar por rios situados entre Clermont, não muito longe de mim, Emerald ao sul, onde eu estivera, e Alpha a oeste, aonde eu não pretendia ir. A estrada fazia curvas agradáveis. O sol, baixo e intenso, atiçava meus olhos. Eu já tinha jogado o mapa no chão do carro.

Mais de vinte anos antes, na primeira vez em que eu tinha ido até lá, um ônibus me deixara na beira da estrada junto à placa que anunciava o comércio de veículos do Lazarus. Eu caminhara na estrada em direção a Amethyst, sem me importar em saber quanto tempo levaria. E quase não havia outros carros, nenhum de que eu me lembre. Era como entrar em outro plano temporal. Talvez fosse a impressão dos densos eucaliptos se erguendo tão alto que pareciam âncoras para o céu. Talvez fosse o ar mais fresco, a luz variável salpicada aqui e ali, luz que também parecia parcialmente escura. Talvez fossem as folhas que caíam sem fim daquele dossel, mais devagar e languidamente do que as folhas normalmente caem. Ou talvez o canto dos pássaros bem no alto, musical e oculto. Era atemporal, como algo de outro mundo. Era fora do mapa, então parecia de alguma forma recoberta por uma atmosfera de conto de fadas.

Claro, naquela época eu era jovem, e era esse o tipo de coisa que pensaria. Era um clichê ambulante. Dezessete anos, grávida, sozinha. Tinha brigado com a minha mãe outra vez. Não tinha brigado com meu namorado, Van, já que perdi a chance quando ele simplesmente desapareceu. Com isso ele comprovou as desconfianças que minha mãe tinha a seu respeito desde quando o conhecera. Quanto mais ela tentava me convencer a fazer um aborto, mais eu resistia. Ela estava motivada, em um dado momento compreendi, somente pela preocupação, e pela aflição diante do fato de eu estar jogando fora minhas oportunidades de estudo para amarrar minha vida a um bebê quando eu mesma ainda não havia amadurecido o suficiente. Eu estava motivada, em vez disso, por meus ideais, meus sonhos, adorando Van e me apaixonando facilmente por seu mundo mais velho e mais ainda pelo seu gosto sofisticado por música e poesia.

A manhã em que eu acordara no quarto de Van em Newtown e vira que a escassez romântica de seus pertences tinha sumido, senti uma pontada desagradável de desconfiança, confirmada logo em seguida, quando depois de alguns dias, eu não ouvira nem descobrira nada. Àquela altura já era tarde demais para fazer um aborto, e definitivamente tarde demais para admitir que minha mãe estava certa a respeito dele. Eu não podia dizer em que momento me dei conta de que Van tinha voltado para o norte, para a cidade onde ele havia crescido e onde sua família talentosa de artistas ainda vivia. Tudo de que me lembrava era a convicção dolorosa de que ao norte, em Amethyst, era onde eu ia encontrá-lo. Ou ele iria encontrar a mim, e ao nosso bebê.

CINCO

Cara Délia,
faz alguns anos que leio sua coluna, e suponho que eu mesma pode-
ria fazer algo parecido. Quem precisa de qualificação para escrever
sobre colarinhos sujos e ração de galinha afinal?
Sua,
Cínica

Cara Cínica,
talvez você não esteja ciente do fato de que livros de conselhos do-
mésticos são uma parte essencial de nossa herança literária. São
apreciados por leitores no mundo todo e foram procurados, parti-
cularmente, em momentos de aflição e adversidade. O Livro de Ad-
ministração Doméstica de Mrs. Beeton era idolatrado pelos mais
improváveis leitores: os conquistadores do monte Everest, os soldados
das trincheiras nos campos de batalha da França. Membros de mui-
tas viagens e expedições já encontraram conforto em seus conselhos
práticos e conhecimento histórico geral infundido com ardor moral e
bondade despretensiosa. Os membros da expedição de Scott à Antár-
tida podem ter perecido, mas o fizeram com cópias de Mrs. Beeton
nas mãos.

O FATO DE QUE GERAÇÕES de mulheres se viraram sem um único manual de
autoajuda é admirável e aviltante. Agora o número de livros disponíveis sobre conselhos domésticos, de títulos de especialistas dedicados inteiramente
à remoção de manchas até livros de cuidados com o bebê e manuais práticos
que ensinam a uma principiante o passo a passo da preparação de refeições

familiares é enorme. Mais do que o suficiente para ocupar várias prateleiras numa livraria comum. Cento e cinquenta anos atrás, não havia quase nenhum. *O Livro de Administração Doméstica* de Mrs. Beeton foi o primeiro, e só foi publicado em 1861. Como é que as mulheres se viravam antes de Mrs. Beeton e seus pares?

Ao contrário de Isabella Beeton, minha carreira como especialista em assuntos domésticos foi acidental. A série das *Dicas para cuidar do lar* se tornou minha e fez o meu nome, mas a ideia original pertencia a Nancy Costello, uma editora comercial, minha patroa — se é que *freelancers* têm patrões — e também uma amiga, embora de forma limitada. Nancy e eu desfrutamos de uma cautelosa e agradável amizade, em que nenhuma das duas tinha o compromisso de se lembrar do aniversário da outra ou se socializar regularmente, mas em que ambas podiam telefonar uma para a outra a praticamente qualquer hora para falar de quase qualquer assunto. Não havia um sentido de obrigação, nem chance para confusão, ressentimento ou mágoa. Eu duvidava que algum dia fosse contar a Nancy meus maiores segredos, ou discutir com ela meus piores medos, mas por outro lado sempre podia contar com ela para coisas como fofocas francas, suas melhores receitas (ela era uma ótima cozinheira) ou seu carro emprestado, se eu viesse a precisar.

Nancy era pragmática, eficiente, oportunista, à frente de seu tempo. Compreendeu, depois soube o que fazer com aquilo, a crise de confiança que deixava pessoas inteligentes confusas ante a perspectiva de pendurar um quadro, trocar o salto de uma bota ou preparar um ovo com gema mole perfeito. Seu primeiro grande sucesso foi a distribuição gratuita de uma revista sobre assuntos domésticos em milhares de casas. O segundo foi desenvolver uma série de títulos de autoajuda de especialistas em que mesmo a vasta indústria de títulos de autoajuda ainda não tinha pensado.

Nancy concluiu que o lar estava perdendo seu lugar no folclore e no conhecimento tradicionais, de autoridade majoritariamente feminina. Embora as mulheres outrora soubessem quase que instintivamente como polir móveis ou remover manchas de vinho, agora era mais provável que compreendessem instintivamente como programar um decodificador para a tevê ou preencher sua declaração trimestral de imposto de renda. Enquanto era verdade que menos homens sabiam agora podar cercas vivas ou limpar a mancha de graxa da entrada das garagens, a carência era mais óbvia nas mulheres, tão tradicionalmente vinculadas ao lar. Muitos lares eram agora lugares vazios, fisicamente, psiquicamente, mas também culturalmente, com falta de memórias, conhecimento e sabedoria, tudo isso que costumava se acumular como tão queridos aparelhos de jantar em porcelana e que se transmitia de geração a geração. Como uma língua indígena que não era mais falada, o conhecimento da vida doméstica estava se extinguindo rapidamente, desde como consertar chaleiras até fazer compotas de pêssego, dos usos da naftalina aos métodos para fazer creme com cerveja para empanar peixe.

Pelo menos essa era a opinião de Nancy, e num certo sentido ela estava correta. Embora minha antiga casa, a mesma que Jean manteve quando eu estava crescendo, fosse cheia do preparo de comidas, da confecção de roupas, de bagunças e depois de limpezas, repetidas vezes, tão regularmente que você nunca reparava na rotina, Nancy representava um tipo totalmente diferente de mulher contemporânea: uma mulher que estava preparada para reconhecer a importância do lar, mas não estava pessoalmente interessada nele. A casa de Nancy era um lugar despojado e austero, tão desocupado e arrumado que mal precisava de limpeza. Eu sabia, sem ter jamais aberto um de seus armários, que ela não possuía uma única bolsa de retalhos de pano ou novelos usados de lã, nem uma coleção de papel de presente natalino reaproveitado, nem uma gaveta cheia de rolhas velhas, espetos de madeira para carne, elásticos, pauzinhos de comida chinesa, coadores manchados de chá, colheres descartáveis de plástico não descartadas e um conjunto incompleto de cortadores de biscoitos de estanho, como outros lares, inclusive o meu, tinham.

Archie e eu estávamos no começo do relacionamento quando conheci Nancy. Ou aqui, na cidade, estávamos em outro começo. Ele estava lentamente aparando a grama do seu caminho rumo a algo que tínhamos começado a chamar de negócio, e eu trabalhava como assistente editorial. Archie apoiara meu desejo de aceitar uma vaga na universidade que rejeitara anos antes graças a uma gravidez não planejada e ideais ingênuos. Sempre uma leitora devotada, descobri-me surpreendentemente adiantada quando comecei o curso de artes. Terminei a tempo de descobrir que era brilhantemente incompetente para qualquer coisa. Compreendi mais tarde que o diploma era mais para preencher um vazio do que para satisfazer uma vocação. Era o embrulho, camadas de embrulho, em torno da minha tristeza. Mas fiquei feliz o bastante para aceitar o único emprego para o qual eu tinha competência — se é que ser uma boa leitora qualifica alguém para alguma coisa

— preparando originais e fazendo revisões para a Academic Press. Publicávamos livros de acadêmicos obscuros, livros tão incompreensíveis e tediosos quanto os próprios autores. Podiam muito bem ser encadernados em veludo cotelê marrom. Logo depois que conheci Nancy, na qualidade de consultora de marketing de livros, a Academic Press fechou para sempre suas portas que rangiam. A essa altura eu tinha Estelle, três anos antes de Daisy nascer. Depois disso eu só passei a fazer trabalhos como *freelancer*, um acerto que me convinha, com duas crianças pequenas.

Quando Nancy começou com os manuais para o lar, eu não fui a primeira autora que ela convidou. O posto ficou com um homem chamado Wesley Andrews, uma pessoa empreendedora, homem tido como brilhante, alguém com excelentes contatos, que fazia as coisas acontecerem. Que parecia ter jeito para todo tipo de livros e aventuras literárias. Tinha escrito romances perfeitos para seu público, e também, como *ghost-writer*, de atletas famosos. Ele parecia, sob todos os aspectos, a pessoa certa para colocar seu nome e sua sanção no título original da série doméstica *Dicas para cuidar do lar*. Entendendo corretamente que o primeiro livro da série deveria atrair tanto leitores masculinos quanto femininos, Nancy sentiu que um autor homem era necessário. Mas até que a escrita chegasse a um beco sem-saída em algum lugar entre o Capítulo Oito (Telhado e Esgoto) e o Capítulo Nove (Janelas e Telas Contra Insetos), ninguém tinha a menor ideia de que a principal força motriz literária de Wesley, se não seu navegador e mecânico, havia sido sua mulher — que, por volta do Capítulo Sete (Remendos e Pintura), o deixara para sempre. O que talvez explicasse por que as opiniões e recomendações dos Capítulos Cinco e Seis sobre Consertos Simples de Encanamento e Eletricidade Básica fossem tão simples e básicas. Foi aí que eu entrei.

Eu já trabalhava para Nancy, primeiro como revisora ocasional, depois escrevendo a coluna de conselhos que aparecia em seu periódico gratuito: consistia em anúncios e publicidade disfarçados em forma de revista, que ela chamava de *Palavras domésticas*. Uma piada que acho que só nós duas compartilhávamos. A ideia de Nancy para a coluna surgira certa tarde quando ela olhava para um espaço vazio na página cinco de *Palavras domésticas* e o prazo se esgotava: terminaria no dia seguinte. Ela me telefonou, interrompendo um trabalho tedioso de revisão, ou o que quer que eu estivesse fazendo então como *freelancer*, encaixando o trabalho entre visitas ao supermercado e trocas de fraldas.

Preciso de uma coluna fictícia para este número, depois vamos receber cartas reais. Você consegue aprontar alguma coisa rápida, sobre polimento de prataria, ou seja lá o que for?

Nancy, ninguém mais dá polimento à prataria hoje em dia. Nem mesmo usam mais prata.

E que tal manchas, então? Você tem duas filhas, deve saber muito sobre manchas.

Acho que sim.

Vou preparar o *layout*, então, disse ela, e você pode me mandar por e-mail a cópia mais tarde. Vou chamar de Cara Délia. Uma sorte você ter o nome certo para isso.

Nancy pagou pontual e generosamente por umas poucas centenas de palavras de conselhos insípidos que extraí de meu lado não criativo entre as nove e as onze horas de uma noite de domingo, enquanto Archie assistia ao filme do canal 10 e as meninas estavam na cama. Durante meses eu duvidei que alguém tivesse lido, pois *Palavras domésticas* era colocada nas caixas de correio de todo o subúrbio junto com folhetos de propaganda da Bebidas Coles, das promoções do supermercado Woolworth e do catálogo dos produtos eletrônicos da Good Guys, e de todo modo mal se distinguia de qualquer um desses, em conteúdo. Mas evidências de que havia leitores emergiram quando minha coluna de conselhos começou a receber mais e mais e-mails.

Chegavam regularmente, encaminhados a mim pela assistente de Nancy, e durante algum tempo os respondi com bastante facilidade. Nancy parecia feliz, e o ganho extra ajudava no pagamento da casa. Mas então certo dia, entediada por algum motivo, eu me diverti desancando o leitor. Foi tão divertido, fiz isso várias vezes, nunca com a intenção de mandar, até que acidentalmente (a comida que passava do ponto? uma criança deixada por tempo demais no banho?) anexei o arquivo errado, apertei a tecla de enviar. Se eu presumia ter conferido a cópia, isso se revelou um engano quando uma semana ou duas mais tarde minha mãe telefonou para dizer que tinha se divertido com minhas respostas pouco usuais na edição daquela semana. Fiquei sentada por ali esperando Nancy ligar para reclamar. Em vez disso, recebi uma enxurrada de cartas, mais pedidos do que eu tinha condições de atender. Nancy me deu os parabéns pela iniciativa, e insistiu que eu fosse um pouco mais dura. Como resultado disso, a coluna de conselhos ganhou um culto de seguidores.

Cara Délia era só uma versão de mim, uma versão ligeiramente selvagem. Um pouco mais destemida. Mas os leitores pareciam gostar de ser insultados, tratados com desdém ou ter seus pedidos rejeitados, e assim a coluna continuou.

Cara Délia,
ontem à noite recebi várias pessoas para jantar, inclusive minha velha amiga que ainda está solteira apesar de seu divórcio ter saído há um ano, e de ser a nova assistente do meu marido. Durante o jantar, meu marido conseguiu jogar o braço por cima da mesa e derrubar uma garrafa de vinho tinto em minha melhor toalha de renda. Ele estava discutindo com Don, nosso vizinho, e os dois se empolgaram um pouco demais. Se eu lavar com alvejante, talvez ela desmanche, ou fique branca ou manchada. O que eu devo fazer?
Incerta.

Cara Incerta,
o que eu lhe aconselho, Incerta, é examinar os motivos em relação à sua própria culpa diante de sua relação com Don. Tem certeza de que seus sentimentos por ele são tão ocultos quanto você acredita? Pois pode ter certeza de que, se eu deduzi por uma única carta, seu anônimo marido já terá deduzido a essa altura. Não se engane nem por um minuto de que sua tentativa de apresentar Don à sua amiga divorciada e ainda solteira vai funcionar como um disfarce para os seus reais sentimentos por ele e a relação que vocês dois mantêm às escondidas. Na verdade esse tiro quase que com certeza vai sair pela culatra: sua amiga e Don vão acabar se dando bem de várias maneiras. Eles talvez até estejam numa sessão vespertina do último filme de Hugh Grant neste exato momento. Eu deveria aconselhá-la a, da próxima vez que quiser fazer jantares em que discussões acontecem, usar uma toalha de mesa mais apropriada. Talvez tecido de algodão, daqueles listrados e absorventes. Ou aquelas plastificadas, em que basta passar um pano depois.

SEIS

Mas antes que eu chegasse a Amethyst havia o desvio de Garnet. E isso me levou de volta aonde tudo começou. De volta ao McDonald's. Muito oportuno. McDonald's, aquele templo que era o ponto de encontro do consumismo, da eficiência e da limpeza modernos. Aquelas superfícies frias e desinfetadas, aquelas bebidas servidas rapidamente, aqueles pacotes de hambúrgueres apertados em embrulhos e batatas fritas vestidas de papelão (e os australianos, após trinta anos de doutrinação, ainda as chamavam de *chips*, e não de *fries*). Toda aquela ordem e controle, todos aqueles hambúrgueres, pãezinhos, *nuggets* e filés medidos e pesados e cronometrados com precisão. Todas aquelas fileiras vistosas de hambúrgueres *junior*, Big Macs, tortas de maçã, deslizando de modo higiênico por suas esteiras de aço inoxidável. Todos aqueles obedientes McLanches Felizes.

O McDonald's em Garnet tinha mudado. O parquinho tinha sido reformado e estava maior, mais vistoso. Agora havia um *drive-through*. As palmeiras estavam mais altas, mas ainda não obscureciam todos os letreiros importantes. Depois de estacionar, pensei em entrar ali para comer alguma coisa, mas não o fiz, e mesmo por Sonny não podia fazer isso. Era o bastante ficar sentada no carro, pensando.

Da última vez que estive lá, Sonny tinha oito anos. Achei que ele já estava grande demais para aquele lugar. Mas oito anos era uma idade enganosa, especialmente para um menino que calhava de ser alto. Oito anos já era em estágio posterior ao que se entendia por "criança pequena". Oito anos era quando você já era bacana de certa forma, quando o estilo já começava a se afirmar. Você já não estava enquadrado no departamento infantil na escola, praticava um esporte de verdade (no caso de Sonny, futebol) e recebia a estonteante liberdade de usar caneta na escola, em vez de lápis.

Oito anos era o começo do fim da era em que se tinha um bichinho com o qual dormir, comidas gostosas e ritualísticas como chocolate quente antes de se deitar, copos especiais de plástico decorados com desenhos, boias na piscina (que se tornavam desprezíveis) ou coletes (vergonhosos, até mesmo no meio do inverno nenhum dos seus amigos usava...). Mas oito anos era também, ainda, um McLanche Feliz.

Não havia McDonald's em Amethyst. Por algum motivo a cidade banira todas as cadeias de lojas, franquias e distribuidores de *fast-food*. Mas tinha televisão. E, portanto, anúncios. E uma cidade vizinha a vinte minutos de distância de ônibus, a menos que você arranjasse uma carona com alguém. Eu era uma jovem mãe solteira, dividida entre a culpa e a indulgência, e não estava preparada para me manter fiel aos meus princípios por muito tempo. Então, ali estávamos, sentados diante de nosso McLanche Feliz. E Sonny estava feliz — admito —, feliz remexendo no monstro de brinquedo roxo e verde. Feliz mastigando suas batatas fritas de papelão. Feliz sugando e borbulhando alternadamente sua Coca, com olhares furtivos para mim.

Eu achava que dentro de três, talvez quatro anos, Sonny passaria ou a odiar aquela comida ou a ficar entediado com ela. Eu estava confiante em que, por volta dos doze anos, ele gostaria de algo bacana, na moda, como só comer em lugares que oferecessem brinquedos eletrônicos barulhentos, lugares com nomes como Zona Radical ou a Flecha Afiada. Ou simplesmente poderia sair sozinho, com seus amigos. Isto é, sem mim. Sem sua mãe.

Oito anos eram uma zona de penumbra de crescimento em que você ainda precisava de sua mãe para ajudá-lo com os teimosos cadarços; em que ainda gostava que lessem para você, que o afagassem na cama e o cumulassem de atenção; em que ainda desfrutava do prazer delicioso e único de ao mesmo tempo acreditar e *não* acreditar em Papai Noel (e em que ainda recebia presentes, independentemente da força de sua fé). Mas doze anos seriam um outro planeta, outro fuso horário, outro universo inteiramente diferente.

E aos doze, Sonny poderia ser deixado em segurança em casa durante horas a fio. Então eu poderia pensar em sair. Algo como um encontro, um encontro de verdade, diferente da rotina de passar a noite depois do trabalho no bar do Mitchell, ouvindo os vagabundos e os sonhadores acabando com o oxigênio do mundo enquanto eu me desviava de suas vagas e alcoolizadas cantadas, sempre a fim de sexo.

Sonny olhou para mim, penetrando nos meus pensamentos. Largou o brinquedo simplório, franziu a testa e me perguntou o que estava errado.

Nada, disse eu. Por quê?

Você parece triste.

Triste?

Ou zangada. Isso foi dito num tom algo queixoso. Talvez eu ainda estivesse zangada, talvez só um pouco ressentida, depois do que havia acontecido mais cedo.

Meu coração se contorceu. Era vital enterrar sua frustração, colocá-la atrás de si, viver no momento presente, que era o que as crianças normalmente faziam. Eu disse a ele que não estava zangada nem triste, dei uns tapinhas em sua mão livre, aquela que agora não estava mexendo no brinquedo outra vez, depois a segurei na minha. Um gesto ousado. Oito anos era também uma idade em que dar a mão à sua mãe em público se tornava proibido.

Então foi a minha vez de prestar atenção. Ele estava pálido. Será que eu estava só imaginando um tom acinzentado sob seus olhos? Então notei que ele não tinha dado mais do que uma mordida no hambúrguer, e não fazia mais do que beliscar as batatas fritas.

Ei, disse eu, *você* está se sentindo bem?

Ele deu de ombros. Isso podia significar qualquer coisa no código da idade de oito anos. Muito bem ou excepcionalmente mal. Já sabia que as crianças nem sempre se davam conta de quando estavam doentes; de algum modo elas simplesmente não sabiam exprimir com clareza o que estava errado. Podiam estar quase em coma com isto ou aquilo mas fazer suas mães subir pelas paredes com lamentos infindáveis ou, o que era ainda mais bizarro, hiperatividade excessiva.

Você está se sentindo mal?

Não.

Abra a boca e ponha a língua para fora.

Ele puxou a mão de volta, explosivo. Nem pensar!

Vamos lá, abra a boca, deixe-me ver se as amígdalas estão inchadas.

Ele cruzou os braços e se recostou na cadeira, olhando ao redor como se cada um dos seus colegas de turma estivesse esperando para pegá-lo de surpresa, pulando e implicando com ele. Ficar doente não era bacana. Verem você doente era ainda menos maneiro. Verem você se submetendo ao ministério da mãe, positivamente deprimente.

Eu perguntei outra vez o que estava errado. Aquele dar de ombros de novo. Perguntei, no fim das contas, se ele não estava com fome. Ele sacudiu a cabeça, empurrou a comida para o lado, olhou para mim, desviou os olhos, e depois disse:

Tem certeza de que Archie não é o meu pai? Ele não poderia ser?

Ah, aquilo. Aquela pequena grande pergunta. Consternação. Amargura. Impotência. E os outros milhares de emoções negativas com as quais a mãe solteira estava tão familiarizada, a razão pela qual ela cedera e levara o filho ao McDonald's, embora fosse contra todos os seus princípios.

Arrisquei uma espicaçada em seu hambúrguer. O sanduíche não reagiu. Típico. Coisa tristonha que era, ele se afundava deprimido na bandeja, o queijo laranja claro que escorrera por um dos lados já transformado num grumo sólido. Por pura maldade — já que eu estava tensa e culpada por causa da falta inegável de um pai para Sonny — decidi mutilá-lo.

Ele pegou o espírito da coisa. Crianças são ótimas nisso, adaptáveis, capazes de rápidas mudanças de humor. Ambos desdenhamos da situação, abrindo as fatias do pão parecidas com partes de um ioiô e secas, extraindo a comprida fatia de picles de pepino para ridicularizá-la, com base na tão antiga tradição de cada uma das crianças australianas — talvez de cada uma das crianças do mundo —, cheirando com desconfiança exagerada o que restava, e que a essa altura se parecia menos com um hambúrguer de verdade do que o ímã de geladeira do anúncio com que eu costumava prender os desenhos mais recentes de Sonny na geladeira. Ele sugeriu que levássemos aquilo para casa, colássemos um ímã nele e o usássemos, no lugar do outro. Concordei. E ele não ia estragar, não com todos os conservantes.

Uma risada deixou as coisas mais leves, mas, quando Sonny pegou o hambúrguer entre o dedão e o indicador e foi andando de modo afetado na direção da lata de lixo com a outra mão prendendo o nariz bem no alto, já estávamos atraindo olhares carrancudos dos funcionários, e eu soube que era hora de ir embora.

Mas há coisas piores do que o McDonald's. Se eu soubesse o que estava por vir, teria ficado. Teria comido ali todos os dias. Teria dado as costas à luz empoeirada da tarde diante dos meus olhos enquanto saíamos pela porta até a autoestrada, com o mesmo movimento indolente de todas as horas do *rush* do mundo, e marchado diretamente de volta ao balcão para pedir dezenas de Big Macs, litros de Coca. E dez quilos de batatas fritas de papelão.

SETE

Cara Délia,
consultei vários livros de receitas, mas apesar de muitas tentativas
ainda não consigo aprender a fazer um ovo com gema mole. Você
poderia me ajudar? Pergunto-me se devia procurar no Google.
Um Solteiro

Caro Um Solteiro,
Você está me pedindo para revelar um dos meus maiores segredos.
Vá procurar no Google tudo o que quiser. Eu descobri, tenho certeza
de que você também consegue.

TINHA COMEÇADO UMA OUTRA LISTA. Deveria estar me concentrando no trabalho real, mas sentia uma urgência irracional diante daquilo. Ia terminá-la e depois a colocaria de lado, numa caixa que estava preparando para cada uma das meninas.

Convidados (precisa de lista separada: obviamente não pode ser feito agora)
Convites: sugiro gráficas profissionais
Bolo: Consultar receita (quem sabe Jean?)
Vestido: um da grife David Jones é o ideal?
Fotógrafo: só deus sabe. Talvez as câmeras digitais já estejam obsoletas a essa altura
Comida: Benny é a escolha óbvia. Mas Cater Queen, se não for possível.
Local: depende da época do ano. Jardim dos fundos perfeito se verão/primavera.
Músicos: trio de cordas (alunos da faculdade?)

Em termos ideais, esta lista só viria a ser necessária dali a vinte anos. Em termos ideais, se dependesse unicamente de mim, jamais viria a ser necessária, pois eu estava começando a pressentir a redundância da festa de casamento. Mas como não achava certo impor minhas opiniões a outras pessoas, incluindo minhas próprias filhas — sobretudo minhas próprias filhas —, então ela seria melhor do que nenhuma lista.

Junto com todas as outras coisas que oferece (oportunidade para parentes se encontrarem, boa desculpa para beber), uma festa de casamento é uma oportunidade de certo grau de união entre mãe e filha. União tensa, às vezes (eu me lembrava bem), mas um rito de passagem que não deveria ser negado a nenhum custo, não importava quais fossem as opiniões gastas da geração mais velha. Não importava que a mãe não estivesse ali.

O fato de que minhas filhas não viriam a precisar daquela lista por muitos anos era irrelevante. Tudo o que importava era que soubessem que eu havia feito esse esforço. E se àquela altura por acaso fossem capazes de organizar um casamento sem minha ajuda, melhor ainda. Na verdade eu encararia aquilo como um indício significativo de que o sentimento de maternidade que eu conseguira espremer entre os anos disponíveis havia sido suficiente.

Recentemente, Archie disse que eu era obcecada por controlar tudo. Acho que foi no dia em que eu havia escrito aquela lista de manhã cedo para ajudá-lo a aprontar as meninas para a escola. Enquanto eu me sentava à minha escrivaninha com a lista preliminar para o casamento da minha filha mais nova, que estava com apenas oito anos, um casamento que talvez nunca fosse ocorrer, e ao qual eu com certeza não estaria presente, confrontei-me com essa acusação. Se tudo aquilo não eram os feitos de uma maníaca por controle, então o que seria? Dei uns tapinhas nos lábios com a caneta e olhei pela janela para a glicínia. Concluí que Estelle provavelmente não precisava de uma lista daquelas, sendo ela própria um primor de organização. Também de opiniões firmes, no que dizia respeito ao matrimônio. Era para Daisy que eu fazia planos, embora com uma margem de erro para Estelle, se por acaso ela viesse a surpreender a todos nós.

A todos eles.

Perguntei-me se aquelas listas diziam mais sobre mim ou Archie. Tinha passado manhãs demais, mais do que eu me dava o trabalho de lembrar, explicando a ele o que precisava ser feito: instruindo, direcionando, perdendo a calma, ficando impaciente até por fim fazer tudo eu mesma. Como se eu estivesse no centro de controle de um exercício militar, uma guerra em larga escala, em vez de ser parceira num casamento que incluía duas crianças pequenas. Ocasionalmente, as crianças eram vestidas, alimentadas (se você considerasse biscoitos comida) e organizadas para sair de casa de manhã, primeiro para a creche, e finalmente para a escola. Mas as consequências nunca tinham valido a pena:

Daisy: não ganhei uma estrela de mérito hoje porque esqueci meu relatório de leitura.

Estelle: Miss Blake diz que se eu não levar a autorização de volta não vou poder ver os contadores de histórias.

D: Eu estava com frio, por que você não colocou meu blusão na minha bolsa?

E: Você sabe que eu detesto bolinho de mirtilo!

E ASSIM POR DIANTE. Tentei todos os métodos disponíveis a uma mulher sensata. Apontar os lapsos de modo gentil ("Querido, você não acha que Daisy deveria estar com os cadarços amarrados?"). Vociferar ordens como um sargento-major ("Se você não levá-las AGORA elas vão receber uma notificação de atraso!"). Não dizer nada. Dizer tudo. Ficar por ali fingindo estar preocupada com outra tarefa, mas internamente me contorcendo enquanto Archie, desajeitado, tentava pentear cabelos que ainda estavam trançados ou entender que crianças precisavam que as lembrassem de usar suéteres mesmo no meio do inverno. Escrever listas. Não escrever listas. Não fazer nenhuma das obrigações. Fazer metade das tarefas, como enfileirar o conteúdo da lancheira para que ele só tivesse que colocar tudo lá dentro, fechar a tampa, pegar a garrafa de suco na geladeira. *O papai arrumou meu almoço hoje.*

Nada funcionava. Agora eu estava jogando minha última cartada. Era um golpe baixo, eu sabia. Eu sentia sua baixeza. Como era cruel, como era injusto, como era totalmente destituído de espírito esportivo, como era diferente das mães firmes da vida pública, das mães de ficção. Você nunca conseguiria imaginar Mrs. Gandhi ou Mrs. Micawber ou Mrs. Thatcher ou Mrs. Weasley morrendo antes da hora e deixando seus filhos sem mãe. A mulher do primeiro-ministro — a mulher de qualquer primeiro-ministro —, a mãe de Nicole Kidman, Mrs. Jellyby, Angelina Jolie, a Rainha, Lady Jane

Franklin, Mrs. George Bush pai e filho... elas nunca teriam morrido jovens e deixado filhos sem mãe. Podiam ter sido desconfiadas, dominadoras ou sofrer de alguma disfunção — todas as mães nas obras de Dickens eram assim —, mas ficavam presentes. Até mesmo Lady Dedlock aguentava firme. A Mrs. Bennet de Jane Austen jamais teria deixado cinco filhas moças chorando sobre um caixão. A morte da mãe era um vergonhoso descumprimento de todas as regras, e se eu fosse Archie também estaria furioso. Mas ali estava a situação, ela não mudaria, e certamente não era ideia minha.

Perguntei-me se minha ausência faria alguma diferença real na organização da casa. *Como acontece com o comandante de um exército, ou o líder de uma empresa, assim também é com a dona de casa.* Como Mrs. Isabella Beeton, eu empregara uma abordagem estratégica do lar, tudo que entrava num lar, suas rotinas e seus moradores amados e verdadeiros. E como eu tinha esquecido que Isabella Beeton, a sábia, visionária, letrada e inovadora mulher, aquela *jovem* mulher, tinha morrido muito cedo? Isabella Beeton deixara dois filhos — um deles ainda apenas um bebê — sem mãe. *Ela deve sempre se lembrar de que é a primeira e a última, o Alfa e o Ômega no governo de seu estabelecimento.*

Mas o que outrora me deixara furiosa em Archie eu agora admirava. Não era sua tendência em flertar durante os jantares ou festas com mulheres de busto mais chamativo do que o meu — e, claro, mais recentemente, com qualquer busto. Ele também não tinha necessidade de se reunir a membros do mesmo gênero e subespécie (semiprofissionais, amantes de *rugby*) no bar uma vez por semana. Tampouco seus constantes esquecimentos dos aniversários pessoais e aniversários de casamento. Não foi nenhuma dessas coisas que me fez pensar uma vez que se aquele casamento tivesse se desfeito teria sido por causa de algo trivial e tangível como uma meia deixada em lugar impróprio ou uma merendeira esquecida. Aquela indiferença à trama tricotada que significava o lar. Podia ter sido maltecido ao longo do tempo e não ter se ajustado bem, mas ainda assim, graças ao único fio que era eu, tudo se mantinha junto: as compras, o pagamento das contas, as atividades das meninas, suas consultas com o dentista, suas aulas de natação, sua necessidade de ficar à toa no parque sem fazer absolutamente nada.

Eu via agora uma qualidade que quase invejava. Talvez a indiferença de Archie para com os assuntos domésticos fosse comedimento, capacidade de autocontrole e desprendimento atento. Algo que eu não conseguia fazer, focada nas migalhas da bancada da cozinha diante de mim, na embalagem de leite que esvaziava na geladeira, na pilha crescente de roupa suja no cesto.

Uma vez ouvi uma atriz famosa ser entrevistada no rádio sobre o colapso de seu casamento. Quando insistiram que nomeasse a causa, ela respondeu, sucinta: camisas. Eu soube instantaneamente ao que ela se referia. O símbolo do papel improvisado de uma mulher casada, porém inevitável, no relacionamento. Não há cláusulas no contrato estipulando cuidados e manutenção da camisa masculina, no entanto, de algum modo elas dominaram a relação, com sua exigência em ser lavadas, passadas, estar limpas e de prontidão no cabide, prontas para a próxima excursão ao mundo do trabalho. Era preciso ser uma feminista durona para resistir à arremetida da camisa.

Minha disputa particular nunca tinha sido com camisas, já que Archie usava uma roupa informal no trabalho. E mesmo que houvesse sido, eu nunca o teria deixado por causa de uma camisa porque, apesar de sua cegueira doméstica, Archie me dera mais do que eu merecia. Mas havia momentos em que eu conseguia perceber como teria sido possível desistir de tudo. Duvido que ele compreendesse como eu era um fio forte ao longo de todos aqueles anos. E agora o fio estava prestes a ser cortado. E se na beira dessa cisão eu ainda não conseguia recuar, deixar de ser a comandante da vida doméstica, o que isso revelava sobre mim? Acho que uma obsessão por controle. E no entanto suspeitava que havia algo mais aí. Mais uma coisa para a qual eu não conseguia encontrar as palavras adequadas.

Sempre imaginava o que acontecia quando as mulheres desapareciam de uma família. Outra mulher se alistava para assumir o seu lugar? Uma governanta paga, ou uma outra esposa? Apesar de seus flertes ocasionais, eu não conseguia ver Archie correndo para encontrar alguém. Esse não era o tipo de pai em que ele se enquadrava. Sabia que ele seria ajudado por sua mãe e pela minha, cujos esforços conjuntos provavelmente tornariam a vida mais fácil para ele do que jamais fora comigo. Depois de algum tempo, então, dependendo de como Estelle e Daisy reagissem, uma nova parceira viria, e eles provavelmente se casariam logo depois. Em segredo, eu esperava que fosse Charlotte, a contadora de Archie que trabalhava em regime de meio expediente. Essa escolha me parecia lógica, embora eu tivesse tentado sem sucesso discutir o assunto com ele. Eu gostava de Charlotte, admirava-a. Ela era uma jovem serena que estava terminando um curso de administração de empresas. Trabalhava com percentuais e balanços de lucro e eu suspeitava que nunca tivesse feito um pão de ló ou tricotado na vida. Vinha uma vez por semana e trabalhava no canto do depósito de Archie, que era também o escritório dele, mandando recibos e acertando as contas com os fornecedores, decodificando e depois administrando toda a papelada do sistema tributário que Archie achava tão misteriosa. Estelle e Daisy a adoravam e faziam questão de que Charlotte cuidasse delas quando eu e Archie saíamos. Se ela se casasse com Archie, seria quase perfeito.

Ah, e seria cruel. Outra mulher para conduzir as meninas à adolescência, à idade adulta. Para estar lá quando a primeira menstruação delas viesse, para comprar os mais caros produtos para os cabelos, para dar conselhos no cuidado com a pele, para tolerar a ânsia de qualquer garota adolescente por Nutella ou suas obsessões por dietas vegetarianas. Para fingir que entendia como o MySpace era vital. Para estar lá quando os namorados delas as abandonassem. Ficar boquiaberta diante das contas de seus telefones celulares. Sacudir a cabeça desaprovando seu mais recente *piercing*. Dizer-lhes, todos os dias, como eram bonitas. E como eram amadas.

Crueldade. O que foi mesmo que Eliot disse novamente? Encontrei minha cópia dos *Poemas escolhidos* da época da faculdade e me preparei para me atormentar mais com suas palavras depressivas. Mas quando reli A *terra desolada* tive que admitir que Mr. Eliot estava certo: estranhamente, era o inverno que me mantinha aquecida. Abafava-me em seu estado de animação suspensa, mantinha-me afastada do aço frio da memória e do desejo antes que eles penetrassem em minha alma com o calor cheio de expectativa da primavera.

Uma rajada de vento sacudiu com tanta fúria a glicínia que as pétalas choveram na varanda. Abrindo totalmente a janela do escritório, respirei o aroma da flor. Ouvi o ruído surdo do carrinho de mão de Mr. Lambert na casa vizinha. Nessa época do ano, ele era mais do que exigente com seu jardim: era obsessivo. Varria as folhas e as pétalas assim que caíam, xingando minhas trepadeiras que floresciam e faziam uma bagunça e podando cada ramo que se esgueirava para dentro de sua cerca. Em vez de cortar o gramado de seu quintal, hoje ele provavelmente estaria podando a cerca viva de murta, seu alvo principal. Eu nunca sentia o cheiro da murta durante o dia, mas em algumas noites, toda a atmosfera estava saturada por ele. Aquele odor não podia ser só dos espécimes abjetos de Mr. Lambert, que ele podava a cada semana nos meses mais quentes.

Logo o inverno seria apenas a memória do frio. O aroma no vento me dizia isso. Eu achava que era das frésias, plantadas em torno da caixa do correio. A fragrância sempre me enchia de um estranho e distraído anseio, uma expectativa inquieta e dolorosa. Talvez porque contivesse a promessa de que o verão estava chegando, e aquela era a estação que eu mais adorava. Lembrei-me das frésias que cresciam ao longo de aterros de linhas férreas e em terrenos baldios por todo o caminho da costa sul. As que enchiam um cômodo com seu cheiro a um tempo selvagem e reconfortante. Lembravam muitas coisas: memórias de feriados de infância nas praias da costa sul; fins de semana em cabanas com amigos; os rastros do primeiro jardim que ajudei a plantar, plantar e fazer viver, quando viemos morar aqui. O *jardim* não existia, então: a casa se encontrava empoleirada com desdém na frente de uma longa e estreita extensão de grama, uma erva-doce americana legítima. Havia um desses secadores de roupa giratórios da Hills Hoist, imobilizado pela idade, e nada mais. Trouxemos grumos das frésias selvagens e, depois de escavar a grama para revelar caminhos rachados mas utilizáveis e contornos de antigos canteiros quase irreconhecíveis, as plantamos aqui e ali.

Durante todos estes anos, quando aspirava o primeiro aroma das frésias na primavera, eu sentia uma leve pontada dentro de mim. Uma inconfundível dor física, e uma dor que sempre me deixava momentaneamente emocionada, embora nunca pudesse dizer se à beira das lágrimas ou de gritos ou de uma risada. A sensação sazonal era tão comum que eu sempre a registrava sem pensar. Até hoje. Pois não sentiria mais o cheiro daquelas flores, e parecia importante definir de modo acurado o que o aroma significava. E não eram só as frésias. A glicínia também me afetava. Todas as flores primaveris, caindo copiosamente, escarneciam de mim em sua perfeição de cartão-postal, e não eram mais bem-vindas do que a memória e o desejo que agora passavam os limites do dia. Todos pareciam ter saído da terra morta, do jardim onde eu outrora me divertia.

Na mesa ao meu lado o telefone tocou.

Alô?

Não havia ninguém do outro lado mas eu pressentia uma presença. Achei que fosse a mesma pessoa que desligou depois de alguns toques, antes que eu conseguisse atender.

Alô? repeti mais alto, mas a presença não se deixava provocar por gritos. Bati o telefone com força. Não tinha ideia de quem era. O identificador de chamadas informava que era um número bloqueado.

Fechei Mr. Eliot, com mais cuidado do que faria normalmente, adicionando-o à coleção de livros da mesa de cabeceira. Eles provavelmente não encontrariam seu caminho de volta à estante de livros no vestíbulo.

Cara Délia,
Don tem sido muito bom comigo, e faz anos que meu marido me negligencia por causa do trabalho. Você ainda não me aconselhou se eu deveria usar alvejante na toalha de renda ou não. E, além das marcas de vinho tinto, ela está manchada de verde onde Don derrubou seu prato de abacate e camarões.
Incerta.

Cara Incerta,
Don, Don, Don. Tudo gira em torno de Don, não é? E por que você está atraída por um homem tão desajeitado? Eu a aconselho a romper relações com Don e se concentrar em seu marido. Talvez ele trabalhe demais porque você é o tipo de pessoa que usa toalhas de renda e faz coquetéis de abacate e camarão. O que você estava pensando? Já não estamos mais em 1975. É claro que deixar de molho uma antiga toalha de renda em alvejante seria loucura. Tente bastante sal, água gelada, depois pendure-a no sol durante um dia. Diga-me se funcionou.

OITO

Só me senti pronta para dirigir outra vez quando estava quase escuro e as famílias tinham vindo e ido embora no *rush* do fim da tarde com seus McLanches Felizes e brindes de cinema.

Ia ver se conseguiria encontrar Mitchell. Se ele ainda estivesse pelas redondezas, estaria em um desses três lugares. O primeiro era o café no caminho de volta para Amethyst. Tinha um novo nome, e quando parei e vi o letreiro supus que só pudesse ser uma brincadeira. Mas quando a garçonete, cabelo cheio de *dreadlocks* voando, veio de patins até a minha mesa com o cardápio, compreendi que realmente *era* o Roadkill Café, algo como um cardápio constituído de carne de animais mortos em acidentes de trânsito. Ela explicou que estavam sem canguru.

Mas, melhor, temos píton, e grelhada na brasa. E os pratos especiais são assado de coelho, ou de rato se você apreciar a carne. Num único gesto ela bocejou de leve e trocou o chiclete para o outro lado da boca.

Rato?

Os dois tipos. Nativo e *Rattus rattus*.

Ah.

Perguntei-me se havia diferença. Só no preço, me disse ela, lançando um olhar para o espaço do salão e mascando seu chiclete. O nativo, também conhecido como rato-marsupial-australiano e *antechinus*, era cinco dólares mais caro, e não constava do cardápio porque o Departamento de Parques e Animais Silvestres podia ser alertado, mesmo sendo animais mortos na estrada, genuínos, cem por cento frescos...

Olhe, você pode voltar daqui a alguns minutos?

Analisei o cardápio outra vez, tendo a esperança de encontrar uma salada ou uma sopa. Tirando a ideia de comer algum rato, a ameaça do Departamento de Parques e Animais Selvagens era desconcertante. Será que eles fariam uma incursão de surpresa no café e confiscariam minha comida entre duas bocadas, e me processariam por comer um símbolo nacional ou estadual? Ou, pior do que isso, uma mascote esportiva? Pensei em pegar meu celular e ligá-lo. Já tinham se passado quatro dias, e eu imaginava que a mensagem deixada para Archie e as meninas a essa altura já não era suficiente. Tirei o telefone da bolsa, fiquei olhando para a tela apagada e vazia por alguns momentos, depois guardei-o. Ainda não. Não enquanto eu não estivesse realmente lá.

Eu tinha dirigido durante um dia inteiro, e mal comera, então deveria estar com fome. Mas o lugar e o cardápio tinham mudado. Antes se chamava Café do Mitchell, assim como o estabelecimento que ele tinha na cidade se chamava Bar do Mitchell, embora nenhum dos dois tivesse um letreiro informando isso. As pessoas simplesmente sabiam. Mas eu não fiquei surpresa por ter uma experiência meio que marginal ao jantar ali, naquele estranho restaurante de beira de estrada que servia aos clientes coisas oriundas da própria estrada que os conduzia à sua porta. Amethyst sempre fora daquele jeito. Nada jamais se adaptava. Era um dos motivos que me fizeram escolher ficar, tantos anos antes.

A garçonete estava ficando aborrecida.

Mitchell está por aí?, perguntei. Pergunta tola. Ela provavelmente tinha dois anos de idade na última vez em que estive ali.

Mitchell? Nunca ouvi falar. Talvez Steve saiba, ele cuida disto aqui.

Pode perguntar a ele?

Claro. Steve! Ela gritou tão alto que achei que o chiclete fosse ser arremessado para fora de sua boca.

Um homem apareceu na cortina de ripas de plástico, limpando das mãos o que parecia ser sangue fresco num pano de prato.

Oi. Tenho uma dúvida: Mitchell ainda está por aqui? Eu já trabalhei para ele.

Eu assumi este lugar depois dele, disse Steve. Mas isso já faz mais de dez anos. Não tenho certeza de onde ele está agora. Sou de Garnet, mais pra frente na estrada. Mas ele talvez ainda esteja naquele bar, na cidade.

Claro, disse eu. Obrigada.

Já sabe o que vai querer?, perguntou a garçonete.

Não, obrigada, respondi, me levantando. Desculpe, mudei de ideia.

Passei novamente pelo Veículos do Lazarus. Mudou muito pouco. O mesmo comboio de *trailers* enferrujados dispostos em ângulos e abandonados por seus proprietários anteriores sem os tijolos para sustentá-los ao chão. Lembranças descascando de desejos para os feriados, planos e sonhos que nunca se cumpriram.

Quando o ônibus me deixou ali, cerca de vinte anos antes, não era uma parada regular. O motorista disse que não podia me levar além dali, mas que eu conseguiria chegar onde quisesse se esperasse ali, na beira da estrada. Alguém logo passaria e me daria uma carona pelos poucos quilômetros finais até a cidade. Ele parecia muito confiante nisso.

Eu esperara por uma hora, e então, com calor e sede, começara a andar. Acabei chegando ao pátio de Lazarus. Ele concordou em me levar à cidade quando fechasse a loja, às cinco. Deixou-me a um quarteirão das principais lojas, na pensão Kingfisher, instalação meio miserável, mas adequada para alguém com recursos limitados.

Logo cedo na manhã seguinte, comecei a procurar por Van. Três dias depois, saí da pensão. Retornei à loja do Lazarus. Daquela vez olhei direito, andando por todo o lugar, investigando cantos desorganizados do pátio e espiando dentro de *vans* e *trailers* que eu duvidava que ele se lembrasse de ter. Encontrei o *trailer* mais resistente que já tinha visto. Ele parecia de revista em quadrinhos. Curvo, todo em alumínio, um azul-celeste fosco. Estava empoleirado sobre tufos de grama em meio ao cemitério de veículos, a maioria deles decrépita. Aquele era velho, mas parecia em bom estado.

Quanto?, perguntei a ele.

Isso? Não vai servir muito a você. Não dá para viajar, não para longe, pelo menos.

E até a cidade?

Bem. Ele coçou a bandana sobre sua testa. Há uma área de estacionamento para *trailers* e *camping*, algumas pessoas moram por lá. Um cara chamado Mitchell é quem cuida do lugar.

Vou ficar por algum tempo, disse eu. Vou precisar de um lugar onde possa morar.

Ele olhou para mim e para o *trailer*, e depois de novo para mim.

Ele é um cara decente, disse ele, acho que não ia cobrar muito caro de você para alugar uma vaga.

Olhei para a *van*. As curvas modestas, o mau estado geral, o aspecto de absoluta esperança. Perguntei-lhe mais uma vez quanto, e foi uma questão de instantes antes que ele me dissesse que podia ficar com o veículo por cem dólares. Eu estaria fazendo um favor a ele.

Posso rebocá-lo para você.

Então, naquela mesma noite me tornei proprietária de um *trailer*. Ao custo de cem dólares, ele estava vazio, a não ser por um colchão fino na cama, mas eu me virei sem lençol ou toalha até o dia seguinte. Lá dentro não estava tão sujo como eu esperava, pois ficou bem fechado por anos. O ar viciado desapareceu logo depois que abri a porta e as janelas de casa de bonecas dos dois lados. Durante o fim de semana seguinte, caminhei até o centro da cidade, voltei, mas fiz um estoque de artigos essenciais, que, descobri, eram poucos quando você reduzia a vida às coisas mais importantes. O que eu precisava, mais do que de qualquer outra coisa, era de livros, e quando eu estava prestes a ter o bebê os sebos já tinham fornecido o suficiente para encher o *trailer*. Era como viver dentro de uma casinha de brinquedo. Cercada por livros, eu me sentia a salvo, segura.

NOVE

Cara Délia,
você tem uma boa receita de bolo de casamento? Tentei várias, mas
achei os resultados secos e sem gosto.
Mãe da Noiva

Cara Mãe da Noiva,
frutas secas, é claro. Uvas-passas, sultaninas, cascas cristalizadas
de frutas cítricas. Conserva de gengibre, se for de seu gosto. Açúcar
mascavo, farinha, ervas... Ah, pelo amor de deus, será que eu preciso
listar tudo? Com certeza você consegue descobrir. E não me peça
pesos e medidas. Isso é extremamente entediante. Na verdade é pro-
vavelmente por isso que os seus bolos sempre deram errado. Aliás,
vários bolos? Quantas vezes você já se casou?

SER MÃE HOJE EM DIA ERA MUITO SIMPLES.

Lá estava eu, angustiada com o futuro casamento da minha filha, a pelo menos dali a vinte anos, e tentando me decidir entre guardanapos de linho (mais estilosos, mas seria algo a mais para lavar) ou de papel em tons combinando com sua roupa (seria de um rosa bem claro, mais para creme do que rosa, como a carne de um pêssego branco), que seriam menos estilosos mas mais eficientes (não seria necessário passar), e então me lembrei da Mrs. Bennet de Jane Austen.

Várias vezes eu pensava em Mrs. Bennet quando as coisas ficavam difíceis no esporte sangrento que criar filhas tinha se tornado. As filhas de Mrs. Bennet talvez respeitassem mais sua mãe, talvez não passassem horas em seus quartos pintando a cara com maquiagem viscosa, relendo a mesma edição das revistas *Girlfriend* ou *Total Girl* interminavelmente, ou escutando obscuras bandas *punk*; talvez não insistissem em se vestir como prostitutas mirins a partir do momento em que conseguiam abotoar sozinhas suas roupas, não se recusassem a comer carne desde os oito anos e fizessem exigências típicas de pré-adolescentes, como botar *piercings* no umbigo. Mas eu tinha de admitir que havia um lado vantajoso em minhas experiências.

Em primeiro lugar, ela teve cinco filhas, e eu só tive duas. E a missão de vida da pobre Mrs. Bennet era, após criá-las, casá-las com maridos adequados. Eu podia estar planejando uma festa de casamento, mas numa época em que a caça aos maridos já não estava mais na ordem do dia há muito tempo. Daisy podia se casar ou não, como quisesse. Não havia sido assim com Jane, Elizabeth, Mary, Kitty e a tolinha da Lydia. Oh, sim, Jane e Elizabeth talvez tivessem um poder de escolha, e Elizabeth podia muito bem ter exercido seu direito de rejeitar os absurdos avanços de Mr. Collins e o primeiro e surpreendente pedido de casamento de Mr. Darcy sem uma única referência aos desejos de sua mãe. Porém, nem ela nem qualquer outra heroína de Austen iria viver na miséria com o amor de sua vida em seu ateliê artístico na extremidade leste de Londres (um lugar cuja vulgaridade era tão absoluta que nem uma única vez fora mencionado em toda a obra de Austen, acredito), ou se casar com um homem que havia conhecido num transporte público ou no bar numa noite de sexta-feira.

Verdade, Mrs. Bennet tinha criados em casa, e eu não. Mas as obrigações de Mrs. Bennet ultrapassavam em muito as minhas. Eu não tinha que conduzir nossas vidas de acordo com regras sociais e domésticas rígidas. Não tínhamos que fazer visitas enfadonhas às solteironas da paróquia ou tolerar visitas de pessoas arrogantes e socialmente superiores. Podíamos passar nossas noites lendo qualquer livro que desejássemos, lendo *O vento nos salgueiros* ou *Onde vivem os monstros* vezes seguidas, e assim eram as noites. Verdade, era importante dar às minhas filhas uma alimentação balanceada, monitorar seu dever de casa, proporcionar algumas atividades extracurriculares como o *netball* de Estelle ou as aulas de flauta doce de Daisy, e garantir que elas não vissem televisão demais. Quando chegasse o momento, chamar-lhes a atenção para as formas menos higiênicas de *piercing* e aconselhá-las a usar camisinha (se eu estivesse lá, mas talvez pudesse confiar que Charlotte fizesse isso — eu suspeitava que elas não fossem escutar Jean).

Mas a pobre Mrs. Bennet tinha a responsabilidade de fazer com que todas as suas filhas se saíssem bem na dança, nos jogos de cartas e nos trabalhos de agulha. Pelo menos uma delas — Mary — tinha um promissor domínio do piano, com canções italianas e árias escocesas. Todas tinham que demonstrar etiqueta social e estar familiarizadas com os poemas épicos de Sir Walter Scott. Ela precisava assegurar que a cútis de todas as suas filhas continuasse límpida e bela e clara, que as circunferências de sua cintura permanecessem dentro de um limite aceitável de sessenta centímetros, que seus cabelos estivessem sempre enfeitados com cachos e caracóis (Lydia, com certeza, ia querer raspar, deixá-los espetados, fazer listras ou tudo isso ao mesmo tempo no dela). Mrs. Bennet era responsável pelo comportamento delas, por sua postura, seus modos quando estavam na igreja ou à mesa, seu comportamento quando fossem até o armarinho da cidade (Lydia teria feito tatuagens, e *piercings* no umbigo também). Tinha que estimular um discurso educado e apropriado numa variedade de contextos que ia do vigário à copeira. Tinha que lhes ensinar sobre os fluxos intestinais (sem me rebaixar aos termos vulgares), menstruação (sem sequer mencionar sangue), relações sexuais entre maridos e esposas (sem poder me referir ao ato físico íntimo, quanto mais pronunciar, quanto mais *pensar* em palavras como pênis ou vagina), e então iniciá-las e supervisionar a vasta e exaustiva tarefa de encontrar o homem certo, sempre preso à extremidade de um órgão que jamais deveria ser mencionado — o clímax, a justificativa da vida da mulher. Pobre Mrs. Bennet. A tarefa era gigantesca. E ela de fato fracassou em muitas de suas tarefas. Acho que nem mesmo Jane, de todas as filhas, conseguiu tocar piano decentemente (imagino que Lydia tenha se decidido por tocar instrumentos de percussão em algum momento). Nenhuma das garotas Bennet frequentara a escola, e como nunca tiveram uma governanta, o nível de educação claramente variava entre bem-sucedido e malsucedido. Mas Mrs. Bennet fez o melhor que pôde, e uma das maiores dificuldades que encontrou foi a indiferença benigna e o humor sarcástico de seu marido, que vivia trancado na biblioteca.

Quando ela estava descontente, imaginava-se nervosa. O trabalho de sua vida era casar as filhas; seu alívio eram as visitas e as novidades.

Se eu fosse sincera, não poderia alegar que levar Daisy para as aulas de flauta doce por meia hora uma vez por semana fosse insuportável, se comparado às obrigações de Mrs. Bennet. Os leitores podiam ter sido erroneamente levados a pensar que ela era uma mulher tola e vazia, e que seu marido, com todo aquele sarcasmo seco, era um homem modesto e resignado, mas Mrs. Bennet era uma vitoriosa entre as mulheres, entre as mães, uma pérola de grande valor. Eu estava ficando tonta pensando em guardanapos de linho *versus* de papel, mas ela — forte, determinada e resoluta — se deparou com todos esses detalhes desde o berço. Vezes cinco.

ENTÃO, POR QUE EU ESTAVA pensando em casamento? Desejava realmente que minhas filhas tivessem maridos? Minha atual obsessão com o casamento de Daisy sem dúvida tinha um bocado a ver com o meu próprio. Archie e eu nos casamos, claro, mas na correção política e secular de um cartório. Banimos qualquer traço de simbolismo sexista ofensivo como véus ou buquês de flores. Não houve votos degradantes envolvendo palavras como obediência. E ainda assim, sem quaisquer convidados além de nossas testemunhas, não havia a obrigação de citar poetas libaneses míticos ou tocar música de câmara.

Comecei e me questionar se não estaria com uma fixação doentia num marido inteiramente imaginário, o tipo de marido que, se existisse, você não ia querer de jeito nenhum para se casar. Eu podia admitir agora que o marido perfeito se parecia a uma esposa. Muitas vezes ansiei por uma esposa. Ansiava por uma naquele exato momento, uma esposa que me trouxesse uma xícara de chá e depois fosse pendurar a roupa lavada que eu sabia estar se amarrotando depois que a força centrífuga da máquina de lavar a grudara às laterais de seu tambor. Uma esposa que era eu mesma. Aquela pessoa que estava, naquele exato momento, cansada. E eu admiti, cansada das tarefas domésticas, que elas nunca haviam me incomodado de verdade, que eu nunca as considerara difíceis ou misteriosas.

Mas fossem ou não fossem anos demais de roupa posta para lavar ou para secar ou recolhida, amarrotada e tudo, ou se era um ressentimento crescente que fluía como a química tóxica que eu tentava eliminar do meu corpo, ou uma simples questão de estar cansada demais e ocupada demais ao mesmo tempo, eu já não podia dizer. Tudo o que eu sabia era que hoje deixaria a roupa lavada lá na máquina enquanto escrevia minha lista.

Cara Délia,
sobre o bolo de casamento. Acho que preciso de ingredientes mais precisos do que isso. E por quanto tempo você recomendaria que eu o assasse? Tenho esperanças de que possa me ajudar.
Mãe da Noiva.

Cara Mãe da Noiva,
como acontece com o próprio casamento, a esperança é o ingrediente principal de um bolo de casamento. Você está certa em ter esperanças. A esperança mantém um casamento funcionando por muito, muito tempo. Faça uma tentativa. Tenho certeza de que dá conta.

DEZ

O CENTRO DE AMETHYST FICAVA numa depressão, as ruas descrevendo ângulos na direção das ruas principais, dos grupos de lojas. Todas cercadas por imensas árvores e então, na parte oeste da cidade, grandes espaços abertos como parques naturais ao longo dos quais passeava um rio preguiçoso, bordejado por salgueiros e juncos. No outono aquele lugar era encantador. Nos meses mais frios era perfeito, e no verão, sombreado o bastante para dar a ilusão de frescor. Ao longo da rua principal que levava à cidade as palmeiras eram enormes, densas, e no fim da tarde lotadas de periquitos de cores vivas atacando as frutas numa cacofonia de cobiça pela comida. Eles disparavam através da estrada audaciosamente, fazendo com que eu desviasse o carro para não acertá-los.

O hotel de beira de estrada Paradise Reach, pequeno negócio de família, ainda estava ali. Tinha quartos silenciosos e espaçosos, um jardim na frente lotado de palmeiras, uma piscina e um cão de guarda amigável, que fui espiar de perto depois que estacionei. Claro que não era o mesmo de anos antes — a essa altura, já teria mais de dezesseis anos: labradores viviam tanto assim? Não reconhecia a mulher na recepção, mas ela me disse que o hotel ainda pertencia aos mesmos donos.

Você é de Sidney?

De algum modo, as pessoas do norte sempre sabiam.

Sim, disse eu. Mas já morei aqui anos atrás.

Ah, e está de férias agora? Visitando parentes?

Mais ou menos.

Fui para o meu quarto, joguei a bolsa num canto e me atirei na cama. Fiquei deitada ali por um longo tempo, descansando, pensando. Até ficar escuro o bastante para eu ter que me levantar e acender as luzes.

ENCONTREI MITCHELL NO BAR. Ele parecia estar entrevistando um novo pianista. Comecei a sair nas pontas dos pés quando me dei conta do que estava acontecendo, mas ele me fez um gesto para que ficasse e, sem perguntar o que eu queria, preparou um drinque para mim.

Este é Chris. Ele fez um gesto com a cabeça para o homem sentado no bar. Talvez ele venha tocar aqui.

Chris estendeu a mão e me cumprimentou. De perfil revelava um rosto fino e bronzeado, mas quando se virou vi o outro lado, coberto por uma marca de nascença escura, mais cor de framboesa do que de morango, estendendo-se de seu nariz até a orelha e desaparecendo sob o cabelo preto e encaracolado. Ele continuou falando.

Eu atendo pedidos, mas há certas músicas que não toco.

Razoável, disse Mitchell.

"You Must Remember This".

Tudo bem.

"Candle in the Wind."

Certo.

E principalmente "Piano Man". Pensando bem, nada de Billy Joel. Nem uma nota. Ou saio por essa porta e nunca mais volto.

Claro. Está bem.

Dei uma olhada na direção de Mitchell, cujas palavras estranhamente concordavam com tudo, embora ele não parecesse tão satisfeito. Parecia, com as mangas enroladas até os cotovelos, polindo taças de vinho — que periodicamente segurava contra a luz para uma inspeção exagerada —, um homem com assuntos mais importantes na mente do que a decisão de um pianista temperamental sobre o que não aceitava tocar.

Chris pareceu relaxar. Fez uma pausa, tomou um gole de sua bebida e depois acrescentou:

Fora isso, toco quase tudo. *Swing, jazz, honky tonk, country, blues,* é só dizer. Bach, Liberace, Mrs. Mills, quem você quiser.

Mitchell parou de polir para perguntar: Música de caminhoneiro?

Claro, por que não? Trabalho nas noites que você quiser, se for razoável, claro. Talvez eu queira tirar a noite de Natal um ano ou outro ou qualquer dia parecido. Mas não venho durante o dia.

Eu não costumo abrir antes de quatro ou cinco, disse Mitchell. Exceto para cerimônias.

É, bem, essa é a outra coisa. Nada de casamentos, nada de noivados, nada de festas de vinte e um anos, sabe? Não suporto essas multidões. Elas esperam que você saiba todas as canções do planeta e ficam uma fera quando você não topa tocar aquelas peças de Burt Bacharach durante horas seguidas.

Mitchell deu de ombros e disse: Eles normalmente trazem seu próprio som. Mas e quanto a funerais? De vez em quando a gente recebe um. Em geral para grupos pequenos. Exceto os funerais irlandeses e islandeses, que costumam durar mais.

Bem, funerais posso fazer. Chopin, sem problemas. Músicas cantadas por bêbados irlandeses, "Danny Boy", tudo isso está bom para mim. Adoro funerais. Chris se levantou, olhando para o relógio. Colocou a jaqueta com um gesto rápido e depois estendeu a mão para Mitchell.

Amanhã à noite, então, nos vemos em torno das... começou Mitchell.

Em torno das sete. Acho que dá para mim. Chris se despediu de mim com um gesto da cabeça e saiu.

Ergui meu copo enquanto olhava para Mitchell. Uma pergunta direta ou indireta para ele era um caminho certo para a completa e eterna ignorância. A única maneira de se descobrir alguma coisa com ele era esperando, ouvindo, observando. Infelizmente, sendo Mitchell um tipo tão generoso de anfitrião, isso também significava muitas horas gastas bebendo muito, todas bebidas bastante potentes. Eu podia ficar sentada com uma daquelas margueritas durante uma hora ou mais, mas não conseguia manter aquele ritmo durante toda a noite. Se ele notasse que você estava bebendo devagar demais, simplesmente pegava o resto da sua bebida, jogava na pia e lhe preparava algo diferente e mais puro. Um daiquiri de abacaxi, três vezes mais forte. A única vantagem era que essas sessões tinham o efeito de deixar sua língua dormente, mas a dele solta, como se fosse ele quem estivesse bebendo, embora eu nunca o tivesse visto beber nada além de soda limonada. Então você conseguia ouvir informações sobre todo tipo de gente, de dentro e de fora da cidade. Fascinante, se conseguisse se lembrar de alguma coisa no dia seguinte.

Era uma noite calma, talvez apenas meia dúzia de fregueses agrupados em umas poucas mesas junto às janelas. No bar, um canário cantava sonolento em sua gaiola. Atrás de Mitchell, na parede dos fundos, uma galeria de espelhos refletia as cores de pedras semipreciosas dos exóticos licores e *mixers* raramente usados — *crème de menthe, grenadine, Galliano* —, enquanto atrás de mim as janelas abertas e as cortinas de *voile* ondulavam com a brisa quente, afundando e inflando para envolver os ramos de palmeiras nos vasos, depois arriando novamente sem fazer ruído.

Em momentos como esse eu podia entender o que havia mantido gerações de homens sentados nos bares bebendo cerveja devagar apenas com o zumbido da televisão ao fundo. Era um santuário onde nada lhe era requisitado, nada lhe era perguntado. Um lugar fechado e protetor que também era um espaço público, oferecendo companhia e conversa caso você quisesse. Um lugar que fazia poucas exigências, que permitia que se ficasse a esmo, sem preocupações ou prazos, horários ou compromissos. E deixava as esposas loucas de frustração.

Fiquei quieta, encontrando brevemente o olhar de Mitchell no espelho atrás de nós enquanto ele se virava do bar para as prateleiras e guardava os copos ou alisava as toalhas. Então, depois que ele serviu uma cerveja a alguém, eu falei:

Então, qual é a história de Chris; de onde ele é?

Mas Mitchell se abaixou para pegar alguma coisa no freezer de bar e depois se levantou devagar outra vez antes de perguntar:

Por que voltou depois de todos esses anos?

Ele perguntava de um jeito que sugeria não estar interessado na resposta, não precisar de uma resposta. Sabia por que eu estava de volta.

Já esteve no *trailer*?

Ainda não. Vou lá amanhã, disse eu. Mitchell também era dono do estacionamento de *trailers* em Amethyst. Foi assim que o conheci.

Está na hora, não acha?

Sei disso.

Seus cachos tinham ficado grisalhos sob o quepe e as linhas de seu rosto ficaram mais fundas, mas eu o teria reconhecido de imediato, em qualquer lugar.

Para além de mandar aquelas suas caixas, não sabia o que fazer com o lugar durante aqueles anos malditos. A propósito, você está péssima.

Eu sei. É a mastectomia bilateral, ela faz isso. Principalmente se houver cirurgias secundárias. Fígado. Tumores. Coisa séria. Estou na fila agora para o serviço completo, a megarrefeição. Você sabe, aquela que a gente nunca consegue terminar de comer.

Mitchell finalmente demonstrou surpresa. Largou o copo que estava polindo, jogou a toalha para o lado.

Ah, Délia. Eu sempre soube que você voltaria. Mas não assim. Quem imaginaria?

Ele ficou olhando para mim por alguns instantes, como se subtraindo todos os anos que havia entre nós.

E você nunca encontrou o pai de Sonny?

Não, nunca.

FIQUEI ARREBATADA POR VAN na noite em que o conheci. Ele tocava guitarra numa banda com outros dois caras, cantava e divertia o pequeno grupo com anedotas e piadas improvisadas. Era só um trio de alunos de faculdade — pensando bem, mais audaciosos do que sofisticados, compensando com energia o que lhes faltava em refinamento —, mas eu tinha dezesseis anos e era dos subúrbios. Ele tinha vinte e dois anos, e era muito mais charmoso e confiante do que os adolescentes que eu conhecia, que viviam aos resmungos, desajeitados, e que, se você saísse com eles, achavam bacana lhe comprar uma garrafa de Island Cooler e depois a ignorar pelo resto da noite.

Era um café e bar, onde eu não deveria estar, mas eu fugira de uma partida noturna de futebol americano que o time da minha escola jogava na universidade, e vagara até Newtown. Era um lugar escuro, com *lava lamps* no bar e velas nas mesas. Eu escutei a música pelo tempo de um *set* e depois me aventurei no bar. Estava pedindo uma taça de vinho e estendia um dólar ao *barman*, que parecia chapado, quando alguém sussurrou no meu ouvido:

Você *tem certeza* de que tem dezoito anos?

Eu me virei e vi o guitarrista. De perto ele tinha um cabelo sedoso e barba bem aparada: seus olhos pareciam faiscar em meio a todo aquele cabelo de um louro-escuro. Meu primeiro pensamento foi que ele parecia Jesus Cristo, e depois, foi que aquilo era bem idiota, já que ninguém sabia que cara Jesus tinha.

Claro, menti.

Estava encantada com a atenção. Ele me seguiu de volta até a minha mesa e se sentou sem que eu o convidasse enquanto eu sentia uma emoção me percorrer. Ele se apresentou.

Van, disse eu. Não é um nome muito comum.

Ah, eu mudei, disse ele.

Mudou? As pessoas podem *mudar* seu próprio nome? Incrível.

Meus pais me batizaram de Ivan, então eu só mudei para Van alguns anos atrás. Por causa de Van Morrison. Reflete mais a minha personalidade, sabe?

Ah. Sim, disse eu, fingindo saber quem era Van Morrison.

O que você está bebendo?, perguntou ele, embora fosse óbvio.

Vinho Moselle. Dei um gole. Era doce demais, mas Jean bebia um parecido, Lindeman's Ben Ean, em casa, e o Moselle foi tudo em que consegui pensar para pedir.

Bebida de velhinhas, disse ele. Devia provar um pouco disto. Ele bebia Jack Daniel's e Coca-Cola. Eu o observei enquanto ele falava, com inveja e por ora perdida demais em admiração para reparar que ele falava apenas de si mesmo. Quando disse que era um estudante de música mas que vinha adiando a formatura por vários anos, que achava os professores conservadores e chatos, os estudos uma chatice completa, e o programa feito para sufocar o talento de verdade dos alunos, e quando confidenciou que tocar seu próprio estilo de música era muito mais *satisfatório* em relação à criatividade, eu não poderia ter concordado mais.

Voltei na sexta seguinte, e depois fomos à casa de vila que ele dividia com seus colegas perto da universidade. Não fui para casa durante o resto do fim de semana. Jean ficou furiosa.

A mística de Van só se intensificou. Ele ria do trabalho dela como cabeleireira, de minhas vagas ideias de me tornar professora ou bibliotecária quando terminasse os estudos. Os pais dele trabalhavam no circo, moravam ao norte, numa cidade que era famosa por lá graças ao circo. Isso soava muito exótico para mim, mas ele insistiu que o lugar não era nada mais do que uma cidade pequena. E ele se sentia confinado pelo circo: era músico e cantor, não um artista performático. Saíra de casa aos dezesseis anos.

Meu estúpido sentimento de inferioridade, de estar sempre para trás — não sabia exatamente em relação ao quê —, só se intensificou. Comecei a passar mais tempo com Van. Eu estava cheia de vontade de ser sua namorada. Querendo muito fazer parte de seu mundo satisfatório em relação à criatividade.

Levei anos para entender que ele tinha vindo, como artista de circo, de um lugar cheio de véus e espelhos, a matéria das lantejoulas e do papel machê e das máquinas de fumaça. O que ele fazia, fingindo ser um músico do calibre de Van Morrison. O que era falso e ilusório. Necessário ao circo, perigoso na vida real.

Em Amethyst, sua cidade natal, nada era imaginário. A maternidade na juventude podia ser tocada, às vezes dolorosamente real. De vez em quando eu pensava em me mudar para o sul, de volta à cidade do interior, onde era comum as crianças não terem pais, nem mães, ou terem vários pais ou mesmo duas mães. Ou em voltar ao subúrbio, para perto da minha mãe. Mas embora eu tivesse escrito a Jean para lhe dizer onde eu estava, e outra vez para contar que Sonny havia nascido, deixei claro que não queria nada dela. O fato de Jean estar certa sobre Van tornava as coisas mais difíceis. Conforme Sonny crescia, eu lhe mandava uma foto vez ou outra junto com um bilhete. Eu era independente e capaz e, ainda assim, tão dolorosamente jovem. A verdade era que eu não sabia o que queria de Jean, não sentia que lhe devia um pedido de desculpas, no entanto, no meu coração, eu sabia que ela também não me devia nenhum. Ela e Van tinham se encontrado poucas vezes, pois ele odiava vir à minha casa, e depois da primeira vez que eu convidei Jean ao bar para vê-lo tocar, ela saiu mais cedo e se recusou a voltar. Ela odiava seu uso de drogas por mero lazer, suas ambições incertas, seu estilo de vida noturno, até mesmo seus hábitos alimentares. Desconfiava de seu passado, desprezava sua família nada convencional, era mordaz quanto a seus talentos musicais. Aos dezesseis, dezessete anos, eu adorava tudo o que minha mãe detestava.

Eu deixara Sidney e viajara para o norte, rumo à cidade de onde Van tinha vindo. Não havíamos brigado, nem feito nenhuma cena, nada que sugerisse que ele estava indo embora. Então não acreditei. Ele teria voltado para casa, em Amethyst. Eu acreditava nisso, precisava acreditar. Ele era do circo, e o circo fica no sangue, chama você de volta para casa. Era o que ele me havia dito. E o inverno estava se aproximando. Eu iria para o norte também, estaria mais quente lá. Eu encontraria Van e o convenceria de que devíamos ficar juntos e ter aquele bebê. Quando cheguei, descobri que o lugar estava marcado por sua ausência, o circo sem ele ou qualquer outra pessoa de sua família, provavelmente a única família do circo que foi embora para sempre. Mas depois de algumas semanas, depois que me instalei no *trailer*, senti vontade de ficar. E não estava disposta a voltar e encarar meus fracassos, que eram vários. Meus amigos indo para a universidade. Jean certa outra vez, e depois sendo tão sensata que eu me senti melhor por ter errado tanto. Minha própria gratidão me repreendendo quando Jean me ajudasse, como de fato ajudou. Eu sendo mordida pelo meu orgulho.

Uma vez tendo me instalado em Amethyst, descobri que não tinha vínculos reais com a cidade onde passara minha curta vida, e ainda estava pronta para as aventuras, queimando de sede por uma independência que eu sentia ser capaz de manter onde quer que fosse, de qualquer forma. Em poucos meses daria à luz, e seria a melhor mãe do mundo. Faria mais do que compensar meu filho pela falta de um pai. Meu filho nasceria ali, e ali seria o seu lar, e, se o seu pai nunca voltasse, pelo menos ele estaria na casa dele.

Durante muito tempo estive tomada por aquela confiança arrogante da juventude, aquela convicção de que somos desejados tanto quanto desejamos: Van ia querer a mim e ao seu filho mais cedo ou mais tarde, e voltar para casa seria um impulso irresistível. Durante anos, parte de mim acreditou nisso, embora não houvesse nenhum indício de que poderia manter esta fé. Os pais de Van tinham se mudado mais para o norte, e sua tia-avó tinha ido recentemente para um asilo na costa. A única coisa que restava da família dele na cidade estava debaixo da terra. Tudo o que eu tinha era Sonny e uma determinação feroz de fazer as coisas do modo mais correto possível.

ONZE

Cara Délia,
está bem, vou superar o assunto do bolo de casamento, mas gostaria
de seu conselho numa outra questão. Minha filha vai usar meu véu
branco de seda, debruado de renda. Ele está manchado de marrom
e amarelou nas pregas. Devo usar alvejante?
Mãe da Noiva

Cara Mãe da Noiva,
nunca use alvejante em seda! Compre algum sabão amarelo das
antigas. Lave o véu numa tina, de preferência fora de casa, num dia
ensolarado. Enxague com meia xícara de vinagre branco na água, e
enrole numa toalha. Estenda no gramado para secar, onde ele ficará
bonito enquanto estiver quarando. Deixe a luz fazer o resto.

PRIMAVERA SIGNIFICAVA QUE MR. LAMBERT, na casa vizinha, começava uma rigorosa rotina de manutenção do gramado. Devotava cada manhã de segunda-feira a tirar as ervas daninhas do gramado da frente. Eu não precisava sair e espiar por cima da cerca para saber o que ele estava fazendo: ficava deitado de bruços no gramado e arrancando o mato com uma velha faca de descascar. Dentes-de-leão, botões-de-ouro e outras plantinhas rasteiras não identificadas eram ritualmente extraídas dessa forma. Mr. Lambert era um contador aposentado que trabalhava com declarações de imposto de renda, e eu tinha certeza de que ele tratava seu gramado com a mesma precisão sisuda com que trataria uma tabela numérica. O gramado permanecia com o tom verde-azulado do mais belo tapete durante o verão inteiro, até ficar marrom no inverno. Ele devia ter seus motivos, mas eu me perguntava por que ele havia escolhido capim-de-burro para seu gramado da frente, com sua tendência a desbotar nos meses mais frios. Talvez porque fosse uma grama mais dócil, menos inclinada a dar asilo a ervas daninhas refugiadas que chegavam carregadas pelos pássaros e pela brisa. Logo depois de Mr. Lambert se mudar para cá, muitos anos antes, ele começou a limpar os arredores da propriedade que não ofereciam resistência. Palmeiras, propensas a uma explosão desordenada de sementes que se amontoavam e apodreciam, soltando um odor forte. Trepadeiras que subiam pelas cercas: ipomeias, jasmim-estrela e batata. Arbustos e grevíleas. A grande canforeira nos fundos. Todas foram abatidas, cortadas, talhadas, removidas.

Uma Mrs. Lambert já havia existido, em outros tempos, mas falecera. Ele nunca estivera propenso a me contar mais do que isso, exceto mencionar que tinha um filho e netos, e eu sabia que as visitas eram poucas. Eu me perguntava se suas atitudes em relação ao jardim seriam mais benevolentes caso sua esposa não tivesse morrido alguns anos antes. Mas como não sabia nada a respeito dela, era impossível responder a isso. Ao longo dos anos, Mr. Lambert e eu conversamos poucas vezes, e recentemente não mais nos falávamos. Mas em algum momento ele me disse que não gostava de árvores. Davam muito trabalho. Substituiu a acácia da frente pela murta, e permitiu que uma moita solitária de agapantos sentasse obediente junto à soleira da porta de entrada. Seu ato final de limpeza do jardim foi arrancar o gramado da frente e substituí-lo pelo capim-de-burro. Ele o semeou amorosamente com as próprias mãos e o regou de modo obsessivo, primeiro com uma mangueira que só borrifava água, para não incomodar as sementes, depois com um regador. Em algumas semanas havia ali um tapete aveludado, de um verde-cinza.

Archie, o especialista em gramado, observava tudo isso com uma mistura de inveja e descrença. O gramado era uma boa coisa, se você pretendia usá-lo. Melhor ainda se tivesse água em abundância para mantê-lo — mas quem tinha, nos dias de hoje? Crianças brincando, refeições no quintal durante o verão, ou apenas sentar e ficar olhando para algo confortavelmente verde. Mas o gramado de Mr. Lambert, enorme em proporção diante de sua pequena casa, mal recebia um olhar fortuito por parte de seu dono, exceto, claro, quando estava cuidando dele. As persianas da janela da frente ficavam totalmente fechadas a maior parte do tempo. Ele nunca se sentava na pequenina varanda da frente, nunca descansava em seu gramado. No entanto, estava sempre regando, manualmente quando havia racionamento, fazendo viagens intermináveis até a torneira e voltando para molhar cada centímetro. Colocava fertilizante líquido. Arava-o com uma vistosa ferramenta que ficava entre um ancinho e um rolo compressor. Deitava-se no gramado e arrancava cada planta suspeita. Alisava-o como se fosse um campo de futebol. Eram sete por nove metros talvez do mais perfeito gramado que Archie e eu já tínhamos visto, mas que em outros momentos o dono ignorava. Nunca vi algo tão necessário e ainda assim tão irrelevante à vida de uma pessoa.

Eu deduzia que o quintal de Mr. Lambert ainda fosse uma pequena extensão de terra cheia de cascalho cortada por um conjunto de móveis de plástico, que ele deixava inclinados para a frente e cobertos com uma capa de plástico. Não tinha certeza, já que não era mais possível espiar por cima da cerca, pois ele instalara telhas de metal para frustrar os bisbilhoteiros. Tinha arrancado até mesmo o varal giratório, substituindo-o por um varal que podia ser elegantemente dobrado. Recentemente, cortara os pedúnculos de todas as nossas costelas-de-adão que se penduravam audaciosas por cima da cerca. Archie as encontrou jogadas para o nosso lado e eu pedi a ele que não as arremessasse no jardim vizinho. Archie não conseguia conter sua raiva diante daquele ultraje cometido contra uma planta inocente, e não muito tempo antes eu mesma teria atirado os pedaços por cima da cerca, com a fúria me controlando. Ele se contentou em enfiar os caules de novo de encontro à cerca, para que suas folhas pelo menos censurassem nosso vizinho conforme fossem secando.

ERA UM DIA BONITO PARA vagar pelo jardim em vez de ficar tentando me lembrar de como fazer um bolo de frutas que eu outrora poderia fazer de olhos fechados. Para escrever, eu precisava me lembrar com clareza dos ingredientes e do método, o que era difícil quando você sempre seguia o instinto. Eu nunca havia escrito uma receita antes, quanto mais pensado em pesos e medidas corretos. Tinha feito aquele bolo tantas vezes, mas quantos quilos de frutas secas eu usava? Que proporção de passas, groselhas, frutas cristalizadas e nozes? Eu incluía cerejas? Duas garrafas de conhaque ou uma de conhaque e uma de rum? Pensar nisso seria exaustivo mesmo para uma pessoa saudável. Adiando o trabalho, fui arrumar meu escritório, e deixei a janela aberta ao máximo. Inspirei o aroma glorioso. Meus pulmões se inflaram com o odor delicado do jasmim novo espumando ao longo da cerca lateral e o odor apimentado das acácias, já bastante floridas. A glicínia brotando abundantemente da videira.

Glicínia. Claro. Encontrei o bloco onde estava anotando ideias para o casamento, e sob Local escrevi Jardim Botânico. As glicínias estariam maravilhosas por lá. Daisy ficaria parecendo um anjo. Seu cabelo de Botticelli sobre um vestido claro — rosa ou limão ou lilás. O gramado vivo e colorido, o céu de um azul vivo, tudo isso num contraste brilhante com a sua beleza renascentista.

Eu estava fantasiando demais. Aos vinte e cinco anos, Daisy provavelmente estaria usando o cabelo curto e nada além de calças cargo pretas e camisetas rasgadas em lugares estratégicos. Minha doce e querida filha caçula, que estava sempre preocupada com bonecas e bichinhos e tudo o que fosse fofo, que dormiria com Kitty se eu deixasse, que brincava de família feliz com seus três camundongos e ficava com um deles o dia inteiro no bolso, que implorava para ter patinhos de verdade, mas se contentava com a coleção de patinhos de borracha que ainda usava no banho. Sem dúvida a essa altura ela teria descoberto sua verdadeira sexualidade e estaria apaixonada por uma mulher irlandesa, que compartilhasse de sua paixão por *piercings*, mostras de cães e críquete de um dia. Quanto mais a lista se avolumava com detalhes da decoração das mesas e da organização dos assentos, mais convencida eu ficava de que aquilo nunca ia acontecer. Provavelmente seria uma cerimônia em que as duas assumiriam compromisso, muito provavelmente em um lugar irônico feito a velha Mortuary Station ou o Hungry Jack's em Darling Harbour, com os cães (seriam da equipe de apoio) usando gravatas roxas. Mas se fosse assim, haveria fundamentos de uma lista para partir. No caso improvável de Daisy querer uma festa de casamento, eu teria feito a minha parte.

Pensei em fazer o bolo (e então me lembrei de que a medida era meia garrafa de conhaque e meia de rum), que definitivamente sobreriveria aos anos. Mas tirando o esforço envolvido em ir comprar os ingredientes, depois misturar e fazer a cobertura, achei que fazer isso na verdade confirmaria a visão que Archie tinha de mim como obcecada por controle. Eu teria que lhes deixar a receita do bolo de frutas de casamento, ia de algum modo extraí-la da cabeça e escrevê-la adequadamente eu própria. Talvez até a enviasse para a minha correspondente, a Mãe da Noiva.

Deixei a lista de lado e fui adiantar o trabalho de verdade. Fora o pedido da Mãe da Noiva, havia mais dez e-mails esperando por respostas.

Cara Délia,
lembra-se de que escrevi, faz algum tempo, perguntando sobre listas
de compras? Eu e minha amiga do golfe consultamos aquele livro de
Mrs. Beeton que você mencionou, e agora estamos nos perguntando
se seria uma boa ideia escrever inventários de nossos lares. Roupa de
cama e de mesa, aparelhos de jantar, além de nossas joias e coisas do
tipo. Para os filhos e os netos. E por precaução também, claro.
Incerta

Cara Incerta,
se eu me lembro corretamente, você também me disse que ambas es-
tavam com sessenta e cinco anos. Nessa idade, vocês querem mesmo
atravancar suas vidas com mais papéis?

DOZE

No segundo dia em Amethyst, fiquei no meu quarto, no hotel. Lá fora o dia estava bonito e convidativo, sendo o outono mais ao norte tão agradável. Mas passei um bom tempo num banho de banheira, usando os insuficientes minifrascos de xampu e sabonete líquido. Sequei-me com duas toalhas de banho, jogando a terceira em cima do corpo como um roupão. Deitei-me na cama para ler todas as propagandas dos estabelecimentos locais que faziam lavagem a seco, comida chinesa para viagem e passeios a minas de pedras preciosas. Ataquei os minichocolates do minibar e fiz uma xícara de chá de saquinho, depois uma xícara de café instantâneo com leite longa vida, despejando ambas na pia do banheiro quando confirmei que estavam tão ruins quanto era esperado. Por fim me vesti e levei uma garrafa de água mineral para a sacada. Ela dava para um lago com lírios e para a piscina por trás da cerca. Ali perto ficava o pátio e o canil do labrador sonolento.

Eu tinha que começar a pensar em voltar para o meu velho *trailer* no estacionamento do Mitchell, mas só podia fazer isso passo a passo. Sentada ali, tracei mentalmente a rota até a casa onde eu vivera por oito anos e não via fazia catorze. Eu sairia daquele hotel, viraria à esquerda, depois à direita, depois novamente à esquerda. De ponta a ponta, levaria menos de cinco minutos para chegar lá. Haveria uma placa, Estacionamento de Trailers de Amethyst, provavelmente desbotada a essa altura. Então, passando pela cerca da frente, ao longo do caminho de cascalho, passando pelo depósito que Mitchell outrora usava como escritório, eu contornaria as palmeiras e passaria pela lavanderia.

Eu sempre chegava à lavanderia. E não passava dali.

Peguei outra bebida e o pacote com dois biscoitos de chocolate. Comi um e joguei o outro para o cachorro.

Quando eu morava lá, adorava aquela lavanderia, mesmo sendo tão antiga. Entre os outros residentes incluía-se um casal de idosos que tinha instalado uma lavadora Hoover mais moderna atrás de sua van, um funcionário público aposentado que levava sua roupa suja à lavanderia da cidade a cada duas semanas e um grupo variável de homens jovens que vinham do circo, e que dormiam no estacionamento de *trailers*, mas costumavam usar as instalações do circo. Então, fora os visitantes e os turistas, eu era a única pessoa a usar a lavanderia regularmente, e fiz dela meu território. Colocava minhas roupas e lençóis numa das máquinas, agitava-as com a velha colher de pau, depois enxaguava e torcia com a mão. Para peças realmente sujas, acendia o tacho de cobre, alimentando o fogo com pedaços de madeira e chumaços de jornais velhos até o lugar todo ficar com o jeito e o cheiro de alguma espécie de laboratório, borbulhando com líquidos potentes e com o ar espesso de um nevoeiro químico. Eu era uma aprendiz de feiticeiro. Entregue aos meus próprios truques, quem sabe o que haveria de produzir?

Nada além de roupas limpas, claro. Depois que Sonny nasceu, eu o acomodava em seu cesto ao lado da porta, para que o sol pudesse beijar seu rosto enquanto eu agitava e esfregava e torcia. Naquela época, eu podia passar horas lavando roupa, prendendo lençóis e mantas de criança na velha corda estendida atrás da lavanderia, juntando os montes de roupas perfumadas antes que o Sol começasse a se pôr, abrindo a tábua de passar no anexo e executando a tarefa desnecessária de passar lençóis e panos de prato. Sabia que não havia sentido nisso — como se um bebê ligasse para quão bem-passadas suas coisas estavam —, mas eu sempre fazia. Passava os babadores de algodão e roupinhas de Sonny com mais cuidado do que jamais passara uma camisa de seda ou um par de calças. De algum modo parecia importante fazer aquilo. Assim como mais tarde se tornou vital não deixá-lo sair descalço. Eu jamais seria confundida com a ralé dos *trailers*, e ninguém jamais teria pena de mim ou de minha situação. Talvez fosse por observar essa dedicação à minha missão que Mitchell tenha me oferecido o emprego de faxineira e gerente e zeladora de todo aquele espaço, já que ele abrira um novo negócio na cidade que o mantinha afastado durante horas. Ou talvez ele fosse mais observador do que isso.

Deve estar sendo difícil, com uma pensão de mãe solteira, disse ele, alguns meses depois do nascimento.

Os pagamentos tinham começado a chegar fazia pouco, graças à minha recente mudança interestadual e à inércia burocrática costumeira. Nessa época eu esperava no correio a cada duas quintas-feiras, na cidade, e era a primeira na fila do banco. Não ousava pensar em quanto me custaria quando Sonny precisasse de mais do que leite do peito e roupas de bebê.

Eu realmente preciso de ajuda, disse ele. Assim ambos fingíamos que a oferta não se tratava de caridade.

Mitchell não me disse que havia um homem contratado para podar a grama do estacionamento de *trailers*. A certa manhã eu estava de joelhos junto ao portão da frente, Sonny em seu carrinho, ao meu lado. Eu estava cortando o mato que se esgueirava pelo caminho quase que da noite para o dia, por conta daquele clima quente e úmido. Usava um par de tesouras entravadas que encontrara na lavanderia, e depois de dez minutos já estava suando e com as mãos machucadas, quando um homem chegou numa van. Ele saiu e olhou para mim por um instante, depois pegou um par de tesouras de cabo longo.

Isto aqui vai ser muito melhor, disse ele, oferecendo-me uma tesoura.

Ótimo, disse eu, jogando a minha velha tesoura na grama. Pode assumir o trabalho quando quiser. Virando de costas para ele, levei o carrinho com o bebê embora dali.

Prazer em conhecê-la também, exclamou ele, às minhas costas. Aliás, meu nome é Archie.

Minha falta de cortesia não pareceu tê-lo incomodado, pois todas as vezes que o vi depois disso ele apenas acenava ou dizia olá e continava podando. Mitchell só queria que eu mantivesse as coisas em ordem, então me recolhi nos fundos do terreno. Podia cuidar dos jardins dali e deixar para Archie o trabalho mais profissional na frente. Numa tarde escaldante eu vinha da rua com o carrinho, encalorada e cansada, louca por uma cerveja gelada, um dos luxos que havia em minha pequena geladeira. Encontrei Archie pingando com o esforço de podar a enorme figueira que ficava no portão da frente. Estava quente demais para hostilidades. Peguei uma cerveja para cada um e ficamos sentados na sombra admirando o trabalho dele. Depois, isso se tornou uma espécie de ritual. Mais para a frente, eu até comecei a esperar ansiosamente por ele. Archie nunca mencionara uma namorada. Na verdade, embora conversássemos de maneira bem amigável, nenhum de nós discutia assuntos pessoais, não naquela época. Mais tarde, ele me contou de uma mulher com quem saía, mas que era difícil; uma hora estavam juntos e na outra não. Realmente difícil.

O que você quer dizer com difícil?, perguntei.

Digamos que há concorrência, respondeu ele.

Quer dizer que ela está com outra pessoa?

Algo desse tipo.

Então por que ela não escolhe: ele ou você?

Quando Archie riu, eu primeiro pensei que a outra pessoa dela pudesse ser uma mulher. E vi como minhas palavras deviam ter soado tacanhas e insignificantes.

Bem, isso não é possível, na verdade. Ela está apaixonada por um homem morto, até onde eu sei. E estou ficando meio farto disso.

Quando ele se recostou na cadeira e fechou os olhos e suspirou, eu me senti tentada a cutucá-lo para saber mais, e então ele começou a cantarolar, desafinado, *Love me tender, love me blue*...

Não é Pearl?, disse eu.

Você a conhece?

Claro. Mitchell me mandou falar com ela logo depois que cheguei. Metade dos livros que tenho aqui é da livraria dela.

Pearl era morena, bonita, com *dreadlocks* nos cabelos. Sua loja de troca de livros — seu emprego diurno — ficava na frente de sua casa, que era uma Graceland em miniatura. Seu emprego noturno era a presidência do Fã-Clube de Elvis em Amethyst e Distrito, e o distrito era tão imenso que a ocupava um bocado, organizando a busca de talentos e shows comemorativos e encontros para trocar recordações e qualquer outra coisa que os fãs de Elvis fizessem. Eu sentia que devia um bocado a Pearl, já que ela me dava total liberdade com sua excêntrica coleção de livros — a maioria conseguida em festivais de cidades do interior e feiras de rua e vendas feitas em porta-malas de carros — e não me cobrava quase nada. Se ela e Archie... bem, se chegasse a isso, nem chegaria a haver concorrência de verdade.

Foi quando falei com ele sobre Van — embora, como Van era quase uma celebridade, ele já sabia a maior parte do que havia para saber —, e isso também foi quando deixei claro que homem nenhum jamais voltaria a entrar nos poros da minha alma daquele jeito.

SABER QUE SONNY AMAVA Archie tornou as coisas mais difíceis. Fez com que eu oscilasse durante alguns anos entre a ideia de que Archie e eu éramos um casal de verdade e a ideia de que talvez eu só achasse isso por tornar tudo mais fácil para mim e para Sonny. Entre a ideia de que se eu concordasse em me mudar para a casa de Archie seria apenas uma decisão conveniente, com Sonny crescendo e o *trailer* se tornando cada vez mais impossível, e não um desejo por quem Archie era. A ideia de que eu realmente não fazia a menor ideia. O pensamento dava voltas na minha cabeça como um rato numa roda. Estranhamente, aquilo não parecia incomodar Archie. E por isso eu lia tanto. Era mais fácil entrar nos dilemas ou indagações ou pesadelos de outra pessoa do que confrontar ou resolver os meus.

Sempre disse a Sonny o que achava que ele devia saber, já que total sinceridade, como eu havia descoberto, não era sempre a melhor opção com as crianças. Certo dia, seu peixinho dourado, o melhor animal de estimação que uma mãe moradora de um *trailer* podia proporcionar ao seu filho, começou a boiar no aquário e a se putrefazer. Sonny parecia saber lidar com a morte de Jaffa, mas a ideia de que o corpo do peixe, então colocado solenemente na boa terra — do lado do *trailer*, perto de uma bananeira que eu havia plantado recentemente —, estaria sujeito aos vermes, às bactérias e a outros ataques da natureza fez com que ele chorasse de soluçar durante horas.

Então eu tive que lhe dizer parte da verdade sobre seu pai. A história editada. A versão da revista *Seleções* da Reader's Digest. Sempre fora suficiente para meu filho, mas àquela altura Sonny estava com oito anos e notava cada vez mais o fato de que a maioria das famílias tendia a ser como nos livros de história. E que quase não existiam meninos sem pais. Acho que sua pergunta veio de uma recente provocação no *playground*, ou talvez uma pergunta ou uma indireta inocentemente cruel que os professores costumavam jogar de tempos em tempos. Normalmente na época dos projetos, quando esperava-se que os pais se alistassem para ajudar a construir uma maquete do sistema solar, ou em dias de festa, em que eram requisitados para montar cachorros-quentes.

Não foi o Dia dos Pais que provocou a pergunta no McDonald's, naquela tarde. Não foi nada em particular, exceto pelo fato de que tínhamos brigado mais cedo naquele dia, e embora Sonny estivesse errado e minha ira se justificasse, eu ainda me sentia culpada. Ele tinha fugido do estacionamento dos *trailers* naquela manhã enquanto eu estava na lavanderia. Queria visitar seus amigos no circo e eu havia dito a ele que tinha coisas a fazer, e só poderia levá-lo mais tarde. Eu limpava o estacionamento, esvaziava as latas de lixo, fazia algumas outras tarefas que faziam parte do meu emprego. Depois de pendurar a roupa limpa, eu pediria que Sonny me ajudasse, e então íamos devolver uns livros da biblioteca, e depois visitar o circo. Tara e uns outros amigos iam dar uma festa. Mas quando voltei para o *trailer*, Sonny tinha sumido. Quando cheguei ao circo, a pé, minha ira já tinha se acalmado consideravelmente, mas não o bastante. Eu o arrastei para longe de seus amigos enquanto ele chorava e gritava e me chamava de pior mãe do mundo, dizendo que me odiava. Quando chegamos em casa, eu estava tão cheia e tão exausta que quase o joguei pela porta do *trailer*.

O tempo todo eu me perguntava como seriam esses momentos se houvesse um pai por perto. Eu ficaria menos zangada? Fiz com irritação o que restava da limpeza, e quando acabei de varrer a área de churrasco e acabei de lavar com a mangueira os boxes dos chuveiros, já estava calma. Quando olhei para dentro, Sonny estava sentado no *trailer* jogando paciência com um baralho. Pensei que ele ainda estaria furioso, ou taciturno, ou me dando um gelo pelo resto do dia. Em vez disso, ele sorriu para mim, como se toda aquela raiva não tivesse sido mais do que uma rápida brisa, que desaparecera antes que você mal se desse conta da mudança no ar. A culpa e o amor se agitaram no meu coração em doses iguais, como sempre acontecia nesses momentos. Eu me lembrei de que ele não tinha almoçado.

Quer ir ao McDonald's?, perguntei eu. Estou convidando.

NAQUELA TARDE, a caminho de casa, Sonny estava outra vez parecendo amuado, e me dei conta de que eu não tinha respondido à sua pergunta. Mas na verdade, àquela altura, eu finalmente tinha me decidido. Tinha planejado uma surpresa para aquela mesma noite, quando o Sol estivesse morrendo e nós estivéssemos sentados do lado de fora, Archie e eu nas cadeiras dobráveis de alumínio, Sonny circulando ao nosso redor com sua patinete. Com bebidas geladas à mão, o ar morno se agitando e os papagaios provocando uns aos outros nas palmeiras lá em cima, taramelando e abrindo caminho em disparada na noite que chegava, seria o momento perfeito para eu dizer a ambos o que eles queriam ouvir. Sonny teria o pai que queria. E Archie, a quem eu resistira por tempo demais, teria a mim.

Antes de chegar à cidade, descemos do ônibus na curva para a esquerda um pouco antes da rua principal, num trecho reto da estrada onde as árvores eram mais altas e mais finas e de certo modo solitárias, e onde o cemitério se estendia como uma erupção numa parte seca e plana do terreno. Aquele cemitério não tinha cercas, e era pouco organizado, se escarrapachando ao redor de árvores e arbustos e uma ou outra pedra ocasional, como se desde sempre fizesse parte da terra. Eu sempre achei que era grande para um lugar com uma população em torno de vinte mil pessoas. Será que as pessoas iam para lá morrer, eu me perguntava, será que tinham dividido a terra dos mortos junto com a dos vivos quando fundaram Amethyst, mais de cem anos atrás?

Caminhamos pela estrada por cinco minutos até encontrar a trilha de pedras que abria caminho entre lápides caídas e epitáfios foscos e corroídos. Embora aquele lugar fosse seco e um tanto deserto, não era de modo algum um cemitério árido. Havia árvores, pedras e arbustos em quantidade suficiente para fazê-lo parecer apenas parcialmente construído pelo homem, quase que totalmente pertencente à natureza. As sepulturas tendiam a se aninhar no chão como se aquele sempre fora o seu lugar. Segurei a mão de Sonny quando pegamos uma bifurcação no caminho e seguimos até o fim dele. Ali havia três sepulturas diferentes das outras, destacadas por suas lajotas de granito, uma delas em pedra rosada, com inscrições simples em dourado anunciando as vidas e as mortes dos avós dele, Ivy e Arthur, e da mãe de Ivy, Constance. Seus parentes mais próximos na cidade, além de mim.

Falei a ele, de modo simples e claro, sobre seu pai e o passado, e expliquei que as pessoas que jaziam debaixo de nós eram os avós do pai dele, e sua bisavó. Confessei que tinha brigado com minha mãe quando estava grávida dele, que não a via desde então e me recusava a permitir que ela me visitasse — nos visitasse —, embora ela mandasse regularmente presentes para ele e eu mandasse para ela seus desenhos e cartões feitos à mão.

Vim atrás de seu pai, disse eu, ou achei que estava vindo. Eu era muito bobinha.

Como você chegou aqui?, perguntou ele depois de uma pausa durante a qual achei que ia ficar aborrecido, ou zangado, ou pedir para ir embora e ver Jean imediatamente.

Peguei o ônibus.

Que tipo de ônibus?

Eu sorri. Era um ônibus grande, de viagens intermunicipais, claro. Um Volvo B59. Branco, com detalhes verdes.

E não havia mais nada a dizer. Mais palavras pareciam simplesmente desnecessárias, e ele não parecia desejá-las. Então nós apenas ficamos ali por algum tempo, de mãos dadas e sentindo o Sol da tarde em nossas nucas, observando os túmulos que representavam os únicos familiares de seu pai que ele provavelmente jamais viria a conhecer.

Vamos visitar Jean, disse eu, sua avó. Assim que eu puder.

E o resto das minhas notícias eu guardaria até o cair da noite.

TREZE

Cara Délia,
minha tia me deu sua velha panela de barro, mas nenhum livro de
receitas. Não tenho certeza se vale a pena tê-la. Sei que se deve cozi-
nhar as coisas de um dia para o outro nela. Isso é possível?
Curiosa

Cara Curiosa,
você tem duas opções. A primeira é considerar o cozimento lento
como uma oportunidade de diminuir o ritmo de tudo. Parar de correr
para o trabalho de manhã. Parar de trabalhar. Sentar-se do lado de
fora e desfrutar do crepúsculo. Caminhar pelo maior parque que
você conseguir encontrar. A segunda é jogar fora a panela de barro
e desfrutar do momento. Comer ostras. Ver três filmes por semana.
Beijar seu amante.

A CASA ERA UM PORTO SEGURO. Mas, ao mesmo tempo, não necessariamente pacífico. Não com crianças. Eu já aprendera, fazia muito tempo,
a lidar com o barulho de fora — e às vezes de dentro — do meu escritório enquanto me concentrava em minha coluna semanal ou pesquisava
livros. Sempre tive uma gratidão patética pela existência de e-mails, já
que você podia responder perguntas ou fazê-las enquanto as crianças cho-
ravam e brigavam e chamavam do banheiro ou escutavam The Wiggles
mais uma vez sem o constrangimento de tudo aquilo ser ouvido por telefone. Não era nada inesperado que eu nunca tivesse conseguido o que
outrora teria chamado de emprego de verdade. Ninguém levava a sério
uma mulher cuja filha estivesse no fundo jogando uma peça de Lego

Duplo na geladeira ou caindo de uma prateleira que obstinadamente decidira escalar.

Qualquer pessoa morrendo ansiava em ter paz. No entanto, num certo sentido, eu não estava morrendo. Eu *ia* morrer. Uma grande diferença das minhas filhas, para quem o futuro era basicamente uma abstração, se é que existia. Elas podiam ver que eu ainda estava suficientemente bem para trabalhar, cuidar da casa, viajar. Sabiam que eu não ficaria viva por muito tempo mais, mas isso não era o mesmo que compreender que eu estava morrendo. E eu preferia assim. Mas às vezes eu apenas queria ficar sentada sem fazer nada além de ouvir as folhas sussurrando. Às vezes eu queria me sentar no quintal e colocar as meninas no colo, mesmo grandes como elas estavam, e olhar para além dos lagos e do gramado, para o galinheiro. Não fazer e não dizer nada. Apenas senti-las respirando de encontro a mim.

E às vezes eu não queria, mas não queria mesmo, ouvir Daisy praticando sua flauta doce, principalmente quando estava bem no meu ouvido. Aquele que era o mais irritante de todos os instrumentos e parecia arruinar ainda mais os meus sentidos. A médica explicou que isso era normal. Sons, cheiros e até mesmo cores podiam se tornar repulsivos ou mesmo dolorosos durante o tratamento e depois dele. Eu não havia acreditado nela até que certa manhã queria desesperadamente agarrar a flauta doce e parti-la ao meio.

Fiquei sentada em meu escritório com a porta fechada e a cabeça entre as mãos.

Daisy abriu a porta e entrou. Mamãe, você não estava escutando.

Claro que estava.

Não consigo praticar se você não me escutar.

Está bem, então. Trinquei os dentes e escutei mais uma versão de dar nos nervos de "Merrily We Roll Along". Com um instrumento como a flauta doce, duvidava que mesmo Jane Rutter pudesse fazê-lo soar harmonioso.

Uma graça, realmente uma graça, disse eu.

Isso está uma droga, gritou de longe Estelle.

Cale a boca!

Cale a boca *você*!

Então Daisy soprou o instrumento com o máximo de folêgo, produzindo sons tão irritantes que meus nervos não se sentiram exatamente arranhados, mas sim serrilhados, de uma ponta a outra.

E aí começou. Cale a boca, sua idiota. Eu odeio você. Você é uma vaca (Daisy). Por que você não toca triângulo, é a única coisa que sabe fazer direito (Estelle). Me deixe em paz, sua babaca (Daisy). Ei, que boca suja! (eu). Você acabou com a minha vida (Estelle). Ela *é* uma babaca (Daisy). *Você* é uma babaca (Estelle). Estou avisando as duas (eu de novo). Ah, por que você não morre? (Estelle). Então o refrão outra vez: Cale a boca, sua idiota, eu odeio você...

Era um roteiro bem-ensaiado, fora uns poucos improvisos. Retardada. Imbecil. Eu detesto você. Saia do meu quarto. Você é um zero à esquerda. Este quarto é meu também. Mande ela parar.

Empurrões e tapas. Gritos e lágrimas. Quedas. Chutes.

E continuava sem cessar, bem atrás do meu escritório, apesar dos meus apelos. Mas naquele dia eu estava tão exausta com tudo isso. Não completamente sem energia, porém. Por fim saltei da mesa e em vez de agarrá-las pelos cabelos e arrastá-las pela porta da frente e jogá-las na rua como eu tinha vontade de fazer, eu por fim as repreendi na cara delas:

Fiquem quietas! Eu estou tentando trabalhar, e vocês sabem disso!

E como isso não as fizesse parar, eu gritei o mais alto que pude:

Eu estou mesmo morrendo! Não que vocês duas se importem.

Ambas se viraram e olharam para mim. O súbito silêncio deu ainda mais força às minhas palavras seguintes.

E pelo menos quando eu estiver morta vou poder ter um pouco de paz! Não vou ter mais que escutar toda essa merda!

SENTEI-ME NA VARANDA dos fundos com um gim e uma água tônica que nem mesmo queria. Não me importava com o que elas estavam fazendo. Tudo o que me importava era que agora estava silencioso dentro de casa. Silencioso o suficiente para ouvir a culpa moendo minhas entranhas como uma ferramenta enferrujada. Eu já tinha feito o que jurara para mim mesma nunca fazer: usar minha morte próxima para fazê-las se sentirem culpadas.

O que houve?, disse Archie.

Eu nem o escutara chegar em casa.

O que houve é que eu sou a pior mãe do mundo. Não consigo lidar com as brigas delas. Acabei de falar para elas que preferia estar morta.

O que você está dizendo?

Acho que elas estão na cama chorando debaixo das cobertas. Bem, talvez não Estelle. Ela provavelmente está enfiando alfinetes numa boneca para me ferir.

Dei um gole no gim. O gosto era horrível.

Não estão, não. Entre, seja como for está ficando frio aqui fora.

Suspirei e me levantei. Foi um esforço.

Depois que tudo tinha se acalmado, sentada lá nos fundos, eu me dei conta de que o que me consumia por ter mais de uma filha era que eu odiava as duas quando atacavam uma à outra, porque amava cada uma quando estavam sendo atacadas. Toda essa emoção complexa. Ser rasgada ao meio e ter as duas metades jogadas às chamas. Mesmo que você fosse uma pessoa saudável, era exaustivo.

E eu disse merda na frente delas.

Venha, disse ele, passando um braço nas minhas costas.

Daisy estava sentada à mesa de jantar em meio a uma bagunça de lápis de cera, papéis, *marshmallow*, pão com manteiga e centenas e centenas de confeitos, na mesa, no chão, na mantegueira, poucos efetivamente no pão. Charlotte estava na mesa do computador ao lado de Estelle. Eu não tinha me dado conta de que ela viera com Archie.

Oi. Como você está se sentindo?

Ah, tudo bem, respondi.

Daisy estava com fome, peguei um lanchinho para ela comer, disse Estelle, sem tirar os olhos da tela.

Ei, mãe, olhe esse desenho que eu fiz da China.

Depois de algum tempo lá fora, eu me esquecera daquilo. Inimigas mortais num minuto, companheiras no seguinte. Aquela capacidade de esquecer. O perdão que vinha tão rápida e naturalmente que não era nem mesmo perdão. Viver no momento. Eu precisava de um pouco mais daquilo.

Acho que podemos sair hoje à noite, disse Archie. Charlotte se ofereceu para ficar com as meninas.

Obrigada, Archie. Foi uma boa ideia. Mas não estou muito animada.

Então Charlotte se sentou com Estelle e a ajudou a terminar de usar o Photoshop para transformar fotos dela e de suas amigas em jovens góticas transviadas, e eu ajudei Daisy a colorir enquanto Archie esquentava um pouco de sopa. E depois que elas foram para a cama eu fiquei de joelhos com a pá de lixo e a vassoura e limpei cada um dos incontáveis confeitos.

Cara Délia,
preparei uma amostra de bolo, mas não fiquei contente com o resultado. Tem certeza de que me passou todos os ingredientes?
Mãe da Noiva

Cara Mãe da Noiva,
a vida é curta. Corra riscos. Quanto conhaque você usou?

CATORZE

Graças aos visitantes itinerantes e às vezes evasivos de Mitchell, eu tinha conseguido equipar o *trailer* com bastante conforto. Ele tinha um depósito cheio de pertences abandonados que eu podia pegar. No dia seguinte, selecionei lençóis, um cobertor, várias toalhas, dois travesseiros e uma variedade de utensílios de cozinha, nada combinando, tudo aproveitável. Lavei a roupa de cama, e quando já tinha arejado e limpado o *trailer*, trocado suas cortinas e feito a cama ele estava com o meu jeitinho e o cheiro de que eu gostava. Alguns dias depois, quando todo o meu estoque acabou, fui caminhando até o centro da cidade. Coisas como pasta de dente, xampu, papel higiênico e livros estavam em minha mente. Subi o ligeiro aclive na direção do rio, virei para o sul e depois caminhei por toda a extensão da rua, observando as casas grandiosas mas modestas que se escondiam parcialmente atrás de camadas de plantas — palmeiras, sobretudo, de todas as variedades, e trepadeiras lustrosas e pequenos bosques de bananeiras e jasmim aos montes — pontuadas por borrifos surpreendentes de cores: hibiscos, buganvíleas, dipladênias e todos os tipos de outras flores que eu não sabia nomear. Não vi ninguém naquela caminhada até a cidade, embora estivéssemos no meio da manhã de um dia de semana e desconfiasse de que as atividades estivessem acontecendo normalmente: funcionários do correio, jardineiros, mulheres varrendo as varandas, crianças saltando pelos caminhos, velhos de cardigã se abaixando para pegar o jornal em cima do capacho. Vi janelas abertas e persianas de ripas de madeira batendo lânguidas com a brisa, irrigadores rodando vagarosos nos gramados. Vi portas abertas e gatos em cadeiras de vime nas varandas, e ouvi os ecos fracos de dentro dessas casas, que indicavam a presença de pessoas. Mas fora isso eu podia estar sozinha na cidade, numa bela manhã de final de inverno.

A um quarteirão das lojas principais, tudo isso mudou. Um carro veio zumbindo na minha direção e virou à direita, e então foi como se um diretor num *set* de filmagem tivesse gritado Ação!, o claquete tivesse batido e tudo estivesse vivo e animado outra vez. Alguém ligando um cortador de grama em algum lugar à minha esquerda, uma mulher com uma criança num carrinho dobrando a esquina logo em frente, uma fila de crianças de escola com as mãos dadas que apareceu mais adiante, as toalhas sobre os ombros, indo à piscina para aulas de natação, e um zumbido constante de trânsito passando: uma cidade normal em sua rotina de todos os dias.

Exceto pelo fato de que, do modo como eu via aquele dia, ele era ligeiramente anormal. Amethyst era um lugar suave, um lugar que absorvia a pessoa sem protestar, e a recebia com uma passividade que significava que ela se sentia presa, contida. Quase suspensa, como um ovo em sua casca. E não era simples como voltar no tempo, trinta ou quarenta anos, até os dias antes da tirania das cadeias de *fast-food* e das franquias que se apropriaram de cada uma das cidades no país e as carimbaram com seu próprio padrão ousado e inconfundível, elevando-as a propaganda permanente em plástico e neon durante vinte e quatro horas por dia. Havia a loja de computadores e máquinas de escrever elétricas, a locadora de vídeos, a loja de alimentos saudáveis com seu letreiro vistoso em roxo e prata, estilo *new age*, e a estante de livros em promoção do lado de fora da banca de jornal — confirmando que o que quer que tivesse conquistado e moldado Amethyst até transformá-la em algo tão único certamente não era uma falha no tempo.

Na Oasis Street havia uma loja chamada Cliff's Handy Mart, um pequeno mercado com apenas dois corredores de produtos organizadamente dispostos. O fardo da escolha, um dos mais insidiosos do fim do século XX, havia sido suspenso. Eu queria pasta de dente, e ali só havia dois tipos: Colgate Fluorigard (caixa vermelha) ou Macleans Freshmint (caixa branca). De pé, ali, ponderando sobre a escolha, eu me senti agradecida pela simplicidade de tudo aquilo. E no entanto também era necessária uma espécie de coragem para entrar numa lojinha com pouca iluminação e comprar o desconhecido. Você podia desaparecer na abundância brilhante de um supermercado, mas não podia se esconder num lugar como o Cliff's.

E foi assim que tive minha primeira conversa de verdade com Mitchell Pearson, há tanto tempo, embora tivéssemos nos conhecido alguns dias antes, quando Lazarus levou a mim e ao meu novo velho *trailer* até a cidade.

Escurecia, e Mitchell, preocupado em chegar ao bar para a noite, mal notara minha existência. Depois de me receber no estacionamento e pegar o sinal do aluguel, ele deixara para Lazarus a tarefa de aprontar meu lugar e me conectar à eletricidade. No final da manhã seguinte, ele veio e me disse onde eu encontraria as toalhas e os lençóis descartados, se eu precisasse deles, antes de sair correndo de novo. E desde então eu só o havia visto à distância, quando ele ia ao seu bar e voltava ao estacionamento dos *trailers*. Mas parada ali com minha pasta de dente (optei pela Macleans) e desfrutando dos prazeres mistos do alívio e do pesar que aquele breve momento de epifania me dava com relação às compras, à minha vida e ao final do século XX em geral, devo ter chamado sua atenção. Ou talvez eu só me fizesse notar por ser a única adolescente grávida da loja.

Mitchell usava seu quepe por cima dos cachos castanhos (embora por baixo ele pudesse ser careca, mas ninguém jamais haveria de saber, pois ele usava o quepe em toda parte).

Oi, disse ele, sem muita cordialidade nem cautela, no caixa do Cliff's, depois de dar uma olhada no meu cesto para os poucos itens que eu escolhera. Tudo certo, pois eu já tinha olhado para o dele: um pacote de fósforos Redhead, duas latas de ostras defumadas John West, um rolo de papel-alumínio, um desodorizador de banheiro com fragrância de rosas, uma barra de chocolate amargo e uma embalagem de leite desnatado (como acontece com as bolsas de mercado, você pode dizer um bocado sobre alguém a partir do que essa pessoa coloca em seu cesto de compras). Ele pediu desculpas por não ter me mostrado o lugar, me falou mais do bar, o que significava que as pessoas no estacionamento de *trailers* eram mais ou menos deixadas por conta própria, mas era assim que gostavam, e ele supunha que comigo não era diferente.

Venha tomar um drinque, disse ele, fico mais tempo lá do que no estacionamento. Bastante tempo sozinho, também. Posso lhe falar sobre a cidade. Tenho o café fora da cidade também, mas outra pessoa cuida dele para mim, agora que estou com o bar, e ali é mais divertido.

Será que ele achava que eu já tinha idade legal para beber? Será que achava que eu ia beber, em meu estado? Será que simplesmente não notara, ou não dava a mínima? Ele remexeu no bolso da jaqueta jeans e me entregou um cartão.

O bar fica logo adiante na rua, no próximo quarteirão, andar de cima. Você vai identificá-lo por causa do letreiro em neon.

Eu talvez não demore muito.

Claro, disse ele, fazendo que sim enfaticamente, do modo como as pessoas fazem quando não acreditam numa palavra do que você diz. Bem, vai ser um prazer vê-la.

Ele não podia estar tentando me passar uma cantada, pensei, não com aquele tipo de convite franco. Certamente não.

A frente do cartão dizia: Bar do Mitchell tel (07)42 8282. E no verso: Café do Mitchell, com um outro número. Sem endereço, horário de funcionamento, nada mais. Mas quando olhei para ele — magro, altura normal, boné azul-marinho puxado para trás, sacolas de compras iguais nas duas mãos — e pensei na perspectiva de uma noite fora, uma noite tranquila, voltando para o *trailer* cedo, o estado da minha mente me assustou. Foi preciso um convite casual para que eu me desse conta de como estava solitária, de como estava fazendo com que coisas como ir às compras se tornassem um evento longo e importante, para preencher os espaços entre as horas, quando as próprias horas se tornavam mais longas do que os dias. E minha estada havia começado só fazia poucos dias. As semanas e os meses seguintes já estavam começando a rachar e se abrir para revelar algo maior e mais vazio do que eu havia imaginado.

Enquanto ele saía, eu chamei:

Mitchell? A cidade tem algum sebo?

Ele olhou para mim como se compreendesse quem eu era pela primeira vez. Eu usava uma saia-envelope de *batik* e uma velha camiseta roxa. Tinha prendido o cabelo ao redor da cabeça, mas ele caía em mechas que em outra pessoa poderiam parecer casualmente elegantes, mas em mim eram só bagunçadas. Usava sandálias e segurava uma grande bolsa trançada arqueada com as compras. Parecia o que era: uma desleixada, nada atraente ou sofisticada, sem dinheiro e sem perspectivas além da óbvia para dali a alguns meses.

Dois, respondeu ele. Mas também há uma biblioteca particular, do tipo que faz trocas de livros. Você talvez se interesse. Mas se for até lá, prepare-se: a mulher que dirige o negócio também é uma fã enlouquecida de Elvis.

QUINZE

Cara Délia,
minha namorada diz que meu banheiro é nojento e não quer ficar
na minha casa até eu dar um jeito nele. Há um bocado de manchas
marrons em alguns lugares, mas ele me parece limpo o bastante.
Tentei vários produtos, mas aqueles que fazem a propaganda de que
é só aplicar e enxaguar não parecem satisfazê-la. Se o banheiro não
estiver limpo no fim de semana, não sei o que vou fazer. Por favor,
me dê um conselho.
Desesperado.

Caro Desesperado,
dizem que noventa e cinco por cento dos homens sofrem de Deficiên-
cia Ocular Seletiva, também conhecida às vezes como Cegueira de
Cozinha-Banheiro. Essa condição permite que um homem se bar-
beie com habilidade, encontre uma cerveja na geladeira e feijões em
lata num armário, mas não que veja o mofo no chuveiro e as pilhas
de embalagem de comida para viagem largadas na cozinha. O olho
nu humano é um órgão notável, capaz de identificar todos os peque-
nos ingredientes separados de uma pizza em microssegundos. Tam-
pouco há alguma diferença comprovada no funcionamento ocular
entre os gêneros. Estamos no século XXI, Desesperado, e já é hora de
homens como você acordarem desse absurdo.

DEPOIS DA SEGUNDA OPERAÇÃO e do terceiro diagnóstico, resignei-me com o
fato de que o último *Dicas do lar* que havia escrito seria o último, e enquanto
acrescentava quantas colunas conseguia no tempo que me restava, tive, de
repente, a melhor ideia de todas. Não precisava em absoluto abandonar as

Dicas para o lar. Liguei para Nancy e deixei uma mensagem. Duas horas mais tarde ela estava ao telefone, me pedindo para relaxar, para esquecer o trabalho, para arquivar a ideia.

Você simplesmente não quer contratar uma pessoa que estará morta dentro de um ano, comentei. Era apenas em parte uma piada. Nancy era gentil, mas também era uma mulher de negócios. O que seu contador diria sobre assinar um contrato com uma mulher com o pé na cova?

Por que você simplesmente não aproveita o tempo que lhe resta?, perguntou ela.

Isso é o que chamo de aproveitar, disse eu. Adoro meu trabalho. E sou a pessoa perfeita para escrever esse livro, recordei-lhe. Quantos outros especialistas naquele tipo de livro ela conhecia que tivessem experiência de morrer em primeira mão?

Pense no título, sugeri. Veja como *Mil e uma dicas para morrer* soa atraente...

Atraente?, disse Nancy. Você não quer dizer ousado? Para não dizer estranho... Quem diabos ia querer um livro com esse título?

É original, não é? E todo mundo morre, Nancy. Pense no público-alvo potencial.

Fez-se silêncio do outro lado da linha. Aproveitando o momento, enumerei minhas razões: pesquisa impecável, meu conhecimento pessoal, a brecha no mercado (ouvi uma agitação em sua respiração diante da palavra mágica), meu histórico de nunca ter matado um dia de trabalho. Não fiz piada com "trabalho morto", embora fosse tentador, pois Nancy tinha pouco senso de humor e um horror correspondente daqueles que se recusavam a levar a sério sua própria mortalidade. Caprichei um pouco mais no aspecto da brecha no mercado. Qual dos seus concorrentes publicara um livro daqueles? De todos os títulos de autoajuda e guias práticos disponíveis, quem já lançara algo parecido com um manual para morrer? Não para a morte. Não para o luto. Mas para morrer. Um manual prático, com uma perspectiva interna. A perspectiva de uma praticante. De uma profissional.

Eu quase podia ouvir as células faiscando, o cérebro de Nancy já se esquentando com as possibilidades de uma tiragem grande, propaganda nas livrarias, anúncios em latas de lixo e trechos em revistas femininas.

Nancy, vou levar dois, três meses no máximo.

Vou precisar de uma proposta por escrito, disse ela.

Editores comerciais eram animais estranhos. Viviam, respiravam, pensavam e lidavam com livros. Provavelmente os levavam para a cama. Ganhavam grandes somas de dinheiro com eles. Mas não liam. A base do negócio de Nancy, que era a publicação da revista, significava que as palavras — páginas inteiras delas, livros inteiros delas — deslizavam pelo sistema como peixes espertinhos. Eram apenas um meio de inventar necessidades ou vender produtos, tão criativas e inspiradoras para a equipe de Nancy quanto carpas selvagens. Seriam extintas se eles pudessem. Nancy era diferente: ela gostava de livros e de ler, mas ainda era em primeiro lugar chefe de um negócio em que o movimento do caixa era tão importante quanto as linhas do texto. Ela estava sempre me lembrando de que a maioria dos nossos leitores também não lia: olhava para as palavras, apenas. Então, a proposta de um livro que ela pudesse levar ao seu gerente de marketing (cujo trabalho anterior tinha sido na indústria do *rugby*), ao seu consultor financeiro (um ex-dono de uma franquia de *donuts*) e ao seu publicitário (da área de cosméticos) tinha que ser convincente. Uma página. Menos do que isso. Meia página. O mesmo para o esquema dos capítulos.

Proposta de publicação

Morte e impostos: duas coisas certas na vida. Mas enquanto há vários manuais para fazer sua declaração de imposto de renda, e vários profissionais para ajudá-lo, quantos leitores podem encontrar ajuda prática por escrito para o processo da morte? Todos vamos morrer. É um fato de que não podemos escapar. A morte é um tema tão tabu que quando chega o momento de morrer perdemos a arte (se algum dia a tivemos).

De um modo misericordioso, prático e espirituoso, o *Mil e uma dicas para morrer* vai preencher essas lacunas. No mesmo filão dos imensamente populares e adorados livros da série das *Dicas para o lar*, esse livro vai desmistificar todo o processo da morte.

Do momento inicial em que se confronta a ideia da morte até se lidar com as respostas da família e o lado prático da morte, como cuidados paliativos em casa, e o planejamento de um funeral, o *Mil e uma dicas para morrer* vai expor aos leitores cada aspecto da morte no lar moderno.

Em OUTRA ÉPOCA eu ficaria ruborizada ao escrever uma conversa mole marqueteira como essa, mas o meu tempo estava se esgotando, e eu não queria gastá-lo escrevendo uma proposta mais abstrata quando podia me concentrar em começar o livro. E a atenção do gerente de marketing de Nancy, seu publicitário e vários outros com tempo disponível para concentração digno de um periquito, teria que ser capturada instantaneamente com menos de duzentas palavras, ou não seria, em absoluto.

O departamento de marketing ia querer saber sobre o público-alvo, e o truque seria convencê-los de que não apenas as pessoas que iam morrer (embora essas fossem, teoricamente, todas as pessoas do planeta: com certeza o sonho de um gerente de marketing) comprariam esse livro. Quem cuidava dos moribundos. Outros membros da família, amantes, irmãs, mães, amigos... as possibilidades eram infinitas, mas eu tive que ser cuidadosa ao articular o segmento de mercado com o máximo possível de precisão. Eles iam me pedir para definir a que grupo demográfico pertenço. Meramente indicar famílias ou pessoas à beira da morte não seria suficiente.

Para a maioria dos meus títulos, Nancy ou os encomendara ou concordara em editá-los no ato, e no entanto, aqui, ela pedia uma proposta por escrito. Suspeitei que houvesse alguma outra variável em jogo. Talvez ela sentisse que a ideia era tola. Pedir uma proposta talvez fosse uma forma de protelar, já que minha condição me tornava digna de pena, necessitando de um tratamento mais gentil do que normalmente seria requerido.

Cara Délia,
você se acha muito espertinha, mas estou lhe escrevendo para dizer que Don e eu ainda estamos juntos. Foi minha velha amiga recém-divorciada que se mandou com o meu marido, e não a nova assistente, como eu pensava. Deus, não percebi que isso estava acontecendo.
Mas você também não, certo?
Incerta (como eu estava, naquela época).
P.S.: A toalha de mesa ficou bem limpa daquele jeito. Obrigada.

Cara Incerta,
Touché.
P.S.: Parabéns.

DEZESSEIS

DESDE O MOMENTO EM QUE CONHECI Mitchell e trabalhei para ele, o que durou oito anos, esperei que ele me contasse sua história, mas nunca descobri muita coisa sobre o seu passado. Ele era um confidente, e nesse sentido a pessoa certa para administrar um bar. Mas tendíamos a conversar com mais frequência no estacionamento dos *trailers*, normalmente nas tardes de segunda ou nas manhãs de domingo, quando ele descansava um pouco do bar. Ele abria completamente a porta de seu *trailer* (um modelo Jayco Deluxe, que tinha seu próprio banheiro), e com as canções de Gram Parsons ou Marianne Faithfull ou Emmylou Harris ele se sentava no degrau de entrada, fumando, bebendo café puro e contemplando seus domínios.

Se eu fosse para a cidade a pé e Mitchell estivesse ocupado demais ou preso no bar, ele me pedia para dar uma parada e comprar o essencial, como papel higiênico para os banheiros ou azeitonas recheadas para os martínis. Uma vez ele me mandou à loja de ferragens comprar um rolo de tapete poroso de borracha para a parte de trás do bar, uma exigência do inspetor de saúde e segurança, que faria uma visita naquela tarde.

A loja de ferragens se revelou fascinante, como o velho depósito do meu pai que Jean nunca limpava. Era cheia de itens misteriosos cujo nome eu desconhecia, coisas perfeitamente comuns com os nomes mais estranhos. Rolos de tecido se chamavam cortes. Coisas chamadas de clipes não tinham nada a ver com prender papéis, mas eram essenciais para afixar as telhas. Certamente o mundo de reformas e consertos tinha uma outra linguagem, e era uma linguagem masculina. Quando um vazamento desagradável apareceu na torneira da pia da cozinha, em meu *trailer* — o que representava uma ameaça, já que o bebê estava para nascer —, voltei para procurar algo para consertá-la.

Uma arruela, disse o homem no balcão, quando expliquei o problema.

Arruela? Sim, é isso.

A sua torneira é tipo compressão ou alavanca?

Hum, não sei.

Bem, quantos anos ela tem, vinte ou mais?

Ah, ela é velha, está no meu *trailer*, e o *trailer* é bem velho.

Seu *trailer*? Você o comprou do Lazarus?

Sim.

Faz sentido, resmungou ele, num desses pequenos comentários que dizem grandes coisas. Que provavelmente a metade de seus fregueses era de ex-proprietários de *vans* do Lazarus. Que meus consertos provavelmente seriam intermináveis. Que eu voltaria ali vezes seguidas.

Compressão, então. As arruelas Boston podem funcionar. Mas provavelmente o conjunto de arruelas para torneira da Delaware seria a melhor coisa. Ele pegou um pacote amarelo numa estante.

Boston? Delaware? Qual seria a relação entre nomes de lugares americanos e encanamento? Os mistérios das ferragens eram complexos, assim como eram masculinos.

Quer o que vem com gaxetas de brinde?, perguntou ele.

Claro. Com certeza. Acho que sim.

De algum modo eu mesma consegui consertar a pia. Quando voltei para comprar um novo ferrolho para o basculante na traseira do *trailer*, sobre a cama, levei o que estava quebrado e mostrei ao homem da loja de ferragens, cujo nome era Doug, em vez de revelar minha ignorância pedindo a coisa errada.

Um fecho gatilho, disse ele. É capaz de ter um nos fundos.

Quando coloquei o fecho gatilho no lugar e aprendi o que era um parafuso de rosca soberba, senti-me notavelmente competente. Com a contínua deterioração do *trailer*, eu ia com frequência à loja de ferragens comprar ferramentas ou tinta ou selante ou dobradiças, e com o jeito informal de Doug de soltar novos termos técnicos em nossa conversa, fiquei bastante confiante para conversar sobre o "faça você mesmo" básico e executá-lo. Quando Mitchell me pediu para assumir os cuidados gerais e a manutenção do estacionamento, aprendi mais. A diferença entre chaves Philips e chaves de parafuso simples. O que era uma chave combinada e o que fazer com ela. Consertar as coisas se tornou mais fácil, até prazeroso, talvez. Mas também era a linguagem que tornava tudo tão atraente. As próprias palavras — enganadoras, desconcertantes. Aprendi sobre furadeiras manuais, sancas, roscas de gaxeta, quinas bisotadas, alicate de bico longo e tipo jacaré. Eu me divertia com tudo isso na maior parte do tempo, e achava as coisas criativas, talvez até eróticas. Havia sempre palavras como puxar, apertar, chaves de encaixe, serração. Sem falar em peitoril e roscas. Sempre tentava ficar séria ao ouvir termos assim em conversas com Doug. E descobri que *alizar* não é um erro de ortografia, mas uma peça importante do acabamento de uma construção, que serve para revestir paredes, protegendo a estrutura de intempéries e choque. E aprendi também sobre essas coisas... Tudo isso significava que anos mais tarde, quando eu estava escrevendo meus manuais domésticos, eu sabia muito sobre reparos domésticos, até mesmo a terminologia mais estranhamente poética e grosseiramente masculina.

DEZESSETE

Cara Délia,
acho que entendo o que você quer dizer com manchas marrons e
mofo, mas o que eu devo usar para limpar o banheiro? Fui ao su-
permercado, mas havia uma prateleira inteira de produtos que me
confundiram, então voltei para casa.
Desesperado

Caro Desesperado,
eis o segredo: fique no banheiro com algum removedor abrasivo,
uma garrafa de alvejante e um pacote de esponjas. Se desistir em
menos de uma hora, saberá que o trabalho não foi feito. Tente
escutar fitas de George Formby para ajudar o tempo a passar. Isso
talvez também faça com que você se lembre de limpar as janelas.
Lembre-se de que, em sua época, Formby era meio que uma estre-
la, e se limpar janelas era digno para ele, também é para você.
E não se esqueça de ventilar o banheiro. Não vai ser nada legal
se sua namorada chegar qualquer noite e encontrar um banheiro
imaculado (perspectiva improvável, eu sei), mas você vítima de
asfixia. Boa sorte. Só de pensar no estado de sua cozinha, já tenho
calafrios.

TODAS AS PESSOAS QUE transformaram os cuidados domésticos em coisas
triviais e dispensáveis prestaram um profundo desserviço a gerações de mulheres. Homens, é claro, tinham minimizado a apenas uma faixa em sua
cultura a natureza vital do esforço doméstico. Archie saiu de casa depois de
uma discussão (a briga costumeira por causa de dinheiro ou sexo ou coisa

assim; não me lembro exatamente, agora) seis meses depois do nascimento de Daisy, mas estava de volta uma semana depois, desamparado, sujo e subnutrido. Senti pena dele. Recebi-o de volta, dei-lhe as boas-vindas (na verdade, eu não queria mesmo era ficar sozinha, não com duas crianças pequenas), curei seu corpo, lavei suas roupas. E para ser honesta fiquei feliz em poder me afirmar com tanta competência, em poder cuidar dele, mostrar-lhe que era capaz, que estava no controle — uma mulher de talentos infinitos, com a capacidade de lidar com as menores e as maiores tarefas domésticas. Ideias sendo repetidas por gerações sinalizavam que, assim como muitas outras mulheres, eu mesma subestimava essa minha capacidade, e não admitia sua importância, nem ele.

A mortalidade, essa certeza de que vamos morrer, é maravilhosa para desanuviar a mente. Escrever os livros também ajudava. Consideremos o varal, por exemplo. Ali estava um lugar de profunda sabedoria, totalmente ignorado, tanto por homens quanto por mulheres, apesar do seu papel central na vida cotidiana. Com um *design* inteligente, o varal giratório da Hills Hoist era um ícone. Servira como inspiração artística para o varal de Lin Onus com os morcegos. Mas, para além disso, a reinvenção terminara. Nunca tinha existido uma investigação do real significado e função do Hills Hoist, plantado, numa determinada época, em praticamente todos os quintais da Austrália. E no entanto havia certas regras referentes à cultura dos varais e da lavagem de roupa que sugeriam uma declaração de independência por parte das mulheres, frequentemente negada pelos homens. Um homem pode ficar amedrontado diante de uma máquina de lavar e suas instruções inescrutáveis. Eles podem dirigir carros. Podem consertar o carro. Mas a arte de passar roupa permanece envolta em mistério. Eles conseguem trocar a arruela de uma torneira, mas não conseguem encontrar um único par de meias completo.

Ou não conseguiam. Pois as regras da cultura do varal se abrandaram com o passar das gerações. Na minha infância estavam mudando, mas na época de minha mãe ainda eram rigorosas, sistematizadas e inteiramente organizadas por gênero. Lavar roupa sempre era atividade a ser feita de manhã cedo. Só uma mulher indecorosa haveria de pendurar a roupa limpa depois das nove. E mais: por volta da hora do almoço, se fosse pendurá-la, isso indicaria graves lapsos morais, como ser uma dorminhoca ou passar a manhã grudada na televisão.

E havia um código de conduta determinando a ordem correta para se pendurar a roupa. Meias, roupas íntimas e camisetas ficavam nas fileiras internas; depois vinham as roupas das crianças, seguidas pelas camisas e calças masculinas. As roupas masculinas ocupavam sozinhas toda uma fileira, indicando sua importância na estrita hierarquia do processo de lavagem de roupa e de todo o ambiente doméstico.

O código também englobava os pregadores. Só um lar problemático deixaria pregadores no varal. Uma dona de casa desleixada faria isso, uma mulher sem escrúpulos, que nunca se preocupava em separar as roupas brancas das coloridas, e até mesmo, de modo anti-higiênico, lavava panos de prato com roupa íntima. Jean uma vez me disse que em sua infância era possível resumir o caráter de uma mulher a partir de seu hábito de deixar pregadores no varal. Ela provavelmente era tão desleixada e preguiçosa dentro de casa quanto fora, deixando comida dentro de latas na geladeira, em vez de transferi-la para recipientes de plástico, e só trocando a roupa de cama a cada duas semanas. Esse era o mesmo tipinho que deixava os filhos irem para a cama sem tomar banho, e que servia tortas congeladas no jantar das noites de sexta-feira. Ela provavelmente também usava calcinhas sintéticas em vez de feitas com algodão, e comia chocolate na cama. Tudo isso podia ser afirmado com uma olhada no varal. Pregadores desbotando, cheios de teias de aranha, largados ali, desamparados como filhotes de aves abandonados... bem, aquele tipo de mulher não seria convidada para o jogo semanal de tênis ou para as festas de lançamento de produtos. Essas mulheres não deixavam ninguém brincar com seus filhos.

O código também se estendia à técnica. Você deveria sacudir e alisar cada peça de roupa, libertando-a do atormentado ciclo de secagem centrífuga e prendendo-a de modo inteligente para maximizar o acesso ao sol e à brisa. Toalhas eram esticadas e penduradas pelas pontas, e não era permitido dobrá-las no meio pois teriam resultados disformes quando secas. Calcinhas eram penduradas pelas laterais, nunca pelo forro (onde o sol não penetraria para executar sua função higiênica), e as cuecas sempre eram presas com dois pregadores pela cintura. Homens abominavam marcas de pregador na frente da roupa, formando um Y.

Então... Nos subúrbios, a roupa deixada para secar no varal de um dia para o outro indicava um sério lapso nos cuidados domésticos. Provavelmente, uma completa imoralidade: onde *estava* aquela mulher? Na espreguiçadeira, misturando, como de costume, sua cerveja com limonada, um *shandy*, e se embriagando. Era também um nítido convite a ladrões e pervertidos para pular sua cerca e roubar seu sutiã de renda ou calcinhas de babados, se você fosse tola e fútil o bastante para comprar esse tipo de *lingerie*.

Por fim, você nunca usava secadoras. Essas eram para pessoas preguiçosas e esbanjadoras, ou para os desafortunados que tinham de morar em apartamentos. Mas lá nos subúrbios, onde o sol era generoso e a brisa fresca era de graça, era um crime não pendurar do lado de fora sua roupa limpa. Todo mundo sabia que sol e ar fresco matavam germes e funcionavam como alvejante natural. E sinto muito se chovesse: você teria de triunfar sobre os elementos da natureza com toda a disciplina militar, e estenderia a roupa pela sala, em frente ao aquecedor (se fosse inverno), em cavalos de madeira decorativos, ou, se sua área de serviço fosse grande o suficiente, em varais improvisados ou armações penduradas no teto. Se ainda assim não secasse, você secava no ferro. Porque sempre teria de passar a roupa, de todo modo.

Talvez tivesse sido o ato de lavar roupa que me fez ficar completamente apaixonada por Archie. A primeira vez em que tomamos banho de banheira juntos foi na noite em que nos mudamos para um apartamento alugado, apresentando nossas caixas separadas de pertences e peças de mobília que não combinavam um para o outro pela primeira vez. Ele massageou meus dedos dos pés e depois os chupou, como fez com outras partes do meu corpo. Bebemos vinho tinto em nossos copos descasados, um deles outrora um pote de mel, o outro o último de um quarteto cor de âmbar de formato todo trabalhado comprado em uma loja de artigos de segunda mão. Depois, com um prazer tão sensual que quase desmaiei com minha pele refrescada, observei-o recolher nossas roupas tiradas às pressas e toalhas molhadas para depois jogá-las dentro da sua pequenina máquina de lavar. Foi um gesto confiante, e aparentemente ele já tinha prática naquilo. Senti na minha essência que ali estava o homem que encheria aquela máquina com mais roupa suja, a ligaria, colocaria sabão em pó e a faria funcionar. Que colocaria uma carga de roupa na máquina. Muitas cargas. Aquele simples gesto, indiferente, executado enquanto ele andava coberto apenas com o resto de nossas bolhas, prenunciava que a máquina receberia muitas cargas no futuro. Talvez mais de uma vez por semana.

E numa daquelas noites, depois de outro banho voluptuoso, quando ele me disse Vá lá para dentro ler seu livro, eu penduro estas coisas para secar e depois preparo um café irlandês para a gente; quase pensei que tinha morrido e ido para o céu. Eu estava no último capítulo de *Madame Bovary*, nessa ocasião.

ENTÃO, QUANDO NANCY sugeriu um livro inteiro dedicado à tarefa de lavar roupa, imediatamente compreendi o que ela queria dizer, já tendo pensado muito sobre o assunto. Em meio às montanhas de manuais e livros de dicas acessíveis e "faça você mesmo" publicados, aquele era uma inspiração. Qualquer um era capaz — por isso qualquer um era autor — de produzir compêndios de dicas domésticas, desde molhos até conserto de sapatos, mas só um visionário haveria de conceber um livro inteiro sobre uma única função do lar moderno. Estava claro que Nancy era uma visionária.

Antes mesmo que eu terminasse *Dicas para cuidar do lar*, depois da deserção de Wesley Andrews, Nancy havia me pedido que desse algumas sugestões para o próximo título da série. Afinal, *Palavras domésticas* era distribuída para centenas de milhares de casas, então Nancy pensava existir um vasto mercado leitor potencial para os guias. Aqueles leitores, pensava ela, podiam receber um empurrãozinho, um encorajamento em formato de livro para se especializar. E eu aumentaria respeitavelmente minha renda.

Então escrevi *Dicas para a cozinha*, e depois, com a ajuda de Archie, *Dicas para o jardim*. Mas por mais que eles tenham feito sucesso, *Dicas para lavar roupas*, meu último título, levou a ideia muito além do que Nancy teria imaginado. Ninguém jamais fizera livros que erotizavam e poetizavam tarefas tediosas como lavar roupa, e eu só fiz isso por acaso. Um resenhista chamou-o de pornolavanderia, com ar de crueldade: as vendas do livro triplicaram nas semanas seguintes. Eu me dedicara ao projeto com devoção. Primeiro descrevi a Área de Serviço Ideal, dando conselhos aos leitores sobre localização, isolamento, ventilação, escoamento, conveniência de acesso e a possibilidade de alagamento devido a aparelhos "temperamentais". Pesei os prós e os contras de áreas de serviço internas em contraponto às externas, mantendo minhas próprias preferências (grandes, internas, mas com saída própria para o quintal) sob controle.

Queria que todos que lessem o livro, homens ou mulheres, gastassem seu último dólar num pequeno cômodo que até ali tinham considerado irrelevante. Nele despejei todas as memórias de como tinha achado sedutora a imagem de Archie lavando as peças, enchendo a máquina com nossas roupas sujas e toalhas enquanto eu ficava deitada na banheira e as bolhas estouravam ao meu redor. Transformei a área de serviço em algo excitante, irresistível, até mesmo malicioso. Em poucas palavras, transformei-a em algo *sexy*. Não era pornografia, mas com certeza empreguei gemidos, paixão, desejo. Dotei-a de uma narrativa. Quando terminassem de ler meu *Dicas para lavar roupas*, ficariam excitados ante a visão de suas tábuas de passar e teriam experiências intensas curvados sobre suas máquinas de lavar. Que estariam sussurrando e vibrando de leve (Capítulo 2: Escolhendo os aparelhos). Com várias toalhas felpudas à mão (Capítulo 5: Toalhas), seu júbilo seria completo. Na verdade, o manual recomendava entusiasticamente que a área de serviço, que em geral tinha um banheiro exclusivo, também fosse equipada com um frigobar. Com isso, e talvez com um pouco de música (por exemplo, um CD player portátil, mas bem longe das torneiras, vide Capítulo 9: Segurança na área de serviço), os leitores nunca precisariam deixar o porto seguro da área de serviço.

Depois de mandar por e-mail para Nancy um esboço do Capítulo 1, eu tive minhas dúvidas. E se ela achasse aquilo idiota e extravagante, inteiramente inapropriado para o seu público-alvo? Desanimada com o pensamento, e confusa pelo seu silêncio, prossegui com a pesquisa do livro, começando o trabalho de campo numa enorme loja de eletrodomésticos em Croydon, minha primeira parada numa meticulosa série de avaliação de produtos. Como muitas lojas de comércio a varejo modernas, ela era organizada com amplos espaços abarrotados de mercadoria, e quase nenhum funcionário. Então fiquei livre por uma manhã inteira para andar a esmo por entre as fileiras de lavadoras e secadoras, recolhendo os panfletos e avaliando as qualidades e problemas de cada marca e modelo. Para comprar os aparelhos da área de serviço, um cliente primeiro tinha que atravessar os corredores cheios de aparelhos para a cozinha. Essa era uma experiência primorosa e sem-igual em termos de medo e prazer, tais eram os fascínios sirênicos dos imensos e reluzentes fogões elétricos e fornos de aço inoxidável, ou a enigmática magia esfumaçada dos tampos de bancada de granito preto, tudo tão bacana, enxuto e contemporâneo a ponto de fazer meu capítulo sobre os aparelhos em *Dicas para a cozinha* já parecer fechado. Eu estava decidida, então naveguei adiante, usando da força de vontade para seguir na direção dos tanques reluzentes, das máquinas de lavar supereficientes, com aberturas dianteiras, e das excitantes novas secadoras por evaporação de água que deixavam o ar inteiramente livre de fiapos de tecido. Contudo, ainda jurei a mim mesma que faria uma outra visita para sucumbir aos prazeres perversos dos produtos para a cozinha para uma nova edição de *Dicas para a cozinha*, o que só seria impedido se a comissão não chegasse, a menos que o manual para lavar roupas fosse bem-sucedido.

Minhas dúvidas desapareceram quando Nancy ligou pouco depois para me dizer que as vendas do título anterior, e terceiro da série, *Dicas para o jardim*, tinham disparado. O livro estava na lista dos mais vendidos em não ficção, onde permaneceria por inéditos oito meses. Eu poderia tornar a área de serviço tão safadinha quanto quisesse. A série ia muito bem, obrigada.

DEZOITO

POR QUE VOCÊ VOLTOU, SÉRIO?, me perguntava Mitchell agora.

Eu havia voltado lá na tarde seguinte depois de passar a maior parte do dia no hotel Paradise Ranch sem fazer muito mais do que desenvolver uma perceptível dor em meu estômago. Ninguém fazia coquetéis como Mitchell. Até mesmo seu gim-tônica era o melhor. Os meus eram fracos naqueles dias, o paladar para o álcool sendo incompatível com o coquetel da quimioterapia. Não que eu ainda estivesse bebendo muito.

Dei de ombros. Você sabe, Mitch. Nunca decidi o que fazer com o *trailer*. Você deve ter querido liberar aquele espaço muitas vezes ao longo dos anos.

Na verdade não.

Há algumas coisas ali que preciso pegar, coisas de Sonny. Ver algumas pessoas...

Coloquei minha bebida com muito cuidado na bancada do bar, alinhando a base com o descanso, e depois cutuquei o gelo com o canudo.

Ela não está aqui, sabe?, disse ele.

Ele também sabia que eu ia procurar por alguém em particular, alguém que eu nunca havia encontrado mas que tinha sido parte da minha vida.

Eu disse, em voz baixa: Você não tem como saber com certeza.

Mitchell estendeu a mão por cima do balcão e apertou a minha, um gesto raro, vindo dele. Você não vai encontrá-la, disse ele, não depois de todo esse tempo.

Mas preciso agora. Você não entende?

O que Archie pensa?

Peguei meu copo outra vez. Ele nem sabe.

Quer dizer que ele não sabe que você está aqui? Deve estar maluco.

Liguei pra ele, respondi. Falei que estava bem. Volto logo. Só preciso de um pouco de tempo.

Como você conseguiu vir até aqui, se a situação é tão grave?

Estou na calmaria antes da tempestade, disse eu.

Sério, Délia, qual é a história de verdade?

A história de verdade é que estou me sentindo bem, embora me sinta cansada de vez em quando. Agora faço duas sessões mensais de quimioterapia e levo um pouco de radiação. Estava me recuperando de uma das sessões quando decidi vir para cá. E quando voltar, acho que tudo estará terminado. Talvez dê certo, talvez não. Talvez eu ganhe mais algumas semanas, mais alguns meses. Pode encher meu copo, por favor?

Então é isso?

Está se espalhando. Metástase. Tive um pequeno tumor removido no ano passado e fiquei bem por seis meses. Agora há outro. Mesmo fazendo quimioterapia, sei que está crescendo. Como eu lhe disse, é o acerto de contas.

E não há mais nada que eles possam fazer?

Fiz três operações, dois anos de químio, indo e vindo, radiação suficiente para fazer funcionar um país de terceiro mundo por um ano. Archie e as meninas tiveram que me ver passar por tudo isso. Acho que eles vão conseguir viver melhor se me virem morrer em paz.

Enquanto ele me preparava mais um gim-tônica, o telefone no canto do bar tocou. Ele ignorou, e quando parou de tocar ele voltou e me deu o copo.

E essa garota?, disse ele. Se você encontrá-la, já pensou no que vai fazer? No que vai dizer? Acha que ela vai querer alguma coisa com você?

Meus olhos estavam se enchendo de lágrimas àquela altura. Sacudi a cabeça. Não sei, Mitch, só quero vê-la, só preciso vê-la.

Por que você acha que ela está na cidade?

Só que sei que a família dela resolveu se instalar aqui depois de sua operação. Gostaram tanto daqui... Alguns de nós éramos assim, você se lembra.

Apesar de em geral se manter distante, Mitchell tinha me ajudado de muitas maneiras. Chegara ao hospital no dia seguinte ao parto levando um buquê de pequenos cravos cor-de-rosa. Flores seguras, neutras, de senhoras. O tipo de flores que homens como Mitchell, que não estavam acostumados a dá-las, compravam para mulheres como eu, que não estavam acostumadas a recebê-las. Acho que ficamos ambos mais envergonhados com aqueles cravos do que diante da visão de mim na cama, usando uma camiseta apertada demais, que eu achara que ia funcionar como camisola, com meus seios subitamente imensos florescendo com manchas úmidas. Mitchell olhou, em vez disso, para a macia bola de futebol de carne e cabelo crespo apertada num cobertor de algodão. Apropriadamente, como sempre, ele me perguntou que nome ia dar a ele. Eu havia pensado no assunto por um bom tempo, mas ainda não conseguira decidir. Nomes de meninas pareciam vir facilmente. Eu poderia ter escolhido de uma longa lista: de Abigail a Zebya. Mitchell pegou o pequeno embrulho e o embalou.

Bem, *sonny jim*, seu molequinho, vamos ter que pensar num nome para você.

Esse é um bom nome, disse eu.

Qual? Jim?

Não. Sunny, pronunciado como em Sunday. Só que vou registrar como Sonny.

Era uma manhã de segunda-feira. Meu bebê tinha nascido na noite anterior.

DEZENOVE

Cara Délia,
Desesperado aqui outra vez. Aquela hora que passei no banheiro
quase me matou, mas deu certo. Agora minha namorada fica lá por
mais do que trinta segundos sem apertar o nariz. E você tinha razão
quanto à cozinha. Tenho que admitir que está uma zona. Talvez
eu seja simplesmente uma pessoa relaxada, não sei. De todo modo,
joguei fora todas as embalagens vazias de comida e pratos descartá-
veis e coloquei o lixo para fora. Mas ela ainda diz que cheira mal e
que à noite há mais baratas do que no terceiro racha inteiro, seja lá
o que isso for.

Desesperado,
não é um talvez, é uma certeza — você é uma pessoa desleixada. E
também profundamente ignorante. Era ao Terceiro Reich que sua
namorada se referia, o governo instaurado por Adolf Hitler até, e
incluindo, a Segunda Guerra, e ela obviamente quer dizer que sua
cozinha está infestada pelos pequeninos espécimes de insetos conhe-
cidos como barata-alemã. Então, se você quiser continuar namoran-
do, é melhor se dedicar à cozinha com um pouco de afinco. Duas
horas, desta vez. Vai precisar de pelo menos uma hora apenas para
o fogão. Quanto à geladeira, acho que é melhor levá-la para fora e
limpá-la com a mangueira, se não puder comprar uma nova. As ba-
ratas vão ficar loucas com isso, pois as geladeiras são seu esconderijo
predileto. Mas jogue um inseticida antes.

DADA SUA RELUTÂNCIA INICIAL, a concordância de Nancy com um livro sobre morrer foi rápida, de modo obsceno. E então ela começou a campanha de publicidade, pondo em ação seu pessoal de marketing com grande antecedência. Era incrível como editores como ela conseguiam fazer aquilo: acordar certa manhã e ativar seu perfil comercial, concentrando todos os seus esforços em vender uma ideia que na véspera havia sido desprezada. Ela perguntou se eu poderia terminá-lo a tempo de lançá-lo no mês de outubro próximo. Será que era de bom senso tornar o livro um artigo de Natal? Apesar de meu próprio otimismo, aquele mercado que perseguíamos me parecia curioso, mas deixei isso com ela.

Ao longo das poucas semanas seguintes escrevi um esquema detalhado, esbocei os capítulos e compilei uma lista de leituras extras. Como era o último manual que eu ia escrever, decidi tentar uma abordagem mais criativa. Enumerei epígrafes de abertura. Por sorte, naquela época não havia começado a arrumar os livros de poesia, escolhendo e selecionando, então havia bastante coisa à mão. Sylvia Plath era uma escolha óbvia com sua zombeteira Lady Lazarus alegando que *Morrer é uma arte*, uma que ela dominava excepcionalmente bem. E lá estava John Donne com seu atrevimento magnífico: *Não te orgulhes, ó Morte, embora te hão chamado poderosa e terrível.* Como Donne podia acreditar que a morte era mesmo uma antagonista frágil e desprezível muito antes de ele mesmo tê-la confrontado? Que a morte na verdade também era mortal? *Morte, hás de morrer.*

Eu tinha descoberto Donne num livro de poesia na loja de troca de livros que Pearl tinha em Amethyst. Sua coleção, como as de outros sebos, estava cheia de livros didáticos, rasgados, manchados e lidos com desgosto, todos de um certo tipo. Era como se uma pessoa no mundo tivesse decidido que as crianças na escola deveriam ler eternamente *Hamlet, O sol é para todos*, as *Histórias* de Heródoto, *O apanhador no campo de centeio* e algo chamado *Os poetas metafísicos*. Só fui saber o que era um poeta metafísico na época em que conheci Archie. Lembro-me de ter dito a ele que eu havia descoberto um poeta chamado Andrew Marvell que havia escrito sobre jardins, até mesmo sobre cortar grama.

Cortar grama? perguntou Archie. Deixe eu dar uma olhada.

Eu mostrei a ele o poema sobre o homem cortando a grama e lamentando que sua cruel amante fazia com ele o que ele fazia com a grama.

E assim, ó prados, leu Archie, *Que têm sido Companheiros de meus mais verdes pensamentos, Agora hão de se tornar a heráldica Com que vou adornar meu túmulo.* O que você acha que isso quer dizer?

Não sei. Que sua amante vai matá-lo e depois enterrá-lo debaixo do gramado?

Archie devolveu o livro. Prados frescos e alegres? Prados ingratos? Esse tal de Marvell obviamente nunca cortou grama em sua vida.

Mas eu sempre me lembrava daquele trecho sobre os pensamentos verdes do sujeito que cortava a grama adornando seu túmulo. Não que eu pretendesse entender o que significava.

Por sorte, muitos poetas abordavam a morte com atitudes sanguinárias. A gentil acolhida de Keats à experiência capturava boa parte do espírito do livro que eu planejava. *Em mais de um dia adverso Me enamorei, de meio-amor, da Morte calma.* Relendo esses versos, parecia-me que a morte era bastante desejável. Talvez de fato *parecesse magnífico morrer.* Algo a que aspirar, ansiosamente, afetuosamente, mais do que a se submeter com relutância. Dei uma espiada em *In Memoriam,* depois coloquei de lado: evitaria Tennyson, na verdade fugiria de todos os poetas vitorianos. Nada de sentimentos lúgubres ou sombrios para o meu livro. A Lady Lazarus de Plath era tão atraente que pensei em usar suas palavras no título. *A arte de morrer* tinha certo apelo. Era equilibrado, grave, literário. Mas já tinha sido usado.

Trabalhei em *Mil e uma dicas para morrer* numa agradável febre de ansiedade, divertindo-me com a ideia de que pela primeira vez em anos de prazos finais eu estava real e verdadeiramente trabalhando rumo a um prazo final. Estava ciente de que fazia algo de útil com minha própria morte. Morte, inevitável, sem-sentido, ela nos confundia a todos. Nunca tinha querido que alguém tentasse extrair significado, esperança e consolo de minha partida prematura. Falar de triunfar numa vida após a morte em algum lugar, sobre encontrar consolo em lugares inesperados. Eu não podia concordar com Donne. Morte era morte. A morte não podia morrer. O placar final seria DÉLIA zero, MORTE um. Mas eu podia deixar que meu manual de como morrer mostrasse a outros o caminho. Esperava que estivesse à venda no meu enterro, que Nancy colocasse um estande ou algum cartaz no velório, embora eu ainda não tivesse tocado nesse assunto com ela por suspeitar de que, assim como todas as outras pessoas, ela fosse achar que era de mau gosto.

Meu manual para morrer não ficaria especulando sobre a vida após a morte ou dando conselhos aos consternados sobre o processo do luto — era melhor deixar isso para os psicólogos e especialistas. Em vez disso, decidi me concentrar na parte prática: escolher seu próprio caixão, deixar um estoque no congelador para depois que você se fosse. Cancelar seus cartões de crédito. Terminar sua declaração de imposto de renda. Tratamento paliativo da constipação. Formatar seu computador. Comida para quem está morrendo. Cancelar os jornais. Planejar o casamento de sua filha. Encontrar um novo lar para o gato. Escolher a roupa certa para usar no seu enterro e pelo resto de sua morte. Doação de órgãos. Embalsamento. Enterro ou cremação. Mrs. Beeton morreu com apenas vinte e oito anos e eu tinha certeza de que se seu livro houvesse sido concluído teria incluído conselhos para os cuidados com os moribundos, exceto pelo fato de que para uma mulher tão saudável, ativa e bem-informada na casa dos vinte anos a perspectiva da morte era como uma terra lendária, morada de grifos e hidras, bizarra e remota demais para ser levada a sério. Não muito tempo atrás, eu teria pensado a mesma coisa.

No meu plano de saúde, as coisas eram tão soturnas quanto numa loja de uma cooperativa russa. Não era bem um sistema público nem privado, "clientes" como eu (pacientes era um termo linguístico aos poucos abandonado) conseguiam médicos que acreditavam que sua principal missão na vida era expandir seu vocabulário. A dra. Lee animava nossas consultas com a casual introdução de vários polissílabos de seu jargão. Eu ia me consultar com ela segurando amostras de sangue e urina numa das mãos e um dicionário médico de bolso na outra (eu não me importava, na verdade — você nunca sabia quando uma palavra como descamação ou neoplasma seria usada; e até me dava um pequeno *frisson* de prazer saber que eu podia sacar uma palavra como termoanestesia e aplicá-la, se necessário).

Depois da minha última consulta com a oncologista, decidi que fora as receitas para os remédios eu não precisava dela em absoluto. Não havia qualquer conselho que ela pudesse me oferecer, nem muito consolo. Sua conduta médica combinava formalidade e uma estranha timidez. Uma mulher pequenina e já envelhecida, ela se acovardava como um porquinho-da-índia por trás de sua mesa avantajada, e sempre tinha dificuldade de me olhar de frente, como se ela começasse devagar mas inexoravelmente a se dar conta do imenso peso de sua responsabilidade, que como oncologista sempre trataria os moribundos; um fardo monstruosamente injusto de se carregar. E eu só podia assentir. Mas, para ser honesta, a dra. Lee explicava meu estado de saúde e traçava um esboço dos meus futuros meses com impressionante clareza (quando eu me lembrava de levar o dicionário, nossas consultas eram quase agradáveis). E depois de várias consultas pós-operatórias eu já não tinha dúvidas quanto ao progresso da minha doença.

Como ela havia previsto, eu tinha semanas boas e semanas ruins durante o tratamento. Semanas em que me sentia mais doente e acabada do que nunca, e entrava em desespero achando que nunca ia me recuperar, em que não tinha apetite algum, vomitava sem parar e via que o simples esforço de me levantar da cama era inimaginável. Então o curso das drogas se alterava, ou parava, e as células tinham uma chance de se recuperar. Então eu tinha um período de boa saúde, em que podia comer e caminhar e tomar banho e funcionar. Até mesmo pensar em sair para almoçar. As boas semanas eram tão felizes e livres dos sintomas das ruins que eu ganhava um excesso de energia. Ficava tão aliviada por não sentir dor, por não estar vomitando, por não sentir como se cada gota de sangue em minhas veias tivesse sido sugada e substituída por chumbo derretido que a impressão era de que estava muito melhor do que estava. Pois eu enganava a todos, exceto a mim mesma: eu não estava comprando minha vida de volta, só prolongando o aluguel por alguns meses. Ainda assim, nessas semanas eu me sentia como se pudesse fazer quase tudo. Depois que as meninas saíam para a escola eu sempre ia direto para minha mesa de trabalho.

Enquanto esboçava os capítulos, eu me concentrava em criar um livro que a equipe de Nancy fosse achar irresistível promover. Com o marketing, você sempre tinha que focar na seleção das palavras-chave, que se lembrar de que a própria palavra *chave* era uma palavra-chave, que não tinha nada a ver com fechaduras e tudo a ver com resultados — uma outra palavra-chave. Então eu não iria, por exemplo, mencionar as citações dos poetas nesse estágio. Embora Nancy nada tivesse contra a poesia, eu teria que chegar a esse assunto de forma indireta. Poetas não eram indicadores-chave de muita coisa. Poesia não era uma palavra-chave. Na verdade, a poesia quase não era mencionável. Sugeria obscuridade e paranoia, bem como retorno financeiro negativo. Então, não era uma boa destacar a poesia na proposta e nas amostras de capítulos nesse estágio. Mas logo, com os poetas mortos em segurança e postos de lado por ora, delineei o esboço do que pensava ser um tipo de livro valioso, talvez inspirador, bem como decididamente prático.

Escrevi sobre dieta especial, atividades de lazer, a necessidade de um ambiente calmo, mas também estimulante. Escrevi sobre discutir a morte com família e amigos, sobre concluir as tarefas no trabalho, sobre jogar fora todos os detritos de sua vida, não por você, mas para poupar o trabalho à sua família depois que você se for. Escrevi sobre planos e listas, e sua importância. Escrevi sobre livros e canções, escritores e cantores, coisas que você gostaria que fossem lidas ou tocadas enquanto estivesse morrendo, ou no seu enterro.

Continuei escrevendo. Sobre estar no controle quando tudo — doença, drogas, procedimentos, médicos — ameaçava controlar você. Sobre se afastar do último recurso que sempre seria oferecido, o tratamento que seria a última chance, o outro tratamento que eles sempre tinham na manga. Sobre como poderia ser fortalecedor dizer-lhes que não, que os poucos meses ou minutos a mais que o tratamento poderia lhe dar não valiam a pena. Sobre a ilusão da cura, a iminência da mortalidade, a aceitação, a não resistência... eu escrevia tudo aquilo porque era o que eu tinha feito, porque sabia como era. Escrevia e escrevia e tinha tudo nas mãos, ou pelo menos era o que pensava, porque estivera naquele lugar, era uma especialista. Até que um dia não consegui mais escrever, porque acordei e me dei conta de que assumir o controle envolvia muito mais coisas do que eu havia pensado.

Um dia eu soube que estava me enganando, e que se fosse escrever sobre como atar as pontas soltas então teria que fazê-lo eu mesma. Um dia simplesmente tive que entrar no carro e partir.

VINTE

A SOMBRA NA CORTINA TINHA o formato de uma estrela de quatro pontas: dois braços, duas pernas. Girava devagar, depois rápido, depois devagar outra vez, acompanhando a batida da música. A cortina era azul-escura, mas com a iluminação que vinha de um refletor do lado oposto ao da tenda, ficava com um tom luminoso, e a sombra que se projetava nela era de um preto retinto.

Então um outro holofote iluminou o vulto que girava, e a plateia, embora pequena, soltou um arquejo alto e uníssono de admiração. Ela estava vestida com uma malha rosa brilhante e dava rodopios e se virava com tanta facilidade e graça que era como uma dançarina fazendo piruetas no chão, exceto por ela estar a quinze metros de altura, sobre uma corda móvel que descia do centro da tenda, e parecia só estar pendurada pelas unhas dos dedos de seus pés descalços. No final, saltou da corda, cumprimentou o público e correu para trás da cortina, desaparecendo. Era como se a tampa de uma caixinha de música tivesse se fechado. A luz da cortina foi se apagando, e quando o diretor do circo reapareceu com três palhaços dando cambalhotas atrás dele foi como se aquela cintilante figura rosa executando o impossível em cima da corda não tivesse passado de um sonho.

Depois disso, eu fui procurá-la. A essa altura, a luz do fim da tarde estava entrecortada por nuvens, e eu a encontrei escovando um dos pôneis no cercado atrás da tenda principal, com feixes de luz que desapareciam conforme ela se movia.

Tara?

Ela se virou rapidamente, revelando uma surpresa momentânea, como todo mundo ali.

Ei! Ela se aproximou de mim e me abraçou com força durante alguns instantes, depois recuou, os olhos fixos nos meus. Há quanto tempo!

Pois é, acho que uns catorze anos!, disse eu.

Ah, que bom vê-la. Nós duas percebemos o brilho das lágrimas nos olhos uma da outra.

Eu sabia que a veria de novo, simplesmente sabia que você voltaria um dia. Como você está?

Estou bem, Tara. Estou bem.

Ela era apenas uma adolescente quando a conheci, anos antes, e à distância ainda parecia ter seus dezesseis anos. O mesmo corpo em forma. O cabelo preso num longo rabo de cavalo. Ela não tinha crescido, não estava mais magra, apenas de perto seus músculos estavam mais definidos, mais rijos. Naquela época ela era a mais nova da família de trapezistas e acrobatas que continuavam sendo a maior atração e o coração do circo.

Inicialmente, se apresentava com a mãe. Colocavam a rede de segurança debaixo delas, mas sua mãe bolara um número em que jogava Tara para a sua irmã mais velha, que ficava de olhos vendados. A irmã a apanhava, jogava-a no ar uma vez, depois lançava-a de volta à sua mãe no terceiro balanço do trapézio. Ainda estavam fazendo esse número quando conheci Tara, embora um dos jovens rapazes tenha substituído sua irmã, que a essa altura abandonara o circo e a cidade, e Tara procurava uma criança mais nova para assumir seu próprio lugar no número, enquanto ela assumia o lugar da mãe, que também deixara a cidade. Uma história que era melhor não contar, naquela época e talvez agora.

Lembra-se do número com a venda nos olhos?

Lógico. Ela meteu a mão no bolso de trás e tirou dali um pacote amassado de fumo Drum. Nunca foi uma coisa muito difícil, você sabe, disse ela. Era só sincronia. Se você soubesse contar, podia estar no trapézio, usando uma venda nos olhos ou não. E nunca fizemos sem a rede, não naquela época, só quando fiquei mais velha. Seja como for, não era nada comparado a Danny.

Quem é Danny?

Ela me contou que ele era um dos Contini, a família que deixou o circo anos antes, quando ela ainda era criança. Aos quatro anos de idade, Danny fazia um número com seus irmãos mais velhos. Eles saltavam do trampolim e aterrissavam nos ombros uns dos outros, do maior até o menor; ele era o terceiro e último. Ensaiaram centenas de vezes e era perfeito, a família de meninos do circo feito bonecas russas abertas e dispostas uma em cima da outra. Com exceção da primeira vez que o executaram em público e alguma coisa saiu errada, e em vez de aterrissar bem em cima de seu irmão como tinha feito todas as outras vezes, Danny foi voando para o lado.

Ela deu uma longa, lenta e enfurecida tragada em seu cigarro. Depois soprou a fumaça com um suspiro.

O que aconteceu?, perguntei.

Ele voou para muito longe, aterrissou num dos colchões lá atrás, saiu capotando e então se levantou. Estávamos todos aterrorizados, inclusive eu, que só tinha seis anos e o odiava, mas a plateia adorou, achou que era parte do número. O desgraçado chegou a fazer uma mesura.

Ela enrolou outro cigarro fino e, depois de acendê-lo, recostou-se em sua cadeira, parecendo, em sua camiseta sem-mangas e com seus braços bronzeados e musculosos, um velho fazendeiro ou um tosquiador aposentado com suas memórias durante a pausa para o cigarro, à tarde. Tara e eu ficamos amigas quando o amor crescente de Sonny pelo circo se tornou fascinação e, depois, desejo de participar. Tara gostava de tê-lo por perto, juntando-o à gangue das crianças do circo. Algumas das quais treinavam para exibições, algumas das quais estavam ali apenas porque eram mesmo do circo.

Ficamos sentadas sob o que restava do sol da tarde dividindo uma garrafa de Coca-Cola Diet. Eu não via nenhuma criança nos arredores do circo agora, e o lugar estava muito mais silencioso do que naquela época.

Depois de todos esses anos, disse ela, algumas famílias estão se mudando. Desistindo do circo. Levando seus filhos para algum lugar melhor, ou pelo menos é o que pensam.

E você?

Eu? Ela fez uma pausa e depois disse: Nunca vou ter filhos.

Não foi o que eu quis dizer.

Eu sei. Desculpe.

VINTE E UM

Cara Délia,
notei que você fala sem parar sobre limpeza em sua coluna, espe-
cialmente para os homens. Parece que você tem algum problema.
Coloco minhas embalagens vazias na lata de lixo, organizo o jornal
já lido, esse tipo de coisa, sabe? Qual o problema das mulheres com
a limpeza?
Confuso

Caro Confuso,
não são só as mulheres. Limpar é um verbo. E como um autor mas-
culino expressou de modo tão inteligente, "Há sempre algo de va-
lente num verbo". Verbos, caso você não saiba, são palavras que
indicam ação. Jogar algumas coisas na lata de lixo reciclável de vez
em quando não é nada diante do esforço de ser valente e audacioso
esfregando e lavando e polindo mofo, gordura, ferrugem, poeira e
todas as outras formas ativas de sujeira.

MR. LAMBERT FICOU FURIOSO quando descobriu cacatuas em seu quintal.
Mais precisamente em seu telhado, o único lugar em que um pássaro poderia se empoleirar. Elas chegavam todas as tardes e acabavam com a paz de
sua sesta, com seus gritos estridentes. Ele deixou claro que me considerava
responsável por aquilo. De um certo modo tinha razão, pois eu escolhera
para meu jardim a maioria das árvores com flores que atraíam pássaros. Porém, acho que ele queria dizer (pelo menos isso havia sido recentemente
dito a Archie; ele não falava mais comigo) que o fato de eu deixar pratos com
água no jardim era irresponsável. Mais do que isso, um ato com o intuito

deliberado de aborrecê-lo. Isso também aumentava, de modo geral, o insulto das galinhas, que ele alegara, da última vez que nos falamos por cima da cerca uns dois anos antes, terem destruído sua vida.

Que vida... murmurara Estelle, cheia do cinismo dos nove anos de idade.

E suas filhas são as mais grosseiras que eu já conheci, disparou ele contra mim, antes que sua cabeça careca desaparecesse por baixo da cerca. Não foi muito depois que as casuarinas, as mais resistentes das espécies nativas, amarelaram e morreram. E depois o bambu de Archie no canto, nos fundos. Depois disso eu soube que tinham sido as aplicações às escondidas, tarde da noite, de herbicida. Não fiz nada, temendo por minhas galinhas, e mais: ele já tinha enxotado as meninas para longe de seu imaculado Corolla branco quando elas estavam andando de patins na frente de casa.

Compreendi que a mágoa que Mr. Lambert sentia das cacatuas era uma raiva maldirecionada. Alguma coisa que eu acendera involuntariamente quando, depois de nosso encontro na cerca, deixara-lhe uma dúzia de ovos na varanda da frente como oferta de paz. O resultado foi uma visita, três dias mais tarde, do inspetor do conselho de saúde local, um jovem que se desculpou e explicou que Mr. Lambert havia escrito uma longa carta reclamando que eu infrigira o limite de aves domésticas que podiam ser legalmente criadas num quintal de subúrbio (ele decidira que esse limite era três); que eu tinha um galo, o que o perturbava todas as manhãs; que o cheiro era pútrido, tornando-lhe impossível sair ao seu próprio quintal; que toda a área era refúgio de pragas, a saber, ratos; que meu galinheiro era próximo demais (um metro e meio) de sua cerca lateral e minha cerca dos fundos, outra contravenção diante de leis de que ninguém parecia ter ouvido falar; e por fim a vizinhança inteira ficara contra as minhas galinhas.

Ele disse alguma coisa sobre os ovos?, perguntei.

Ovos?

Dei alguns a ele. Belos ovos marrons.

Ah, sim, isso. Ele consultou os documentos outra vez. Há alguma coisa aqui sobre comida sendo deixada em condições anti-higiênicas. Alguma coisa sobre ter que jogar ovos fora em seu próprio lixo.

Eles estavam frescos! Só os deixei na porta da casa dele.

O jovem inspetor suspirou. Sinto muito, disse ele, mas tenho que fazer este comunicado à senhora, é tudo. Percebo que está tudo bem com as suas galinhas.

Quer vir ao galinheiro e fazer uma inspeção?

Não é necessário. Obrigado.

Frustrado diante da recusa do inspetor em agir e mandar que eu me livrasse das galinhas, Mr. Lambert então dirigiu outra carta ao conselho, repetindo as mesmas objeções e acrescentando algumas novas queixas: o toco de árvore que Archie decidira não remover, mas incorporar numa exposição de samambaias e epífitas (aparentemente ali estavam se alojando cupins); o lago em que Archie havia trabalhado durante meses, e do qual estava, com todo direito, tão orgulhoso (estaria infestado de larvas de mosquitos, era mais fundo do que os quarenta e cinco centímetros permitidos e não era cercado); e a varanda ilegal nos fundos que Archie aparentemente construíra não muito depois que nos mudamos para cá. Já que Mr. Lambert nunca entrara em nosso quintal, ninguém sabia como podia ter tanta certeza, por exemplo, de que o lago era fundo demais (ele não era, acho, tão fundo assim: as plantas aquáticas não iam muito bem, mas não mencionei isso a Archie) ou como conseguia ver larvas de mosquito à distância e com uma cerca alta no meio.

Na vez seguinte em que o inspetor chegou, ele pediu desculpas de novo, e disse que dessa vez teria que inspecionar o quintal. Deu parabéns pelas galinhas, notou a falta de cheiro e explicou que eu podia ter quantas quisesse, desde que a área permanecesse limpa. Concordou que nenhuma das galinhas era um galo, depois confirmou, com minha descrição da suposta praga, que o rato nativo, o rato-marsupial-australiano, se proliferava naquela área, próxima à reserva, e que matar um deles resultaria numa multa de $1.000. Voltando sua atenção ao restante da lista de Mr. Lambert, ele concluiu que nem uma única larva de mosquito poderia sobreviver num lago cheio de carpas famintas e peixes-japoneses; que a suposta varanda era na verdade uma reforma de pequeno porte, reconstrução de uma preexistente que desabara logo depois que nos mudamos (mas que ele poderia pedir ao seu colega, o fiscal de obras, que confirmasse isso por escrito se eu quisesse — e naquela época eu quis); que o toco perto do canto não estava infestado nem nunca estaria, sendo o que restava de um eucalipto, que as formigas repudiavam por ser resinoso demais para o gosto delas.

Supervisionando todo o quintal, anotando a abundância de árvores (não estavam na lista de Mr. Lambert: ele sabia que isso seria um exagero), o galinheiro de telhado vermelho e as galinhas pretas, brancas e marrons bicando o chão contentes enquanto ciscavam, os cantos cobertos de sombras, as características da água, as pilhas de pedras de arenito deixadas no tempo ao longo dos anos, as moitas de íris e lírios, o gramado central como um avental suave e confortável ao redor do qual todo o resto se agrupava como uma família de crianças indisciplinadas e encantadoras, toda a passividade fresca e fértil do lugar, o inspetor me disse:

Fico surpreso que vocês não tenham rãs. Há condições ideais para elas.

É uma boa ideia..., disse eu.

Enquanto isso, na maior parte das tardes as cacatuas vinham sem ser anunciadas, e fazendo muito barulho, para a vizinhança, como uma gangue de desordeiros cantando pneu. Eu morreria se Mr. Lambert soubesse disso, mas também não gostava tanto delas. E Archie as detestava. Elas despiam os arbustos e esfrangalhavam a murta em flor, bem como reduziam tábuas do telhado e mastros de cerca de pinho a lascas de madeira. Mas eu estava contente que a atenção de Mr. Lambert dedicada a elas significasse que ele deixava as galinhas, as árvores e nossas filhas em paz por ora. Eu só me perguntava o que ele adotaria como sua nova missão quando as cacatuas partissem, pois eu tinha certeza de que partiriam, sendo seres tipicamente caprichosos.

Um dia, eu me divertia observando-as se empoleirar na antena de televisão de Mr. Lambert, um objeto ridiculamente elaborado — e para quê, eu me perguntava, pois tinha certeza de que ele nunca assistia à televisão —, enquanto ele dançava ao redor tentando desalojar os pássaros com uma vara comprida, ou apoiava uma velha escada de madeira na lateral da casa e se balançava numa confusão de gritos e gestos impotentes. As cacatuas só ladravam para ele. Depois de um episódio particularmente frustrante, em que ele recebeu um grande excremento branco bem no meio da testa — devia ser um alvo irresistível —, e eu, sentada na varanda dos fundos bebendo chá e lendo, ri, Mr. Lambert me lançou um olhar mal-humorado e chegou a levantar o punho, depois abaixou-o rapidamente para se segurar na calha, pois a escada estava balançando. Eu me perguntei, então, se ele era tão inofensivo quanto eu achava. Se sua devoção maníaca a serrar e arrancar e envenenar a maioria das formas de vida de seu quintal e do meu poderia ir mais adiante. Será que ele abrandaria um pouco depois que eu me fosse? Se na sua essência havia um pequeno traço de gentileza, era inacessível. Até então, minha doença não o havia exposto — Archie contara a ele, depois do segundo diagnóstico, mas ele apenas fizera que sim com a cabeça e continuara regando as plantas —, então eu duvidava de que minha morte fosse fazer sua polidez despontar.

Observando-o naquela tarde, sua raiva incandescente contra simples cacatuas, a fúria impotente de suas tentativas de controlar a natureza, confrontei a profundidade de minha própria mágoa e raiva contra Mr. Lambert, sentimentos que tinham me sustentado ao longo de suas ridículas depredações. E me dei conta de que não queria levar aqueles sentimentos para o túmulo. Eu nunca havia causado qualquer impacto nele, e nunca causaria. Minha morte não mudaria a forma como ele agia. Mas pensei, então, que podia fazer alguma coisa a partir daí, alguma coisa positiva. Eu haveria de me vingar dele, mas de modo inocente. Ia incomodá-lo, mas da maneira mais benigna. De algum modo eu ia me imprimir nele, de forma inesquecível.

Eu estava tendo dificuldades em encontrar o início certo para o manual. Não a pesquisa; tinha várias pastas gordas em minha mesa. Não o conteúdo; esse estava bem à mão. Mas o início. As palavras de abertura. Estava tendo dificuldades para encontrar a palavra correta que descrevesse certas coisas. Como o estado da morte iminente. Havia uma palavra para morrer. Eu morro. Um verbo corajoso e simples. Estou prestes a morrer. Eu vou morrer. Estou morta (se isso fosse possível). Ou: ela está morta. E havia uma palavra igualmente corajosa em nossa língua para descrever a extremidade do outro lado da vida, seu começo. Eu tinha nascido. Eu nasci. Porém, para a mulher, dar à luz era verbalmente mais complexo. Sim, alguém podia dar luz a uma criança, mas ninguém dizia isso. Era sempre uma questão de *dar à* luz.

No passado, Nancy tinha pensado em um livro de dicas para o parto. Parto, pré-natal, pós-natal, bebês, crianças... como muitas não mães, ela tendia a aglomerar todos os estágios e experiências juntos. Decidiu que o próximo na série, depois do sucesso dos manuais para lavar roupa, para a cozinha e o jardim, o lógico a fazer — aquele que se não fosse feito seria considerado um enorme hiato na série inteira — seria para o parto. Ela achara que, com a minha experiência como mãe, eu estaria qualificada para escrevê-lo. Num certo sentido, fiquei satisfeita em repudiar seus planos com uma sugestão inteiramente diferente, com o manual definitivo, o manual que encerraria todos os manuais, para triunfar sobre seus planos. Eu não era especialista em crianças. Eu sabia um pouco sobre a maternidade. Dar à luz algumas vezes só fazia com que você se desse conta de quão incompetente é no assunto. E a maternidade em si era um vasto espaço em cuja borda eu apenas me encontrava, espiando insegura para a escuridão infinita lá embaixo.

Talvez fosse o título?, surgerira ela, em algum momento. Talvez se déssemos um nome diferente de *Dicas para o parto*... Então os leitores não cometeriam o erro de pensar que você é especialista médica, uma parteira ou coisa do gênero.

E como devíamos chamá-lo, então?, perguntei.

Dicas para a maternidade?

Soa como se fosse dos anos 1950.

Dicas para o amor materno?

Amor materno? Você está brincando. (Eu esperava que ela estivesse brincando.)

Bem, reclamara ela, tem que ser um título vendável. E tem que combinar com a série.

Mas eu não queria contar a Nancy todo o trabalho que estava tendo com o último manual, aquele que eu insistira em escrever. Não havia modo de descrever a espera pela morte. Pré-mortal? Morrer não era termo bom o suficiente. Era ao mesmo tempo vago e preciso demais. Para começo de conversa, estamos todos morrendo, durante toda nossa vida, desde o instante do nascimento. E estamos morrendo, em sentido mais estrito, quando nos entubam em nossos leitos, com respiradores, cateteres; nos dias ou semanas finais, quando o corpo começa a desvanecer de vez e os parentes ficam reunidos ao nosso redor. Mas e quanto a agora? Que palavra poderia descrever minha exata condição: ativa e alerta, sentindo-me bem na maior parte do tempo, e no entanto encarando o inelutável fim da vida dentro de alguns meses?

A ironia de tudo aquilo me acertou em cheio, embora ironia fosse uma palavra fraca, inadequada e desprezível para aquele magnífico tormento. Tinha de haver uma outra coisa, mas minha enorme coleção de dicionários e vocabulários ortográficos, minha apaixonada relação com as palavras em qualquer contexto, ou nenhum em absoluto, minha logofilia, meu amor por neologismos, palavras cruzadas herméticas e livros de palavras antigas me faltaram nesse momento. Eu, entre todas as pessoas. Que era uma revisora profissional. Que lia dicionários para me distrair. Que quando tinha acabado de ter um filho e morava sozinha num *trailer* lia cada livro que chegava às minhas mãos e logo comecei a me sentir como uma deusa, sentir como se as palavras tivessem se tornado a própria vida. Que sabia o que palavras como nidificar e hílare significavam. Que podia me deparar com palavras como aflato, efético e escólio e nunca confundi-los com afluente, mefítico e escoliose. Que podia usar palavras como deliquescência e sesquipedal se precisasse. Usava palavras sem qualquer sombra de inibição. Era totalmente adepta da lexicografia, e tinha orgulho disso. Se existia, eu não conseguia encontrar a palavra para descrever o processo em que a morte de fato parecia a vida, quando a deterioração, a decadência e a doença punham alguém em evidência com tanta agudez e intensidade que era como se você vivesse todos os dias que lhe restavam equilibrado na lâmina de uma faca de trinchar.

O autor de um manual para morrer tinha a obrigação de encontrar aquela palavra certa. Eu gostaria de começar aquele livro com alguns pensamentos positivos sobre a atividade da morte, e nesse caso um verbo corajoso seria útil. Também seria útil ter um bom substantivo. A pessoa não era um paciente. Nem um residente. Freguês, cliente, candidato. Todas essas coisas eram relevantes, suponho, mas nenhuma cem por cento correta.

Arthur Stace encontrou a palavra certa. Esse homem evasivo e sem-teto confundiu os moradores de Sidney durante décadas escrevendo a palavra certa sempre que podia. Eternidade. A palavra certa, seu presente a uma jovem cidade, um aglomerado urbano na beira de um antigo continente, veio a ele como uma chamada divina um dia em que estava numa igreja. Disse que a palavra era a única através da qual conseguia transmitir sua mensagem, aquela que fazia as pessoas pararem e pensarem.

Ainda estava lá, em sua lápide. Descobri isso quando visitamos o cemitério de Waverley. Arthur Stace era semianalfabeto e no entanto alcançou a perfeição linguística. Eternidade continha tudo o que ele precisava dizer. Numa única palavra ele havia escrito um poema inteiro, um poema inesquecível. Ele a escreveu com giz mais de cinquenta vezes por dia durante trinta anos. Como você faria, se tivesse encontrado a palavra perfeita.

VINTE E DOIS

Eu folheava a lista telefônica local do hotel Paradise Reach, procurando conhecidos do meu passado, quando meu celular tocou. Era Jean. Devolvi a lista telefônica à recepcionista e fui para o meu quarto, para falar com minha mãe com privacidade.

Obrigada por ter ido ajudar, disse eu. Imagino que esteja tudo bem.

Bem o suficiente. Se você conseguir ligar para as meninas todos os dias tenho certeza de que elas ficarão bem.

Achei que talvez fosse melhor se não fizesse isso, respondi. Sabe, para acostumá-las com a ideia...

Délia, não seja ridícula. Como se alguma coisa pudesse fazer com que elas se acostumassem com a ideia.

Talvez.

Charlotte também tem ajudado, disse ela. Seus exames finais estão próximos, mas ela tem aparecido algumas tardes. Estava lá no domingo à noite. Elas gostam muito dela, como você sabe.

Sim, eu sei.

Ela parece entender todos aqueles programinhas de computador de que Estelle gosta: My Room ou Blobbing ou seja lá como se chamam.

Têm muitos nomes. Mas ela tem vinte e oito anos, está por dentro disso tudo.

E ela se senta com Daisy e dividem um prato daquelas salsichinhas de aperitivo horríveis.

Eu quase podia ouvir Jean reprovando com a cabeça. A primeira vez que foi confrontada com uma salsicha tipo aperitivo foi na festa de aniversário de cinco anos de Estelle. O petisco parecia uma barata.

Aliás, disse ela, você se dá conta de quanto molho de tomate aquela garota come durante a semana?

Sim, eu sei.

Parece ser sua fonte principal de vitamina C.

Olhe, sei que Daisy não come muitas frutas. Mas não posso me preocupar com isso no momento. Seja como for, ela está mais saudável do que eu.

Você comia tão bem quando era pequena.

Jean estava certa: eu raramente comia algo que não fosse natural, feito em casa e não processado, até ser corrompida pelas cantinas da escola.

Sim, e olhe para mim agora... Definitivamente sou a prova de que o câncer não se baseia em maus hábitos alimentares.

Ah, minha querida, disse ela. Eu sabia exatamente como ela se sentia. Ela compreendia meu silêncio do outro lado da linha, a centenas de quilômetros de distância.

Você está se torturando com isso, querida. Por que não esquece isso? Venha para casa.

O silêncio foi aumentando, aumentando, até que explodiu.

Você estava lá, mãe, disse eu. Você se lembra do que aconteceu. Eu fiz a coisa errada? Eu chorava, agora.

Você fez exatamente a coisa certa. Sabe disso.

Então por que isso está me corroendo deste jeito? Por que eu tinha que voltar?

Você devia tentar descansar, e depois pense em vir para casa. Posso continuar aparecendo para ajudar e cuidar das meninas para Archie, mas é de você que elas precisam.

Sei disso. Mas neste momento preciso dela. Preciso encontrá-la. Não vou ficar para sempre. Só vão ser mais alguns dias.

Talvez encontrá-la não seja exatamente o que está em questão aqui, afirmou Jean.

O que você quer dizer?, perguntei, esfregando os olhos.

Talvez seja ela quem precise encontrar você, quando ela estiver pronta.

E talvez a essa altura, comentei, já seja tarde demais.

Mas Archie também precisa de você, não se esqueça.

QUANDO MEU RELACIONAMENTO com Archie se tornou uma espécie cautelosa de amor, ainda havia perguntas em minha mente. Mas quando por fim lhe perguntei, ele insistiu que as coisas tinham acabado entre ele e Pearl.

Pearl é uma pessoa incrível, disse ele. Mas não temos nada em comum. Acabou, e ela sabe disso.

E *nós* dois? Nós temos muita coisa em comum?

Pelo menos somos compatíveis.

E você e Pearl não eram? Deviam ser.

Qual seria o equivalente feminino de Elvis?, perguntou ele.

Sei lá. Marilyn Monroe?

Certo. Então imagine passar o resto de sua vida ouvindo a voz dela, vendo suas fotos em todo lugar para onde olha. Até mesmo em cima da maldita cama onde faz sexo. Como seria viver com esse tipo de homem?

Doloroso.

Entende o que eu quero dizer? É triste, mas apesar do que ela diz Pearl nunca vai se comprometer nem comigo nem com ninguém. Ela tem Elvis, e isso é concorrência demais para mim. E de qualquer forma, amo você.

Pronto. Ele havia dito. Ele me amava.

Archie, também amo você. Mas...

Por que sempre tem que haver um *mas* com você?, indagou ele, seguran-do minha mão.

Se Tara levava Sonny ocasionalmente para dormir com as crianças do cir-co, eu de vez em quando ficava na casa de Archie. Mas resistia à sua oferta de me mudar para lá. Por ser muito teimosa, me mantivera independente quando tive um bebê, e não precisava de mais ninguém e mais nada. Meu ego gigante mas ofendido dizia que eu não precisava de um homem. Eu me prendia a essas ideias, orgulhosamente. Nunca mais permitiria que me desapontassem, abandonassem ou negassem outra vez.

Mas nunca é uma palavra tola quando você é jovem. Um dia qualquer me dei conta de que tinha esquecido Van. De que se ele não tivesse ido embora do jeito como foi, faria isso mais tarde. Sempre me senti feliz em meu silêncio. Era uma leitora. O lar era algo permanente, mesmo que fosse apenas um *trailer*. Mas Van era um artista, músico e cantor, e eu jamais seria público suficiente para ele. Ele sempre estaria de um lado para o outro. Provavelmente estava em excursão naquele exato momento. Eu o imaginei tocando tarde da noite em *pubs* irlan-deses num mês, tocando no Bund, em Xangai, no mês seguinte, e terminando sua vida administrando um bar numa praia na Costa Rica, onde as garotas locais seriam mais gentis do que eu quando ele ficasse velho e caído.

Por que diabos eu estava dizendo não o tempo todo para um homem como Archie? Eu deveria dizer sim, mas queria incluir Sonny. Archie ia nos encontrar antes do jantar, e eu surpreenderia a ambos.

VINTE E TRÊS

Cara Délia,
sou eu de novo. Agradeço por todos os conselhos: a cozinha está legal
agora. Minha namorada e eu cozinhamos lá na última sexta-feira.
Espaguete à bolonhesa e uma salada. Você pode me explicar como
usar direito um ferro de passar roupa? Também parece haver algum
problema com a máquina de lavar; todas as minhas roupas estão
ficando com um tom estranho de cinza.
Sinceramente,
Não Tão Desesperado

Desesperado,
você se engana, ainda está Desesperado. Não tem um único mo-
delo em sua vida, alguém a quem possa recorrer para os conselhos
domésticos básicos? Não posso explicar-lhe como usar um ferro de
passar roupa, Desesperado, isso é algo que se precisa demonstrar,
mas tenho certeza de que você pode conseguir um vídeo em algum
lugar. O YouTube pode ser útil para você. Quanto à sua máquina de
lavar, o problema não está na máquina, mas em você. Como todos
os homens do mundo, você não pensa em separar suas roupas, e não
estou falando de separar as camisas das calças. Falo de separar as
brancas das coloridas. Sim, a velha e boa segregação, vital para a
harmonia em sua lavanderia. E pare de lavar os panos de prato com
sua roupa íntima.

Eu observava o fluido amarelo-neon viajar pelo tubo para dentro do meu
braço. Era um tom tão venenoso que parecia ser capaz de matar qualquer

coisa. Duas horas mais, depois mais duas para receber a solução salina. Mas aquilo não estava matando o número suficiente de células cancerígenas. Era a última sessão, eu havia decidido. E como havia decidido, não sabia ao certo por que simplesmente não puxava o tubo do braço e saía dali para sempre. Será que mais quinhentos mililitros de metotrexato fariam diferença agora?

Eu estava recostada na cadeira da quimioterapia e tentava relaxar enquanto as drogas atacavam meu sistema, mas era difícil. Dentro de um ou dois dias eu estaria vomitando água. O pequeno tufo de cabelo que cultivava desde a última sessão ficaria escasso mais uma vez e eu ficaria debilitada, pálida, deplorável para além das palavras. Ainda que exausta, não conseguiria dormir. Detestaria que me incomodassem, e ficaria aborrecida se me deixassem só. Não conseguiria ler. O cheiro de sabão ou café ou flores seria repulsivo. Certas cores, como laranja ou roxo, seriam intoleráveis. As pessoas trariam belas rosas e eu não suportaria tê-las em meu quarto. Minha boca ficaria com gosto de metal. Haveria úlceras, algumas delas ao longo de todo meu sistema digestivo. E então, quando eu parasse de me sentir enjoada, iria querer comer coisas que em épocas normais não me interessavam — lanches, *fast-food* —, enquanto os pratos que eu mais adorava teriam um gosto ruim. Eu seria um monstro inchado, careca, resmungão e de olhos semicerrados consumindo pizza de entrega em domicílio e refrigerantes. E depois disso ainda teria células cancerosas se reproduzindo alegremente a cada minuto, repartindo e conquistando as partes que ainda restavam: o que sobrava do meu fígado — que não se reconstituía facilmente como o de Prometeu, na mitologia —, meu cérebro, minha medula espinhal, minha garganta.

Então, sim, seria a última sessão.

A cadeira era luxuosa, confortável, espaçosa. Ali na clínica oncológica éramos os pacientes ambulantes, obedientemente plugados em nossos monitores e máquinas intravenosas, aguardando alegremente com revistas enquanto os fluidos tóxicos escorriam para dentro de nossas veias. Comíamos nossos sanduíches antes que as drogas atacassem, pois depois disso a simples ideia de comer seria uma agonia. Com a exceção de que hoje eu não estava tomando uma dose de vincristina ou um bocado de carmustina para diminuir a dose direta de metotrexato. Hoje eu tomava meu coquetel puro, sem perfumaria. Nada de azeitonas ou de guarda-chuvinhas. Ultimamente, em vez de ler ou de fazer as palavras cruzadas enigmáticas do dia, eu levava comigo meu caderno e aproveitava ao máximo a experiência, descrevendo toda a autêntica sensação daquele lugar para o manual, certificando-me de que anotava direito os detalhes antes que fosse tarde demais e eu fosse embora dali... para sempre. Agora que prestava atenção, ocorreu-me quão autossuficientes todos éramos na clínica oncológica. Até doze pacientes por vez eram ligados, sendo dopados em silêncio, e mal se via uma enfermeira. Deixados por conta própria, ficávamos de olho nas máquinas, tomávamos o cuidado de ingerir bastante líquido, tirávamos amostras de nossa urina quando arrastávamos nossos carrinhos de medicamento intravenoso para o banheiro. Até conseguíamos ajustar os monitores quando eles começavam a apitar. Eu fora até lá dirigindo, embora Archie tivesse se oferecido para me levar, e ia dirigir de volta para casa, e pagar uma taxa de estacionamento absurda por isso. Se pudéssemos extrair nossas próprias amostras de sangue e injetar em nós mesmos as drogas intramusculares, tenho certeza de que nos deixariam fazê-lo. Descasquei uma banana e virei outra página do meu caderno.

Nesse exato momento, a dra. Lee entrou. Ela raramente aparecia na clínica, preferindo cuidar de seus pacientes com a confortável distância de um braço, que era sua ampla mesa. Despida de seu vestuário médico, a dra. Lee parecia seminua.

Ela me examinou, como sempre fazia, com uma leve surpresa. Eu era sua paciente por quase três anos e meu câncer já tinha reincidido uma, e agora duas vezes, e no entanto ela ainda reagia como se eu estivesse invadindo seu território profissional. Em geral, eu sentia que ela seria uma médica excelente se não tivesse que se encontrar com pessoas de verdade. Ela fitou o metotrexato na sacola como se fosse um réptil. Com cautela, me perguntou como eu estava.

Bem, obrigada.

Ótimo, ótimo, disse ela, agora sorrindo, como se a coisa mais relaxante do mundo fosse ficar sentada na ala de quimioterapia de uma clínica oncológica recebendo doses de veneno para uma doença que, não adiantava, ia matar você. No entanto aquilo tudo curiosamente *era* normal. Tinha se tornado bastante normal para mim, de modo que eu sentia ser possível que ficar ali esperando durante horas, cercada de estranhos, segurando uma banana comida pela metade, ligada a máquinas, representasse um nível de realidade que eu podia aceitar.

Vamos fazer seu exame de sangue mais tarde, propôs ela. E agendar sua próxima sessão.

Não. Não vou voltar, falei.

Na saída, passei pela clínica pediátrica. Normalmente eu passava às pressas, não me sentindo disposta a encontrar as crianças pequenas carecas, os bebês em seus berços de plástico, os adolescentes macilentos, todos olhos e lábios, os traços do rosto ressaltados pela nudez esculpida de suas cabeças. Numa cama um bebê estava sentado, com o punho na boca, as bochechas reluzentes por causa dos esteroides. Ela estava presa à sua bomba de infusão de solução intravenosa através de um cateter implantado em seu peito. Sua camisola cor de pêssego enfatizava a gordura de seus braços rechonchudos. Fitei-a através da janela. Ela me olhou, tirando o punho da boca e babando um pouco. Seus olhos se prenderam nos meus, com franqueza e sem timidez. Ela provavelmente tinha oito ou dez meses de idade. Eu imaginava que tomasse drogas similares às minhas, embora não soubesse para que doença. Leucemia aguda, talvez: a forma mais comum de câncer infantil. Tudo aquilo era um ultraje num corpo tão tenro, uma nova vida que mal se desenrolara no mundo. Segui meu caminho, saindo da ala.

Felizmente meus bebês tinham sido puros e saudáveis... Eu imaginei como a mãe daquele bebê se sentira violada ao ver os cateteres entrando, como observava semana após semana o sangue sendo drenado. Como cada anestesia geral para as punções lombares, as aspirações, as biópsias seriam como pequenas mortes para ela, repetidas vezes. Como ela haveria de se deitar junto à sua filha doente e adormecida para que respirassem juntas, inspirando, expirando, para sentir seu tato e seu cheiro enquanto pudesse.

Será que eu agora me lembrava do cheiro de um bebê recém-nascido? Será que eu tinha uma palavra para isso?

Achei que estava me lembrando dos meus bebês, e embora parecesse impossível, já que meu nariz e minha boca estavam dominados pelos sabores metálicos das drogas, o cheiro me veio com mais força agora, quando minhas filhas já estavam longe da primeira infância e enquanto eu me agitava rumo ao fim da minha vida. Quando eram bebês, suas cabeças pareciam mergulhadas numa nuvem invisível, totalmente sagrada. Havia inclusive um lugarzinho na nuca que tinha um cheiro delicioso. Era um cheiro saudável, quente, levemente doce. Um pouco terroso, mas ainda assim puro e celestial ao mesmo tempo. Era um cheiro novo, mas nada estranho. Um cheiro que você talvez nunca tivesse sentido antes que seu bebê fosse colocado em seus braços, mas que reconhecia de imediato, como se estivesse impresso em seu

DNA, e tivesse estado ali toda sua vida apenas esperando ser encontrado. Cada bebê tinha um cheiro diferente, e no entanto cada um deles era igualmente fragrante e relaxante. Você segurava seu bebê e inspirava fundo pelas narinas, repetidas vezes ao longo dos meses e dos anos, antes de por fim expirar, saciada por completo. Nenhum outro perfume, nenhuma droga, nada jamais teria o cheiro de um bebê. Grama recém-podada, um grão de café, uma taça de vinho do Porto envelhecido, uma folha de limoeiro espremida na mão, uma gota de Chanel n° 5, um livro novo. Todos os cheiros na vida que saboreamos, prezamos; as coisas comuns e raras que nos fizeram felizes por nossa anatomia contar com narizes e tão infelizes quando eles ficaram entupidos por gripes e resfriados.

MEU CORPO COMEÇARIA gradualmente a ascender rumo à morte. Ou talvez fosse *descer*, já que o processo era mais como a preparação para uma aterrissagem, o piloto aqui desligando os instrumentos, o sistema, reduzindo a velocidade do motor, reduzindo e depois apagando as luzes da cabine. E assim eu pensava mais nos cheiros da vida porque suspeitava que a morte traria seus próprios cheiros novos, nenhum deles bem-vindo.

Pensei nisso certa noite, já tarde, em que dei uma escapulida. Umas poucas semanas antes, decidira como marcar inesquecivelmente a vida do meu vizinho, e começara os preparativos. Aquelas breves visitas espalhadas pelos momentos em que eu podia realizá-las levaram um bom tempo, pois precisava que as condições fossem propícias. Eu precisava me sentir capaz de realizar aquilo. Não podia ficar confinada à cama por exaustão ou imobilizada pela náusea ou ser vítima do atordoamento causado pelas drogas, que me deixava fraca ou tonta ou incapaz de me concentrar nas coisas. E o momento ideal não podia ser uma noite de lua, claro. E todas as outras pessoas tinham que estar dormindo, inclusive Mr. Lambert, que para um senhor viúvo de idade costumava se deitar bem tarde.

Li durante horas até que larguei meu livro e fui espiar na frente da casa para ver se as luzes da casa dele estavam todas apagadas. Os painéis de suas persianas de rolo deixavam passar filetes de luz por suas frestas. Mas num dado momento também elas se dissolveram na escuridão. Descalça, com calça de ginástica e camiseta pretas, saí de fininho pela varanda da frente, pulando a tábua que rangia, e desci os degraus de um modo que o resto do mundo haveria de me considerar uma ladra. Não fosse pelo fato de que eu ia deixar alguma coisa lá, e não tirar de lá, poderia sentir uma pontada de culpa. Em vez disso, todas as vezes que fazia minhas excursões noturnas sentia um arrepio por ter realizado uma façanha.

O silêncio se confirmou quando me aproximei de sua cerca da frente e fiquei escutando. Nada de rádio (ele gostava dos programas da madrugada, e eu lhe dava crédito, pois nunca ouvi a voz de um daqueles locutores engraçadinhos saindo pela janela de sua cozinha). Seu portão da frente era tão ridiculamente baixo que eu não precisei abri-lo (mas não haveria de ranger, tenho certeza de que ele o mantinha lubrificado). A murta tinha um cheiro tão forte que parecia alucinógeno, e no entanto ele nunca vinha desfrutar daquele ar. Simplesmente passei por cima do portão e já estava em seu caminho de entrada, que, de concreto puro e simples, atravessava seu gramado, passava pela casa e levava ao portão em seu quintal. Seu gramado na frente da casa era imaculado. Não havia nenhum caminho, além da murta ao longo da cerca podada e submissa, nenhum arbusto. Não havia pedras em que se pudesse pisar, conduzindo à porta da frente. Apenas o gramado perfeitamente vazio.

Fui intimidada pelas noites geladas de inverno, mas então meu trabalho já estava feito, e tudo o que era necessário era esperar. Uma noite aqui, uma noite ali, e a única ferramenta de que eu necessitava era um estojo de caneta vazio. Deitada ali no gramado de Mr. Lambert, acrescentando meu toque pessoal ao seu gramado, fazendo minha própria declaração, num certo sentido, durante aquelas poucas noites que levei, quase senti que aquele seria um ótimo lugar onde morrer. Haveria a satisfação de obrigar Mr. Lambert a ver um cadáver depredando seu perfeito gramado da frente, vazando citotóxicos por todos os poros, entradas e saídas do corpo, e depois se indignando com as botas pesadas dos paramédicos que teriam que ser chamados para me remover — essa seria uma vingança perfeita por ele ter envenenado nossas casuarinas, por ter cortado fora as folhas e pedúnculos da costela-de-adão, por seus ataques ao bambu. Por ter jogado no lixo aqueles belos ovos.

E seu gramado era um lugar agradável para descansar. Macio, perfumado. Um tom de verde reconfortante. Desprovido de uma única erva daninha, claro. Muito confortável sob os pés descalços. E o cheiro, claro, muito gostoso. Um dos melhores que a natureza tem para oferecer. Quando cutuquei o solo (enriquecido organicamente, eu tinha certeza) com meu estojo de caneta cheio de sementes, o cheiro da grama e da terra úmida se elevaram para me saudar de um modo que só podia ser chamado de convidativo. Do pó ao pó, o que eu em breve seria.

ENQUANTO ISSO, DESEJANDO POR FIM encontrar uma única palavra para descrever o cheiro de um bebê (desistira de encontrar a palavra que resumisse a condição de estar morrendo), voltei minha mente para os cheiros da morte. Eu me tornara meio obcecada, ultimamente, com os cheiros ao meu redor: não o gás da quimioterapia, o odor pútrido de merda e peido que saía de mim enquanto eu avançava no tratamento. Considerava isso, mesmo tão pouco digno quanto era, como totalmente *antinatural*. Depois que a quimioterapia terminou, tudo se tornou natural. Apenas o corpo fazendo o que devia fazer, talvez o que fizesse melhor após minha fase de crescimento: virar de costas e começar a descida, vagarosa para a maioria das pessoas, de volta pela encosta da montanha, de volta à terra.

O cheiro da morte, eu pensava, não era o mesmo cheiro de um corpo morto e em decomposição. Aquele cheiro ruim e curiosamente adocicado era algo que eu conhecia. Tinha lidado com ratos e uma ou outra galinha morta o suficiente para conhecer o cheiro da carne em decomposição. Eu não estava nem um pouco ansiosa para saber o que aconteceria: o odor rançoso que se instala numa pessoa doente, à beira da morte. Eu tinha examinado as ilustrações médicas e as obras-primas, que eram as fotografias eletrônicas de órgãos tomados pelo câncer. Você com certeza não passava por esse tipo de deterioração sem que um cheiro surgisse. E no entanto eu havia lido e ouvido histórias de pessoas morrendo cujos corpos, enquanto escorregavam rumo ao fim da vida, recuperavam uma espécie de inocência, um aspecto sadio. Eu estava preparada para abandonar minha busca de palavras exatas, e escrever algum material digno do nome para o capítulo no manual. Logo.

VINTE E QUATRO

O CIRCO TINHA VINDO PARA AMETHYST durante a Depressão, e ficara ali, tornando-se a base permanente para seus seguidores viajando pelo norte do país, ano após ano. Pessoas como Tara passavam mais da metade de seu tempo na estrada, mas quando estavam de volta à cidade ficavam felizes em se apresentar umas duas vezes por semana para a escassa plateia que o lugar atraía graças à antiga reputação do circo. Algumas das famílias estavam fadadas a ficar na estrada para sempre, mas ao longo dos anos iam e vinham com tanta regularidade que o circo aos poucos se tornava mais permanente. Algumas nunca iam embora, sobrevivendo com despesas mínimas, e se dedicavam de forma criativa a conseguir do governo bolsas e benefícios por conta de seu desemprego, deficiência, condição de pai ou mãe solteiros, entre qualquer outra desculpa que convencesse as autoridades. Mas ambulantes ou não, essas famílias do circo ainda viviam em *trailers*, embora o lugar tivesse suas próprias instalações para lavar roupa e tomar banho, e uma ampla cozinha comunitária. Jardins rodeavam cada um dos *trailers* e toda a área. O *trailer* de Tara ficava estacionado entre o de sua irmã mais velha e o de sua mãe, ambos com as persianas abaixadas e fechadas, rodeados de capim, como se aos poucos se transformassem em grandes cogumelos. Eram relíquias dos anos 1960 ou 1970, um pouco mais jovens do que o meu, enferrujados mas não inteiramente dilapidados, o tipo de *trailer* que os hoje aposentados em outras épocas levariam para longas viagens de pescaria, antes de abandoná-lo em seus quintais. Tara havia pintado o exterior do seu com um rosa vivo e o interior de amarelo. Entrar ali era como entrar em uma concha.

O dela era de Lazarus, como os *trailers* de todo mundo eram, e o circo e aquela venda de carros desfrutavam de uma relação simbiótica. Quando os *trailers* se deterioravam eram substituídos não por *trailers* novos, mas apenas por outros um pouco menos velhos, todos comprados de Lazarus na estrada ao sul da cidade. Mas não era assim que Lazarus ganhava dinheiro. Isso acontecia de um modo singular que era uma maravilha da reciclagem e um modelo perfeito de atender à demanda. Começou principalmente com a recepção de centenas de pensionistas que saíam de Melbourne determinados a fugir do frio e a visitar lugares sobre os quais tinham lido ou que tinham visto na televisão, em programas de viagens. Inevitavelmente, já estavam mais do que cansados, mesmo antes de chegar à parte norte de Queensland, e quando chegavam aos arredores de Amethyst e viam o letreiro de boas-vindas de Lazarus TRAILERS VANS KOMBIS COMPRO EM DINHEIRO VIVO DIGA O PREÇO (o que não era inteiramente verdadeiro, as palavras sendo válidas mais pela intenção do que ao pé da letra) APOSENTADOS MUITO BEM-RECEBI-DOS A 3 KM, estavam mentalmente transferindo seus pertences para a traseira de suas caminhonetes e se perguntando qual seria a distância para a próxima estação de trem ou aeroporto.

Quando chegavam ao pátio de Lazarus já tinham percorrido noventa por cento do caminho, tanto emocionalmente quanto mentalmente. Lazarus em pessoa ajudava os clientes a se decidirem quanto aos dez por cento restantes de dúvida, graças à sua oferta de dinheiro vivo, o que até era verdade... Ele hesitava um pouco, resmungava, se perguntava se era realmente uma boa ideia comprar aqueles *trailers* se nem sabia se conseguiria revendê-los. Depois dizia que havia acordado com o pé direito e que iria ajudar aqueles pobres coitados. Ele lhes apontava a direção do hotel de beira de estrada mais próximo e dentro de um ou dois dias conseguia lucrar, vendendo os *trailers* para jovens turistas que chegavam do norte de carona cansados de dormir em albergues infestados de insetos e fedendo a sapatos sujos, e cansados de carregar seus pertences por aí como baratas tontas.

Lazarus não tinha vergonha, raramente limpava os *trailers* e quase não colocava os pés dentro deles, do instante em que os comprava dos aposentados até o instante em que os vendia aos primeiros garotos com os pés doloridos e revoltadinhos que viam seu outro anúncio a alguns quilômetros ao norte da cidade: TRAILERS BARATOS DE QUALIDADE À VENDA, OUTROS CARROS TAM-BÉM DISPONÍVEIS MOCHILEIROS BEM-VINDOS, como se fossem cavaleiros da Távola-redonda, Galahads, e aquele fosse o Santo Graal ou alguma outra demanda longa e cansativa.

Montes de jovens rebocando *trailers* equipados por aposentados com bolsas de água quente e carrinhos de compras dobráveis, coleções de romances históricos com letras grandes e baralhos velhos. Cozinhas com latas de geleia *diet*, produtos para limpar dentadura, sopas instantâneas e embalagens de leite longa vida. E daí se os novos proprietários vivessem suas vidas no sul, em Bexley ou Ballarat, e depois seguissem seu sonho de viajar para o norte quando se aposentassem, e concluíssem que desde que deixaram Amethyst já estavam cansados daquilo? Algo desse tipo acontecera uma vez, e Tara sabia porque envolvia seus avós, que haviam decidido, num ataque de rebeldia na juventude, deixar o circo e a cidade. Desapareceram por cerca de doze anos, só para reaparecer inesperadamete um dia, rebocando o mesmo *trailer*. Trocaram-no por um modelo maior e prosseguiram até Amethyst, onde encontraram sua antiga vaga no estacionamento ainda vazia. A única diferença era o mato, que havia crescido esperando pelo seu regresso como se eles só tivessem viajado durante umas férias de poucas semanas.

A loucura de muitas das histórias dos circenses se elevava além das lonas do próprio circo, e a de Tara parecia das piores, ainda que eu soubesse ser verdadeira. Comprei de Lazarus o *trailer* dos avós de Tara na minha primeira semana em Amethyst.

VINTE E CINCO

Uma recente pesquisa de Blair & Sons descobrira que quase sessenta e cinco por cento dos entrevistados gostavam da tarefa de cortar a grama. Mais de cinquenta e cinco por cento dos entrevistados admitiam sentir prazer e tranquilidade ao cortar a grama. E aproximadamente cinquenta por cento concordavam que a tarefa era uma oportunidade de transcender o momento, reduzir o estresse e até mesmo meditar. Um pouco menos de cinquenta por cento admitiam que a tarefa proporcionava uma valiosa oportunidade para ficar sozinho; para eles, o ruído do motor era como um acompanhamento musical, repelindo de maneira legítima a necessidade de interação com parceiros, filhos, vizinhos e animais de estimação.

> "A arte de podar a grama"
> *Dicas para o jardim* (2004)

CERTA TARDE, ACORDEI DE UMA soneca com o tique-tique-tique regular de um cortador de grama automático. Archie já não usava o barulhento cortador mecânico. As meninas estavam concentradas nos programas da tarde na televisão, já que eu vergonhosamente aumentara o número de horas delas com o aparelho ao longo dos meses para poder ficar mais tempo na cama. Mas naquele dia eu me sentia animada e bem-disposta. Fui até a varanda dos fundos e me sentei na sombra com uma água gasosa para desfrutar do espetáculo inofensivo de um homem cuidando de seu gramado.

Eu antes pensara que a competência excepcional de Archie com a lavagem de roupas era o que tinha feito com que eu me apaixonasse por ele, mas agora me perguntava se não teria sido a jardinagem, desde sempre. Havia alguma carga inexpressiva mas erótica em ver um homem cuidar do jardim, cortar a grama, caminhar por ali com passos largos e reivindicar o gramado para si. O homem cortando a grama e a mulher passando roupa com ferro eram as imagens domésticas arquetípicas, polarizadas, opostas. Mas qual era a real diferença entre transformar mato em gramado ou pano amassado em lençóis macios? Talvez a exclusividade das tarefas na vida doméstica, os papéis tradicionais, fossem muito mais compatíveis; talvez existissem porque fossem tão fundamentais, poderosos e mesmo eróticos.

E talvez outra pessoa pudesse decifrar isso. Eu estava cansada demais para teorias.

Archie e eu estávamos nos comportando como idosos e ainda não estávamos na meia-idade. Eu estava sentada na varanda e Archie se arrastava empurrando a máquina pelo quintal em passadas regulares e confiantes. Atrás dele, o depósito. Seu depósito. Cheio de misteriosos itens masculinos que pareciam estranhos até mesmo para mim, que estava familiarizada com ferragens. Para ele, eram indispensáveis. Grelhas enferrujadas e uma boa extensão de fitas pretas e cinza para revestimento. Imensas brocas para as quais certamente nenhuma furadeira grande o suficiente existia. Rolos e mais rolos de arame, mangueira, corda e conduíte. Bagulhada, tudo aquilo era uma bagulhada, mas ainda assim a mais arrumada do mundo, cada coisa em seu lugar. Atrás do depósito de Archie havia uma horta, e depois o galinheiro, com uma parreira de chuchu subindo e decorando um metro e vinte de cerca de arame.

Eu usava uma camiseta de malha tamanho extragrande e calças de *stretch* que agora preferia para ficar em casa; ele usava calças surradas pelo tempo que pareciam o uniforme de um operário, botas com elástico nas laterais, e o torso nu. Seu corpo era musculoso, dourado de sol e com um leve brilho de umidade. Mesmo sujo e suado, o cheiro de Archie era divino. Ele sempre tinha o cheiro da grama recém-cortada e da terra com que se ocupava.

Cortar grama por dinheiro significava que Archie nem sempre apreciava as possibilidades românticas do gramado. Quando nos mudamos para lá, ele arrancou a *buffalo grass* e projetou o jardim. O quintal se tornou um projeto, representando sua transição de jardineiro e cortador de grama a paisagista. Pavimento em arenito disposto em padrão espinha de peixe. Canteiros elevados, palmeiras milimetricamente espaçadas, e um ornamento de água: um vaso preto gotejando delicadamente pelas laterais. Era bonito, era pacífico, era simples. E era funcional. O varal de roupas num dos lados da cerca, permanente mas discreto. O depósito ao fundo. Mas depois de alguns anos eu me surpreenderia ao ver Archie olhando saudosamente para o quintal. Eu sabia o que ele estava vendo: um carpete macio de cinza-azulado. Ou um retângulo viçoso verde-claro. Ele nunca haveria de imaginar isso, mas sentia falta da tarefa de cortar a grama. Deu-se conta na verdade de que não era uma tarefa, mas uma oportunidade de se expressar, tanto quanto uma calma meditativa. Foi quando ele se entregou ao *zen* da arte de cortar a grama e começou de novo. As pedras de arenito sumiram. Ele cavou, lavrou e fertilizou o solo para semear uma nova grama híbrida. Quando o gramado estava completo, crescido e cortado tantas vezes que já tinha uma boa resistência, sentávamos lá fora como crianças, sentindo as folhas sob a palma das nossas mãos, ficando com manchas verdes em nossas roupas. Sentávamo-nos lá com as meninas também, e nenhuma delas ficou com alergia por causa da grama.

O gramado de Archie era a mais bela criação. Não era macio demais a ponto de você ter medo de pisar nele, nem tão pontudo que você se sentisse desconfortável descalço. Nas épocas secas ele o regava à mão com a água usada que puxava com um sifão da lavanderia. Quando chovia forte, ele o arava com um pedaço de pau ao qual prendera um tipo especial de ancinho, com dentes longos que afundavam no chão sem bagunçar a superfície. Quando ele cortava a grama, era como se o cheiro de todos os feriados, aniversários e Natais de sua infância voltasse numa descarga de prazer em forma de brisa quente. Não conseguíamos avaliar quão bem aquele cheiro nos fazia, ou mesmo resistir a ele. Eu inspirei aquele cheiro na tarde em que me sentei ali na varanda. Se apenas pudesse ser engarrafado...

Vagabundeando de novo durante a tarde, hein?, disse Archie.

O cortador de grama finalmente parou depois do último quadrado do gramado, exatamente no meio. Às vezes havia um tom meio ácido na implicância de Archie.

Tudo bem, vou fazer algumas coisas então, respondi, me levantando e pisando com força nos degraus da varanda, caminhando mais firme do que era necessário pelo lugar onde ele agora passava o ancinho. Fui até o galinheiro. Pegar ovos era uma das poucas coisas úteis que eu podia fazer. Mas embora as galinhas tivessem cacarejado bastante mais cedo naquele dia, só havia um ovo nas caixas.

As galinhas devem estar na greve do ovo, cantarolei.

E na época errada do ano..., comentou ele, se curvando para apanhar uma pilha de grama cortada. Ele a levou até o galinheiro e jogou por cima da cerca. Imediatamente as cinco aves correram para investigar as possibilidades de insetos. Ele tinha razão, as galinhas deviam estar pondo ainda mais ovos no início da primavera, e não menos.

Entreguei-lhe o ovo. Vou dar uma geral por aqui, disse eu.

Minha contribuição ao nosso jardim haviam sido as galinhas, embora meu plano de vê-las perambulando livres pelo quintal tivesse gerado uma certa tensão até Archie instalar uma cerca de arame e o portão do galinheiro. Por mais que eu adorasse a visão de uma galinha marrom, preta ou branca contra o verde-esmeralda do gramado, concordei que elas precisavam ficar presas. Se ainda tinha alguma dúvida, o estado do galinheiro depois de uns poucos dias de ocupação esclareceu tudo. Cada pedacinho de qualquer coisa verde, cada erva daninha, nociva ou não, tinha sido bicada até desaparecer por completo. Eu sabia que elas podiam reduzir um gramado inteiro a terra e pedregulhos em poucas semanas. Por alguma razão, porém, a ideia de uma galinha num gramado persistia em mim, como a imagem da perfeição doméstica, da harmonia ideal da natureza, de modo que vez ou outra eu simplesmente pegava Jane e a colocava no gramado por algum tempo e me sentava para admirar a plumagem brilhante e iridescente contrastando com a grama rica em clorofila. Ela ficava tão resplandecente quanto o suporte de um brasão.

Fiz minha rápida limpeza usando a pá e coloquei palha fresca no canto das galinhas, que ficaram alvoroçadas como de hábito, comportamento que era só fachada. Não havia nada em mim para alvoroçá-las; eu era sua dona, eu as alimentava, eu as criara desde que eram franguinhos. Era mais uma questão de princípios. Um sinal de que fosse qual fosse seu modesto estatuto, elas ainda tinham seu orgulho. A mais maltrapilha das galinhas tinha seu orgulho, eu notara, e sua dignidade. Talvez isso se devesse à sua capacidade de pôr ovos, o que afinal não era algo que todo mundo conseguisse fazer. Descobri mais um debaixo de Kitty, que me bicou de leve, depois ajeitou as penas e desceu com um pulo do ninho. Ela saiu dali correndo, e quase aliviada. A devoção à tarefa de chocar chegava a ser muito pragmática. Se alguém a isentasse daquela obrigação, ela registrava um protesto, mas então se empenhava na tarefa seguinte que tinha à mão, o que, no caso, era ciscar o espaço ao lado do comedouro, verificando se algum grão de ração sobrevivera até tão tarde, ou talvez uma minhoca. Quanto otimismo.

O GRAMADO E MEU FIM compartilhavam o mesmo chão. Mais precisamente, eu terminaria embaixo de um gramado, cujas possibilidades atingiam todo o seu potencial com a morte. Em todo o mundo, esses descampados significavam morte. Outeiros verdes. Os túmulos dos antigos. Aqueles campos de cruzes brancas, outrora lama e vísceras, espalhados pela França. Os cemitérios e crematórios, exuberantes e quentes, fragrantes e respousantes. Todos os memoriais aos mortos, em parques e jardins pelo mundo afora. No parque próximo à minha casa. Todos os gramados carinhosamente cuidados e semeados e fertilizados e regados e aparados, eternamente aparados, em tributo aos mortos. Ninguém podia reparar nos estragos da morte, especialmente a morte durante a guerra, mas cada talhada da lâmina do cortador de grama, cada gota do irrigador giratório era alguém tentando mostrar seus sentimentos. O gramado não era realmente um gramado, mas um cobertor de pesar e esperança, algo que todos nós jogávamos sobre o passado, esperando que o passado não regressasse.

Eu sabia que não poderia ser enterrada sob o meu próprio gramado — mesmo que a família pudesse conviver com isso, era contra a lei. Mas pensei em como seria bonito ter uma foto de nosso gramado para a capa do livro. Se eu conseguisse amarrá-lo ao tema, ficaria feliz. Uma foto de um caixão num gramado seria uma afronta, lógico. E havia também a questão da identidade visual. Não seria inteligente comprometer o reconhecimento garantido pela identidade visual. Eu supunha que o manual teria que seguir o padrão dos anteriores, com o mesmo *design* cor de terracota e areia na capa e na lombada. Refleti sobre outros detalhes. *Dicas para lavar roupa* exibia uma fileira de guardanapos brancos de linho adejando suavemente num varal contra o pano de fundo de uma grama lustrosa e um sereno céu azul. Imagens familiares, embora ninguém mais usasse linho. Mas elas conferiam ao livro um caráter tranquilizador, e incluíam um pequeno aspecto da vida doméstica que as próprias pessoas jamais usariam em suas casas, e no entanto do qual nunca se afastavam. Esse tipo de detalhe era importante, tanto nos livros quanto nas capas. Não eram muitas as pessoas que levavam isso em consideração, mas Nancy e eu sabíamos que aquela sutil superposição de imagens, o céu claro e limpo, de acesso irrestrito e conhecido por todos, junto com guardanapos refinados — purificados por um linho branco também, um toque de santidade —, eram vitais a todos os produtos que estávamos promovendo, porque não estávamos simplesmente vendendo dicas domésticas, mas algo maior: a ideia da unidade familiar. O conceito de integridade, permanência e segurança da família que todos aqueles livros sobre o lar implicavam.

De modo similar, a capa de *Dicas para a cozinha* exibia uma fileira de utensílios numa prateleira sobre um fogão de aço inoxidável elegantemente austero, um pano de prato xadrez jogado num canto, para dar um efeito irônico. Poucas pessoas podiam pagar por aquele tipo de fogão (por volta de seis mil dólares australianos, sem incluir o exaustor e o protetor traseiro de aço inoxidável), mas todo mundo podia ter e provavelmente tinha um pano de prato xadrez, que custava menos de dois dólares nas lojas de $2,00. Se você tinha aquele pano de prato poderia, por associação, pelo menos em suas fantasias, ter o chique fogão Miele também. O fato de não tê-lo era amenizado pelo fato de possuir pelo menos o pano de prato. Tentar explicar o que representavam todos esses níveis de significados a Archie era algo além da minha capacidade, e por isso eu desistira de discutir capas de livro com ele. Nancy e eu pensávamos de maneira idêntica nesse aspecto. Ela compreendia exatamente por que esses detalhes eram importantes sem ter que discuti-los. Talvez fosse uma questão de gênero, afinal de contas. Mas eu ainda conseguia imaginar Archie coçando a cabeça e me dizendo que calcinhas vermelhas de renda ou sutiãs pretos ficariam bem melhor num varal do que uma fileira de simples guardanapos brancos.

Ainda assim, eu duvidava que Nancy fosse concordar em usar um gramado e um caixão para a capa, na verdade não usaria nada que sugerisse enterro. Apesar do título do livro, ela insistiria que as imagens promovessem a ideia da vida, ou da esperança, ou da renovação. Quem sabe o gramado sem o caixão? Como era mais do que provável que eu não estivesse por ali quando a palavra final fosse dada (*obcecada por controle*), tinha que pensar bem no que fazer naquele caso. Como persuadir Nancy? A ideia de uma capa excêntrica persistia. Alguém uma vez me mandou um cartão-postal brilhante de um corpo mumificado num caixão, do México. Apesar de deteriorado e murcho, o corpo era pacífico, quase prosaico em seu descanso com os dentes à mostra. Continha um ar de tanta normalidade a ponto de sugerir que caixões com cadáveres mumificados à mostra se encontravam em cada esquina no México. O que até era verdade, ao que eu saiba... O cadáver — homem ou mulher, difícil de dizer — segurava um livrinho, provavelmente um livro de oração, numa das mãos, e o que parecia ser um lírio seco na outra.

Então tive a mais brilhante ideia para a capa. Eu ia posar como meu próprio cadáver dentro de um caixão aberto. Vários autores tinham suas fotos estampadas nas capas de seus livros. Era narcisista, mas e daí? Eu jamais me tornaria uma celebridade, então por que não fingir que era, só daquela vez? Eu pretendia, de todo modo, comprar meu próprio caixão. Isso haveria de acelerar o processo. Tornaria tudo mais divertido. Já fantasiava: eu, com um avental de linho vermelho e roxo. A semideusa doméstica em seu repouso. Algo por aí.

A essa altura, em algum lugar no fundo da minha mente, eu sentia Archie se encolhendo. Ele já estava desconfortável com a ideia de sua mulher à beira da morte estar escrevendo de modo mercenário sobre sua própria morte. Eu queria que ele compreendesse que a situação era muito mais do que isso, e especialmente que não tinha nada a ver com dinheiro. Mas ainda assim ele resistia. Eu sabia que ele não entenderia como eu podia estar ocupada escrevendo um livro sobre morrer quando o melhor seria morrer tão pacífica e confortavelmente quanto possível.

Mas não era isso. Não havia nada de confortável em morrer, não que eu tivesse conhecimento. Ficar por ali esperando e cultivando um comportamento pacífico era a pior forma de morrer. E quando você pensava em todos os armários que precisava arrumar, nos livros que queria ler, nos lugares que nunca tinha visitado, nos jornais que tinha que jogar fora, nos filmes preferidos que queria rever, a lista se tornava interminável. As aventuras sobre as quais talvez tivesse fantasiado por muito tempo, como fazer *bungee-jump* de uma ponte ou voar num balão ou fosse qual fosse a experiência excitante que nunca tentara, ou as exceções a serem abertas — jantar uma vez que fosse no caríssimo Maxim's, em Paris, só usar roupa íntima de seda, tomar banhos diários da fragrância de Coco Chanel que era só sua, ou abrir um vinho Grange Hermitage que desejava provar antes de ir embora do mundo para sempre —, no fim não faziam sentido algum. Era tudo descabido. O que fazia sentido era continuar fazendo aquilo em que você era bom ou boa. E, mais do que isso, continuar fazendo porque eu acreditava que Estelle e Daisy precisavam que a vida prosseguisse normalmente, tanto quanto possível. Elas já tinham que passar pela experiência horrível da doença, ausências minhas quando eu ia ao hospital, minha tendência a diminuir o ritmo e descansar. Se eu começasse a desaparecer para ter aulas de dança ou começar a estudar acordeom, iam achar que eu estava completamente perturbada.

E eu não estava escrevendo sobre minha própria morte. Talvez precisasse mostrar a Archie alguns dos capítulos, para assegurar-lhe isso. Na companhia dos outros, amigos ou colegas de trabalho, ele me pedia que não fosse específica demais sobre a natureza do livro. Só diga a eles que está trabalhando com um tema de sua experiência, me aconselhava ele. Assim eles podem supor que seja qualquer coisa, vários livros são sobre famílias, não são? Entre os amigos de Archie, principalmente, como os empreiteiros com quem ele convivera durante os anos de transição da jardinagem ao paisagismo, ou seus colegas do time de *rugby*, eu na verdade tinha grande prazer em encenar o papel de esposa. Embora nunca tivesse ousado interromper uma conversa inflamada sobre concreto reforçado com fibra ou algum assunto esportivo pedindo opiniões sobre que sabão em pó usar, não me incomodava em aproveitar um ocasional silêncio na mesa de jantar para anunciar que estava atualmente pesquisando pregadores de plástico ou sanduicheiras. E eu não lamentei isso quando minha situação piorou e alguns desses conhecidos sumiram.

Perguntei-me, brevemente, se a narrativa da minha vida tinha se tornado tão claustrofóbica a ponto de ficar vazia de personagens. Concluí (e anotei isso para o capítulo seis do manual para morrer) que era porque todos os seus amigos mais próximos iam abandoná-lo ou abandoná-la quando você estivesse com uma doença terminal. O resto ficaria tão tomado pelo horror, pela culpa, pelo medo (será que era contagioso?), ou apenas tão imobilizado por sua impotência que não ia querer se lembrar de que você existia, muito menos de que algum dia foi seu amigo.

Enquanto isso, a imagem de Archie se encolhendo diante de minha ideia para a imagem da capa persistia. Decidi trabalhar nela aos poucos. Primeiro teria que arranjar o caixão, e como isso constituía uma pesquisa perfeitamente relevante para o manual, não imaginei que fosse haver problemas. Depois que ele chegasse eu lidaria com Archie. Então, num belo dia com luz suave eu arrastaria o caixão até o nosso gramado e apoiaria a parte da cabeça sobre uns tijolos. Ia forrá-lo com algumas almofadas e talvez jogar uns cobertores para dar um efeito casual. Talvez usasse o avental de babados dos anos 1950, não o vermelho e roxo coberto de hibiscos, e podia estar segurando um batedor de ovos numa das mãos e um coquetel vistoso na outra. Estaria deitada no caixão, mais do que em repouso, e ficaria de olhos abertos. Sorriria, de modo bem animado.

Cara Délia,

banheiro, feito (embora eu tenha de fato que ficar de olho no mofo dentro do boxe do chuveiro). Cozinha, feito (de todo modo temos comido fora na maioria das vezes). Área de serviço, feito. Não havia problemas reais ali (você acha que baratas também gostam de máquinas de lavar roupa?). Mas meu quarto está com um cheirinho de mofo, até eu estou notando. Mantenho a janela aberta e tudo mais.

Obrigado

Desesperado (eu meio que já me acostumei ao nome).

Desesperado,

eu já me acostumei totalmente ao nome. Você já pensou em trocar a roupa de cama?

VINTE E SEIS

Em Amethyst Archie passava a maior parte do tempo cortando grama. Limpando, aparando com a tesoura, mas sobretudo cortando. Foi nos anos em que ele trabalhava sozinho durante dias, só ele e seus aparelhos e um quarteirão de ervas daninhas, como a lantana, a limpar para uma construtora, ou ele e o cortador de grama e um parque para capinar. Num dia em particular era a faixa de terra no lado a leste do rio, que não era cultivada o suficiente para ser um parque, mas era um local popular entre as famílias nos fins de semana, e *camping* ocasional para trabalhadores itinerantes, até as autoridades os obrigarem a sair dali. Archie fazia, então, aquilo de que mais gostava, impondo o mínimo de ordem e habilidade à terra, sem cultivar ou dar forma a quase nada ali, onde *os belos campos jazem esquecidos*, como escreveu Andrew Marvell. Depois de pensar um pouco mais no assunto, o poeta fazia sentido para mim, embora Archie discordasse. Cortar a grama era, então, o mínimo e o máximo que um homem podia fazer com a natureza: todo o resto era artificial, uma perversão grotesca, adulterada.

Ele estava cortando a grama naquela tarde quando eu e Sonny voltávamos do McDonald's pelo cemitério; cortando a grama em algum lugar inédito ao redor das novas construções. Embora o dia já estivesse avançado e as sombras se movessem velozes sobre a grama, ele ficou para terminar o trabalho em vez de ter que voltar no dia seguinte. Tínhamos planejado que ele passaria no *trailer* depois do trabalho; íamos beber uma cerveja enquanto Sonny tomasse um picolé e brincasse com sua patinete ou pulasse pelo irrigador giratório do estacionamento de *trailers*. Oito anos aparentemente não era uma idade avançada demais para esse tipo de diversão. E eu planejara contar a eles minha decisão.

Sonny e eu caminhávamos para casa vindo do cemitério pela rua principal para alugar um vídeo, e tínhamos acabado de atravessar. Sonny era um menino animado, sempre se movimentando. Um capricho repentino o fez se afastar e correr em disparada de volta à estrada. Não muito para o meio da estrada, mas o suficiente. O que cegou sua visão ou atraiu sua atenção naquele segundo crucial? Um tipo especial de carro que havia visto (BMWs eram a obsessão do momento)? Os periquitos sobre a estrada, pulando de uma tamareira para outra tamareira, em voos baixos e ousados, como se desafiassem uns aos outros? Alguém que ele pensou ter reconhecido? Bastava dizer que ele estava no lugar errado quando o Ford azul, também no lugar errado, andando rápido demais para o limite da rua principal, fez a curva perto demais da calçada. O motorista freou rápido, mas não deu tempo. Sonny, atingido na parte esquerda do corpo, foi atirado alto no ar antes de cair no meio da rua.

As pessoas se juntaram ao nosso redor. Eu fui sugada para dentro de uma outra dimensão de tempo e espaço onde parecia que Sonny estava prestes a pular e dizer: Enganei você!, mas onde nada tinha acontecido. Eu não tinha fôlego, não via movimento algum. Nem mesmo as vozes gritando pareciam reais enquanto eu o fitava caído imóvel na rua, à minha frente. Acreditava e não acreditava nos meus olhos até o momento em que a ambulância chegou e o encanto por fim se quebrou. Quinze minutos depois ele estava numa maca na UTI, e a essa altura nenhum especialista precisava me dizer: eu podia ver por conta própria a massa na parte de trás da cabeça do meu filho, por entre seu cabelo louro cacheado; podia sentir, quando estendi a mão para ele, seu corpo mole, antes que o ligassem àquela dezena de máquinas.

Doug, da loja de ferragens, foi a toda buscar Archie no carro com que fazia entregas. Parecia que não havia se passado tempo algum, embora tivesse sido meia hora depois — pois eu observava o sol desaparecer por trás das árvores, da janela do hospital — quando Archie apareceu. Ele tinha cheiro de grama e suor, e quando foi até mim e me abraçou sem dizer as palavras que ele sabia que não iam adiantar de nada, não naquele momento, compreendi por que Sonny o amava tanto, e me perguntei por que eu levara tanto tempo para me decidir, e por que, agora que me decidira, tudo era cruel demais, tarde demais.

Mais tarde, perguntei-me se a culpa fora da luz. Das sombras. Do efeito enganoso quando a tarde se tornava crepúsculo, quando as formas se distorciam e as imagens ficavam borradas. Talvez o motorista não estivesse andando rápido demais ou não estivesse perto demais. Talvez a culpa tivesse sido de Sonny, e o sol baixo e intenso o tivesse impedido de ver o carro. Ou talvez a luz tivesse passado pela poeira do para-brisa do veículo, cegando o motorista por tempo suficiente para que confundisse um menino com uma mera sombra, ou com nada em absoluto. Eu não podia perguntar a nenhum dos dois, e não havia testemunhas, pois, embora bastante gente estivesse por ali, tudo acontecera tão rápido que não havia ninguém capaz de dizer com segurança o que havia ocorrido. A polícia entrevistou uma dezena de pessoas e ouviu uma dezena de versões diferentes. O motorista era de fora da cidade, e com um histórico até então impecável na direção. Não houve veredito. E que importância isso tinha?

Naqueles últimos dias em Amethyst, quando tudo já estava arrumado e não havia nada mais a fazer além de partir, eu voltava àquele lugar na rua, repetidas vezes, no fim da tarde, olhando de todos os ângulos e imaginando que eu era o menino ou o motorista daquele Ford, tentando descobrir o que acontecera. *Havia* alguma coisa intensa naquela luz, algo dourado, eu tinha certeza. E depois disso o crepúsculo continuou por muito mais tempo do que o habitual. Era assim que o dia terminava em outubro, lá no norte. Mas tudo estava embaralhado naquele dia, e eu sentia o cheiro e ouvia coisas que sabia não existirem, então fazia sentido que eu visse coisas, depois de tudo, que afinal não estavam ali.

VINTE E SETE

Dicas para aqueles que pretendem comprar seu próprio caixão: reservem bastante tempo, levem lanchinhos, estejam preparados para surpresas. Melhor ainda: lembrem-se das vantagens de fazer compras *on-line* e joguem para o espaço as preocupações: é improvável que alguém venha a se empolgar e comprar vários caixões, como acontece quando compramos cartazes de filmes, abotoaduras novas, vinho em promoção ou outras barganhas oferecidas pelas lojas virtuais.

"Preparativos pré-funerários"
Mil e uma dicas dicas para morrer (em breve)

A PRIMEIRA COISA QUE APRENDI foi que *caixões* já não existiam. Agora eles eram chamados de ataúde. Uma distinção importante na mitologia dos negócios funerários. Bastante lógica, também. Nunca use uma palavra grosseira, prosaica e utilitária nessa indústria se puder substituí-la por outra expressão mais poética, digna e abstrata. Assim, *morreu* era *faleceu*, ou o cada vez mais popular *se foi*, o que sempre insinuava a existência de um Outro Lado, e assim oferecia a ilusão linguística de um outro mundo, reconfortando os enlutados. Mais recentemente tivemos acesso à americanização *passed*. Tão sucinta, digna, poética. Evocando, suponho, a vida dos mortos se movendo como um vento misterioso.

Um caixão implicava os aspectos mais corpóreos da morte. Um cadáver, estando obviamente morto, estava portanto em estágio de decomposição: não era algo agradável em que pensar. Um caixão evocava inevitavelmente imagens de madeira simples, provavelmente barata, com um *design* básico. Tinha um propósito soturno e inescapável. Tudo era por demais sugestivo dos cheiros e vapores da morte, tão bolorentos, rançosos e repelentes. Caixões guardavam ossos daqueles que não eram desejados nem eram amados. Cadáveres dos desalojados. Vestidos com roupas austeras ou envoltos nas mortalhas de chita dos pobres. Caixões abrigavam indigentes. E pessoas cujas almas provavelmente circulavam pela eternidade no cosmos em abjeta miséria, sem conseguir encontrar um repouso propriamente dito.

Por outro lado, um ataúde remetia a um conjunto de imagens que não eram apenas palatáveis, mas balsâmicas: adornos, entalhes, almofadas na própria caixa, alças douradas, dobradiças ocultas, forro de cetim branco, plissados e dobras e acolchoados. Como um instrumento musical de boa qualidade, seu cheiro era unicamente de polimento de cera de abelha e jacarandá. Um ataúde guardava os restos mortais (não o corpo, não o cadáver) de alguém que definitivamente encontrara o repouso. Era possível acreditar que a alma de uma pessoa, se deitada pacificamente em almofadas de cetim num ataúde de madeira escura, era admitida automaticamente nos portões perolados de outra existência distinta, onde a morte era tão desconhecida que nem havia uma palavra para designá-la.

Aprendi isso na funerária Serenity, no bairro vizinho. Havia três empresas funerárias locais, mas por ora a Serenity oferecia uma vitrine fascinante para os negócios da morte. Do falecimento. Era, em muitos aspectos, tudo o que eu havia esperado. Atmosfera discreta aliada a móveis de mau gosto, música instrumental suave flutuando de alto-falantes camuflados. Funcionários gentis. Nenhum sinal do propósito do lugar, assim como um bordel. E se a iluminação fosse um pouco mais suave, a decoração mais escura e a música um pouco mais viva, não haveria muita diferença, pelo menos não na recepção.

Mas eu havia esperado alguma prova do comercial da empresa. Não havia ataúdes à vista; o que era frustrante. Eu estava de pé junto à mesa da recepção, sobre a qual se elevava um vitral de *design* contemporâneo iluminado por trás. Sobre a mesa havia uma exibição impressionante de flores nativas. Nada de lírios: seria esse um sinal bom ou ruim? Uma pessoa entrou deslizando na sala. Fechou as portas de vidro opaco atrás de si, ocultando as costas de um pequeno grupo de pessoas que ia embora, evidentemente conduzido para fora de um funeral por uma porta lateral. Ele era surpreendentemente jovem, vestido com um terno cinza-claro e com o cabelo tão arrumadinho que incomodava. Uma plaquinha preta espetada em sua lapela esquerda me dizia seu nome: James.

Em que posso ajudá-la, madame?

Estou interessada em comprar um caixão.

Não havia virtude alguma em não ir direto ao assunto. Funcionários de empresas funerárias eram conhecidos por serem polidamente imperturbáveis, mas aquele simpático exemplar da espécie ficou visivelmente surpreso. Só por um instante, porém. Fosse qual fosse o treinamento existente em seu ramo, evidentemente colocava o cliente bem alto na lista. James piscou os olhos duas vezes, abriu e fechou a boca uma vez, depois abriu-a de novo.

Hum... sim. Um ataúde. Ele enfatizou a palavra de modo significativo, indicando que naquele ponto do relacionamento ele só podia corrigir o freguês — ou cliente, suponho que fosse isso — por dedução.

Posso perguntar, prosseguiu ele, especificamente, para...? Ergueu as sobrancelhas e fez um gesto expressivo. Seria impróprio perguntar de maneira direta para quem era.

Decidi não facilitar seu trabalho. Um caixão, repeti, deliberadadamente, para um corpo, é claro. Um corpo morto.

Ele engoliu em seco, fazendo seu pomo de adão dançar para cima e para baixo. Olhou ao redor. Eu pronuciara a palavra que começa com M no santificado recinto do repouso. Será que um supervisor viria repreendê-lo por uma transgressão nítida da etiqueta? Uma contravenção no código da indústria?

Engoliu de novo, depois deu um breve sorriso.

Sim, é claro, um... ataúde... (mais ênfase, eu podia ver que ele havia levado um golpe mas ainda se mantinha de pé) ...para uma... uma... pessoa falecida. Ele sorriu outra vez, como se reassegurasse a si mesmo que embora a pronúncia da palavra tivesse sido inevitável ele não seria fulminado por um raio nem despedido de seu emprego. Mas estávamos falando de alguém em particular? Ou...?

Mais uma vez ele me "pedia" para facilitar seu trabalho.

Com certeza. E esse alguém em particular sou eu. Quero comprar um caixão, para mim, para quando eu tiver morrido.

Seus olhos eram de um tom particularmente intenso de azul, talvez porque estivessem muito arregalados, abertos como sua boca. Olhei fundo para dentro de sua boca, que era tão encantadora, rosa e inocente, com dentinhos perfeitos. Comecei a ficar com pena dele. Ele fechou a boca e engoliu visivelmente pela terceira vez, seu pomo de adão subindo e descendo como um ioiô.

Mas a senhora não está... não está...

Morta? Não, estou bem viva, como você pode ver. Desta vez quem sorriu fui eu. Mas estarei, em breve. Veja, estou morrendo de câncer e quero organizar meu funeral antecipadamente. E comprar um caixão é o primeiro passo.

Apesar de meu uso persistente da palavra errada, a atmosfera esquisita de certo modo se transformou. Fixando-se na frase *funeral antecipadamente*, como um marinheiro num pedaço flutuante de madeira após um naufrágio, James recobrou quase que por completo a compostura. Seu lado profissional assumiu o comando.

Bem, madame, claro que podemos ajudá-la com isso. Muitas pessoas vêm até nós planejar seus funerais antecipadamente, o que torna tudo bem menos desgastante para a família enlutada quando o momento triste chegar.

Ah, você não está me entendendo. Neste momento, só estou interessada em comprar um caixão.

Ataúde, murmurou ele, como se pressentisse que aquela já era uma batalha perdida, mas que certos pontos nunca seriam concedidos.

Vou, é claro, planejar meu funeral, mas não agora. Neste momento só quero comprar o caixão — (Eu não ia, não podia ceder, não ainda) —, então gostaria de ver o que vocês têm à disposição.

Foi nesse momento que descobri que a Serenity, como a maioria das outras funerárias, não tinha um mostruário. Talvez esse meu sentimento fosse resultado de fazer pesquisas demais para os manuais domésticos, de bater perna pela cidade atrás de grandes lojas e mostruários, mas eu esperara poder entrar numa funerária razoavelmente grande e caminhar por entre os produtos em exibição. Ou talvez isso fosse porque a Serenity estivesse situada entre uma loja de móveis baratos de um lado, basicamente ocupada por marcenaria de pinho não envernizado, e uma loja de carros usados do outro, onde, sob bandeirolas vistosas e esvoaçantes e atrás de cartazes fluorescentes em tamanho gigante com os preços que sempre incluíam os números 999, veículos limpos e brilhantes aguardavam um comprador. Ou talvez eu apenas tivesse uma ideia pouco realista dos negócios funerários.

Pois não havia peças para se ver. Todos os produtos tinham que ser encomendados. E James só podia oferecer um catálogo. Remexendo entre os vários folhetos disponíveis atrás de sua mesa, ganhou tempo para recobrar a compostura. Enquanto isso, eu abandonei minhas fantasias consumistas de caminhar pelos corredores e alisar as superfícies polidas dos caixões em toda sua variedade. Se eu tivesse feito isso, talvez até fosse convencida a chamá-los de ataúdes. Examinei os folhetos que ele me entregou. Ele destacou que havia vários estilos de ataúdes disponíveis, e numa variedade de preços capaz de caber em qualquer orçamento. Explicou que eles não vendiam simplesmente ataúdes. Eram uma funerária, e a aquisição de um de seus ataúdes de qualidade fazia parte de um serviço completo.

O folheto colorido com certeza exibia uma boa quantidade de caixões de aspecto atraente com acabamento em diversas madeiras. Mas não informava seus preços, e os caixões eram todos feitos pelo mesmo fabricante, Ataúdes Quality, que ficava lá no oeste. James parecia relutante em revelar os preços, e no entanto isso era fundamental para a pesquisa. Por fim ele admitiu que embora houvesse pelo menos cinco outros fabricantes de ataúdes na cidade, a funerária Serenity só usava os serviços de um único. E que os preços variavam entre cinco e oito mil dólares australianos. Eu me dei conta de que ficara boquiaberta, por um só instante, quando já era tarde.

Então pelo preço de um carro usado decente posso comprar um caixão do tipo básico?

Bem, isso eu não sei dizer. Seu tom insinuava que ele raramente associava seu mercado ao dos carros usados. Posso lhe garantir que estes são ataúdes de qualidade. E que ninguém jamais reclama do preço. Na verdade, os ataúdes mais caros estão entre os que mais vendemos. As pessoas querem dar aos seus entes amados a melhor despedida possível.

Bem, sou eu que estou comprando isto, e seria problema meu se fosse barato.

Ninguém ia reclamar se eu quisesse comprar um caixão barato. Eu estava ficando irritada com James. Não ficaria surpresa se houvesse alguma espécie de "sua satisfação ou seu dinheiro de volta" envolvida. Então, se eu queria um outro tipo de caixão, ou algo mais barato, teria que sair à caça de um. O que provavelmente significava encontrar e visitar os fabricantes de caixões.

Decidi visitar mais duas funerárias antes de ir para casa e continuar a pesquisa usando as Páginas Amarelas ou a internet. A funerária Federation ficava do outro lado dos subúrbios, um pouco mais ao sul na autoestrada. Habilmente inseridos na estrutura de concreto acima do brasão com o sol nascente que representava a arquitetura estilo Federação que se encontrava em toda parte no país, havia o número 1901, sob a inscrição NEGÓCIO FAMILIAR. Eu duvidava que continuasse sendo familiar. A maioria das empresas funerárias pertencia a multinacionais, sobretudo a bancos norte-americanos. A funerária Federation oferecia uma gama mais extensa de caixões, mas também não tinha produtos em exibição, só folhetos. Também eram folhetos bem bonitos, mas meu sentimento consumista precisava ser saciado. Depois da funerária Federation visitei a W.B. Small & Co. A mesma história. Cada lugar oferecia a experiência da música de órgão em surdina, a luz suave, os móveis de tons dourados e a ausência de qualquer mobília relativa a acomodar ou transportar um cadáver. Na W.B. Small também havia um jovem de terno escuro e gravata cinza, chamado John. Eles todos pareciam pertencer à mesma espécie.

Vou morrer, afirmei. Em poucos meses. E quero escolher meu caixão. Você pode me ajudar? A fadiga e toda aquela chateação me deixavam rude.

John parecia tão alarmado com a menção à morte quanto James. Dava quase para admirar a engenhosidade daquela indústria. O negócio funerário parecia ser inteiramente conduzido sem referência a cadáveres ou falecimentos, caixões ou morte, que eram seu real foco. Os eufemismos eram infinitos. Em vez de responder diretamente, John pegou um punhado de folhetos que estavam sob o balcão. Um era da própria Small, o que parecia redundante visto que eu já estava ali. Mas conforme eu folheava e John digitava em seu computador, passando os olhos em imagens de rosas ou crucifixos ou rendas, todas elas manchadas nas bordas, e breves parágrafos em letras grandes onde se liam frases como *repouso perpétuo* e *local de descanso final* e *amado em paz*, ocorreu-me que talvez aquele estabelecimento tivesse as respostas.

Você tem uma boa palavra para morrer?, perguntei. Isto é, a palavra *certa*, para alguém como eu? Fiz um gesto indicando a mim mesma. Usando minha melhor calça jeans, que não estava larga demais apesar da perda de peso, e uma camiseta de linha de seda, eu parecia quase normal. Usava maquiagem, um lenço na cabeça. Ninguém poderia adivinhar que eu estava morrendo.

John abriu e fechou a boca.

Isto é, olhe para mim, estou morrendo, mas também estou vivendo. Ainda estou viva. Qual é a palavra para isso? Que palavra seria? Fitei-o com um olhar desesperado.

Humm... ele sacudiu a cabeça. Humm, eu realmente não sei.

Você não acha que trabalhando neste ramo deveria saber?

Neste ramo nós sempre nos referimos às pessoas falecidas com respeito, disse ele, parecendo estar citando alguma coisa de sua primeira aula de Teoria Funerária Básica. E nossos clientes são os enlutados.

Gente, disse eu.

O quê?

Gente. Os falecidos. Os enlutados. Não há necessidade de nomes formais. Nós somos gente comum, sabe, nós que estamos morrendo. Só gente.

Então, foi sem palavra alguma mas com um punhado de panfletos que voltei para casa e me dediquei à fase seguinte da pesquisa, e depois de vasculhar a internet e encontrar informações fascinantes sobre a última peça de mobília de que uma pessoa precisava, senti-me simplesmente exausta. Fabricantes realistas de caixões, que produziam caixões ecológicos com a garantia de se decompor bio-organicamente em dois anos, não enviavam seus produtos para a Austrália. A companhia Dig It Yourself fornecia caixões estilosos que poderiam ser montados em kits, mas advertia que um carpinteiro profissional seria necessário para juntar as peças, e eu não queria isso. O Cardboard Caskets, situado nos subúrbios a oeste, manufaturava caixões baratos e ecologicamente corretos com caixas recicladas, mas os caixões em seu website pareciam tão atraentes quanto uma estante de supermercado. E a companhia Bush Burial, com base em Mudgee, era idiossincrática e vulgar ao extremo: eu não podia imaginar que tipo de clientela optava por seus caixões em formato de folha de eucalipto ou forrados com couro falso e outros exemplares feitos de galhos rústicos e pedaços de tronco. Eles ofereciam até uma luxuosa apresentação de textos de Henry Lawson, exibindo passagens dos poemas mais conhecidos do autor em painéis de acácia dos dois lados.

Então, depois de tudo isso, encontrei o nome de alguém que conhecia, de alguém que eu jamais quisera me lembrar.

VINTE E OITO

HÁ MOMENTOS EM QUE, apesar de todos os argumentos e do ressentimento crescente, apesar de anos de silêncio frio, você quer desesperadamente sua mãe. Eu quis Jean assim quando estava dando à luz, mas sufoquei esse desejo e me recusei a dar oportunidade a ele.

E então, quando meu filho estava morrendo eu também chorei, finalmente, por ter rompido laços com minha mãe depois daquela última briga em que ela havia dito que Van não valia nada, que eu perdia meu tempo indo embora para o norte atrás dele, que eu devia ter abortado e que estava acabando com a minha vida. Eu disse a ela então quanto a odiava e aos seus planos e à sua vida inteiramente bem-sucedida, e bati a porta da frente com tanta força que ouvi os enfeites chocalharem atrás de mim.

Depois que fiz a primeira oferta de paz mandando notícias do nascimento de Sonny, havíamos mantido contato uma com a outra de maneira irregular, e eu concluíra que Jean só se lembrava dele nos aniversários e no Natal por obrigação. Mas quando lhe telefonei para falar do acidente, do leito de Sonny, enquanto as máquinas zuniam e as enfermeiras entravam e saíam, o primeiro som de sua voz queimou minha garganta, tornando impossível para mim dizer qualquer outra coisa além de Ai, Mãe, Mãe, e chorando em meio às palavras, porque compreendi então quanto ela me amava, quanto, independentemente de qualquer coisa, ela nunca podia deixar de me amar. Como a dor do sofrimento de um filho seu era como uma pedra alojada em seu peito. Essa era ela, quando a deixei. E eu agora, olhando para Sonny.

Na manhã seguinte, Jean apareceu como o pombo de um mágico no hospital. E depois que choramos mais e pedimos desculpas e então dissemos uma à outra que não havia necessidade de pedir desculpas, ela começou a fazer as coisas nas quais era tão boa. Cuidou de coisas práticas como minhas roupas, meu cabelo e o caixão. O ataúde dele, que seria simples, funcional e angustiantemente pequeno, mas necessário.

E assim estávamos paradas no quintal da Vittaro e Filhos, que fazia fronteira com a extremidade sul do circo. Jean me levara até lá sabendo aquilo de que eu ainda não tinha me dado conta: que gostaria de escolher eu mesma o caixão de Sonny. Eu estava sedada pelo diazepam que um médico me dera, entorpecida pelo choque e emudecida pela magnitude do que eu permitira que fizessem ao meu único filho. Eu era um zumbi. Um não ser. Uma coisa transitória residindo numa zona de sombra entre os vivos e os não vivos. O remédio de Jean era ação. Confrontação. Além disso, um pequeno caixão precisava ser feito sob encomenda com certa urgência.

A agência Vittaro tinha, na frente, uma cerca baixa de arame e um portão arqueado que parecia mantido permanentemente aberto por moitas de mato. O pé-direito do depósito era baixo e o imóvel em si estava em mau estado, mas havia um alegre jardim de gerânios na frente e uma fileira de bananeiras do lado. Com exceção da plaquinha, não havia nenhum indício de que a Vittaro e Filhos fizesse parte da indústria da morte. O ruído de uma furadeira nos levou até os fundos. Se Jean e eu estávamos esperando um comerciante estrangeiro de sotaque carregado, cabelo encaracolado e três filhos robustos e mudos, não podíamos estar mais distantes da verdade. Um homem de meia-idade inclinado sobre uma comprida mesa apoiada em cavaletes, Mr. Vittaro era alto, magro e não tinha cachos, sotaque nem filhos.

Estes são os meus garotos, disse ele, fazendo um gesto na direção de um trio de cães preguiçosos, dois *cattle dogs* e um pequenino vira-lata com pelo marrom curto, que arquejaram de forma polida e depois voltaram a lamber seus sacos.

Bill, Bob e Peanut, disse ele. O cachorro menor abanou o rabo, obsequioso, quando ele mencionou seu nome. E eu sou Al, disse ele, estendendo a mão que não segurava a furadeira.

Soa bem italiano, disse Jean.

Ele sorriu. Apelido de Aldo.

Bem, eu estava certa, então.

Vittaro e Filhos soava melhor, explicou ele, largando a furadeira. Neste negócio, especialmente nesta área, a família é importante. As pessoas acham que, se a família estiver envolvida, então você é respeitável, digno de confiança.

Al Vittaro tinha sido um corretor de imóveis que ampliara seus negócios ao ramo das reformas domésticas, o que o levou à carpintaria amadora, seu verdadeiro amor, e à fabricação de armários, assunto que ele estudava à noite. Caixões eram um trabalho extra recente. Guarda-louças, aparadores, mesas e camas eram sua especialidade. Mas antes de sua avó morrer tranquilamente com a idade de noventa e três anos, ela lhe pedira que fizesse para ela um caixão bonito, e depois de algumas outras encomendas ele decidiu acrescentar os caixões ao seu catálogo. Poucas pessoas chegavam a visitar sua oficina, recorrendo, em vez disso, às agências funerárias que o representavam.

Ninguém jamais quer ver os caixões antes que fiquem prontos, disse ele, me fitando.

Queremos escolher o nosso, disse Jean, vindo em meu socorro. Precisamos. E ela rapidamente explicou por quê.

Ele ergueu as sobrancelhas. Lembro-me de que fiquei contente com isso, contente por ele não tentar me consolar, tentar encontrar palavras para expressar coisas que não podiam ser ditas. Em vez disso, fez perguntas breves e em voz baixa sobre tamanho, tipo de madeira, cor e outras coisas, as perguntas dirigidas a Jean mas olhando para mim, de modo que me senti curiosamente grata por ele estar me isentando da obrigação de fazer escolhas que só seriam dolorosas, mas sem me excluir de um modo que eu teria considerado paternalista.

Como Al trabalhava basicamente com encomendas, não havia muito estoque. A maior parte ficava nos fundos de seu depósito. Alguns estavam no quintal, apoiados na cerca, no mato mesmo. Cinzentos por causa do tempo, de tampas fechadas, suaves e anônimos, pareciam uma fileira silenciosa e dispersa de noviços fazendo penitência até as horas canônicas. Ele não parecia estar interessado em vender, e se contentou em continuar furando e martelando enquanto andávamos por ali. Enquanto Jean inspecionava amostras de acabamento, eu voltei e fiquei parada ao lado dele, observando-o trabalhar por alguns minutos. Ele acabou de aparafusar o que faltava a uma perna curta, e depois ergueu o que se revelou ser uma pequena mesa de centro, de lado, sobre a mesa. Levantou-se, limpou o tampo granuloso e ondulado e não totalmente plano, mas ainda assim liso como um lago agitado por uma brisa. Foi um gesto afetuoso, natural e no entanto triste ao mesmo tempo. Havia um senso palpável de devoção e trabalho duro empregado naquela simples peça de mobília, quase um suspiro de pesar diante da perspectiva de se separar dela.

O cliente vem buscar hoje à tarde, estou um pouco atrasado, disse ele. Está muito bonita.

Havia uma mancha escura na madeira, ligeiramente para fora do centro, quase queimada, o que devia ter sido o núcleo mais duro e escondido da árvore, fosse ela qual fosse.

Eucalipto; disse ele, lendo meus pensamentos. Um cara que eu conheço fora de cidade recolhe tocos, árvores caídas, galhos, esse tipo de coisa.

Fiquei feliz com a ideia de que Al trabalhava com os refugos da natureza. Eu não era lá muito ambientalmente correta, mas a ideia de derrubar árvores para fabricar caixões me deixava desconfortável.

Mas e você? Decidiu o que quer?

Eu não sabia dizer. Tinha importância? Era só um meio para um fim que já era triunfantemente definitivo. Quando Jean, de pé, me segurou, eu ainda não conseguia dizer o tamanho do corpo do meu filho morto. Em vez de palavras os soluços palpitantes voltaram, silenciosos mas poderosos do mesmo jeito, soluços que surgiam como imensas pedras de algum lugar dentro do meu estômago e congestionavam meu peito, meu coração, minha garganta.

Al fitou suas botas, cercadas pela serragem ondulada e perfumada de madeira que acabava de cair da plaina.

E se eu fosse até o hospital para ver o seu menininho?, disse ele. Então vou poder fazer algo bonito. Do tamanho certo. Simples, se preferir.

Fiz que sim. As pedras entre nós pareceram se mover um pouco, não o bastante para me fazer falar, mas o bastante para que Al, pensei, percebesse minha gratidão por aquele sopro de compreensão.

VINTE E NOVE

Antes mesmo que o primeiro torrão de terra seja revirado, é preciso se levar em consideração a variedade e a expectativa de vida das plantas que pretende ter em seu jardim. Alguns tipos de solo encorajam o crescimento de espécimes indesejados, outros inibem os desejados. Por exemplo, casuarinas vicejam em terrenos arenosos ao ponto de se tornarem praga, enquanto rosas se debilitam sem terra argilosa devidamente compactada. Pense com cuidado no que deseja que sobreviva em seu jardim.

"Planejando antes de plantar"
Dicas para o jardim (2004)

DEPOIS DE TODAS AS minhas pesquisas e visitas às funerárias, só conseguia decidir o que *não* queria. Não estava atrás de nada esbanjador, berrante, vulgar, caro, decorado, atraente. Em outras palavras, eu procurava algo que a indústria funerária parecia incapaz de fornecer. Mas quando me deparei com o nome de Vittaro, me dei conta de que talvez estivesse enganada. Ele deixara Amethyst, eu sabia disso. Seu website dizia que Al estava agora trabalhando em algum lugar próximo à Tasmânia. Ele não parecia ter mantido a parte "e Filhos" do negócio, e eu duvidava de que ainda tivesse os cachorros, pelo menos os mesmos cachorros.

Mas quando telefonei para ele pude ouvir latidos frenéticos à distância. Ele não precisava que eu lhe recordasse quem eu era.

Você voltou para lá recentemente, não foi?, disse ele.

Sim. Como ele sabia?

Só lhe contaram. Acho que ele tinha ouvido qual o motivo, também, e que eu não tivera êxito.

Vim para o sul para ficar com Marie, disse ele, minha nova esposa. Ela é de Devonport, aqui na Nova Zelândia.

Ouvi certo pesar na voz, como se ele nunca tivesse querido deixar sua cidade lá no norte. Eu podia entender aquilo.

Então como posso ajudar você agora?

Bem, pensei, ele não sabia de tudo, não sabia que eu estava morrendo. Quando lhe contei, ele respondeu apenas: Ah... Eu o imaginei, do outro lado do telefone, parado em meio a toras de madeira e serragem, olhando para as botas. Eu o livrei da necessidade de tentar reagir indo direto ao assunto do caixão que eu queria.

Discutimos materiais, e Al explicou qual era a última novidade, o ecocaixão, que ele se recusava a fornecer. Consistia em materiais recicláveis prensados, feito inteiramente sem descoloração e usando apenas cola biodegradável, todo ele — inclusive as cavilhas e alças de papelão prensado, em vez dos parafusos e ferragens — feito para se desintegrar por completo após dois anos do enterro, sem deixar qualquer traço químico no solo.

Garantido, disse Al. Mas como eles sabiam? Será que as pessoas exumavam seus parentes falecidos a fim de verificar o andamento da decomposição, e será que alguém pedia reembolso se o ecocaixão não funcionasse? Não ria, disse ele, essa é a concorrência, ela está me matando. Ah, sinto muito...

Não sinta, falei. Com os rastros químicos que o meu próprio corpo ia provavelmente deixar, o fator ambiental era irrisório. De qualquer forma, eu já rejeitei a ideia de um ecocaixão, disse a ele, e por isso liguei para você.

Quando disse que eu mesma queria decorar o caixão ele pareceu quase satisfeito, mas quando comecei a explicar por quê, ele interrompeu.

Quer sentir que faz parte?

Sim.

Ter um pouco de, digamos, de controle?

Sim.

Aposto que você quer fazer algum tipo de declaração, também.

Claro. Quero que seja...

Irônica?

Exato. Espirituosa e irônica, assim como eu.

Os dois rimos. Al era o cara. Assim como antes.

Cara Délia,
escrevi há algum tempo pedindo receitas para panela de barro. Você me aconselhou a jogá-la fora e comer ostras ou algo assim. Algumas semanas atrás conheci um homem realmente adorável no clube militar da Returned and Services League e estamos saindo desde então. O mais engraçado é que ele quer preparar comigo o jantar numa panela de barro, e agora não tenho mais a minha.
Curiosa

Cara Curiosa,
normalmente eu aconselharia a dispensar um homem cujo programa de diversão seja cozinhar numa panela de barro. Agora sugiro que você vá até a loja mais próxima de uma instituição de caridade ou de artigos usados, onde sempre vendem essas coisas. Imagino que seu pretendente tenha as receitas.

TRINTA

O MUNDO ESTAVA CHEIO da massa contundida de vidas comuns — vidas que jamais seriam abençoadas pelo toque de Midas da expansão corporativa, mas que com frequência eram amaldiçoadas por ela. Nesse mundo, era difícil encontrar um beco sem-saída intocado pelo que outrora talvez se chamasse progresso, e mais difícil ainda tratar com carinho desse beco sem-saída sem parecer um velho antiquado amargurado de uma era racionalista e anterior a qualquer teoria econômica. Neste mundo, o circo era um genuíno porto seguro. Era o verdadeiro ideal socialista, ainda rangendo por aí em sua glória maltrapilha, ainda recolhendo vidas solitárias e desajustadas que as mandíbulas imensas do progresso econômico e social teriam de outro modo mastigado e cujos restos depois tiraria desdenhosamente de seus dentes com um palito.

O circo em Amethyst era onde os fragmentos e resquícios da humanidade foram deixados para trás pelas mudanças e pelo desenvolvimento, e agora, quando o desenvolvimento era tão rápido que mais parecia um redemoinho contínuo, os pedaços e as sobras caíam do turbilhão para repousar junto ao pó e aos destroços na passagem do redemoinho, onde eles eram mais aparentes. O circo aceitava e encontrava lugar para todo mundo. Fazia com que todo mundo sentisse ter algo de importante para fazer e, em poucas palavras, fazia de todo mundo uma estrela ou um herói. E cuidava de si mesmo, compartilhando os mimos tão prontamente quanto as dificuldades. Quando Sonny era pequeno e tinha poucos amigos, o circo nos deu as boas-vindas. Ninguém jamais perguntou pelo pai dele, ou pelo meu passado; não precisavam fazê-lo. Eu talvez achasse que, como Van tinha abandonado sua casa e sua família e o mundo do circo, haveria alguma hostilidade naquele ambiente, junto com as suspeitas que as cidades pequenas têm dos recém-chegados, especialmente estranhos vindos de uma cidade do sul. Em vez disso, as pessoas do circo ficaram sensibilizadas ao saber que a essência daquele lugar me atraíra, e que eu queria ficar ali para criar Sonny. Ficaram felizes com o fato de Amethyst ter se tornado nosso lar. Ao seu modo lacônico, isso nunca foi afirmado com todas as letras, mas ficava aparente conforme eu os conhecia, à medida que gente como Tara e sua família, e Monty, o palhaço, silenciosamente abriam suas vidas para mim e para o meu filho.

Tinha sido uma tarde pacífica: assistimos ao espetáculo, com o total de três pessoas na plateia, depois eu e Tara ficamos sentadas conversando pelo resto do dia.

Depois, eu me senti pronta para voltar ao *trailer*, abri-lo e começar a separar as coisas, a limpá-las, a empacotá-las e sobretudo a jogá-las fora. Era o que precisava ser feito.

Quer que eu vá também?, perguntou Tara.

Obrigada. Mas não, consigo fazer isso sozinha.

E eu sabia que seria capaz, sabia que podia voltar e completar o que não conseguira fazer anos antes. Disse a ela que nos veríamos de novo em breve. Na manhã seguinte, saí do Paradise Reach e já tinha dirigido até quase a metade do caminho quando resolvi ir a pé. Era como sempre tinha sido antes. Então estacionei na Oasis Street, na frente da mercearia do Cliff, e saí do carro. Era cedo demais para o Handy Mart estar aberto, mas quando espiei lá dentro pela janela vi que o lugar não parecia ter mudado muito. A vitrine do Cliff sempre era refeita nas noites de domingo: fileiras perfeitas de latas de sopa idênticas, no estilo Andy Warhol, em forma de pirâmide; pacotes de cereal ou caixas de sabão em pó empilhadas como tijolos, formando parades caprichadas. Agora havia um aspecto mais criativo em jogo. Alguém, talvez um membro mais jovem da família de Cliff, que trabalhasse na mercearia, tinha feito uma vitrine imitando um banheiro, como um velho toalete todo bagunçado, e rolos de papel higiênico caindo para as laterais da vitrine.

Costumava ser uma caminhada de uns vinte minutos. Mas isso quando eu estava grávida, ou empurrando um carrinho, ou me demorando com uma criança para quem a chegada não tinha importância alguma se comparada às delícias do caminho. Agora, levei menos de quinze minutos, subindo a Oasis Street e passando pelas três grandes casas de madeira bem afastadas da rua, escondidas por palmeiras e cobertas por trepadeiras. No fim da rua, uma curva à esquerda, depois outra à direita até chegar ao estacionamento dos *trailers*. Ao longo de todo o caminho eu senti como se nada tivesse mudado, e no entanto tudo parecia diferente. Nada além de uma sensação de pouca familiaridade. Uma distância coberta pelas sombras.

Quando cheguei, estava cansada e sem fôlego. Num dia calmo, num lugar tranquilo, era fácil esquecer que você estava doente. E eu não tinha levado água. A torneira do jardim da frente ficava enfiada atrás da moita de erva-dos-pampas, então me curvei e bebi bastante, depois me sentei na cerca da frente, baixa, outrora pintada de branco e agora descascando, revelando a madeira cinzenta por baixo. Pela manhã, o estacionamento de *trailers* era morada dos pássaros, e ainda estava cedo o suficiente para que eles fizessem rebuliço nas palmeiras que se agrupavam em toda parte ao redor do parque. O *trailer* do Mitchell estava fechado, portanto ou ele não estava acordado ou tinha passado a noite no bar. Havia cerca de meia dúzia de *trailers* e um par de *vans* no local, e era difícil dizer quantos veículos estavam ocupados. Fui até a lavanderia e os chuveiros, no meio do estacionamento. Ao lado havia um velho hibisco laranja que era sempre negligenciado, ainda de pé, ainda deixando suas flores escandalosamente vivas penderem sobre a grama. A lavanderia era de concreto com um teto de zinco, e não era usada fazia um bom tempo. A porta de madeira com seu trinco de metal — que devia ser pressionado para baixo e tinha um rangido perpétuo — estava fora das dobradiças. Lá dentro estava frio e escuro. Havia duas velhas tinas de cobre e uma fileira de tinas fundas, cada uma com sua torneira de metal empoleirada lá em cima. Uma prateleira sob as janelas já fora abrigo, há muito tempo, de barras compridas de sabão amarelo. Agora a atmosfera estava seca. Parecia que ninguém mais abrira uma torneira há anos. As tinas de cobre estavam sem tampa e com folhas secas e insetos mortos no fundo. Na prateleira havia um pedacinho de sabão, seco e duro, rachado como um fóssil. Ao lado havia um pedaço de madeira grossa. Peguei. Parecia o cabo da colher de pau que eu usava para lavar as fraldas de Sonny. Atrás da lavanderia ficava meu velho *trailer*.

Ele estava bem nos fundos do estacionamento, perto da cerca, ainda decorado pelas ipomeias que eu estava sempre podando, com medo de que seus galhos nos engolissem para sempre. A grama estava alta em torno dos tijolos, mas o gramado ao lado estava podado. Já muito velho quando eu o comprara de Lazarus, passados mais de doze anos, o *trailer* tinha afundado um pouco mais no chão. O anexo se fora, embora mal tivesse sido um anexo, apenas uma faixa de lona onde eu mantinha um *Ficus benjamina* num pote, e onde deixávamos nossos sapatos e os poucos brinquedos de Sonny para ficarem fora de casa. Não havia mais nada ali, agora. O fícus se fora, mas ninguém se dera ao trabalho de remover o pote que estava ao lado da porta.

Do lado de fora, o *trailer* talvez estivesse mais descascado, a tinta mais fosca, se é que isso era possível. A janela de alumínio e os remates da porta estavam mais brancos e amassados, e as janelas tinham uma capa de poeira. Mas fora isso, parecia que eu só havia ido embora há uma semana. A chave estava em meu bolso, e a simples fechadura de gancho precisou de muitas sacudidelas até ceder. Empurrando a porta para dentro, fechei os olhos e me preparei para inalar o ar de catorze anos de memórias amargas, catorze anos de angústia, e culpa, e um vazio que muitas vezes foi ocupado, mas nunca preenchido. Mas o cheiro em si era absolutamente nenhum.

Era pequenino ali dentro. Morando numa casa nos subúrbios, no interior, com os belos e generosos jardins de Archie, com um escritório para mim, um quarto para nossas filhas, uma cozinha que era maior do que o *trailer* onde eu agora me encontrava, era difícil acreditar que Sonny e eu tínhamos morado ali durante tanto tempo e nunca tínhamos nos sentido apertados. Estava tudo arrumado, nada fora do lugar. Antes de ir embora, Jean me ajudara a organizar o *trailer* e empacotar as poucas coisas que eu queria, e eu transformara em ritual a tarefa de empacotar todos os livros que contornavam as paredes do interior do veículo, para enviá-los depois que eu fosse embora. Brochuras baratas, clássicos em capa dura barganhados em bazares de garagem em sua maioria: eles eram tudo o que eu prezava. Coloquei cada um deles carinhosamente em caixas de papelão, os aspergimos com naftalina sem pensar uma só vez que eu pudesse viver sem um único deles. Eu talvez não quisesse ter que ler *Ivanhoé* ou *Doutor Jivago* ou *Zen e a arte da manutenção de motocicletas* ou todos aqueles itens básicos de sebos outra vez, mas também não ia me separar deles.

Sem os livros, o *trailer* parecia nu e frágil. E sem alegria. As cortinas tinham desbotado, assumindo um tom de azul-acinzentado. O banco de vinil vermelho estava rachado. Os armários junto à pia ainda continham nossos poucos pratos e panelas. Cobertas e toalhas ainda estavam empilhadas ordenadamente nas prateleiras sobre a cama, agora meras lembranças velhas e empoeiradas. Na bancada ao lado da pia estava meu único vaso, de vidro cor-de-rosa. Por dentro, ele tinha um revestimento marrom. Eu devia ter jogado fora o último buquê de flores, mas deixara a água suja que, ao longo dos anos, evaporara até se transformar numa mancha.

No chão, ao lado da mesa dobrável, estava a velha mala marrom, comprada por dois dólares num brechó para guardar as coisas de Sonny quando ele ainda era bebê. Mais tarde ele guardaria ali seus tesouros, e eu colocaria lá coisas especiais de tempos em tempos. Ajoelhando-me diante dela, abri as trancas. Quando fui embora de Amethyst, decidi voltar para casa assim que estivesse pronta. Esse momento nunca chegou. Não chegou enquanto eu estava hospedada com Jean, não chegou depois que Archie veio me buscar, não chegou depois que nos casamos e construímos nossa casa.

Estelle nasceu, e aqueles vazios em meu coração foram ocupados por algum tempo. Então Daisy veio, e eu continuei adiando a volta. Mas agora, antes de morrer, aquele lugar me puxara de volta com tanta urgência que eu abandonara minhas filhas. Simplesmente saíra de carro um belo dia e deixara um bilhete para Archie e para as meninas, e mal falara com eles desde então. Tinha sido uma mãe ruim outra vez, e tudo para segurar nas mãos os restos de roupas e brinquedos, livros e desenhos, para acariciá-los uma ou duas vezes mais, numa vã tentativa de capturar o tato, o cheiro, o som do meu filho, para ter uma última chance de estar junto dele antes que fosse tarde demais.

Mas agora que pegava seus tesouros especiais um a um — roupas e fantasias que eu havia feito para ele, uma história que ele escrevera, ilustrara e dobrara, transformando num livro, os brinquedos que vinham no McLanche Feliz, um par perfeito de botas de caubói em miniatura, que tinham ficado pequenas para os pés dele rápido demais —, conforme eu os tirava dali e os segurava sob a luz, tudo o que senti foi ausência.

Eu havia deixado minha família, negligenciado meu trabalho, dirigido toda aquela distância para reaver meu filho antes de eu mesma morrer, para recuperar qualquer parte dele que tivesse ficado para trás. Mas ele não estava ali. Havia uma parte de Sonny em algum lugar, sua parte mais vital, mas não estava ali, não naquele *trailer*.

Senti então um desejo pungente de ter ali comigo minhas filhas. Naquele exato momento, ajoelhada diante da mala de Sonny, eu só queria agarrar e abraçar Estelle e Daisy, enterrar o rosto em seus pescoços e inspirar seu cheiro quente de crianças. Sentir suas mãos quentes e pegajosas em meu rosto outra vez. Queria que Estelle puxasse meu cabelo do jeito que eu achava incômodo mas que sempre permitia, deixando-a fazer o que gostava, tentando novos estilos e fazendo experiências com pregadores e faixas. Queria que Daisy estivesse soprando aquela flauta doce bem no meu ouvido com mais uma tentativa desafinada de tocar "Lightly Row". Como sentia falta daquele som doloroso no momento.

Dobrei as coisas de Sonny e guardei-as outra vez. O terno dourado que eu havia costurado usando retalhos em promoção. A roupa de domador de leões e o chicote trançado com tiras de vinil. As cópias de *Contos de fadas furados* e *Ping, o pato*, os únicos livros que jamais tinha querido guardar. Um *kit* de mágica e uma fantasia de palhaço. Quase tudo feito à mão, improvisado, falso, mas de algum modo mágico. Fechei a mala e a levantei. Sabia o que fazer com ela agora. E seria o mais rápido possível, para logo voltar aos vivos.

No caminho, notei que a porta de Mitchell estava aberta. Chamei-o, e ele apareceu. Ainda usava suas roupas do bar e seu quepe. Olhou para a mala.

Pegou aquilo de que precisava, então?

Você sabe que eu voltei em busca de mais do que isto. Levantei a mala.

Eu lhe disse que você não ia encontrá-la.

Bem, não vou embora agora. Tenho que continuar procurando. A gente se vê, disse, me despedindo.

E o *trailer*? Ele o indicou com um gesto da cabeça.

Eu me virei e olhei para ele. O lugar ao qual, durante tanto tempo, eu tive medo de voltar. Estava humilde agora, inocente como um coelhinho abaixadinho na relva alta, como se tentasse se esconder.

Acho que vou deixá-lo aqui, se você concordar..

Sim, disse ele, tudo bem.

TRINTA E UM

Lembre-se de que, se o estilo e o valor do ataúde — ou caixão — são em última análise irrelevantes, eles são um ponto fundamental para familiares e amigos. Muitos vão encontrar a expressão de seu pesar no ataúde, ou caixão. Assim, o item barato que você e seus entes queridos à beira da morte concordam ser sensato e prático pode se revelar inviável diante de tanta expectativa. A melhor forma de compensar a decepção e o conflito é envolver tantas pessoas quanto possível na preparação do ataúde (caixão) antes da morte.

"Preparativos pré-funerários"
Mil e uma dicas para morrer (em breve)

Estava chovendo no dia em que o caixão chegou pelo correio. Assinei o protocolo de recebimento no portão da frente sob os olhos curiosos de Mr. Lambert, do lado de fora verificando sua caixa do correio, e arrastei a embalagem pelo caminho até a varanda, para quando Archie chegasse em casa. Conforme tínhamos combinado, Al enviara uma embalagem personalizada, compacta, com instruções para montagem. Eu sabia que Archie ia querer uma ajuda em tudo aquilo, e também sabia que a perspectiva de ele montar o caixão sozinho era uma piada. Mesmo hábil e capaz como ele era, Archie era inútil em marcenaria. Conseguia fazer muitas coisas com habilidade cirúrgica. No entanto, eu o vira rachar mais molduras de quadros, destruir mais móveis de jardim e reduzir mais estantes de livro a lenha do que me dava ao trabalho de recordar.

Sentei-me num banco, ouvindo a tesoura de poda de Mr. Lambert dizimando as folhas da grama que invadiam seu caminho, e lendo as instruções enquanto Archie encaixava o Lado A na Extremidade D e alinhava as brocas Philips que Al fornecera. As tesouradas continuaram, apesar do chuvisco que caía calmamente. Comparado à mesa de computador que tínhamos comprado para as meninas, meu caixão era facílimo de montar. Levou menos de meia hora. Não era um ataúde, mas sim, e decididamente, um caixão.

O toque particular prometido por Al era bem óbvio: cada almofada de madeira era um pedaço que sobrara de alguma outra encomenda. Eu ia descansar para sempre sabendo que não prejudicara uma floresta, não extinguira nem uma única árvore. Pinho simples com nós num dos lados, pinho-de-huon em dois tons no outro, como manteiga misturada com mel. A base era de uma madeira mais escura e avermelhada, que eu não conseguia identificar. Archie disse que era bordo-de-queensland, e talvez ele estivesse certo, mas eu também sabia que ele só estava fingindo conhecer a madeira. A parte do topo era carvalho, eu podia dizer pelos grãos e o cheiro de nozes, enquanto a parte do pé parecia ser uma caixa refugada e velha.

Mas a tampa me deu uma pequena alegria particular: uma folha pálida e prateada de canforeira: um cheiro divino para os meus sentidos encharcados de química, um cheiro que me levava de volta através de todos os invernos da minha vida, todos os cobertores e roupas de lã, os armários e caixas onde se guardavam os acessórios preservados com lascas de cânfora antitraças. Levava-me de volta à caixa de joias de cânfora da minha infância, onde eu guardava minhas preciosas quinquilharias. Ao imenso baú ao pé da cama dos meus pais, onde eu me escondia de brincadeira em satisfeita solidão. E a todas as caixas de meus velhos mas preciosos livros, que embalara lá em Amethyst e que num dado momento me seguiram até ali. Al não tinha como saber disso, nem que Mr. Lambert tirara a canforeira de seu quintal, a exata árvore que ficava ali, junto à nossa cerca, e o quanto isso me aborreceu. A canforeira era uma árvore nociva — como mulher de um paisagista, como eu não haveria de saber disso? —, mas eu adorava o cheiro. Sorri um sorriso só para mim. Era bom levar uma piadinha secreta para o túmulo.

Meu caixão foi lixado e biselado — exatamente como o de Addie Bundren, mas, eu esperava, destinado a um fim melhor —, e recebeu um leve acabamento de óleo de linhaça. O espaço era um pouco limitado na casa, mas a varanda da frente estava livre. A velha tradição de se sentar naquela parte da propriedade já desaparecera dos subúrbios havia muito tempo, mas eu mantinha uma cadeira de vime ali, e uma mesinha para livros e uma espiral contra mosquitos.

As meninas me surpreenderam ao praticamente não reagir, mas, talvez por terem observado Archie montando o caixão enquanto xingava e resmungava, não houvesse nada ali para escandalizá-las. Em poucos dias ele virou parte da mobília. Estelle começou a deixar suas coisas em cima dele: cadernos, CDs e pulseiras. Daisy trouxe seus lápis de cor e papéis.

Depois de vários dias, enquanto eu regava as plantas nos vasos e Daisy desenhava, perguntei:

Vocês gostariam de decorar um lado cada uma?

Podemos? Ei, Stelly, mamãe quer que a gente desenhe no caixão dela, gritou ela para dentro da casa.

Estelle apareceu na porta. Não vou desenhar nisso, disse ela.

Por que não? Vai ser divertido, disse Daisy.

Estelle lançou um olhar para mim e desapareceu lá dentro.

Você ainda pode fazer alguma coisa, Daisy, comentei. Que tal pegar suas tintas e...?

Elas estão todas ressecadas.

Então tente com suas canetinhas.

Não sei onde é que elas estão.

Seria uma daquelas conversas de sempre, então resolvi adiá-la por ora.

Decidi que deixaria a tampa para Archie. Minha contribuição seria óbvia. Mas, quando falei com ele, sua reação foi mais ou menos a mesma de Estelle.

No entanto, Daisy descobriu a caixa de materiais de arte debaixo da cama, e ao longo do resto da semana rabiscou e pintou e apagou e pintou de novo até que no domingo Estelle veio e lhe mandou se decidir, pois aquelas mudanças a estavam deixando maluca.

Termine o desenho que começou, sua retardada, disse Estelle.

Mas foi um uso afetuoso do insulto, porque em seguida ela se sentou ao lado da irmã e a ajudou a pintar as figuras. Então ela foi pegar suas próprias tintas. Deixou até que Daisy as usasse. Quando voltei lá para fora ela pintava no seu lado algumas das letras de suas músicas favoritas, de uma banda chamada, apropriadamente, The Dying Breed, ou "Espécie em extinção", que eu fingia tolerar. Daisy, por sua vez, estava carimbando um conjunto de cenas do programa infantil Saddle Club. Quando eu estivesse morta, a obsessão do momento (cada uma durava cerca de três meses) talvez fosse Bratz Girls ou Bob Esponja. Ou as Tartarugas Ninja talvez ressurgissem. Mas por ora aparentemente eu ia ser enterrada usando letras de música sobre guitarras que matavam seus donos num dos lados e ferraduras cor-de-rosa no outro. Archie ainda não tinha deixado sua marca na tampa.

Tendo me recuperado da última sessão de quimioterapia, achava que ia começar a me sentir mal novamente, por causa da doença. Mas suspeitava de que minha sensação de bem-estar não fosse durar, então eu tentava fazer tudo da forma mais perfeita possível, o que era difícil quando se estava no comando de uma casa... e impossível com crianças. E eu sentia essa apreensão não dentro de mim, mas como algo que Archie absorvia e refletia. Eu olhava para o seu rosto e via um lampejo de minha própria extinção. A manhã em que me dei conta disso não foi necessariamente ruim, mas pressenti essa tristeza e esse medo lá no quintal.

Ele me observava pendurar a roupa lavada, organizando-a precisamente por cores, como já era habitual. Ele devia ter saído do banheiro com o otimismo que sempre sentia depois de sua chuveirada matinal. Agora estava de pé na varanda dos fundos tomando seu café, como sempre fazia quando o tempo estava bom. Eu prendia o uniforme amarelo-limão do colégio das meninas com pregadores que combinavam com as blusas. Minha área de serviço contava com um armário cheio de conjuntos de pregadores de plástico, a maioria nas cores primárias, além dos verdes. Havia um fabricante de pregadores tradicionais coloridos, e a prova estava bem ali no meu cesto: verde-brunswick, creme-federação, vermelho-telha. Archie parou de acreditar em mim quando eu disse que os colecionava para a pesquisa.

Eu já tinha prendido a roupa íntima dele: cuecas de cores simples presas dos dois lados da cintura com pregadores coloridos como nossa bandeira: brancos, azuis e vermelhos; tudo muito patriótico. Prendia as roupas brancas, as de cores pastéis e depois as de cores mais vivas. As mais escuras no fim, se ainda houvesse espaço na corda. Era incrível como a quantidade de roupa suja aumentava rápido. Era como se criasse sementes cultivadas em laboratório da noite para o dia e se reproduzisse. Ele estaria pensando nisso, e também que aquela era a segunda ou talvez a terceira vez que eu lavava roupa naquela semana, e no entanto havia pelo menos cinco de suas cuecas penduradas nas cordas de dentro do varal. E muitas meias; todas dele. Eu nunca tinha usado meias até muito recentemente, mesmo no inverno, mas agora meus pés estavam sempre frios. Tive que comprar vários pares de meias de algodão ridiculamente espessas, para pés que mal iam usá-las. As meias de nossas filhas, amarelo-claras, rosa e brancas, estavam empoleiradas junto às de Archie. Era possível comprar pregadores rosa. Rosa-claros.

Ele bebeu mais um pouco de seu café adoçado com dois cubos de açúcar. Nunca colocava leite. Ele gostava da marca Lavazza, forte mas nunca amarga, feita numa cafeteira de êmbolo. *Nós* bebíamos Lavazza. Sempre. Agora o cheiro era repugnante para mim. Eu agora colocava a cafeteira elétrica maior nos fundos do armário instalado sobre o fogão, junto com a panela de barro, a faca elétrica, a máquina para massas e outros utensílios pouco utilizados: uma máquina do tempo em nossa vida culinária juntos. Nunca mais seriam usados.

Eu estava quase terminando de pendurar as roupas. As camisas dele eram a parte mais fácil: uma sacudida vigorosa, em que o tecido úmido dava um estalo satisfatório, depois um pregador combinando na bainha de baixo. Elas secavam rápido, e em sua maioria não precisavam ser passadas. Eu estava de costas para ele, me curvando e apanhando as coisas com uma fluidez de movimento que eu agora nunca mais sabia quando ia se repetir. Dois dias antes, não conseguia me mexer com tanta agilidade. Ele notava — e talvez se perguntasse por quê — que eu já estava arrumada de manhã, embora de chinelo. Meu pouco cabelo penteado, puxado para cima em volta da cabeça e preso com um lenço. Ele estaria se perguntando se por acaso eu estava magra demais. Estiquei a mão sobre a última camisa. O gesto era inegavelmente afetuoso. Ninguém jamais poderia dizer que aquele tipo de tarefa me incomodava, mas seria possível que eu a amasse tanto assim? Ou era um gesto dirigido a ele? Eu nem mesmo notara sua presença, de pé ali em casa bebendo café. Aproveitando ao máximo a oportunidade de coçar, suavemente por baixo da toalha, todas as partes de seus órgãos genitais antes de se vestir. Quando eu me virei, pegando o cesto dos pregadores e o cesto vazio de roupa suja — eu nunca os deixava no varal, expostos ao tempo —, sorri e franzi a testa ao mesmo tempo. Talvez fosse o sol nos meus olhos.

Ele sorriu de volta, esvaziando a xícara. Seu rosto tinha a expressão denunciadora de alguém que olhava quando sentia que não devia. Ele queria dar a impressão de que estava examinando o gramado ou outra coisa, não a mim e à roupa lavada. Mas a organização impecável do varal teria sugerido a ele que as coisas estavam rolando ladeira abaixo. E ele não saberia o que fazer. E eu não ia querer que ele fizesse nada além do essencial. Não queria que me ajudasse com as coisas que talvez ficassem difíceis conforme eu me tornava cansada demais.

Quando passei por ele nos degraus da varanda, ele se inclinou e me deu um beijo no rosto. A prova de algum leve desespero que o contagiava totalmente, adejando alegre e animadamente na brisa que aumentava, sobre o seu macio gramado. Ele cortara as folhas naquela semana num formato de tabuleiro de xadrez, com dois anões de jardim olhando um para o outro no campo de batalha: contribuição de Daisy, pensei.

Será que eu havia dado bom-dia para ele naquela manhã? Suspeitei que meu primeiro cumprimento da manhã tivesse sido aquele franzir da testa, quando o vi na varanda dos fundos. E o beijo em minha face fria era tão sensual quanto o voo de uma mosca.

> *Cara Délia,*
> *você se refere a todos os lençóis? E com que frequência?*
> *Desesperado*

> *Desesperado,*
> *Se eu fosse a sua namorada e você achasse que eu iria descansar e fazer outras coisas nesses lençóis... A mera ideia do que os seus lençóis talvez contenham evoca imagens bacterianas nojentas demais para serem expressas em palavras. Por favor, não me escreva novamente, você é uma causa perdida. Seria uma surpresa saber que sua namorada vai continuar com você depois de tudo isso...*

TRINTA E DOIS

QUANDO CHOVE O CIRCO é um lugar melancólico, sempre meio enlameado e triste, como se todo o brilho e a mágica tivessem sido lavados com a água, revelando os segredos dos números e as identidades falsas e enganosas das pessoas. A chuva impedira que muita gente aparecesse na tarde de sábado em que voltei para ver Tara. Membros da equipe de acrobatas estavam sentados carrancudos na entrada da lona principal, fumando e sem falar. Umas poucas pessoas se encontravam de pé logo atrás da porta de seus *trailers*. A porta de Tara estava aberta, como se ela esperasse uma mudança no tempo, e eu me aproximei, vendo-a sentada lendo o jornal local.

Entre. Ela lançou um olhar para a mala em minha mão. Sabia o que havia ali dentro.

Tenho umas coisas para você, disse eu.

Tem certeza?

Aham.

Abri a mala e tirei a roupa de palhaço, a do domador de leões, o arco de bambu e o chicote. A malha preta de acrobata. No fundo da mala havia um nariz vermelho e uma imensa margarida de plástico, à qual se prendia um tubo e uma ampola.

Acho que é isso, disse eu.

Ela pegou a roupa do domador de leões e riu baixinho.

Pobre Sonny, ele nunca entendeu por que não tínhamos leões de verdade.

Ou muitos animais de verdade, disse eu. Lembra-se dos cachorros de pelúcia?

Monty, um dos palhaços adultos, tinha um número em que fingia treinar um monte de cachorros de pelúcia. Como ele fazia aquilo era impossível descobrir, pois você nunca via as cordas ou fios de náilon presos a eles, mas os brinquedos se sacudiam e davam pulos e andavam por ali, se sentavam e pediam, de modo que ao fim do número a plateia estava convencida de estar vendo cães de verdade: chihuahuas, terriers e poodles.

Sonny tinha sido um incorrigível ator. Quando Tara quis uma outra criança pequena para o seu número, Sonny implorara e implorara. Ele tinha quatro anos, e eu só ia deixá-lo fazer aquilo se todas as redes de segurança estivessem debaixo dele. E por sorte estavam, porque, apesar de sua persistência e devoção, o menino não tinha coordenação alguma. Após meses de treinamento Tara simplesmente sacudiu a cabeça e direcionou a atenção dele para outros números.

Sinto muito, me disse ela, não posso usá-lo. Ele não leva o menor jeito.

Talvez por ser tão pequeno..., sugeri.

Talvez por não ser do circo, retrucou.

Mas ela estava errada. Van não era acrobata, mas ainda assim vinha de uma família do circo. Tara fez com que Sonny se interessasse pelos palhaços e depois pelo leão. Ele usava um leão de pelúcia e o empurrava pelo picadeiro, então, um pouco mais velho, com uns seis anos, recrutava alguma criança pequena do circo, que ocasionalmente concordava em pular pelo bambolê para ele.

Arrumei a coleção de fantasias numa pilha organizada, colocando o nariz de palhaço por cima.

Talvez você encontre alguma outra criança que queira isto, propus.

Ela pegou o nariz e a margarida.

E se você ficasse só com isto aqui? Se os levasse com você?

Ainda não estou indo embora, respondi. Preciso fazer uma outra coisa ainda. Mas vou ficar com eles.

Devolvi o nariz de plástico vermelho e a margarida que espirrava água à mala e fui embora.

TRINTA E TRÊS

Há muitos motivos pelos quais uma autópsia precisa ser realizada: morte súbita, morte violenta, morte suspeita, suicídio, acidente de trabalho, morte no caso de nenhuma consulta médica no mês precedente. Os parentes enlutados talvez evitem confusão, incerteza e angústia se aceitarem esse fato antes da morte. Estejam preparados para o laudo da autópsia, e para o que esse exame requer.

"A condição pós-morte"
Mil e uma dicas para morrer (em breve)

QUALQUER LIVRO DE DICAS completo para a morte teria que incluir um capítulo descrevendo uma autópsia. Em meu caso, eu duvidava que meu corpo fosse passar por uma autópsia, mas sempre havia uma chance. Se, por exemplo, eu insistisse em tomar uma overdose de morfina para apressar o inevitável, então qualquer circunstância suspeita ia requerer uma autópsia. Se fosse esse o caso, eu sentia muito pela dra. Lee, que só faria o que os médicos em todo o país faziam, com a diferença de que seria de modo privado e discreto.

Mas minha intenção era produzir um texto profissional, portanto, uma pesquisa profissional tinha que ser feita. Nancy estava envolvida nisso, é claro, pressionando um contato no Departamento de Medicina Forense para me receber na próxima autópsia possível. Mas esse plano não funcionou, independentemente de suas inúmeras tentativas. Uma multidão de voyeurs, pervertidos e a mais primitiva espécie de jornalistas sensacionalistas desta geração tinham feito as regras apertarem no departamento, e agora só aqueles que tivessem autorização podiam assistir a uma autópsia. Quando ela me ligou para falar do andar da situação, decidi ajudá-la.

Conheço alguém, falei. Um médico que encontrei anos atrás.

Quem?

Dr. Roger Salmon.

Nunca ouvi falar. Mas você sabe que eu podia...

Ele é cirurgião cardíaco, disse eu, interrompendo-a.

É?

Ele podia me dar carta branca. Vou ligar para ele.

A Sala de Observação A era indicada por um sinal luminoso preso com adesivo na porta. Era uma pequena seção separada por uma divisória da sala de dissecção. Numa parede, uma outra porta levava ao corredor, e na parede oposta uma janela chegava ao nível da cintura. O chão era coberto por linóleo, as luzes fluorescentes do teto eram frias. Havia meia dúzia de cadeiras de plástico laranja, um cesto para papel num canto e, bem alto na parede, um pequeno alto-falante. Parecia não existir uma Sala de Observação B.

Embora o favor do dr. Salmon tivesse operado aquele pequeno milagre, o Departamento de Medicina Forense ainda não me admitiria para assistir ao procedimento sem um guia. Eram as normas para todos os profissionais não médicos. Clare, a guia, parecia extremamente jovem, e ainda assim estava confortável num lugar tão sombrio. Eu me perguntei quantas vezes você tinha que ver aquilo antes que parecesse normal, antes que parecesse algo possível de encarar no curso diário dos eventos. Era difícil acreditar que alguém da idade dela não apenas tinha estômago para testemunhar o procedimento, mas a energia para voltar de tempos em tempos.

A primeira vez é a pior, explicou ela. Depois disso é rotina. A não ser com as crianças.

Eu não podia perguntar quantas crianças eram necessárias para se tornar rotina.

Você sabe o que a palavra *autópsia* significa, literalmente?, perguntou ela. Significa "ver com seus próprios olhos". Aprendi isso no primeiro dia em que trabalhei aqui. Agora você vai ver com seus próprios olhos, ver o que não poderá ver depois que tiver morrido.

O dr. Gordon MacConachie, o patologista mais antigo do departamento, correspondia a cada uma das expectativas que criei vendo TV sobre aquela profissão, por ser obsequiosamente escocês. Era uma figura vistosa, usando gravata-borboleta e cabelo ondulado penteado para trás. Também tinha uma infeliz semelhança com Andrew Lloyd Webber. Quando ele falava, era quase reconfortante ouvir um certo toque fanhoso em seu sotaque, embora não tão nasal quanto áspero. Placas de É PROIBIDO FUMAR eram exibidas em toda parte no necrotério, mas ele jogou fora uma guimba de cigarro no instante em que entrou pela porta, e acendeu outro imediatamente. Logo ficou claro que Gordon era um artista, e que sua performance estava iminente. Ele estalou os dedos, colocou as luvas de látex e empunhou os instrumentos esterilizados da bandeja. Fiz uma anotação em meu caderno: Por que esterilizar? A esterilização parecia supérflua naquelas circunstâncias, especialmente quando ficou claro que, apesar das luvas, Gordon ia continuar correndo até uma mesinha no canto para fumar durante toda a autópsia. Manteve suas mãos sobre o corpo numa exibição pomposa de sua busca por surpresas imaginárias, antes de avançar sobre ele com uma canetinha preta, fazendo uma série de marcas e dividindo o corpo ao meio.

É tudo exibição para nós, claro, recordou-me Clare. Eric era o responsável por essa parte, na verdade: o assistente, um sujeito atarracado e meio careca, míope por trás de óculos fundo de garrafa. Ao contrário dos movimentos empertigados de Gordon, os de Eric pareciam se embaralhar. Nitidamente ele era mais o Igor diante do dr. Frankenstein que Gordon representava do que Mefistófeles diante de seu dr. Fausto.

Gordon começou seu monólogo, que não era só para divertir. Cada autópsia tinha uma descrição gravada em áudio acompanhando-a, com fins legais. A diferença com Gordon era que ele incluía informação e detalhes totalmente supérfluos, provavelmente com a intenção de impressionar sua pequena plateia.

No início eu só conseguia dar umas rápidas olhadelas para o corpo. Ficar olhando fixamente para ele parecia rude. Você não ficaria olhando para uma pessoa nua na praia, ou em qualquer outro lugar, mesmo que a conhecesse. Especialmente sob uma luz tão intensa. Eu sentia que tinha que conhecer aquele corpo primeiro. Só um pouco. Então fiquei olhando para o alto da cabeça, ignorando a virilha, depois dei uma boa olhada nos pés, antes de me permitir olhar diretamente para o restante do sujeito.

Por que eu havia presumido que o exame seria num homem?

Ela estava bem pálida mas era nitidamente caucasiana, embora eu tivesse esperado algo além daquilo. Algo intumescido, ou visivelmente se decompondo nas extremidades, como um fungo crescendo nas mãos e nos dedos

dos pés, ou partes do rosto se descolando. E eu teria esperado que fosse de um gelo-pálido. Cinza, talvez. Com um matiz arroxeado. Ou amarelo. Alguma coisa sugerida pela palavra *mortalmente*, em resumo. Aquele cadáver tinha cinco dias. Passara por enormes mudanças desde o instante em que o coração parara de bater, já que havia a irreversível interrupção de todas as funções do cérebro da pessoa, ou o irreversível cessar da circulação do sangue no corpo, que eu sabia, já que Clare me informara no caminho até ali, ser a descrição médica oficial da morte.

Naquele estágio, o *rigor mortis* já tinha se instalado (sete a dezoito horas após a morte) e desaparecido (depois de umas trinta e seis horas). Tinha sido encontrada no período de vinte e quatro horas após sua morte, e mantida na geladeira do necrotério, de modo que o processo de decomposição fora adiado cedo, então as manchas verdes e roxas no torso, a aparência distendida, ou o desenho das veias na pele, aspectos que vinham com a decomposição posterior, não eram aparentes. Ela não estava ali, eu repetia para mim mesma. Não tinha certeza de que ela pudesse ser chamada de *ela* ou se já transcendera para outro status. Talvez ela fosse um *isso*. Fosse ela quem fosse, já tinha partido havia muito, e aquele era só o estojo, a morada de outra coisa que agora tinha partido — espírito, alma, imaginação, algo que não tinha nome —, que não precisava ser mais reverenciado ou temido do que uma carcaça num açougue. Gordon e Eric não revelavam qualquer medo ou reverência, lidando com ela de modo enérgico, quase como se ela fosse um corte de porco prestes a ser transformado em costeletas, filés e vísceras.

Sob a luzes florescentes que expunham cada cicatriz, defeito e pelo, a autópsia aconteceu tão rápido que, preparada para me sentir horrorizada, fiquei na verdade chocada, depois surpresa, depois pasma, diante de tanta eficiência. Achei que seria um tipo de procedimento cerimonioso. Imaginei vozes sussurradas, luzes fracas em tons tristes de cinza-azulado, silêncios cavernosos atravessados por afirmações auspiciosas. E sobretudo a quietude, o manuseio discreto da carne e do osso, naquela mais íntima das intimidades humanas, a vivissecção e o franco devorar visual de um corpo que nunca permitira o procedimento, que não tinha consciência alguma e nenhum modo de expressar recato ou pedir moderação.

Logo depois que Gordon começou a ditar detalhes ao seu microfone (Corpo de mulher madura, que se sabe ter cinquenta e oito anos de idade, sem cicatrizes visíveis e vários defeitos identificáveis, incluindo um sinal marrom-claro em forma de pera, do tamanho de uma moeda de dez centavos, no ombro direito...), três alunas entraram na sala, deixando-a cheia de um modo estranhamente silencioso. Estudantes de enfermagem, aparentemente, mulheres vestidas em uniformes azuis simples. A chance de uma observação só para mim foi destruída. Em vez disso, acentuou-se a sensação de ritual. Agora éramos definitivamente um grupo, devotas num pequeno santuário, fazendo nossas reverências a alguma divindade inatingível e inescrutável. Todas agora tínhamos certas obrigações, tínhamos consciência das reações, dos sentimentos e das crenças umas das outras — de modo agudo, dado o tamanho da sala. Se os padres que celebravam aquele ritual não se sentiam desse modo, não tinha importância para aquelas mulheres, especialmente uma delas, a mais velha, que obviamente assistia à sua primeira autópsia. Enquanto ela olhava para o corpo (ou agora seria um defunto? ou cadáver?), ela juntou as mãos e gemeu. Era um som ambíguo, significando alguma coisa entre a aflição e o prazer. Assombro, talvez. Ela continuou a gemer e fazer ruídos e dar as mãos e dizer ocasionalmente Oh meu deus!, de modo que as ações sendo executadas do outro lado da divisória pareciam quase litúrgicas.

Um fator extra era a identidade do cadáver (paciente? espécime?). A privacidade impedia que soubéssemos seu nome, mas em sussurros Clare forneceu os detalhes. Ela era uma ex-freira que vivia sozinha. Foi encontrada por sua sobrinha quatro dias antes, caída sobre a mesa da cozinha. Um pequeno bule de chá estava derrubado ao seu lado, e o chá pingara no chão. Duas fatias crocantes de torrada prontas na torradeira já haviam pulado. A manteiga e a geleia estavam dispostas com capricho sobre a bancada. Aparentemente, ela teve uma morte natural, um ataque cardíaco ou um derrame nos poucos minutos que o chá levou para ficar pronto e o pão para torrar. Como poderia ser mais natural?: leite e pão integral na cozinha, a manhã banhada em luz do sol... Mas sem um histórico de nenhuma das duas possíveis fatalidades, e dadas as circunstâncias, sem que ninguém descobrisse o corpo até cerca de um dia após o momento da morte, os médicos não tiveram outra opção senão solicitar uma autópsia.

Gordon atacou o corpo com deleite, erguendo dramaticamente o bisturi. Fatiou por toda a extensão desde o pescoço (notavelmente mais rosado do que o restante do corpo, e riscado com rugas suaves, como o pescoço de alguém que passa seu tempo ao ar livre inteiramente vestida mas se esquece de passar protetor solar) até o monte de pelo pubiano castanho-escuro. Ele passou com força a lâmina sobre o primeiro corte e diretamente sob os seios dela, que empurrou para fora do caminho, primeiro um, depois o outro, como se fossem apenas dois quebra-molas incômodos numa estrada que de outro modo seria rápida e eficiente. Depois de fazer uma grande cruz no corpo, ele então separou as metades de cima do centro com movimentos suaves da lâmina. Então recuou enquanto Eric se aproximou com algo que parecia uma faca elétrica de trinchar e começou a cerrar a parte central da caixa torácica. Gordon aparentemente estava gostando de observar isso, dadas as desproporções cômicas de Eric, que era baixo, trabalhando arduamente sobre a alta mesa de dissecção. Nas pontas dos pés, Eric grunhia e serrava, enquanto Gordon esperava de pé entre a janela de observação e o corpo, fumando e fazendo as observações gravadas que, durante a meia hora seguinte, competiam com o rádio no canto próximo à balança digital e o cinzeiro.

Era horrível demais para ser bizarro, mas prosaico demais para ser horrível. Era, suponho, pura comédia humana, em cada sentido da palavra: o ciclo de todas as coisas do nascimento à morte, da exuberância audaciosa da gravata-borboleta rosa e amarela de bolinhas de Gordon até a solitária etiqueta cor de couro presa ao dedão do pé esquerdo da freira. Era tão trivial e tão significativo quanto o copo descartável de café bebido pela metade que Gordon colocou na mesa onde estavam seu caderno de anotações e seu gravador. O recipiente em forma de concha, feito em aço inoxidável, que Eric usava agora para extrair fluidos da cavidade era parecido com um que eu tinha em minha cozinha. Aquele com a gravação Mermaid Stainless Steel 6 oz/ 175 ml, comprado na Johnson's Overalls e também usado para ilustrar a capa de *Dicas para a cozinha*. Eu o usara pela última vez para servir sopa de feijão.

Antes de seguirmos adiante, explicou Gordon, os fluidos do corpo precisam ser removidos e medidos, de outro modo simplesmente não é possível trabalhar de modo eficiente com os órgãos.

Eric, sem se importar com os respingos que caíam nele, na verdade assobiando de contentamento, enchia vigorosamente sua jarra graduada, uma jarra grande de plástico onde cabiam dois litros. Eu tinha uma da mesma marca, com a metade da capacidade. As meninas a usavam para fazer gelatina.

Com a caixa torácica fora do caminho, caída em duas abas dos dois lados do corpo, e os fluidos removidos, Gordon e Eric começaram a trabalhar com harmonia e rapidez, como dois comediantes num número bem-ensaiado de palhaçada. Eric extraía partes do corpo e as jogava para Gordon, que as colocava em balanças e dizia os pesos, para que fossem gravados na fita. Fui mais uma vez forçada a fazer a previsível mas irresistível comparação com um açougueiro em seu estabelecimento comercial. Alguém despreocupadamente jogando sobre a mesa pedaços inteiros e flácidos de carne ou tiras ou filés, ou deslizando montes de salsichas, para pesar, embrulhar em um papel branco e entregar com uma piscada do olho. Havia mesmo um certo flerte com as freguesas, e eu podia ver que a atuação de Gordon era uma espécie absurda de flerte, com a intenção de impressionar sua plateia feminina.

Ele se precipitou sobre o coração com satisfação palpável. Ou o coração ou o cérebro forneceriam a chave para solucionar o mistério daquela morte súbita, se as desconfianças de Gordon estivessem certas, e até ali não havia qualquer circunstância suspeita para desconfiar de que ele não estaria. No coração, explicou ele, procuraria por uma calcificação reveladora, um embranquecimento do músculo, ou mais depósitos denunciadores de gordura nas artérias, e provavelmente um bloqueio completo de uma veia em algum lugar (mas reveladores de quê? uma indulgência de vida inteira com relação ao álcool? consumo intenso de cigarros e gordura de bacon? mas logo uma freira?). Ele dissecou o coração fazendo cortes em forma de cruz, expondo o ventrículo esquerdo, o ventrículo direito, a aurícula esquerda, a aurícula direita, e apontou para a coroa de artérias no alto, as que recebiam o nome de coronária.

Gordon colocou a amostra numa pequena bandeja de aço inoxidável e a trouxe mais para perto da janela. A imagem do açougue persistia. Imaginei plaquinhas de plástico exibindo os preços e ramos de salsa artificial.

Eis aqui, disse ele, um órgão inteiramente saudável. Nenhum depósito de gordura, nenhum espessamento, nenhuma calcificação, nenhuma obstrução, nenhuma evidência de doença cardíaca. Ele voltou à mesa. Ainda assim, pegamos uma pequena amostra para análise ulterior. E ele cortou um pedaço de cada lado do coração antes de colocá-lo de lado. Foi até o cinzeiro e reacendeu um cigarro, inalando de modo dramático enquanto Eric terminava o trabalho na cabeça.

Os órgãos pareciam muito familiares, o fígado exatamente como aqueles que eu vira vezes incontáveis no açougue. Quando Eric começou a tirar o escalpo — tendo feito primeiro uma incisão lateral sob a linha do cabelo na nuca —, o corpo na prancha de aço inoxidável já não era mais uma freira morta, uma mulher morta, ou um corpo. Tornara-se uma carcaça. Uma carcaça gotejante e escancarada, com um imenso buraco no meio, costelas e seios e pedaços de pele grudados em ângulos ridículos. Seu escalpo foi virado para cobrir o rosto, com tufos de cabelo grisalho aparecendo por baixo. Eric serrou no meio da cabeça, colocou o instrumento de lado e removeu o topo do crânio como se estivesse apenas tirando a tampa de uma caixa de presente. Lá dentro, o cérebro estremeceu, úmido e brilhante, e ainda familiar, pois seu formato e sua cor eram exatamente iguais aos do cérebro de um carneiro. Por que, perguntei-me, o chamamos de massa cinzenta? Talvez porque depois da preservação ele se descoloria, mas aquele cérebro era rosa-claro, quase cor de creme, e quando Gordon o cortou ao meio, revelou partes internas de roxo, azul e magenta. Cores do humor. Cores das emoções.

O cérebro era o outro jogador titular, o segundo talento estrelando no pequeno drama de Gordon naquela tarde. Com o coração àquele estágio não revelando sinal de obstrução ou congestão, a outra causa mais provável da morte estava dentro das dobras rosadas e onduladas daquele órgão.

Pelo fato de o cérebro ser tão macio, explicou ele, normalmente o primeiro exame não é conclusivo. O que temos que fazer é resfriá-lo até quase o ponto de congelamento, para que possa ser cortado em fatias finas o bastante para um exame detalhado. Enquanto isso — ele fatiou as duas metades em pedaços com cerca de dois centímetros de espessura —, vamos dar uma rápida olhada.

Mas os deuses estavam com Gordon, pois quando ele colocou a última de suas caprichadas e espessas fatias na bandeja, emitiu um satisfeito Ah-ha!

Aqui — ele apontou para uma mancha preta com cerca de um centímetro de diâmetro — vocês podem ver claramente a causa da morte. Ele ficou ali parado, com postura incorrigível, o indicador apontando diretamente para a razão pela qual a freira caiu morta quatro dias antes em sua ensolarada cozinha enquanto esperava o pão torrar. Ele estava profundamente satisfeito. O melhor *showman*, a performance perfeita.

Isto, disse ele, com uma pequena pausa de suspense, representa um derrame generalizado. É enorme, um dos maiores que já vi. Não há dúvidas de que foi isto que causou a morte e, talvez vocês estejam interessadas em saber, uma morte que deve ter sido súbita e indolor. A vítima não teria ideia do que estava prestes a acontecer.

Ainda assim, continuou ele, é de praxe enviar todos os órgãos para análise. E assim continuamos a tirar amostras de tudo, antes de arrumar as coisas.

Ele e Eric começaram a fatiar pedaços dos rins, fígado, intestinos e todas os outros membros na mesa diante deles. Colocaram as amostras em sacos plásticos e as etiquetaram. Então Eric pegou um saco plástico de lixo e começou a colocar todas as outras partes do corpo ali dentro. Um pedaço dos intestinos escorregou para o chão antes que ele o segurasse e colocasse de volta dentro do saco. Quando terminou, ele amarrou com uma faixa amarela de plástico e colocou de volta dentro da cavidade no peito, pressionando para tirar o ar. Fecharam os dois lados das costelas abertas e por fim puxaram os seios e pressionaram a pele junto ao centro. Parecia um bom conserto, levando-se em consideração o que tinha sido removido e o que tinha sido colocado de volta. Gordon pegou uma enorme agulha, enfiou nela um fio com aparência de cera e começou a costurar a partir da virilha, a agulha descrevendo arcos e depois mergulhando outra vez no cadáver em gestos fortes e rápidos. Eric, enquanto isso, enchia o crânio vazio com uma espuma cinza. Colocou de volta a parte superior do crânio e jogou o escalpo para seu lugar, onde se ajustou surpreendentemente bem de volta. Então ele pegou sua própria agulha e começou a costurar ao longo da incisão no escalpo. Como a cabeça tinha se virado para o lado, por cima da beirada da mesa de dissecção, apoiada em algum lugar logo abaixo do queixo, e como Eric era bem baixo, isso não era tão difícil quanto parecia. Cercados por fios e espuma cinzenta, os dois estavam quietos. Ocupados costurando em extremidades opostas do corpo, eles pareciam uma dupla de elfos superdesenvolvidos trabalhando na oficina do Papai Noel em algum brinquedo nu e mole. Gordon estava agora se aproximando do umbigo, apertando um pedaço do saco plástico que ficava saindo pelo corte. Deu alguns nós no fio e depois tirou a agulha. As costuras de Eric, a essa altura na nuca, logo estariam se encontrando com os pontos de Gordon.

Em seguida, disse Gordon, os familiares receberiam um relatório detalhando o peso, o tamanho e as condições dos órgãos vitais.

Será que os parentes, imaginei, teriam a mais leve ideia do que envolvia uma autópsia? Eles simplesmente não saberiam os detalhes do exame.

Coração, normal, 650 gramas.
Fígado, normal, 2,75 quilos.

E assim por diante. Cada órgão pesado, inspecionado, sua condição descrita numa palavra, cada parte examinável do corpo observada em frios monossílabos e números inquestionáveis.

Tipo sanguíneo: O positivo; conteúdo alcoólico nulo; conteúdo de drogas nulo.
Momento estimado de morte: de 4 a 5 dias prévios.

Até a única parte significativa de todo o procedimento, para aqueles incertos sobre como havia sido a visita da morte:

Cérebro: 2 quilos; artéria rompida no hemisfério direito do córtex cerebral.

E então, ao fim, nas poucas linhas disponíveis para Observações:

Sendo a causa da morte um acidente vascular cerebral generalizado (derrame) ocorrido no lado direito do cérebro, resultando na interrupção súbita de todas as funções do corpo (morte).

Isso pareceria reduzir os esforços de Gordon a algo tão insignificante; tê-los reduzidos a uma página. Ele completaria o documento e o assinaria, para que fosse enviado à família. Se eles pensassem no assunto, teriam que pensar o seguinte: para que um cérebro fosse pesado, o órgão teria que ser tirado e colocado numa balança. Não era de se admirar que poucos pensassem no assunto.

Saímos dali com aquela sensação vazia e inquieta que você tem quando deixa uma sessão de cinema em pleno dia. As estudantes de enfermagem estavam bocejando, fora aquela das rezas, que ainda parecia atordoada.

Eu entrara no necrotério, cerca de uma hora antes, pela porta dos fundos, onde fui instruída a me encontrar com Clare. Agora saíamos pela entrada principal. Era como se eu tivesse passado por algum tipo de teste ritual, e agora pudesse passar da vergonha ao triunfo. O rugido do tráfego me atingiu quando passei pelas portas de vidro colorido. Atravessei a rua e passei pela cerca de ferro da universidade vizinha. Ali havia gramados cheios de eucaliptos floridos e figueiras-estranguladoras. A tarde ainda não avançara, no entanto, já havia pequeninos papagaios se fartando do néctar dos eucaliptos. O ar vibrava, mas os pássaros davam gritos penetrantes e enérgicos nas árvores. Tudo parecia estar crescendo visivelmente na atmosfera úmida. Em meio a tudo aquilo, a ideia da morte só devia ter permanecido por um instante. Contudo, eu acho que tinha uma grande familiaridade com meu assunto, agora. Podia olhar a morte nos olhos sem vacilar, sem ser a primeira a desviar os olhos, mas em que medida isso tinha realmente a ver com o livro que eu estava tentando escrever? Como eu poderia converter a cena que acabara de testemunhar e transformá-la em algo útil? Atrás de mim estava o prédio marrom e atarracado dentro do qual, naquela tarde quente de sexta-feira, quando a cidade inteira já pensava em cervejas e saladas, Gordon ainda estaria esfregando as mãos, e Eric, limpando com uma mangueira os restos mortais de uma freira, como se estivessem arrumando um lugar depois de qualquer outro tipo de trabalho. O que, claro, estavam fazendo.

Cara Délia,
o açougueiro vietnamita daqui de perto vende coisas estranhas, como intestinos, bexigas, baços e sangue de porco. Como eu poderia usar sangue de porco?
Curiosa

Cara Curiosa,
autoridades como o chef Prosper Montagné e nossa querida Isabella Beeton nos dizem que salsichas feitas de sangue são um prato antigo criado pelos assírios, que cuidavam da carne de porco como ninguém até então na história da humanidade. Essas salsichas podem ser feitas de qualquer tipo de sangue, mas aparentemente o sangue do porco produz as de melhor qualidade. Outros tipos de sangue parecem ser medíocres, com pouco valor nutricional.

TRINTA E QUATRO

Numa sala do andar de cima do clube militar de Amethyst, a reunião já estava em andamento, então eu me esgueirei para um assento junto à parede dos fundos. Cerca de duas dúzias de pessoas estavam sentadas nas primeiras fileiras de assentos plásticos que davam para um pequeno palco. O grupo de pessoas tinha uma disparidade etária incrível. Passava um pouco das oito da noite e o menino na minha frente parecia jovem demais para estar acordado até tão tarde. E o velho ao lado dele, de cabelo branco e de rosto todo enrugado, parecia prestes a cochilar a qualquer momento. Muitos jovens, adolescentes, gente de meia-idade, idosos, de ambos os sexos.

A outra coisa notável era o silêncio. Então, um homem que estava deixando o palco para se sentar suscitou um discreto aplauso, enquanto lá na frente a mulher que estava sentada a uma pequena mesa e cadeira adjacentes à coluna da frente de modo a ficar parcialmente virada para o salão e parcialmente virada para o palco bateu na mesa com um lápis, e então todos se puseram de pé e começaram a cantar uma versão muito animada, desacompanhada e surpreendentemente harmônica de "I Saw The Light", de Hank Williams, à primeira vista uma escolha curiosa para se começar um encontro da sede local do fã-clube de Elvis. Mas numa época tão mundana, aquela era provavelmente uma religião tão válida quanto qualquer outra. E tudo o que aproximasse jovens e velhos com uma unidade tão sóbria não podia ser risível. Podia ser desejável. Talvez esse fosse o ponto. Elvis, um devoto da música *gospel* durante toda sua vida: fazia sentido começar o encontro com um hino. Principalmente um hino escrito por um outro sulista peregrino na estrada escorregadia do sucesso musical.

O encontro durou uma hora, uma sucessão de pessoas jovens e velhas falaram e cantaram e compartilharam suas experiências, todos na forma estruturada de modo frouxo que sugeria um encontro dos Alcoólicos ou dos Jogadores Anônimos. Quando acabou, fui até a mulher na mesa.

Juro que queria saber quando encontraríamos você, disse ela.

Eu não esperava boas-vindas amigáveis. Mas ambas sabíamos que havia coisas a serem acertadas.

Quer sair para beber alguma coisa?

Hoje não, estou cansada depois de tudo isto.

Então posso vê-la amanhã, propus, se concordar.

MESMO QUANDO SONNY estava vivo, a estatística mostrava que os fãs de Elvis aumentavam a cada ano em todo o mundo. Para não mencionar os *covers*: eles existiam em cada formato, tamanho e dimensão possíveis, de modo que o mundo abundava em *covers* baixos, excessivamente gordos, carecas, barbados, afeminados, aleijados, de óculos, negros e cegos. Muitas imitações de Elvis que não sabiam cantar. Logo haveria os completamente mudos.

Pearl, a fundadora e presidente do Fã-Clube de Elvis em Amethyst e Distrito, resumia o caráter excêntrico e ainda assim estranhamente coerente da instituição. Filha de várias gerações de pessoas locais que tinham vindo dos campos de cana-de-açúcar, Pearl achava que entendia Elvis como poucos outros. Ninguém, disse-me ela certa vez, era mais marginalizada do que ela: rural, pobre, mulher, negra (bem, de pele escura). A alma gêmea de seu ídolo.

Ela conheceu Sonny quando ele era bebê em meu ventre, antes mesmo que ele nascesse, quando fui pela primeira vez trocar livros em seu sebo, depois da recomendação de Mitchell. Mas foi só quando Sonny estava com cinco ou seis anos que ela o ouviu cantar. Eu não prestava atenção, pois estava remexendo numa caixa de livros de capa dura manchados vendo se encontrava alguma coisa mais excitante do que os romances históricos de Sir Walter Scott.

Ouça esse menino, disse Pearl.

Sonny estava do lado de fora do seu gramado com seu aparador de brinquedo, cantando *One man went to mow, went to mow a meadow...*

Eu sabia que a maioria das crianças não cantava muito melhor do que uma cigarra, mas mesmo que a voz de Sonny soasse encantadora para mim eu nunca me dera conta de como era doce e pura.

Ei, Sonny, venha cá e cante comigo, chamou ela.

Colocou uma fita e entoou com ele os primeiros compassos de "Teddy Bear".

Ele tem um talento natural, disse-me Pearl, mas acho que isso você sabe.

Eu não sabia. Sem nenhum talento musical de minha parte, eu não era boa em reconhecê-lo em outras pessoas.

Gostaria de saber cantar só com a metade desse talento, suspirou ela. Também podia ser uma *cover*. Mas, imagine só, eu consigo identificar e alimentar o talento nos outros sem ter talento eu mesma. Frustrante, né?

Exatamente até onde a obsessão de Pearl por Elvis poderia tê-la levado se ela também fosse uma *cover* eu não ouso imaginar. Achei suficientemente estranho que ela coordenasse de quinze em quinze dias uma reunião cheia de desajustados e que todo seu tempo extra do lado de fora do sebo fosse gasto organizando formas de inserir Elvis em todos os aspectos da cultura local. A essa altura, o fascínio de Sonny pelo circo esfriara, e Pearl começou a levá-lo com ela para pequenas reuniões do clube, onde ele poderia se divertir tanto quanto quisesse, e para festas onde as pessoas queriam alguma novidade. Mas isso foi antes que a coisa ficasse séria entre Archie e mim, e depois disso tudo foi diferente. A relação intermitente deles estava a essa altura definitivamente encerrada, já fazia meses. E sempre havia dois lados na história, mas eu conhecia Pearl bem o suficiente para entender o que Archie quisera dizer. Eu achava os imensos cartazes de Elvis na casa dela intimidantes. Considerava sua devoção mais parecida com uma doença. E como Archie havia dito, não era culpa dele não conseguir se apaixonar por ela. A competição era dura.

A essa altura, Pearl tinha se afeiçoado por demais a Sonny para decepciوná-lo, mas comigo ela se tornou fria e hostil. Parei de frequentar seu sebo. E por mais que eu apreciasse os talentos musicais de Sonny, preocupava-me com esse aspecto da personalidade dele. A performance estava em seu sangue. Eu tinha medo do que isso podia representar quando ele crescesse.

TRINTA E CINCO

A pessoa à beira da morte em geral é mimada e tratada com condescendência, e sempre desencorajada quando se trata de tomar atitudes extremas ou fazer exigências audaciosas. Mas essa pessoa tem o direito de se encarregar de sua morte tanto quanto se encarregou de sua vida, e a resistir a ir embora de modo suave e discreto. Deveria ter a permissão, ao contrário, como disse o poeta Dylan Thomas, de *Enfurecer-se, enfurecer-se contra o apagar da luz.*

> "Cuidados com alguém que está morrendo"
> *Mil e uma dicas para morrer (em breve)*

A LUZ ESTAVA PERFEITA no dia em que arrastei o caixão para o gramado dos fundos. Não estava forte demais, havia algumas nuvens para suavizar o tom das fotos que iria tirar. Archie não aparara a grama recentemente, o que eu achava que lhe dava um aspecto melhor, mais natural. Os dentes-de-leão estavam empoleirados alguns centímetros mais altos do que a grama. Apoiei a parte de cima num patamar mais alto e coloquei a tampa num ângulo sobre o gramado, de modo que parecia que uma pessoa estava prestes a sair dali. Então comecei a trabalhar com a câmera digital. Meia hora depois de mandar as imagens para Nancy por e-mail, liguei para ela.

O que você acha?

Incrível.

Quer dizer que estão boas? Você gostou da ideia?

Não, quero dizer que é incrível que você queira fazer isto.

Então você não vem ajudar? E se mandar um fotógrafo profissional?

Eu não tinha pedido a Archie que me fotografasse em meu caixão. Sabia que não podia pedir a Jean. Mas achei que Nancy faria aquilo. E ajustar a câmera digital com o cronômetro e o tripé estava além das minhas habilidades. Eu precisava que alguém viesse tirar fotos minhas deitada em meu caixão segurando um martíni.

Eu não disse isso, acrescentou ela.

Quando Nancy chegou, uma hora depois, eu estava pronta com os acessórios. Estava maquiada, vestida com o avental, coqueteleira e batedor de ovos à mão. Ela focou a câmera no caixão, enquanto eu entrava. Era a primeira vez que eu o experimentava. Deitar ali não era tão estranho quanto eu havia pensado. Podia sentir o cheiro de todas as diferentes madeiras usadas por Al, até mesmo o velho e rústico pinho do fundo da embalagem. Aspirei o aroma leve de cânfora da tampa ao meu lado. Fechando os olhos, eu quase podia me sentir de volta ao baú de cânfora onde meus pais guardavam os cobertores ao pé de sua cama. Meu esconderijo.

Abri os olhos e olhei diretamente para o céu. Seria assim. Deitada vários metros debaixo da terra, se você pudesse enxergar através do barro e da pedra e da terra esfacelada, da grama e do granito da laje do túmulo, era isso o que veria pelo resto de sua morte, se pudesse enxergar. O céu infinito. Azul, se esvaindo e assumindo a cor de coisa nenhuma.

A luz estava atrás de Nancy, e as nuvens se levantaram. Então eu apertei os olhos.

Assim não, disse ela.

Que tal assim?

Eu me sentei, segurando o martíni no alto como num brinde e embalando o batedor de ovos na outra mão.

Está melhor.

Depois que ela tirou uma dezena de fotos, saí do caixão. Esperara ter algum tipo de experiência ali dentro. Algo significativo. Assustador. Agourento. Mas tudo o que eu sentia agora era como minhas costas estavam doloridas. A base sem-forro era tão desconfortável sob os meus ossos que pensei em forrá-la para quando chegasse a hora de usar o caixão permanentemente, até me dar conta de quão ridículo isso seria.

Entreguei a ela o copo de martíni enquanto olhava para as imagens.

Estão terríveis, disse eu.

Eu estava pavorosa. Pior do que um cadáver. E tinha tentado com tanto afinco: as roupas, o lenço, a maquiagem. Eram sem dúvida as piores fotos que tirei em minha vida. Cada uma delas. Minha face estava encovada, meus lábios finos demais. Meus olhos pareciam ter sumido. Meu nariz estava grande demais.

Não entendo, eu estou com a aparência tão ruim assim?

Talvez a câmera veja o que nós não vemos, disse ela.

Devolvi-a.

Ou talvez todo mundo esteja certo, disse eu. Vamos esquecer isso, então. De qualquer forma, é a câmera de Archie, então é melhor deletá-las.

Depois que ela foi embora me sentei no degrau dos fundos, olhando para o caixão vazio, para os acessórios descartados. A luz estava tão perfeita naquele dia. Eu havia considerado tudo isso uma ideia tão boa. Terminei o martíni, depois fui até o galinheiro e peguei Jane. Quando Archie voltou para casa com Estelle e Daisy eu ainda estava tirando fotos dela, empoleirada serenamente no alto do meu caixão.

Cara Délia,
desculpe-me por escrever de novo, mas há algo que eu gostaria que você soubesse. Minha namorada e eu terminamos. Não quis lhe contar antes porque achei que ela fosse mudar de ideia. Você tem algum conselho para me dar?
Desesperado

Desesperado,
não.

TRINTA E SEIS

A CASA DE PEARL TAMBÉM era o escritório do fã-clube de Elvis: uma dilapidada construção de sarrafo e estacas, necessitando urgentemente de reformas, quando ela a comprou. Depois de retirar as varandas, trocar as janelas, criar uma pequena sacada no andar de cima com uma balaustrada, acrescentar um par de colunas de mármore falso à entrada e pintar a estrutura inteira de branco, Pearl tinha uma louvável réplica em miniatura de Graceland em suas mãos, pelo menos a fachada. Todo o trabalho fora pago por turistas que desviavam até Amethyst só para ver a casa. Por uma taxa fixa, Pearl, ou qualquer outro membro do clube, posava para fotografias com uma fantasia da preferência do comprador (invariavelmente a versão de cetim branco cintilante e de capa, versão Las Vegas, por volta de 1975) no gramado da frente. Pearl também era registrada para celebrar casamentos, a única no norte especializada em cerimônias no estilo Elvis. Nesses casos, as citações do ritual saíam da própria vida ou das letras de Elvis. Suas mais doces canções de amor tocavam baixinho, ao fundo.

O interior da casa não fazia qualquer tentativa de reproduzir a Graceland original. Questões como custo, praticidade e gosto eram levadas em conta, ali. Pearl — quando nos falávamos — me dissera que o exterior era uma coisa, mas que ela precisava conviver com o interior. Então, nada de espessos carpetes azul-marinho subindo até a metade das paredes, nada de espelhos no teto do quarto. Ela sustentava haver uma diferença entre ser uma séria partidária de todo o *ethos* de Elvis e ser uma mera fã babenta obcecada por relíquias. Seu comprometimento era mais intelectual, e até mesmo espiritual, alegava ela, tanto que inaugurara o clube e o mantinha à parte de qualquer antigo fã-clube de Elvis. Só colecionava música, cartazes, livros e vídeos, espalhados por vários cômodos, e considerava uma virtude o fato de tudo mais ser lixo efêmero.

O lugar estava igual à ultima vez em que eu passara por ali. O gramado ainda estava podado, as árvores ao redor, mais altas, mas a casa em si ainda era de um branco limpo, como se houvesse sido pintada recentemente. A única diferença era na sala da frente, que outrora fora o sebo de troca de livros onde eu passara tantas horas contentes. Estava agora com pilhas de discos, CDs e aparelhos de som.

Você não tem mais os livros, comentei, entrando na loja onde, atrás do balcão, uma televisão exibia um vídeo caseiro.

Me desfiz deles faz alguns anos, disse ela. Agora só trabalho com música.

Ela esperava que eu dissesse algo mais, mas apenas fiquei olhando para a TV.

É da Convenção Anual de *Covers* de Elvis, disse ela. Em Parkes. Foi no ano passado.

Um sujeito estava sentado numa cerca diante de uma pequena casa de tijolos vermelhos. Não era terrivelmente gordo, mas tinha uma enorme barriga de cerveja que estufava sua camiseta azul e saía bastante por cima de seu short. Tinha uma barba comprida, óculos escuros e segurava uma guitarra.

É, dizia ele, tenho um bocado de dificuldade para conseguir arranjar shows. Tento todos os anos, mas as pessoas nunca dão bola. Sei lá, dizem que não pareço muito com Elvis, mas acho que pareço, um pouco, pelo menos. Tenho cabelo escuro, e uso óculos escuros. Está vendo? Ele tirou os óculos e os estendeu na direção da câmera. Têm armação de ouro, iguais aos de Elvis. Ele os colocou de volta e voltou a fitar a lente, uma massa amorfa de óculos, barba e barriga.

Mas as pessoas dizem que não combino com o papel, falou ele. Dizem que é a barba, mas eu respondo que não é essa a questão, pois estou chegando à essência de Elvis, então não acho que a superfície seja tão importante; é a essência que conta.

Como que para provar isso, ele apoiou a guitarra em sua imensa barriga e arranhou os acordes iniciais de "I Can't Help Falling in Love With You". Quando começou a cantar, o som era realmente execrável. Eu nunca tinha ouvido uma interpretação tão ruim de Elvis antes. Nunca tinha ouvido alguém cantar tão mal antes. Depois de alguns versos ele olhou para a câmera, quase que um gesto de implacável ousadia, como se a desafiasse, à pessoa que o filmava ou qualquer outra, a contradizer a grande besteira que ele estava dizendo.

Apesar da tensão da visita, ambas começamos a rir. Ela desligou, sacudindo a cabeça. Aí está um cara cuja única semelhança com Elvis é ser homem, disse ela. Que não consegue cantar uma nota, mas está convencido de que entendeu tudo, convencido de que o restante de nós é que está errado.

Mas esse cara é cem por cento genuíno, continuou. Ele vai até Parkes e qualquer outro show de talentos que pode ano após ano, e apesar do fracasso e do ridículo, ainda pensa que captou a essência de Elvis. Porque captou mesmo, num certo sentido. Ele é um zé-ninguém sem nada a seu favor, sem talento, sem boa aparência, mas quando ele é Elvis é alguém importante e glamouroso e famoso, o que ainda é completamente coerente com todo o resto.

Nunca vi um *cover* de Elvis tão pouco Elvis, expus.

E tenho centenas de horas de gravação de gente exatamente igual a ele. Porque essa é a maior ambição para muita gente. Você pode transcender sua própria vida mas ainda ser coerente consigo mesmo, como esse cara. Elvis salva, disse ela.

Às vezes.

Eu me perguntei quanto seu ídolo a salvara. A mim me parecia uma espécie vazia de religião, se você podia viver todos aqueles anos e ainda se ressentir da mulher que tinha o que você outrora quisera.

Quer um café?

Recusei, depois me sentei num sofá e coloquei minha maleta no colo. Ela olhou para a sala ao redor, como se pensasse no que fazer, depois também se sentou. Mas não ia ceder um centímetro. Esperou que eu falasse novamente. Quando falei, a sala pareceu oca, cavernosa, e eu me senti como se estivesse desaparecendo no sofá. Minhas palavras ecoaram alto demais dentro da minha cabeça.

Pearl, pelo menos Archie foi honesto com você. E foi escolha dele terminar com você. Nunca o forcei a fazer nada. Você tem que parar de me culpar.

Por quê? Para que você se sinta melhor antes de morrer?

Levantei as sobrancelhas, perguntando-me como ela sabia. Eu não achava que Mitchell tivesse contado a alguém. Ela continuou:

Já estou sabendo de tudo, e sei que não deveria dizer isso. Mas eu amava Archie e queria ficar com ele. Não houve mais ninguém desde então.

Ninguém além do óbvio, pensei, olhando ao redor da sala.

Se Pearl achava que eu queria seu perdão estava enganada. E se achava que referências à minha morte iminente iam me aborrecer, também estava enganada. Quando deixei a cidade há tantos anos, Pearl era como uma mulher com uma doença invisível, uma doença sobre a qual ela nunca poderia falar e para a qual nunca poderia buscar tratamento, uma doença de amargura e culpa. Ela tinha ressentimentos de uma mulher cujo filho acabara de morrer. E ela amava Sonny, eu sabia disso, ela o amava muito. Tinha sido boa para ele, permitindo-lhe suas pequenas obsessões, participando de suas fantasias. A complexidade de seus sentimentos deve ter sido enorme, mas naquela época eu não estava em condições de me apiedar de ninguém, exceto de mim mesma.

Agora encontrava compaixão por ela, mas não por algo do passado. Ela vivia num santuário. Era devotada a um homem que, afinal de contas, era apenas uma voz esplêndida. A mais comovente canção de Elvis ou de qualquer um de seus imitadores jamais poderia vedar as fissuras reais de sua vida.

Sei que você amava o Archie, Pearl, falei em voz baixa, mas simplesmente não posso fazer nada a esse respeito. Nunca pude, você sabe. Mas, olhe, eu trouxe algo.

Abri a mala. Tirei dali o terno dourado e o ergui. O tamanho cômico dele, o enfeite de renda dourada que era quase que de plástico, as dobras brilhantes do tecido sintético barato que ainda não estava amarrotado apesar de todos os anos guardado.

Ela estendeu a mão e o apanhou. Então lhe entreguei o brinquedo que acompanhava.

"Teddy Bear", disse ela.

Sim.

Não era a roupa mais adequada para a música, mas Sonny adorava cantar "Teddy Bear". Segurava o microfone de brinquedo numa das mãos e o ursinho na outra, que no fim agitava em torno da cabeça e atirava para a plateia, fosse ela formada apenas por Pearl e mim, seus colegas de classe — se estivessem dispostos —, Tara e Monty, no circo, ou qualquer outra pessoa que ele conseguisse para uma apresentação informal.

Ela dobrou o terno várias vezes no colo, pondo o urso por cima e olhando para ele ao falar.

Você tem outros filhos?

Duas meninas.

Como elas são? Quantos anos?

São as crianças mais bonitas do mundo, disse eu. Estelle é morena e tem onze anos. Daisy tem oito, e seu cabelo é louro-avermelhado. Nenhuma das duas tem muito talento musical, assim como a mãe. E sinto tanta falta delas que nem sei ao certo o que estou fazendo aqui.

E então, como está Archie?

Ele está ótimo.

O rosto dela estava tão impassível quanto ela conseguia manter. Não ia me deixar ver a inveja pelas filhas que eu tinha e ela não, pelo homem que ela queria mas não descobrira como segurar, pelo filho que eu tive durante apenas oito anos e que para ela teria sido melhor do que o nada que ela tinha.

Archie é o melhor pai, disse eu. Do mundo. Ele também amava Sonny.

Ela não disse nada. O autocontrole. Mas havia anos de emoções vazando por aquele exterior contido. Por fim ela me olhou bem nos olhos e perguntou:

Você sabia que eu não podia ter filhos?

Não. Eu não sabia.

Archie sabia, disse ela.

Os momentos que levei para digerir isso pareceram durar para sempre. Vi Archie, tantos anos antes, sentado ao meu lado diante do *trailer* dizendo que nunca daria certo com Pearl. Sonny estava brincando no gramado bem diante de nós. Archie e eu admirando-o afetuosamente. Archie vigiando-o.

De algum modo, não havia palavras adequadas para responder àquilo. Dizer que sentia muito seria inadequado. Ofensivo.

Olhe, Pearl, disse eu, estou morrendo, pode ser que eu não esteja mais aqui em poucos meses.

O rosto dela estava impassível.

Você sabe o que isso quer dizer?

Ela sacudiu a cabeça.

Quer dizer que só as coisas mais importantes fazem sentido agora. Vim até aqui dizer quanto sou grata por tudo o que você fez por Sonny. Ele adorava ficar com você. Simplesmente adorava. Acho que às vezes vivia para isso.

Coloquei a mão dentro da bolsa e tirei dali três livros.

Queria devolver estes aqui também. Lembra-se de que eu os peguei antes de ele morrer?

Como eu ia me lembrar disso?

Bem, sempre me lembrei; sou assim com os meus livros. Então eu pensei em devolvê-los, mas agora acho que você não vai querer, se acabou com o sebo.

Devolvi os exemplares de três livros da norte-americana Alice Walker que eu levara comigo quando deixei Amethyst. *To Hell With Dying. You Can't Keep a Good Woman Down. Possessing the Secret of Joy.*

Ela os examinou e então, pela primeira vez desde quando eu a vira pela última vez, sorriu.

Não acha que é melhor ficar com este? Ela me devolveu o primeiro. É obviamente o seu tipo de livro. Na verdade, fique com todos eles, todos são a sua cara. E eu nunca vou lê-los.

Está bem. E gostaria que você ficasse com o terno de Sonny.

Obrigada. Havia um vestígio de gratidão em sua voz. Eu também gostaria de ficar com ele, confessou.

TRINTA E SETE

Ninguém deve supor que é tão velho ou que sua saúde vai tão mal que não possa doar órgãos. Até mesmo aquelas pessoas que sabem estar morrendo podem ser adequadas, pois transplantes bem-sucedidos já foram feitos com todo tipo de doador. O coração, os rins, o pâncreas e o fígado podem ficar debilitados pelo tratamento da doença, mas o tecido dos olhos, dos ossos e da pele talvez ainda estejam saudáveis para enxerto e transplante.

> "A condição pós-morte"
> *Mil e uma dicas para morrer (em breve)*

ÀS VEZES NANCY SE ENTREGAVA ao conceito do livros de dicas para morrer de forma tão completa que eu penso que esquecia que sua autora estava prestes a falecer. A partir. A passar para o Outro Lado (ver capítulo nove: Eufemismos e as Pessoas à Beira da Morte). Ela se tornou extremamente prestativa. Beirando o atrevimento. Vários dias depois me ligou para dizer que o livro precisava abordar a doação de órgãos.

Doação de órgãos, repeti. Doação de órgãos?

Sim. Por quê, o que há de errado?

Ora, nada.

Ela falou algo sobre providenciar que algum material a respeito me fosse enviado. Encontro com o diretor de divulgação do Conselho de Doação de Órgãos. Entrevistas com pacientes de transplantes bem-sucedidos. Havia uma chance de que eu pudesse assistir a uma operação. A autópsia mostrara que eu era o tipo de pessoa capaz de lidar com isso. Transplantes de coração eram os mais comuns, ela provavelmente conseguiria me colocar num deles.

Transplantes de coração.

Nancy..., eu a interrompi.

O quê?

Não é necessário. Não preciso assistir a uma operação.

Tudo bem, confio em você. Mas você vai incluir o capítulo? Acho que é importante.

Era importante, sim. E eu estava preparada para ele. Embora não preparada para o modo como a história inteira veio rolando em minha direção como uma pedra imensa, ganhando mais camadas até me atingir com toda a força de seu poder narrativo. Aquele órgão pulsante, vermelho-vivo, brilhando de vida.

Pois eu estava um passo à frente de Nancy. Já tinha feito pesquisas sobre aquilo. E mais do que pesquisas: já tinha até escrito. Não que Nancy ou qualquer outra pessoa soubesse.

Eu decidira bem cedo que ia doar meus órgãos — todos eles, qualquer um deles —, mas achara que talvez não fosse possível. Quando perguntei, a dra. Lee me fitou com uma expressão desconfortável e então pigarreou antes de me lembrar de que as drogas citotóxicas, apesar de sua toxicidade devastadora, estavam na verdade me limpando. Minhas entranhas ficariam livres de germes, bactérias, deterioração. Eu estaria limpa e polida como pratos numa prateleira. Daí, claro, a suscetibilidade a qualquer doença ou enfermidade que estivesse no ar. Não, o que eu precisava entender era que uma certa... (uma longa pausa aqui) ...deterioração... (ela finalmente encontrou a palavra) ...em meu corpo impossibilitaria a doação de órgãos.

Por fim eu extraí a informação dela. Médicos são tão relutantes para dizer os fatos puros e simples. Mas acabei compreendendo que, enquanto a profissão médica sustentava resoluta o mito de que meu corpo responderia ao tratamento, no fim nem ela nem ninguém, e agora eu também não, acreditava que haveria outra coisa além de câncer, possivelmente invadindo e colonizando por completo cada órgão do meu corpo. Forças imperiais dominando e aniquilando raças inferiores. Soldados uniformizados e armados desembarcando no litoral de ilhotas, abatendo a tiros os nativos, fincando bandeiras e esquentando água para o chá, tudo antes que o dia chegasse ao fim. E a essa altura talvez não tivesse sido uma boa ideia convidar outros a participar.

Eu tinha que confessar: não havia muitas circunstâncias em que você poderia sentir esse nível de rejeição. Você já passara pelo câncer em três partes de seu corpo: ok. Tinham cortado, fatiado pedaços de você. Tem a terapia: química e radioativa, que precisa quase matá-la antes de poder curá-la. Até topar com um Não posso curá-la, você vai ser morta de qualquer jeito. Não que vá ser morta, não será uma situação verbal ativa, nesse caso; será uma situação passiva: Você vai morrer. Você vai morrer de qualquer jeito. Ou: Espere, sim, você vai ser morta, vai ser morta pela sua doença, pelo câncer. E ainda assim você não pode amenizar a situação oferecendo seu corpo, como um velho navio naufragado que acha que ainda pode ser recuperado por algumas de suas partes: um motor de arranque aqui, uma porta lateral ali, um indicador de painel traseiro à esquerda.

O órgão, seus órgãos e todas as partes de seu corpo estarão, quando você morrer, potencialmente tão macerados por células cancerígenas que seu corpo, ao se aproximar da morte, será imprestável. Mesmo com o seu prematuro (sim, morrer antes dos quarenta anos é prematuro) falecimento, você não vai poder doar. Numa cultura que comercializou o corpo até a última unha do pé, você ainda assim não pode fazer dele um produto útil.

Imaginei o estado daqueles pobres órgãos desamparados que constituíam meu corpo, mal funcionando. O alcance daquelas células cancerígenas invasoras, plantando a bandeira nos recantos mais profundos e escuros do meu baço, nas mais inacessíveis dobras do meu fígado. Deus, nem mesmo minhas córneas estariam a salvo: elas seriam completamente tomadas e substituídas por novos governantes.

Quando a dra. Lee por fim terminou de explicar tudo aquilo — um longo processo, dado seu estilo impassível e acanhado de lidar com os pacientes, sua tendência ao eufemismo e ao jargão médico poliglota para mascarar, como sempre, os simples fatos (Você vai morrer, isso vai acontecer nos próximos meses) —, eu estava cansada da palavra órgão.

Órgão, órgão, órgãos. Meu corpo mais parecia estar entulhado de instumentos musicais ou de genitálias. Eu associava a palavra com música de igreja, hinos, Bach. Arquitetura ampla, imensos tubos de aço, teclados elevados e partículas de poeira circulando no ar. A palavra evocava o som de fugas se avolumando, de canções triunfantes sobre marchas rumo à guerra, reis da criação ou anjos proclamando isto ou aquilo. Ou o sangue lavando tudo, essa imagem paradoxal que persiste apesar do conhecimento íntimo que toda mulher tem do sangue: se ele lava alguma coisa, o faz só para manchá-la.

As únicas partes do corpo que eu ainda podia considerar órgãos, em sentido estrito, eram as externas: a orelha era um órgão, todo mundo podia ver isso. Parecia um órgão, bastante feio apesar de suas dobras delicadas, de seu inegavelmente orgânico recurvar-se sobre si mesmo, para o interior de um núcleo escondido e secreto. E os genitais masculinos eram órgãos, é claro. Eram tocados, para começo de conversa. E quando eu era criança as pessoas sempre se referiam eufemisticamente a essas partes como órgão masculino. Mas todas as outras coisas — pulmões, coração, rins, baço, pâncreas, fígado — e os tecidos, que incluíam as válvulas do coração, ossos, pele e tecido ocular, como as córneas; era difícil vê-las como órgãos. Não as partes brilhantes e às vezes pulsantes que eu imaginava como porções vitais do meu corpo. Rosa, vermelhas, roxas, até mesmo de um branco cremoso. Por que o cérebro não entrava na lista de doação de órgãos? Quem se importaria se você tivesse as memórias e desejos de outra pessoa, suas obsessões e medos, se pelo menos tivesse um cérebro que funcionasse? Se você fosse saudável com relação a tudo mais, mas seu cérebro tivesse se apagado para sempre, será que você — com oito ou vinte ou trinta e três anos — e sua família não achariam bem-vinda a oportunidade de uma nova vida? Seria como colocar um CD no aparelho de som, e deixá-lo tocar. Como reiniciar seu computador no sistema Linux em vez usar o Windows. Por que desperdiçar um belo e, especialmente, um jovem corpo?

Por que eu não tinha pensado nisso antes? Podia ter feito mais pesquisas nessa questão e a incorporado no livro.

Ou talvez meu próprio cérebro estivesse mais afetado do que eu pensava pelo tratamento ou pela doença ou por ambos. E eu estava permitindo que minha imaginação assumisse o controle. E estava perdendo de vista o ponto principal. Que era o fato de meu corpo estar rejeitando a vida, e a vida o rejeitando. Então, nada de doação de órgãos, nada de doação de tecidos. Só partes do corpo de primeira categoria, de excelente qualidade, primeira classe, poderiam ser passadas para um paciente na fila de espera, um paciente com doença no fígado, uma vítima de insuficência cardíaca. A dra. Lee deixou isso claro, sem declará-lo explicitamente (ela possuía um talento extraordinário para isso, até mesmo eu a admirava), que um mero sinal de má qualidade de tecido seria o bastante para causar a rejeição. Eu seria tola se perdesse meu tempo pensando nisso.

E quanto ao meu sangue, então? Eu poderia pelo menos doar isso?

Bem, estranhamente, sim, poderia. É provavelmente a parte mais saudável do seu corpo, dada a rapidez com que as células do sangue se renovam. Mas é claro, ela acrescentou, você só pode doar células sanguíneas enquanto estiver viva.

Depois dessa consulta, catei a coleção de órgãos e tecidos frágeis, abaixo do padrão, que constituíam meu corpo e saí da sala. Eu caminhava com segurança para uma mulher que acabava de ter todas as partes do corpo rejeitadas como imprestáveis.

Cara Délia,
você acha que se eu comprar lençóis novos ela me aceita de volta?
Desesperado

Desesperado,
já disse a você que não tenho mais conselhos para lhe dar. Mas veja: você não sabe quanta sorte tem. Descobri que está havendo uma liquidação no departamento de roupa de cama e mesa da David Jones's (recomendo algo em tom pastel, nada floral).

TRINTA E OITO

ACORDEI DE UM SONHO, suando e com dificuldade para respirar. Um ataque de pânico, eu conhecia os sinais. Talvez tivesse sido um sintoma da quimioterapia completa, mas eu já me recuperara da última sessão. Puxei a roupa de cama para cima e fiquei sentada ali, em minha camiseta ensopada, controlando minha respiração, até me acalmar e conseguir absorver um pouco de oxigênio. Se não fossem quatro da manhã eu teria ligado para Archie, mas não podia perturbar um homem que eu sabia estar dormindo mal. Se eu fosse fumante, podia ter acendido um cigarro. Se o café e o chá não fossem tão insossos eu teria feito uma xícara. Não tinha uísque, café irlandês, vinho, nada. Deitei novamente nos travesseiros.

O problema era que não tinha sido um sonho. *Não foi um sonho. Eu estava completamente acordada.* As lembranças nunca haviam me abandonado, mas ao longo dos anos eu quase apagara totalmente os detalhes. Desde que voltara a Amethyst estava esperando por aquele momento; na verdade, esperando que o vasto panorama se desenrolasse diante dos meus olhos outra vez. E enquanto eu estava ali deitada, sem beber, sem fumar, sem me mexer, finalmente me permiti viajar sobre aquela paisagem mental, aquela memória terrível e poderosa demais para contemplar até então, exceto em espiadas ocasionais e furtivas.

A única coisa em que eu conseguia pensar era em seguir adiante. A luz só começou a perscrutar as nuvens baixas e estriadas quando empurrei a porta da frente e saí pelo caminho que dava no hotel. O cachorro do Paradise Reach estava roncando baixinho em seu canil, e bem lá no alto, nas palmeiras, os primeiros pássaros despertavam com seus gorjeios. Depois de quase uma hora eu me acalmei de novo. Tinha dado a volta na metade da cidade a essa altura, e não vira ninguém exceto a *van* do entregador de leite e o entregador de jornal da rua principal fazendo seus turnos. Sentei-me para descansar no cemitério que dava para o rio, escondido da cidade, mas delineado pela linha de verde mais escuro que indicava os salgueiros e as casuarinas. Enquanto estava olhando, dei-me conta de que estava perto de um dos lugares que estava procurando na lista telefônica. O lugar onde eu achava que a jovem que precisava encontrar talvez ainda estivesse morando. Cruzei o cemitério, atravessei a rua e rumei para leste, seguindo o declive no terreno. Logo cheguei à rua sem-saída, Nile Crescent. Uma rua sem-saída não podia receber um "crescente" no nome, pensei, olhando para um lado e para outro, evitando olhar direto para o número 3A. Aliás, quem foi que deu o nome a esta rua? Eu me sentia estranha, tonta. Talvez fosse culpa de toda aquela caminhada. Devia ter levado água comigo. Devia voltar para o hotel, beber alguma coisa e descansar. Virei as costas para aquele lugar, com a sensação de que havia alguma coisa ali para mim. Era só uma ilusão. Uma mentira.

TEVE SORTE?, perguntou Archie na manhã seguinte, quando telefonou.

Ainda não.

Aonde você foi?

À polícia, ao hospital, à escola secundária...

A essa altura ela já terminou o ensino médio.

Eu sei. Só pensei que alguém talvez pudesse saber onde ela está.

Como você está se sentindo?, perguntou ele, depois de uma pausa.

Bem. Um pouco cansada.

Quero que você saia daí, quero você outra vez aqui. E nem pense em dirigir de volta... Você não vai conseguir, acho que é melhor eu ir até aí buscá-la.

Por favor, Archie, não. Estou me sentindo bem. Diria se não estivesse.

E eu estava relativamente bem. Sentia um cansaço se insinuando ao final do dia, mas fora isso sabia que estava bem o bastante. Se fosse com calma e me desse alguns dias além da conta, poderia fazê-lo. Precisava fazê-lo. Precisava parar na entrada e sair do carro e entrar pela porta da frente: sozinha. Estaria com a mala de Sonny na mão, e aquele buraco no peito através do qual o vento soprara ao longo dos últimos catorze anos finalmente seria fechado.

Não se preocupe comigo. Prometo que vou com calma. E vou embora dentro de poucos dias. Dê um beijão em Estelle e em Daisy por mim. Diga a elas que nos vemos em breve.

Como você sabe?
Como eu sei o quê?
Que vai encontrá-la em poucos dias? E então ele desligou.

QUANDO VOCÊ COMPRA um Subaru pela primeira vez, nota Subarus em toda parte, aonde quer que vá. Quando está morrendo, tem uma aguda consciência das mortes em toda parte ao seu redor. Será que você procura por elas, ou será que elas aderem a você como se alguma força magnética invisível estivesse colocando os dois juntos a cada oportunidade possível? É como tomar um chá de cadeira numa festa dançante, com uma matrona alvoroçada, cheia de boas intenções, empurrando você para um jovem desajeitado, magricela e cheio de espinhas.

A diferença é que quando me aproximei da morte e de todas as suas manifestações, uma vez tendo tomado sua mão suada e flácida já não conseguia mais largá-la. Já não conseguia mais resistir à lembrança total e atormentadora de cada aspecto daquela época, há catorze anos. Só conseguia revivê-la porque Archie estava ao meu lado em minha mente.

Mesmo quando era um jovem jardineiro, Archie era um profissional respeitável e confiável. Sendo sócio de uma empresa de um homem só, aceitava todos os trabalhos possíveis. A cada seis semanas, no tempo mais frio, e de quinze em quinze dias no verão, podava o minúsculo gramado da frente da casa de Mrs. Gowing e tirava o mato de seu canteiro de rosas da casa de boneca. As rosas ela própria sempre podava. Era um trabalho que levava meia hora e pelo qual ela lhe pagava cinco dólares, a mesma quantia que pagava desde que ele tinha catorze anos e tinha começado a bater nas portas de Amethyst para ganhar dinheiro fazendo bicos depois da escola. Nunca parecera ocorrer a ela que Archie era agora um homem de negócios e que a inflação talvez tivesse elevado os valores.

A escola secundária local solicitara seus serviços para podar seus campos esportivos, e ele também plantava mudas no jardim do cemitério diante do clube militar Returned and Services League — RSL —, e cuidava dele. Podava a grama e cuidava dos jardins em torno dos campos de boliche atrás do RSL, embora o campo de boliche em si fosse mantido imaculado por um especialista idoso. Quando o clube local de golfe estava movimentado ou exuberante ou com a grama alta demais, Archie com frequência era chamado para um trabalho ali também. Ele era alegre e honesto, o tipo de pessoa à qual você podia confiar seu melhor gramado ou suas mais temperamentais orquídeas nativas. Alguém que você podia deixar trabalhando o dia inteiro em sua casa sem se preocupar se tivesse que sair e deixar as portas abertas.

Soube disso na primeira vez que encontrei Archie, na época em que ele ia podar os gramados do estacionamento de *trailers*. Eu sabia que ele era um jardineiro e sabia que era um homem digno, mas eu não sabia quão meigo Archie era. Ele cuidava de plantas. Criava-as. Era incrivelmente capaz de se doar. Não consegui entender isso até precisar dele. Tão meigo, ele podia cuidar de mim, de Sonny e de uma menininha que nunca conheci e sua mãe, o que no fim eu queria desesperadamente fazer, mas não podia.

TRINTA E NOVE

Morrer é uma oportunidade de expressar algumas das mais inspiradoras e criativas ações de sua vida. Nunca se esqueça disso.

"Testamentos e desejos"
Mil e uma dicas para morrer (em breve)

PARECIA-SE UM POUCO com as receitas de antigamente. Pendure sua lebre durante duas semanas num lugar frio e seco para amaciar a carne. Isole o pássaro e faça com que ele se alimente com grãos amarelos nutritivos durante um mês antes da estação festiva. Use apenas os seis primeiros ovos de uma galinha que começou a pôr faz pouco tempo. Mantenha o cabritinho preso por uma corda curta e dê a ele leite e cereais macios.

Fazia muito tempo que eu pensava nisso. As pessoas talvez fossem achar aquilo nojento, repugnante, mas para mim era a maior das dádivas. Eu não podia continuar ali, e meu corpo ia se decompor e por fim apodrecer, minguar, desaparecer na terra em sua bela morada final, mas antes que isso acontecesse eu daria a eles uma parte de mim que seria pura e doce, e algo que não receberiam, que não conseguiriam receber de mais ninguém.

Com a diferença de que a pureza viria de um grande esforço, e em vez de doce, seria salgada.

Outrora eu própria talvez tivesse achado aquilo esquisito e nojento, mas quanto mais eu pensava na ideia, mais ela me agradava, como sendo a máxima expressão de devoção, como sendo o mais generoso ato que uma cozinheira podia fazer para com as pessoas que amava. Eu coloquei a mim mesma nesse prato, foi o que sempre disse, fiz isto com amor, dizia a eles. Especialmente quando estava argumentando para que as meninas não rejeitassem um novo prato que, com a desconfiança infantil, elas se recusavam a experimentar. Às vezes com mais do que amor, com severo aborrecimento: *Não jogue fora esse almoço, pode ser só um sanduíche com patê vegetariano, mas preparei com amor.*

Agora eu podia lhes dar algo com amor, e mais: com a parte essencial de mim mesma que era única, insubstituível, a matéria do sacrifício e da devoção e, se você acreditasse em histórias, redenção.

No fundo do congelador, preparei um espaço. As pessoas trariam comida depois que eu morresse. As pessoas sempre traziam comida, muitas das quais eu não podia nem ver. Qualquer coisa doce, por exemplo. O delicado flã de caramelo de Nancy não valia nada para mim, agora. Os chocolates de Jean, nem mesmo os amargos com pimenta, que eu normalmente escolhia como meus favoritos, tinham gosto de porcaria. Qualquer comida excessivamente doce, de gosto muito pronunciado, forte demais, a maioria das carnes... Na maior parte dos dias eu não me importava, mas em geral preferia não encarar nada mais complexo e aromático do que um ovo e pão, uma salada e um bule de chá.

A comida era a linguagem do pesar e do sofrimento. Eu sabia que meses depois que eu partisse Archie chegaria em casa e encontraria, na porta da frente, caçarolas de frango e bolos de chocolate, caixas de laranjas e pratos de *muffins*. Bolos de fruta em latas, vidros de conservas, pernis, lasanhas, tortas: como se a morte fosse um banquete, uma celebração, uma ação de graças. E morrer, um gatilho para qualquer atividade na cozinha. Eu compreendia isso. As pessoas sempre acham que há algum código ou linguagem especial para falar com alguém que está de luto, e que não dominam esse idioma, então preparam e oferecem comida em lugar disso. Sentem-se incapazes de passar os braços em torno dessa pessoa e dizer *Sinto tanto, sinto muito mesmo, deixe-me abraçar você por um minuto, pois não há mais nada que eu possa fazer.* Mas podem ficar de pé em suas cozinhas e pacientemente mexer o molho da massa, ou entregar bandejas de *minimuffins*, com cobertura de chocolate e confeito, porque tudo o que isso diz é *Sei que você está sofrendo, não posso dizê-lo, aqui está a comida que talvez possa dizê-lo por mim.* Uma travessa de espaguete à bolonhesa se torna tão sagrada e especial quanto a Última Ceia.

Tive muitas dessas últimas ceias depois que Sonny morreu. Voltei do hospital e encontrei em casa uma travessa de carne e torta de rim. No dia seguinte alguém levou um cesto contendo um pote com o patê de fígado mais requintado. Jean fez algum comentário torto sobre a insensibilidade que comida feita de vísceras expressava. Muitas daquelas ofertas de comida eram anônimas, deixadas na entrada do *trailer*. Eu me sentia momentanemante triste por não ter encontrado o visitante e quem trazia os presentes, até me dar conta de que as pessoas preferiam ser doadores anônimos, preferiam não encontrar quem estava de luto. Mas o que você diria a uma jovem mãe que acabara de ver seu filho ser esmagado até a morte? Obviamente, a conversa apropriada para esse tipo de situação ainda tinha que ser criada, e as palavras, inventadas. Então era somente pelas embalagens de plástico que iam ao microondas, pelas panelas de alumínio e pelas assadeiras que eu às vezes identificava os enlutados. Muitas vezes eu simplesmente colocava os pratos limpos na frente de casa, onde, do mesmo modo anônimo, iam buscá-los de volta. E todos eram pratos com molho: caçarola de feijão, frango ao curry, carne com vinho tinto, guisado irlandês, almôndegas com molho. Como se a doença, o sofrimento e a morte requeressem comidas fluidas e digeríveis. E sopa, sopa, sopa — predominantemente de galinha. Quanto mais líquido o prato, maior a solidariedade. *Não consigo expressar a tristeza que sinto por você, mas eis aqui minha quente, líquida e amorosa sopa, tome-a e sinta-se reconfortada, se puder.*

Oh, sim, eu entendia isso muito melhor do que gostaria.

Considerei uma dieta de ervas aromáticas e frutas apenas, com bebidas translúcidas adoçadas com mel e suco de maçã. Talvez um pouco de salada com agrião e azedinha, cenouras cruas, amêndoas frescas e ervilhas. Exatamente como aqueles porcos no norte da Itália ou da França que são criados sem comer outra coisa além de bolotas e maçãs, e cuja carne é consequentemente tão doce e macia que o presunto que fornecem vale centenas de dólares por quilo, e só pode ser obtido em certas épocas do ano em um punhado de distribuidores ao redor do mundo. Eu seria um produto premiado, acarinhado e cultivado para uma elite de consumidores.

A dra. Lee me havia dito que meu sangue estava saudável. Ela me garantira.

Mas o supermercado, logo adiante na rua, era o único lugar aonde eu conseguia chegar para fazer compras, e não haveria agrião e amêndoas frescas. Decidi que nada de drogas e de vinho: muita água e comida fresca seriam o suficiente. Depois de uma semana, certa manhã de segunda-feira, quando as meninas tinham ido para a escola e Archie estava a salvo na cidade de Zetland supervisionando a plantação de grevíleas numa área industrial, instalei-me na bancada da cozinha com uma tigela e uma seringa.

Ela havia dito que eu podia doar sangue, se quisesse.

Admirei minha habilidade, eu poderia ter sido uma profissional da saúde. Poderia ter sido um monte de coisas. E agora me tornara uma mãe à beira da morte com um livro que possivelmente nunca seria concluído. Eu não queria pensar nisso por muito tempo. Em vez disso, vi que já tinha tirado o suficiente para o meu prato.

Ela havia dito que eu ainda tinha que estar viva.

QUARENTA

AS MÁQUINAS MANTINHAM Sonny vivo. Eu teria que tomar uma decisão. Três dias depois do acidente, o especialista na UTI me levou em silêncio até o seu consultório e fechou a porta. Tentei me concentrar e prestar atenção, embora o mundo que eu agora via estivesse nebuloso, manchado. Mais ao sul havia uma menina que nascera com uma doença congênita. Esperava um novo coração.

Ele me mostrou as fotografias: uma criança, dois anos mais nova do que a minha, também ligada a um monte de máquinas. Um cacho de cabelo castanho sobre seu travesseiro, um rosto tenso e pálido, olhos imensos, com fundas manchas cinzentas nas olheiras. E ali, além dela, numa cadeira, estava a mãe, testa franzida e boca pequena demais para a alegria, olhando para a câmera. Parecia velha demais para ter uma filha daquele tamanho. O especialista murmurou algo sobre anos e nenhuma esperança, mas se eu dissesse que sim eles poderiam fazer os testes, e se houvesse compatibilidade poderiam realizar o procedimento talvez dentro de dois dias. Desviei os olhos da fotografia, aquela mãe como uma ansiosa Maria com Cristo no colo e sua filha semicrescida mas praticamente morta, a menos que pudesse ter o coração do meu filho. Virei-me e pensei em Sonny, seus cabelos dourados, exceto pela nuca, despedaçada como um garrafão, o sangue manchando o travesseiro, sangue mais escuro do que vinho. Por que não bastava o fato de ele estar sendo tirado de mim? Eu tinha que dar ainda mais?

Ele podia viver por semanas ou por anos ou mesmo não viver, conectado aos tubos que o alimentavam e davam oxigênio. Ou podia se recuperar e ser só corpo sem mente, de que eu teria que cuidar pelo resto da minha vida. Ou podia acordar um mês ou dez anos mais tarde, e sair pela porta do hospital como se só estivesse acordando de um sono muito, muito longo. A diferença entre morte cerebral e coma me foi explicada repetidas vezes pelo residente, pelo neurocirurgião e pelo especialista em pediatria. Coma era um estado de inconsciência em que, embora o cérebro esteja ferido, continua a funcionar. Tinha chance de se curar. Parecia, definitivamente, que Sonny havia sofrido morte cerebral.

Parecia definitivamente? O que isso quer dizer?

Bem, disse o neurocirurgião, há alguns sinais de estado de coma também.

Que sinais?, perguntei.

Pequenos sinais.

Eles eram menores do que pequenos. Mais provavelmente, eram leituras anômalas dos testes. Que eles iam repetir, é claro. Mas eu tinha que aceitar que não havia esperança. Havia literatura sobre o assunto. Artigos e dissertações que mencionaram, documentando os noventa e nove por cento dos casos, como Sonny, que talvez poderiam ser mantidos vivos, mas que jamais iam viver.

Sonny estava vivo mas não estava. Olhei mais uma vez para a fotografia daquela criança e daquela mãe e me forcei a me dar conta de que aquela mãe sentia exatamente a mesma coisa por sua filha que eu sentia pelo meu filho. Tomei a decisão com uma paixão de amargura no coração. Mas eu não podia simplesmente deixar que alguém cortasse o peito do meu belo menino. Não podia deixar um estranho cortar sua pele perfeita, quente e queimada pelos invernos suaves do norte, que significavam escapulidas sem camisa ao parque, ao rio, aos *playgrounds*. Quando regressei àquele quarto, com sua barreira de máquinas reluzentes e ruidosas, capazes de monitorar e manter uma vida, porém não de restaurá-la, decidi, mas com uma determinação ácida. Aquela menina, cujo nome era Amber Morgan, podia ficar com o coração do meu filho, mas eu teria que fazer aquilo, eu faria. Queria colocar a mão dentro do corpo macio do meu próprio filho e tirar dali o coração, sentir o músculo pulsando, depois entregá-lo. Não algum cirurgião que nunca tivesse conhecido Sonny. Nem qualquer outra pessoa além da mãe que o amava.

E Amber teria que ir até lá. Eles teriam que colocá-la num avião lá no sul e levá-la até o hospital em Amethyst: ninguém ia levar o coração do meu filho para longe do lugar onde ele nascera.

Quando expressei isso para a equipe médica em meio às lágrimas e gemidos — toda a falta de articulação de uma mulher desacostumada às demandas da tristeza —, estava decidida. Era de manhã, vários dias depois do acidente. Jean tinha ficado sentada em silêncio ao lado de Sonny desde que chegara, segurando sua mão quando eu tinha que me afastar. Eu tomara um banho, trocara minhas roupas bolorentas e estava tomando chá na sala dos pais. Um assistente de uniforme verde entrou e ouviu-se o farfalhar de um saco de lixo. Sentei-me do lado, fingindo que o barulho não me incomodava.

E então Archie chegou, e veio até a mim ali onde eu estava sentada, diante da janela, olhando para o novo dia lá fora sem ver nada. A vista se estendia pela cidade até a propriedade do conselho onde ele estava cortando a grama na semana anterior, onde recebera o recado com os gritos de Doug em sua *van*: precisavam dele no hospital, Délia precisava dele. Eu nunca admitira precisar dele antes. Pensava que nunca precisaria de ninguém, só me devotava a criar um filho cujo pai, num passado distante, desaparecera como uma sombra. E agora tudo aquilo tinha acabado numa súbita freada. Eu queria Archie. Naquela tarde, ele correra como um louco para a sua *van*. E agora, naquela manhã, eu precisava dele de novo. Archie, meu amigo e amante ocasional, que não tinha filhos mas que queria Sonny, queria a mim. Cujas sugestões sobre o futuro, pedidos de casamento, de ser pai de Sonny, eu não conseguira aceitar porque tinha aquela imagem sobre o momento certo para as minhas respostas, e então o momento foi atirado para longe de mim naquela tarde. Quando Archie entrou na sala enquanto o homem de verde gotejava desinfetante sobre o piso de linóleo, eu me dei conta de que ele podia fazer o que eu desesperadamente queria fazer mas sabia que não conseguiria: cortar o corpo do meu filho e entregar seu coração como o broto de uma planta, para ser enxertado e virar uma nova vida.

NA MACA, NA UTI, à primeira vista Sonny parecia apenas uma criança travessa que tinha fugido de alguma outra parte do hospital, subido na cama errada e fingia estar dormindo. Mas estava conectado a um respirador e a um monitor cardíaco, e cercado por inúmeras máquinas que piscavam e chiavam. Embora ele estivesse limpo e sem marcas, onde tinham cortado suas roupas e o lavado para prender os tubos e agulhas e pedaços de esponja, um olhar mais atento revelava a grande mancha marrom-avermelhada na parte de trás de seu cabelo, que as enfermeiras sabiam, como sempre souberam, seria inútil limpar.

Mas antes da operação, as autoridades do hospital estipularam que somente um cirurgião qualificado poderia realizar a operação. Archie ou eu podíamos ficar tão perto quanto quiséssemos, podíamos segurar o corpinho dele ao redor do peito, podíamos olhar cada milímetro do progresso do bisturi, mas a extração do órgão seria feita pelo especialista em transplante de coração do estado, dr. Roger Salmon, que voava de Brisbane naquela tarde. Para assegurar a condição ideal para o transplante, a rapidez seria fundamental. Palavras que significavam, em essência, que pais interferindo e sofrendo só atrapalhariam o processo. Não me lembro agora das palavras exatas, embora elas tivessem sido repetidas para mim tantas vezes. Havia toda uma jurisprudência cobrindo esse tipo de procedimento. Várias pessoas da equipe tinham que estar disponíveis durante a operação para garantir que ela fosse levada a cabo.

Archie havia sido minha voz, meu médium. Estava intensamente concentrado. Como se tivesse deixado todas as coisas além de suas partes mais vitais em modo de espera em algum lugar. Desligado de tudo, exceto o que era cem por cento necessário. Xícaras de chá e sanduíches de pão de forma cortado na diagonal foram oferecidos a nós pelo hospital, mas ele ficou indiferente. Preservava seu autocontrole, guardando sua energia para a tarefa por vir. Mal deixamos a sala de espera até os preparativos terem terminado. Ao lado dele, eu chorava baixinho e constantemente. Ainda via a imagem que me perseguia: meu filho voando lá no alto como um boneco que alguém havia arremessado. Ainda ouvia o cantar dos pneus, com toda a adrenalina que fizera surgir, o baque surdo do seu corpo no metal. Depois disso, Archie teria que conviver com a operação que examinava minuciosamente: extrair o coração de uma criança que não era nem mesmo seu filho. Depois disso, teríamos ambos que viver com a lembrança, parados diante do peito aberto de Sonny, um buraco de tecido roxo brilhante emoldurado por abas de costelas como a parte de baixo das asas de um pássaro. E então nos lembrar do dr. Salmon segurando o coração, que tentei por um momento agarrar, bem ao fim, o que Archie impediu, fechando suas mãos sobre as minhas. Ele me apertou com tanta força que doeu.

QUARENTA E UM

Reflita sobre suas prateleiras antes de qualquer coisa. Se não houver pelo menos uma prateleira na cozinha devotada a livros de cozinha, então você precisa corrigir isso imediatamente. É claro que a oferta é imensa, mas a primeira regra é lembrar que livros de cozinha nunca são demais.

"Um tour pela cozinha"
Dicas para a cozinha (2002)

O PROBLEMA COM AS receitas é que você nunca quer segui-las à risca, nunca tem todos os ingredientes e nunca tem tempo suficiente.

Ou talvez o problema estivesse comigo. Sempre consultei receitas, e no entanto raramente conseguia fazer o que elas mandavam. E não sabia por que isso acontecia, apenas sentia, em meus ossos, que de algum modo a minha opinião era melhor, sempre achava isso.

Neste caso, sentia em meu sangue. Então, quando peguei a receita de linguiças de sangue, que já tinha preparado anteriormente, no mesmo instante fiquei chocada com sua falta de praticidade, por um lado, e sua descrição definitivamente pouco apetitosa, por outro. Gordura de porco picada, cebolas em cubos, sal, pimenta, temperos, sangue de porco e, imagine só, creme de leite fresco. Desta vez o problema não eram os ingredientes, mas o fato de que eu não tinha como saber de que modo tudo aquilo ia se misturar, quanto mais parecer palatável. O sangue, é claro, se não fosse devidamente mexido, ia coagular, e depois de cozido teria a textura parecida com a de ovos mexidos preparados de qualquer jeito. E quem comeria aquilo? Eu não conseguia me imaginar colocando um pedaço na boca. Então, teria que adaptar. Aquelas seriam as melhores linguiças de sangue do mundo.

Fritei cebola no meu melhor azeite, até ela estar transparente e com cheiro adocicado. Então, tomando cuidado com a temperatura, acrescentei o alho, que tinha batido como pasta, com sal grosso. Acrescentei presunto defumado picado junto com a gordura. Depois, pimenta-do-reino moída na hora e um pouco da páprica defumada. Do jardim, trouxe um pouco de tomilho-limão e duas cebolinhas. Esmaguei o primeiro na mistura e acrescentei uma taça de vinho tinto, em seguida um pouco menos de um quarto de taça de vinagre balsâmico, depois cozinhei a mistura um pouco mais, saboreando o vapor perfumado em meu rosto.

Seria a última vez que eu usaria tomilho-limão para cozinhar. Os óleos liberados naqueles primeiros segundos de cozimento eram os presentes dos Reis Magos. Queria que aquele tipo de prazer houvesse sido desfrutado antes da iminência da morte. Era o que esperava — mas não conseguia me lembrar naquele momento se já havia me sentido assim antes —, ter capturado a alegria daquele primeiro borrifo invisível quando se descasca uma laranja, o gosto na boca da cerveja clara mais gelada numa tarde de verão, a anarquia quente e ácida do tomate cereja explodindo na língua, tirado do pé e implorando para ser devorado. O cheiro do café recém-moído e seu prolongar manhoso, a xícara que não tinha o gosto do cheiro, mas que era perfeita de um modo inteiramente diferente. Todos os cheiros e gostos da comida no dia a dia, a maioria deles agora repugnante para um palato defeituoso graças à quimioterapia. Mas eu esperava que não fosse tarde demais para isso.

Acrescentei o arroz, que já tinha cozinhado. A receita tradicional inglesa era com cevada ou aveia, mas eu preferia arroz, e nada naquele prato era, de todo modo, tradicional. Por fim acrescentei a cebolinha picada e um pouco de casca de limão ralada antes de retirar do fogo. Os invólucros das linguiças já estavam prontos na bancada. A mistura por si só daria linguiças esplêndidas, que minha família ia adorar. Eu poderia tê-las formado ali mesmo, e fervido-as um pouco, depois congelado-as para um daqueles jantares em que Archie estivesse cansado ou ocupado demais, quando linguiças com purê de batata fossem a melhor refeição possível.

Não havia necessidade de acrescentar mais nada. A tigela estava sobre a bancada. Não havia necessidade de acrescentar o meu sangue. Estendi a mão para a tigela.

Coma isto, contém um ingrediente secreto.

Fiz isto com amor, minhas queridas.

A cor era chocante. Vermelho-escura, sólida e opaca, com a densidade da tinta. Logo a mistura marrom meio rosada da linguiça estava roxa, quase preta.

Preparei rapidamente as linguiças, satisfeita com o adaptador que eu comprara hesitantemente anos atrás para o multiprocessador. Nunca teria conseguido fazer aquilo manualmente, não agora. Logo elas estavam formadas, oito lisos e gordos pedaços num prato, reluzindo cheias de expectativas, aguardando seu destino. Estavam prontas para o cozimento, mas preferi fazê-las no vapor, e não na fervura. Levou apenas quinze minutos, enquanto eu limpava a cozinha e jogava fora todas as provas. Por sorte eu parecia não ter derramado uma gota. Depois disso, senti que uma comemoração seria bem-vinda. No fundo da despensa, peguei uma garrafa de um dos suaves vinhos *shiraz*, mas depois de alguns minutos de tentativas fúteis com a rolha percebi que simplesmente não tinha força.

Suponho que fosse lógico eu me sentir como se tivesse cometido um crime — bem, talvez tivesse, talvez houvesse normas de saúde impedindo que uma pessoa servisse seu próprio sangue em pratos, assim como havia normas impedindo que se enterrassem os mortos em seu próprio quintal —, mas eu não esperava me sentir culpada, porque quando Archie bateu a porta de tela, minutos depois, literalmente pulei.

Ele pegou a garrafa, tirou a rolha com habilidade e me serviu uma taça. Suas mãos tinham aquele cheiro dolorosamente veranil, de óleo de motor e grama, apesar de que atualmente ele não era o responsável pelo corte da relva no trabalho. Ou talvez eu estivesse imaginando.

Ele não perguntou por que eu me sentia compelida a beber vinho tinto no começo da tarde. Em vez disso, falou:

Vou comprar algumas garrafas de rosca, Del. Fica mais fácil para você.

O JANTAR NAQUELA NOITE foi uma massa vegetariana, que eu comi sem muito ânimo, embora as meninas adorassem. Daisy encharcou a sua com molho de tomate, diferentemente de Estelle, que estava preparada para experimentar o creme de alho que preparei para acompanhar. Mergulhando ali o pão, ela me disse, inocentemente, e no entanto senti meu coração bater:

O que você fez hoje, mamãe?

Por que você está me perguntando isso? Estelle nunca perguntava o que eu fazia durante o dia, tinha onze anos, e ninguém mais fazia coisa alguma durante o dia, com certeza não os tediosos adultos, especialmente mães mesozoicas que deviam ficar descansando, de qualquer forma. Será que ela suspeitara de alguma coisa? Sentira cheiro de alguma coisa?

Nada de mais. Por quê?

Só por perguntar, ela deu de ombros, já cansada do assunto, e empurrou para longe o prato. Tem sorvete?

Estelle recentemente andara pedindo café salpicado em seu sorvete, que então misturava num purê para lentamente lamber a colher depois. Em algum lugar ela ouvira dizer que aquele sabor era sofisticado, e no entanto suas papilas de onze anos de idade ainda ansiavam pela sensação infantil do sorvete mole, para ser comido o mais lentamente possível, até o penúltimo instante antes de derreter e virar leite doce demais. Daisy inundou seu sorvete com calda de chocolate. Às vezes eu achava que a alimentação básica de Daisy podia vir totalmente em garrafas.

Colocando de volta o pote de sorvete no congelador, apontei para a seção de carne.

Aliás, Archie, falei, com a porta entreaberta diante do rosto, a névoa gelada delicadamente saindo dali, preparei umas linguiças.

O rosto dele se iluminou: ele adorava linguiças artesanais.

Já estão cozidas, expliquei. Só precisa fritar.

Ele fez que sim outra vez, contente com a perspectiva. Até se dar conta de que eu me referia, indiretamente, ao futuro. Então seu rosto desabou, ele olhou para as meninas, agora presas à tevê, e veio até o meu lado. Ergui o rosto para ele, sentindo-me cansada demais para qualquer outra coisa naquela noite além da viagem até o meu quarto.

QUARENTA E DOIS

ERA DE MANHÃ CEDO, três dias depois de ter tomado minha decisão com relação a Sonny. Tudo parecia banhado por um ar de formalidade. Eu estava muito mais calma do que esperara estar. E me lembro de que estava vestida de rosa pastel, inconsciente mas talvez desafiando o estado de luto em que já esperavam que estivesse. Na tarde anterior, Jean tinha me arrastado para o único tipo de terapia que podia fornecer, usando as instalações do salão Snip!, cujo proprietário estava feliz em nos satisfazer. Ele me alojou nos fundos do salão, longe dos olhos e das perguntas e das condolências desajeitadas e entrecortadas. Jean pôs mãos à obra passando xampu, fazendo massagem, cortando e secando até ficar satisfeita com o fato de minha cabeça ter ido para outro lugar por tempo suficiente. Funcionou, por um tempo.

Reunimo-nos num cantinho do lado de fora da sala de operações. Sonny tinha nascido naquele hospital. Já que eu me recusara a permitir que ele fosse levado embora, as coisas estavam agitadas. O cirurgião de transplante cardíaco de Brisbane havia trazido a própria equipe. Em outra sala de operações aguardavam Amber Morgan e sua mãe. Eu não ia conhecê-las.

Só havia uma cadeira. Nenhum de nós se sentou nela, depois de nos entreolharmos e de a encararmos, como se por acordo mútuo houvesse se decidido que, se alguém fosse se sentar, esse alguém teria que ser eu. O cirurgião, seu assistente e duas enfermeiras se materializaram na sala de operações, seguidos pelo vulto de Archie, vestido de azul. Todos estávamos de pé numa bolha de silêncio. Jean olhava para o centro da sala e a protuberância branca na maca cercada por sua comitiva de assistentes elétricos, todos nós, inclusive eu, esperando por algum tipo de pista.

Archie avançou até o corpo do meu filho, quando o cirurgião assistente puxou o lençol até a altura de sua cintura, olhou por alguns segundos e depois colocou a sua grande mão em concha sobre os cachos louros. Então se virou para mim, convocando-me com os olhos. Tensa, frágil, paralisada como estava, podia ter me dissolvido numa poça no chão. Podia ter desmaiado, chorado, gritado ou vomitado. Era por isso que eu sabia não poder ficar parada ali, ao lado de Sonny, e segurá-lo em seus últimos momentos de vida enquanto seu coração era removido. Era por isso que Archie fazia aquilo em meu lugar. Adiantei-me até o perímetro de luz fluorescente e beijei a criança que logo estaria morta, beijei-o não pela última vez, mas pela última vez em sua vida. Beijei-o antes de permitir que o matassem.

Naqueles poucos segundos em que me curvei, poderia tê-lo puxado para mim, poderia tê-lo abraçado para sempre, poderia ter pensado que ele simplesmente abriria os olhos e sorriria para mim, como fez manhã após manhã de sua vida. Se eu tivesse ficado perto, nunca o teria soltado. Virei-me de costas, rígida, com medo, perguntando-me se afinal devia ir embora. Mas eu tinha uma dívida com todos ali, e deveria ficar: com Sonny, com Archie. E com a mãe de Amber Morgan, que — eu tinha de acreditar nisso, eu ficava me repetindo isso — sentia por sua filha o que eu sentia por meu filho.

Durante todo o tempo, mesmo quando o dr. Roger Salmon passou o bisturi e o sangue reluziu numa súbita risca, Archie permaneceu imóvel e inabalável, tão perto de Sonny quanto possível, embalando a parte inferior do corpo dele como se carregasse uma tigela de vidro frágil. As costas do cirurgião estavam voltadas para mim, mas eu só conseguia ver sua expressão refletida nos olhos de Archie, brilhando sobre sua máscara. Quando os estalos altos vieram, indicando que a caixa torácica do meu filho tinha sido aberta, a cabeça de Archie se moveu para cima. Eu me aproximei, então, ainda abraçando a mim mesma com tristeza e apreensão, e o cirurgião se virou e olhou diretamente para mim, seus olhos perguntando: *Você sabia que seria deste jeito? Ainda quer ficar?*

Houve uma pausa. Então eu fiz que sim, e os ombros do dr. Salmon se moveram para a frente enquanto ele tateava dentro do corpo do meu filho. Foi quando comecei a tremer, embora não fosse, não pudesse, me afastar dali.

Ninguém falava. O único barulho era o retinir de um bisturi ou de tesouras jogados nos pratos de aço. E o zumbido baixo de todas as máquinas. O pessoal da sala cirúrgica era famoso por conversar durante as operações, trocando histórias de extravagâncias de fim de semana ou contando piadas ou ouvindo música. O que estariam fazendo se aquela fosse uma operação comum? Jean apertou o botão de *play* no gravador portátil que tínhamos decidido trazer, e os acordes de "Teddy Bear" encheram a sala. A recordação percussiva dos prazeres do dia a dia do meu filho era demais, e por fim, enquanto a operação prosseguia, sentei-me na cadeira. Mesmo a operação sendo rápida e precisa, a espera era interminável. A canção seguinte era "Always On My Mind". Jean se adiantou para desligar o aparelho de som, mas segurei seu braço. Queria que a música favorita dele ficasse tocando.

Subitamente, Archie curvou-se mais para a frente. O cirurgião tinha tirado o coração. Segurava-o em sua mão em concha. Pude vê-lo claramente. Ele pulsava mais rápido do que eu imaginava. Isso fez com que eu me sobressaltasse. Aquele brilho em carne viva intimidava mais do que eu imaginara ser possível. Mas Archie, através de sua máscara, mandou um beijo na direção do órgão roxo e maduro, como se o abençoasse por sua nova vida. Lágrimas que se acumulavam agora deixavam marcas em sua máscara de papel. Foi quando eu me atirei para a frente, gritando alto, meu peito em espasmos, minha boca solta enquanto eu tentava pegar o coração de Sonny, tentava pegá-lo. Queria que meu coração fosse tirado em vez do seu, e imobilizado para sempre.

Archie me segurou enquanto o coração era erguido brevemente e o cirurgião cortava os últimos fios que o ancoravam. Tudo me dizia que aquela era a coisa certa a fazer. Ainda assim, havia uma câmara fria e vazia dentro de mim, como se meu próprio coração tivesse sido removido. Eu me sentei de novo, me embalando na cadeira de plástico, mal registrando os sons e movimentos ao meu redor. Mãos de alguém — o terapeuta, o assistente social? — roçando minhas costas como páginas que caíam. Jean abaixando o volume da fita. Elvis cantando alguma coisa sobre não abraçar você, durante todos aqueles momentos tão solitários. Jean segurando minhas mãos. Archie de pé junto à mesa de operação, indeciso, sem saber se ficava ali com Sonny ou comigo. Depois, o dr. Salmon desaparecendo, junto com o cirurgião assistente e o resto de sua equipe.

Depois disso, tudo acabou em segundos. O coração agora era um órgão, embrulhado em tecido estéril, colocado numa caixa de isopor sobre um carrinho, e viajando para a sala de operações vizinha. As máquinas foram todas desligadas, os tubos e cateteres, removidos. Os barulhos silenciados. O cirurgião que tinha ficado se adiantou e consertou o buraco no peito do meu filho, empurrando de volta as abas feito asas de pássaro da caixa torácica e costurando a incisão com movimentos delicados. Suavemente, uma de cada lado, as enfermeiras começaram a lavá-lo, e quando o secaram eu já estava pronta e recomposta. Jean e eu o vestimos com a roupa limpa que tínhamos trazido, a ridícula fantasia de show de calouros de cetim azul-claro e detalhes prateados, mas que no momento era sua favorita. Por fim, Jean foi buscar um pouco d'água e eu fiquei ali durante uma hora ou um ano, passando os dedos pelos cachos angelicais de Sonny, afagando suas bochechas e beijando sua testa enquanto ele aos poucos era sugado para dentro do frio da verdadeira morte e eu era deixada com o eco de uma canção que se eternizaria em minha mente.

QUARENTA E TRÊS

Seu jardim vai viver mais do que você. Isso raramente é levado em consideração, especialmente quando árvores são plantadas. Pense bem sobre como você vai criar esse jardim. Se quer ser lembrado por imensos pinheiros que vão durar até o próximo século, vá em frente. Mas realmente quer que seus netos xinguem você quando tiverem de gastar fortunas pelos estragos que as árvores causarão em tempestades ou em um novo encanamento?

> "O futuro do seu jardim"
> *Dicas para o jardim (2004)*

LYDIA FINALMENTE PÔS UM OVO. É claro, ela podia estar fingindo, reivindicando como seu o ovo de outra galinha. Já tinha feito isso antes — a maioria delas tinha. Mas havia mais do que um ar sonso em sua fisionomia enquanto se encontrava sentada na caixa: era quase contentamento. E o ovo era menor do que os outros, pálido feito chá com leite. Dei-lhe os parabéns, e em retribuição ela me bicou no punho. Quando fui apanhar os outros ovos e espalhar a comida fiquei consternada ao ver que ela tinha me feito sangrar. As garras das galinhas já tinham me arranhado várias vezes, o que era totalmente justificável, já que ao longo do tempo eu as submetera a humilhações, como *spray* contra piolhos e corte das penas de suas asas. Mas suas bicadas nunca machucavam, eram mais beijos do que estocadas. Fechei a porta e me sentei na cadeira do jardim, cuidando do meu punho e sofrendo com uma espécie tola de tristeza. Levar tão a sério a rejeição de uma galinha — uma galinha ridícula e arredia, aliás, a mais boba de todas as minhas galinhas — mostrava que eu não estava tão bem quanto achava. Pensei em voltar para a cama pelo resto do dia. Mas vi Archie na varanda dos fundos, olhando para lá, e podia ver a ruga entre seus olhos. Quando caminhei de volta pelo quintal ele me chamou.

Telefone para você. Ele fez um gesto com a cabeça na direção da casa.

Mas outra vez quando cheguei ao telefone a linha estava muda. Muda e, no entanto, havia alguém lá. Eu disse alô algumas vezes, e depois gritei: Por que você não some?!, e bati o telefone com tanta força que ele caiu da base, na parede.

Quem é?

Não sei. Alguém fica ligando e depois desligando, ou quando atendo não há ninguém do outro lado. O que disseram a você?

Nada. Só alguém pedindo para falar com você.

Quem? Um homem ou uma mulher?

Uma mulher. Acho. Não sei bem dizer.

Ele me seguiu de volta lá para fora.

O que foi, o que há de errado?

Não sei, respondi. Não consigo descobrir. Seja como for... bela manhã. Acho que vou sair para dar uma caminhada antes de começar o novo capítulo.

Ele afagou brevemente meu ombro quando passei. Será que ele sabia o quão esgotada eu estava, será que sabia que eu mal escreveria uma palavra naquele dia? Mas talvez fosse só falta de sono.

Depois de várias visitas noturnas ao gramado da frente de Mr. Lambert, meu projeto ali estava completo. Mas então Daisy trouxe para casa um jarro de girinos de uma excursão da escola, e pensei no que o inspetor do conselho havia dito. Joguei a metade deles no lago junto ao clarão das palmeiras, e guardei o restante.

Pegando minha pá de jardinagem e um pote de sorvete de dois litros, esgueirei-me lá para fora de novo certa noite, depois das onze horas. Havia uma pequena falha atrás de sua moita de agapantos antes que a varanda da frente se projetasse a uns quarenta e cinco centímetros de altura. O solo estava úmido. Em pouco tempo, cavei o buraco e coloquei o pote ali, depois de enchê-lo com a água da torneira do próprio Mr. Lambert. Várias duplas de faróis dianteiros passaram acesas enquanto eu estava agachada ali, mas felizmente naquele bairro ninguém se importava se uma mulher usando uma calça de academia e segurando uma pá de jardinagem metálica se movia furtivamente num gramado diante de uma casa num horário próximo da meia-noite. Dobradas de volta ao lugar, as folhas do agapanto ocultavam o lago de mentira. Depois que o cloro evaporasse, a água estaria pronta. Água fresca da bica era mortal para girinos, eu aprendera. E também sabia que em certas condições alguns girinos, que podiam estar quase hibernando durante meses, rapidamente se desenvolviam e passavam pela metamorfose. Rãs adultas dentro de poucas semanas.

Uma semana depois voltei para uma inspeção. Agora podia ver, sob a luz da lanterna, que algas se formavam satisfatoriamente, florescências de verde quase negro se juntando nas bordas do pote de sorvete. Também havia umas coisinhas se contorcendo. Então joguei o jarro de girinos ali, coloquei de volta as folhas frias do agapanto e voltei para a cama.

Cara Délia,
imagine só. Funcionou! Na verdade, minha namorada e eu fomos juntos fazer compras e junto com os lençóis compramos novos travesseiros, uma colcha e toalhas chiques combinando, com as inscrições Dela e Dela. Também incluímos um conjunto de panelas e novos pratos. Já joguei fora todas as embalagens descartáveis de comida e garfos de plástico. Estamos nos mudando juntos para uma casa nova!
Desesperado

Caro Desesperado,
acho que você quis dizer toalhas com as inscrições Dele e Dela, não? Que, por sinal, estão fora de moda faz trinta anos.

QUARENTA E QUATRO

DEPOIS QUE SAÍMOS DO HOSPITAL, fomos direto para o hotel Paradise Ranch, onde Jean se hospedara quando chegou. Não que ela tivesse passado muito tempo lá durante a última semana. Fez chá com conhaque e açúcar e tirou biscoitos salgados com queijo de algum lugar enquanto eu dava os goles e as mordidas que conseguia entre soluços que diminuíam por puro cansaço e sob efeito dos sedativos que o médico prescrevera. Perguntei-me aonde Archie havia ido. Supunha que tinha voltado para sua casa, para dormir.

Naquela noite, sonhei que tinha visto o peito de Sonny ser aberto, e, sonolenta, entrei em pânico até me lembrar de que estava dormindo e fazer força para chegar à superfície do pesadelo até acordar. *Não foi só um sonho...*

Acordada, suando, tentando respirar, sentei-me na cama e descobri que o dia ainda nem raiara. Ao meu lado, em sua cama, Jean estava acordada.

Você está bem? Quer um copo-d'água?

Sim, por favor. Havia uma súbita sensação de garganta ressecada da qual eu não me dera conta até ela perguntar. Bebi dois copos e ainda sentia sede. Minha cabeça doía. Meus ossos doíam. Pelo jeito, eu tinha corrido uma maratona na véspera...

Os dias que se seguiram me mantiveram nesse estupor de confusa exaustão, em que eu dormia por breves períodos mas me sentia como se estivesse acordada, e em que as horas despertas eram como um sonho apavorante. A vida e a morte subitamente me agarrando numa espécie de torno, ambas me apertando com força dos dois lados. E em algum lugar no meio estava o coração do meu filho, que eu enviara para uma outra vida.

Archie ainda não aparecera. Achei que ele tivesse me abandonado. Intrigada, confusa, eu vagava como que anestesiada. Cuidei do caixão. Dos preparativos do funeral. Documentos e formulários, que eu assinava sem ler.

Buquês de flores murchando em todo lugar. Comida apodrecendo. E Jean cuidando de tudo.

Depois de três dias disso, concluí que eram os sedativos, e então diminuí sua dosagem. Tinha que acordar para valer e encarar o que quer que me aguardasse, quer eu dormisse, quer não. E devia viver o futuro que acenava, que eu não estava certa de querer, agora que aparentemente não incluía Archie.

O jargão da moda na psicologia estava então começando a falar de *conclusão*. A importância do funeral, das lembranças, das conversas. Manter viva a memória mas ao mesmo tempo aceitar o que havia acontecido. Disseram-me que isso era a tão famosa conclusão, que eu precisava dela, que todos que haviam perdido alguém precisavam. Mas eu discordava. Não precisava de mais isolamento. Mais uma porta fechada, trancada, aferrolhada para sempre. O desaparecimento de Archie era só um elemento a mais naquilo tudo. No mínimo, eu precisava de abertura.

Mas aguentar o que acontecera... Aquele era um outro assunto inteiramente diferente. Aguentar era o que você devia fazer quando a morte dava o bote. Aguentar era algo que as pessoas admiravam em você. Não se davam conta de que *aguentariam*, assim como você. *Não sei como você consegue aguentar.* As pessoas me diziam isso constantemente durante os meses que se seguiram à morte de Sonny. O que não percebiam era que não havia nada de admirável em aguentar, era quase como uma maldição, uma que você não tinha o conhecimento mágico de desfazer.

Eu aguentava porque não havia nada mais a fazer. Quando o mundo se deslocara tão dramaticamente e me deixara contemplando o espaço vazio onde um dia eu era uma mãe e subitamente não era mais, eu não tinha condições de processar meus sentimentos. Aquele buraco em meu peito dominava todo o restante. Era onde o pesar brotava de alguma fonte constante e infinita. Aquilo era o que eu devia concluir. Mas aquilo era aguentar. Aquele era o seu papel: nutrir-se de suas emoções torturadas como se fossem o único alimento na terra. E enquanto eu perdia duas pessoas, minha mãe finalmente me achava.

QUARENTA E CINCO

Cuidar dos que estão morrendo também envolve o cuidado com os vivos.

> "Coisas finais"
> *Mil e uma dicas para morrer (em breve)*

Isso é nojento.

Jean, que tinha trazido uma sopa de tomate, especialidade sua, estava espiando as coisas no congelador, então eu disse a ela o que havia feito.

Eu as amamentei, não amamentei?

Não é nem de longe a mesma coisa, disse ela, examinando a embalagem plástica como se estivesse cheia de larvas.

Por que meu leite estava saudável mas meu sangue não está?

Não acrescentei que Archie bebera do meu leite algumas vezes... Não o fizera por apreciar o gosto, mas porque pensava que poderia ser erótico (não era).

Délia. Para começo de conversa, não há nenhum valor no sangue.

Não é verdade. Está cheio de ferro.

Bem, então dê a eles pílulas de ferro, se quiser. Mas isto aqui? Além do mais, o sangue de porco é nutritivo, mas por que você haveria de achar que o seu é?

Jean, é claro, lera as mesmas autoridades gastronômicas que eu, me apresentara à maioria delas. Mas não tinha lido, como eu, sobre os astecas, que faziam tortilhas de milho com sangue. Os astecas, que tinham sempre bastante sangue à disposição, que ritualmente faziam suas vítimas sacrificiais sangrarem, as fatiavam e depois esfolavam antes de estarem totalmente mortas. Só então usavam sua pele, ainda gotejando do sangue que restava mesmo depois de toda a selvagem diversão. O milho era um dos principais componentes da dieta básica dos astecas. O mesmo parecia ser válido em relação ao sangue humano. Devia fazer sentido combinar os dois, como ingredientes, fazendo uma poderosa magia, impossível de ser desfeita. As tortilhas se tornavam alimentos sagrados, imagens do próprio sol, um deus que se autoimolara no fogo. A ideia de sangue e tortilhas de milho tinha se tornado irresistível até eu me encontrar à beira de uma purificação mais ritualística: extrair meu sangue, reservá-lo e cozinhar com ele — com nenhuma das gloriosas demonstrações públicas dos astecas, embora com um pouco de sua magia —, até me dar conta de que não conseguiria o milho adequado. E não teria forças para moê-lo ou amassá-lo. Ainda assim, era uma ideia atraente.

Quando disse isso a Jean, ela apenas suspirou.

Realmente não sei por que você está com fixação em ideias desse tipo. Primeiro o caixão, depois a história da fotografia, agora linguiças e tortilhas de sangue, pelo amor de deus! Por que você não pode apenas lidar com isso como qualquer pessoa normal?

Sempre a mãe, Jean, sempre enérgica, autoritária, pragmática, até mesmo com sua filha, que estava em seus últimos meses de vida.

E depois toda essa história sobre a qual você fica falando com Archie; para ele arranjar uma namorada ou coisa assim. Como você acha que ele se sente com tudo isso?

Então eles tinham andado conversando. Deixei passar o comentário.

É antinatural, disse ela.

Bem, isto também é. O que há de natural em tudo isto? Ter seus peitos fatiados, metade de seu fígado retirada, tomar herbicida na veia e ainda assim não derrotar a porra da doença?

Puxei meu lenço da cabeça com um safanão. Restavam alguns poucos fios de cabelo, deixando minha cabeça parecida com a de uma boneca velha, o couro cabeludo arrancado e reduzido a tufos apenas por um excessivo amor possessivo da cabeça pelos fios.

Ele está aqui, o câncer, disse eu, dando uns tapinhas na cabeça. É de se admirar que eu tenha ideias engraçadas? E sei que teoricamente estou escrevendo um livro sobre o assunto, mas não sei mais o que é uma forma normal de morrer. Tudo o que sei é que não vou simplesmente desaparecer sem deixar rastro.

Ela não disse nada.

Sou eu, mãe, falei, com a voz mais baixa, fazendo um gesto com o braço, indicando tudo ao meu redor: a comida, o caixão, a casa, tudo que estava estampado com a minha presença. Queria deixar pedacinhos de mim mesma de modo que eles lembrassem que eu estava ali, que sempre soubessem quanto eu os amava.

E então ela começou a chorar. Só me lembrava de tê-la visto chorar uma vez antes, quando chegou ao hospital para ficar comigo antes de Sonny morrer. Mas depois disso, seus olhos permaneceram secos. Mesmo no enterro. O que me consolara imensamente. Saber que Jean era firme, vigorosa. Isso foi importante para mim quando tudo mais se desfizera. Eu a amava mais por aquela ausência de lágrimas.

Mãe. Eu a segurei e a abracei com força, suas lágrimas subitamente me amolecendo na altura do estômago.

Você sabe, murmurou ela no meu ombro, você sabe mais do que qualquer outra pessoa o que vai ser para mim. Você é minha única filha.

Eu sei, sim, eu sei. E é por isso que quero deixar alguma coisa especial, diferente. Eu não tinha nada de Sonny, você sabe disso. Enterrei tudo faz muito tempo. Pensei que qualquer coisa dele fosse me trazer lembranças e se tornar insuportável ao longo dos anos, mas eu estava errada, não estava? Era de lembranças que eu precisava.

Ela enxugou os olhos e afastou a cabeça para me fitar, tirando uma mecha rala de cabelo da minha testa como se eu tivesse três anos de idade novamente e ela estivesse cuidando de uma febre.

Então, o que você deixou para mim?, perguntou ela.

Você vai ver. Vou deixar algo para todos vocês.

Cara Délia,
a esta altura já fiz bolos de frutas usando todas as receitas dos meus livros (e acredite, tenho muitos). Nenhuma é boa o suficiente. O casamento está se aproximando e eu quero que esse bolo fique perfeito. Você pode por favor me dar a sua receita?
Mãe da Noiva

Cara Mãe da Noiva,
talvez.

QUARENTA E SEIS

O ENTERRO DE SONNY foi bem simples. No dia seguinte à operação, eu me sentia como se tivesse me transformado em alguma antiga criatura do pântano, uma massa frouxa de carne pastosa, sem ossos e com um cérebro primitivo. Tomar decisões e entrar em ação era difícil demais. Talvez, se Jean não estivesse ali, outra pessoa teria assumido o controle — Mitchell ou Pearl —, mas eu me agarrava à eficiente calma de Jean. Assim que Al acabou de montar o caixão, a funerária local nos deu um dia e um horário, publicou o anúncio no jornal local, nos levou até lá e nos trouxe de volta. A cerimônia foi breve. Palavras foram ditas, e canções foram tocadas na capela do cemitério. Não as canções de Sonny: eu não conseguiria aguentar aquilo. Ninguém tinha a capacidade de encontrar um modo de expressar esperança ou consolo a partir de tanta tristeza, nem mesmo o pastor, cujo trabalho era encontrar alívio onde os outros não conseguiam.

Depois que as roldanas baixaram o caixão de Sonny para dentro da terra e eu joguei um buquê de flores que alguém tinha me dado, virei-me para ver Archie correndo em minha direção. Ele tinha pulado para fora de sua *van* e correra pelo cemitério.

Desculpe-me, estou atrasado, disse ele, ofegante. Vim o mais rápido que pude. Houve um acidente na estrada e fiquei preso.

Por onde você andou?, solucei.

Longa história. Estou aqui agora.

Ficamos parados ao lado do túmulo de Sonny enquanto ele me abraçava, o fôlego suspenso. Estava com a barba malfeita e ainda usava as roupas da última vez em que nos vimos, durante a operação. Ao fim ele me explicou o que andara fazendo.

E sinto muito, disse ele outra vez. Mas preciso voltar para lá imediatamente depois disto.

Não sinta muito, respondi.

Os outros se despediram e foram embora. Depois de algum tempo nos demos um abraço apertado e eu acenei para ele enquanto ele ia embora na *van*. Então Jean e eu fomos para o bar do Mitchell, que ele reservara para nós pelo resto da tarde. Pearl, Tara, Doug. Monty, o palhaço. Os coleguinhas de classe de Sonny. Sua professora. Outras pessoas que eu não conhecia. E eu bebi gim-tônica como se fosse limonada, aceitei e tolerei os tapinhas e abraços, pus na boca uns pedaços de sanduíche de ovo e biscoitos com queijo quando alguém os impingia, e escutava pela metade todas as palavras vazias e sem sentido sobre Sonny estar em paz agora, sobre aquela outra menininha ter uma chance de viver agora, sobre poder seguir em frente agora que o funeral tinha terminado, até eu finalmente apoiar a cabeça no bar e me perguntar quando veria Archie outra vez.

VOLTE PARA CASA COMIGO, disse Jean, depois de tudo ser resolvido. O que mantém você aqui? E você sempre poderá voltar, quando quiser.

Se Sonny fora a razão para eu ficar em Amethyst, então Jean parecia estar certa. No *trailer*, ela rapidamente juntou as roupas e outros pertences enquanto eu pegava caixas vazias no bar do Mitchell. Eram caixas vazias de bebida, o tamanho perfeito para livros. Embalei os volumes cuidadosamente, jogando uns flocos de naftalina em cada uma das caixas antes de selá-las com fita adesiva. Numa caixa verde-escura com o selo do Jameson Irish Whiskey, coloquei os títulos que levaria comigo. Nada lógico ou pensado, apenas alguns que instintivamente eu queria ter comigo no momento. A coleção de romances das irmãs Brontë, que eu comprara de segunda mão. *Crime e castigo*, que eu queria reler. *Os poetas metafísicos*, que tão inesperadamente haviam capturado minha imaginação e onde eu descobrira poemas sobre podar grama e jardinagem. *O livro de administração doméstica de Mrs. Beeton*. Exemplares em brochura dos três títulos de Alice Walker que Pearl encontrara em algum lugar para mim depois que lhe disse quão maravilhoso era *A cor púrpura*. *Lolita*, que eu estava apenas começando a entender. E uma edição ilustrada de *A coruja e a gatinha*, que eu lera tantas vezes para Sonny e que achava que apreciava mais do que ele.

O *trailer* estava sempre arrumado apesar de atravancado, mas agora parecia pronto, como se esperasse que novos ocupantes fossem viajar nele num feriado. As coisas de Sonny foram levadas embora, e eu não queria mais olhar para o *trailer* por muito tempo, não queria ficar ali um minuto a mais do que o necessário. Agora que tomara minha decisão, queria ir embora. Segurando minha única caixa de livros, juntei-me a Jean lá fora, onde ela carregava minhas bolsas. Eu pediria a Mitchell para mandar o resto das caixas.

Eu estava na porta do táxi, de volta ao hotel Paradise Ranch, fazendo malabarismo com bolsas e livros, e estava prestes a me virar e dizer algo, como eu andara fazendo várias vezes ao longo dos últimos dias, as coisas comuns que você diz ao seu filho, como Ande logo, temos que ir, ou Você já escovou os dentes?, coisas ditas sem pensar porque seu filho a essa altura é como uma sombra, e essas coisas saem automaticamente da sua boca — quando me lembrei, e parei.

Podemos ir direto?, perguntei a Jean. Podemos apenas ir embora?

Já reservei os assentos, disse ela. Amanhã de manhã cedo.

QUARENTA E SETE

A pessoa que está morrendo pode não querer ficar em seu próprio quarto. Com frequência haverá um canto silencioso, arejado e ensolarado num cômodo que possa ser adaptado de modo a tornar aquele momento final o mais agradável possível. É bom que haja uma boa paisagem, preferencialmente para um pequena fonte de água ou outro detalhe tranquilizante de um jardim. Nunca se refira a esse cômodo como enfermaria.

> "O cômodo de cuidado paliativo"
> *Mil e uma dicas para morrer (em breve)*

MEU ESCRITÓRIO, UMA EXTENSÃO FECHADA da varanda dos fundos, gradualmente se transformava num quarto de repouso. Archie decidiu pintá-lo. Escolheu verde-nilo. Eu não era particularmente fã dos verdes, inclinando-me mais para roxos e vermelhos, mas agora achei a perspectiva de ficar cercada por verde-claro mitigante. Era como se eu quisesse ser lavada pelo mar. Instalamos um sofá-cama e peguei pela casa todos os acessórios verdes que mal tinha consciência de que possuíamos. A velha manta de quando Estelle era bebê, de um verde leitoso. Duas almofadas cor de salva da sala da frente, surradas mas aproveitáveis. Uma velha colcha de cetim, cor de alga, que eu me lembrava decorar o quarto dos meus pais quando eu era criança. E para o chão de madeira, um pequeno tapete que encontrei na lavanderia.

Neste cômodo, pela primeira vez senti que podia banir as crianças. Archie e eu nunca tínhamos deixado a porta de nosso quarto fechada, nem uma vez, nem a do delas, e não havia lugar algum na casa que lhes fosse proibido. Elas sempre se sentiam bem-vindas em cada canto do lar, porque quando criança eu frequentemente me sentira uma estranha no meu. Nunca lhes proibia que lessem meus livros, lhes negava o acesso à cozinha, impedia que usassem meus utensílios, desencorajava-as de fazer ou cozinhar ou construir fosse o que fosse. Mesmo quando estava trabalhando em minha mesa, minha porta ficava aberta. Mesmo que elas me distraíssem ao ponto do desespero.

Mas depois que o quarto verde foi arejado para que o cheiro da tinta saísse, a mobília substituída e meus livros e papéis trazidos de volta, fiquei com ciúme. Descobri que gostava de ficar ali sozinha. Perguntei-me se era porque seria o único lugar privado para mim antes que eu morresse. Talvez eu estivesse aproveitando ao máximo a solidão.

Ou talvez fosse mais do que isso. Um dos contatos de Archie no ramo da construção era uma consultora de cores. Ela lhe contara algumas coisas interessantes sobre a cor chamada verde-nilo. Aparentemente, era adequada para acompanhar a morte. Os antigos egípcios levavam o assunto da morte a um nível muito esotérico. Conheciam bem a morte, estudaram todos os seus aspectos, supriam cada uma de suas requisições. A cor do Nilo era reverenciada, quase sagrada. As paredes das câmaras mortuárias eram pintadas no mesmo tom, para tranquilizar os falecidos na vida após a morte. Ia tranquilizar a mim, se eu quisesse, dissera-me Archie. Eu então argumentara que não fazia sentido. Por que pintar de novo um quarto, ainda que um quarto pequeno, por uns poucos meses, se tanto? Mas ele parecia achar que era importante, e só lhe tomou uma tarde. E depois disso, deitada no sofá-cama, achei que podia ver por quê — achei que podia *sentir*. Ele havia pintado o teto e a janela e a moldura da porta de verde-água, e as paredes de verde-salva, ou, como a consultora de cores chamava, verde-nilo. O resultado foi uma camada de cor suave que conseguia fazer com que eu me sentisse aquecida e fresca ao mesmo tempo. Parecia me amparar, como o seio de um rio. Eu quase conseguia ver os faluchos descendo pela correnteza.

Deitada ali, compreendia que os egípcios tinham entendido a questão corretamente. A viagem da vida à morte e à vida após a morte seria calma e natural como um comprido barco flutuando rumo ao delta do rio.

Cara Délia,
estou prestes a me tornar mãe pela primeira vez, e embora tenha lido vários livros sobre o assunto, realmente apreciaria qualquer conselho que você possa me dar. Para o que você acha que eu mais devia me preparar?
Grávida

Cara Grávida,
já lhe disseram que exaustão, falta de tempo, falta de sono, vida sexual nula, incapacidade de se concentrar, de terminar uma refeição, uma conversa ou mesmo uma frase são todas elas coisas por que você vai passar nos primeiros meses ou anos da maternidade. Nada disso chega perto daquilo que você terá em abundância pelo resto de sua vida como mãe: culpa.

QUARENTA E OITO

EM SIDNEY, NA CASA DE JEAN, a casa da minha infância, o clima era mais seco e fresco. Eu voltei a tomar o diazepam e desapareci sob a colcha de plumas da minha antiga cama. Dormi por três dias, Jean entrando para me trazer sopa e chá, para massagear minhas costas e segurar minha mão, ou apenas ficar sentada ali, lendo ou tricotando ou não fazendo nada em absoluto.

Quando emergi dali e acordei, no sentido próprio do termo, me senti mais calma. Vazia, mas não tão oca. Minha tristeza à flor da pele agora abria espaço para Archie, e eu me perguntava quando voltaria a vê-lo.

Eu tinha tomado um banho certa manhã, me vestido adequadamente pela primeira vez em dias, com uma calça jeans limpa e um suéter branco de algodão, e tinha até mesmo comido. Jean voltara a trabalhar, e como seu salão era perto, ela voltaria na hora do almoço. Eu estava sentada nos fundos olhando para as reformas que Jean tinha feito no jardim ao longo dos anos, desde que eu fora embora. Um novo caminho com tijolos em forma de espinha de peixe agora fazia uma curva para passar pelo varal até um lago suspenso. Havia vários tipos de cítricos, inclusive um limoeiro. Ao meu lado, no pátio de ladrilhos, havia vasos de fúcsias, todas floridas, roxas e vermelhas, minha cores favoritas, as flores se curvando para baixo como as fúcsias sempre faziam, em dócil submissão.

Lágrimas ainda desciam pelo meu rosto, o que ainda era melhor do que a inundação. Meu peito finalmente parara de palpitar. A pedra dentro dele parecia mais leve. Eu agora estava apenas cansada, não exausta. Quando a campainha soou eu quase que não me dei ao trabalho de me levantar, mas me arrastei pela casa e abri a porta da frente.

Fitamo-nos durante alguns segundos, até que eu disse:

Archie, você está horrível. E o abracei.

Ele tinha círculos em torno dos olhos e não tinha se barbeado. Senti-me tomada pela culpa e pela tristeza, mas aquele era o homem que cuidara do coração do meu filho, fazendo vigília ao lado da criança que recebera meu relutante presente. Cuidando dela por ela e por mim.

Ele havia seguido o coração de Sonny e a equipe de transplante à sala onde Amber estava preparada e aguardando uma nova vida. Ele ficou enquanto a operação prosseguia, sem sair dali durante as horas que isso levou. E então ficou sabendo que houve complicações. Amber foi levada para o grande hospital universitário ao sul pelo helicóptero da emergência, onde as instalações necessárias a aguardavam. Archie simplesmente entrou em sua *van* e dirigiu por horas, mantendo-se acordado com café e determinação, mas voltou às pressas a Amethyst para o enterro de Sonny e depois para junto do leito dela, a fim de acompanhar tudo até o fim.

Como ela está?

Na manhã em que fui embora eles a tiraram da cama. Ela deu alguns passos. Sua mãe me disse que ela está respirando normalmente pela primeira vez em anos.

Então foi um sucesso?

O coração de Sonny está fazendo um bom trabalho, disse ele. Parece que ela vai ficar bem.

Sorrimos um para o outro, os olhos turvos pelas lágrimas.

Era um bom coração, decretei.

Um dos melhores, confirmou.

ENTÃO, ERA IMPOSSÍVEL que Archie e eu um dia nos separássemos. Archie, que compartilhara as profundidades mais opacas da minha condição de mãe. Que estendera a mão com uma coragem e uma generosidade que eu não tinha. Que podia usar o jornal como uma barreira entre si mesmo e o resto das pessoas da casa, que podia esquecer os jantares e os banhos de nossas filhas, mas que podia se preocupar com o coração de um menino e certificar-se de que ele fosse entregue para salvar outra criança à beira da morte. Que podia cuidar de outra criança, mal saindo do seu lado, que podia se anular daquele jeito, sem qualquer reivindicação, nenhuma relação, nenhuma obrigação, mas que podia fazê-lo por saber que era o que eu queria.

Confrontamos a morte, Archie e eu, e sobrevivemos. Quando a morte veio rosnar em nossos calcanhares, nós nos viramos e a encaramos. Quando

Archie se inclinou para perto do coração de Sonny, o rugido da morte foi silenciado. Contemplar o balanço da vida daquele jeito, pequeno mas pulsando de modo firme, quente e escorregadio, com cheiro de ferro e de terra, assim como o pó e o barro com que teoricamente fomos feitos, é vencer a hipótese de que a morte possa triunfar. *Não te orgulhes, ó Morte, embora te hão chamado poderosa e terrível.* Eu discordara de Donne, mas no fundo, dentro de mim, sabia que ele estava certo. A morte sempre viria, mas nem sempre poderia se regozijar em sua vitória.

QUARENTA E NOVE

Os especialistas dizem que, apesar de todo o cuidado dispensado a uma família — ar puro, água fresca, comida saudável, roupas adequadas e, acima de tudo, amor, assistência e orientação —, a doença invadirá o território protegido, e a morte atacará de formas misteriosas e arbitrárias. Mas o que eles nunca dirão é que para além da morte existe algo mais. Se a pessoa à beira da morte próxima a você é uma criança, você terá que saber disso.

> "Confrontando a morte"
> *Mil e uma dicas para morrer (em breve)*

NÃO HAVIA NADA DE EXCEPCIONAL, original ou inspirador em querer ser uma boa mãe. Não era verdade que todas as mães queriam ser boas?

Na época da minha mãe, a idade entre os vinte e cinco e os trinta e cinco anos era perfeita. Antes disso, corria-se o risco da imaturidade, de assumir um compromisso antes de saber realmente o que se queria da vida. Depois disso, a vergonha de ser confundida com a avó de seu filho no portão da escola. Bem, as mulheres daquela geração tinham bebês aos vinte e um anos. Às vezes aos dezoito. Mas ninguém que trabalhava duro para melhorar sua situação, como muitas nos subúrbios ao sul, era mãe.

Jean concluiu os estudos, trabalhou por dois anos (o depósito da casa), casou-se com meu pai, depois trabalhou por mais cinco anos (o empréstimo para comprar a casa) antes de abrir seu próprio negócio e ter uma clientela sólida para então me gerar aos vinte e oito anos, o que lhe permitia voltar integralmente à sua carreira antes de completar trinta e cinco e satisfazer as exigênciais sociais de que devia se devotar à filha nos anos cruciais de formação, depois cultivar seu próprio negócio antes de ficar tarde demais para subir o pau de sebo que era o progresso profissional para as mulheres em meados da década de 1980.

Se você considerasse a carreira de cabeleireira uma *profissão*. Descobri mais tarde — quando conheci gente da universidade, gente criativa, gente como Van — que muitos não consideravam.

Jean fazia tudo exatamente da maneira certa. Cuidava de seu salão e me criava com calma absoluta. Era afetuosa e carinhosa. Não era lá muito divertida, mas naquela época as boas mães não deviam ser divertidas: eram sérias, contidas, dedicadas.

Naqueles tempos uma vizinha me levava para sua casa nas poucas tardes da semana em que ela não podia sair do salão cedo o bastante. Ia para sua casa, para sessões ociosas de biscoitos com leite achocolatado e desenhos vespertinos, até Jean me buscar às 17h30 em ponto, me rodopiando de volta para casa, onde pilhas organizadas de roupa lavada aguardavam, dobradas naquela manhã enquanto ela ouvia o noticiário e gritava algo sobre dentes e sacolas da biblioteca. Ia para casa, para preparar costeletas congeladas ou assados que ela nunca esquecia de tirar do congelador pela manhã. Depois disso, para dentro de pijamas que sempre combinavam, cabelo sempre penteado antes da cama e histórias que eram sempre, mas sempre, lidas.

Jean dava conta de tudo isso sem ficar de cabelo grisalho, sem ganhar ou perder peso, sem me dar um tapa ou mesmo um berro, até onde me lembro. Bebia vinho enquanto misturava o molho ou preparava o tempero da salada ou ralava o queijo, ou fazia as maravilhas que sempre fazia para o jantar, todas as noites. Lia livros por lazer, tricotava, acompanhava os programas atuais de TV e de vez em quando ia a um cinema ou teatro com amigas, e ao mesmo tempo dava conta com tranquilidade da personalidade quieta do meu pai, cujos interesses estavam em outro lugar. Como em seu estúdio, por exemplo, onde o novo conjunto de rádio e fita cassete absorvia sua atenção. Onde ele lia com privacidade. Ou no depósito, onde ferramentas eram ritualisticamente lubrificadas, afiadas e polidas, depois usadas para fazer itens esporádicos como porta-bibelôs ou pesos para porta, que de algum modo nunca pareciam ser do gosto de Jean.

A partir do momento em que fui concebida, Jean fez tudo certo, sem parecer tentar. Confiante, inteligente e bonita. Suportou com dignidade quando meu pai subitamente morreu de parada cardíaca. Resistiu à piedade dos outros, que era o direito de toda jovem mãe viúva.

Minha mãe era definitivamente uma boa mãe.

Uma mãe tão boa que viu o charme musical de Van, seus modos extravagantes, seu estilo despreocupado de vida como sendo as nuvens coloridas de fumaça que se confirmaram ser bem antes de mim. Uma mãe tão boa que me disse que ele era um inútil, que me implorou para fazer um aborto e provavelmente até previu sua fuga covarde antes que ele partisse o meu coração em algum momento do segundo trimestre.

Uma mãe tão boa.

Meu ressentimento diante disso fervia dentro de mim, ocupando quase tanto espaço quanto o bebê que crescia. Quando consegui ver que ser extravagante beirava o caprichoso, que ser despreocupado beirava o descuidado, que Van provavelmente não estava arrebatado por mim e obviamente não se sentia responsável, também vi que minha mãe estava certa. Como detestei isso.

É claro que uma boa mãe planeja seus filhos. Eles não chegam cedo demais em sua vida a ponto de despertar acusações de descuido, vagabundagem ou ignorância. Uma má mãe é definitivamente uma má planejadora. Ela não sabe acompanhar calendários, por exemplo. Não sabe fazer contas direito, especialmente em unidades de catorze ou vinte e oito. Não sabe tomar decisões sobre os homens. Age mal ao decidir ficar com um homem só porque vão ter um bebê juntos.

Eu não fui uma boa mãe.

Uma boa mãe não perde a conta das datas, para início de conversa.

Uma boa mãe não perde o pai de seu filho.

E uma boa mãe certamente não perde seu filho.

NÃO ERA POSSÍVEL distinguir as palavras entre os berros e os gritos. O rádio estava ligado em meu quarto verde, passando o noticiário da noite, e a televisão do final do corredor exibia *Os Simpsons* na sala de estar, então tive que me levantar do sofá-cama para descobrir o que estava acontecendo. Antes que eu chegasse à cozinha ouvi o barulho de algo se quebrando, e ao entrar vi um prato despedaçado no chão, uma sujeira de vermelho e laranja em toda parte. Archie estava parado na porta parecendo tenso, Estelle gesticulava com os braços e gritava algo sobre nunca ter nada para comer, Daisy soluçava e se abaixava para catar os cacos.

Não me dei ao trabalho de perguntar se tinha sido acidental ou não. Archie com certeza não teria jogado um prato no chão, mas mesmo que tivesse, em qualquer uma das duas, eu não poderia tê-lo culpado.

Ele queimou a pizza de novo!, gritou Estelle. Você não pode querer que eu coma isso! E ela saiu para o quarto pisando duro e bateu a porta.

Não me importo, papai, eu como, disse Daisy.

Então ele gritou para ela, ou para mim. Ou para si mesmo. Deixe de ser ridícula, está tudo no chão!, antes de sair pisando duro ele mesmo. Daisy começou a chorar outra vez.

Mesmo sem o prato caído — ou atirado —, a cozinha estava uma bagunça. Tudo parecia estar manchado de vermelho. Havia mesmo tanta massa de tomate num único pote pequeno? Queijo ralado emporcalhava o chão, cascas de salame, de cebola e pimentões estripados expondo suas entranhas sobre a bancada. Eu não precisava que me dissessem o que acontecera, já que acontecera comigo vezes suficientes. Cozinhar aquilo que você acha que elas vão gostar. Envolvê-las no processo. Elas brigando para ver quem vai enrolar a massa ou ralar o queijo. Dizendo a *você* o que fazer quando você tem certeza de ter feito aquilo uma ou cem vezes antes delas. Tentando segurar facas que as aterrorizam com a possibilidade de cortar os dedos delas. Você por fim enxotando-as da cozinha. Ou sentindo vontade de jogar um prato nelas.

Enxuguei as lágrimas de Daisy e juntas recuperamos as fatias intactas de pizza e as colocamos num prato limpo. Fui até o quarto das meninas, onde Estelle estava sentada em sua cama com os joelhos junto ao queixo.

Venha comer seu jantar. O papai se esforçou para caramba, você sabe.

Não! Ele colocou pimentão também. Ele *sabe* que eu detesto pimentão!

Bobagem. Você come o tempo todo, comeu semana passada naquele sanduíche do Subway.

Aquele era vermelho! Detesto pimentão *verde*.

Ah, agora você tem preconceito de cor?

E também detesto você!

Ela virou as costas, ficou de frente para a janela e colocou o travesseiro na cabeça. Eu sabia que não devia ter feito piada. Mas era melhor do que fazer o que eu tinha vontade: agarrar o travesseiro, puxá-la da cama, sentá-la diante da mesa e abrir sua boca para empurrar cada bocado para dentro. Cacos do prato e tudo.

Felizmente eu não tinha energia para isso.

De volta à cozinha, acabei de limpar a bagunça, colocando todos os restos de legumes e a pizza esfacelada no lixo.

As galinhas comem qualquer coisa, disse eu a Daisy, ainda se lamuriando em sua cadeira, diante da bancada. Quando terminei, fui abraçá-la.

Está com fome?

Ela fez que sim.

E se em vez disso eu fizer para você um sanduíche com molho?

Ela assentiu.

E depois talvez um pouco de sorvete?

Tudo bem.

E se você levar uma cerveja para o papai primeiro? Tirei da geladeira uma Stella, sua favorita. Sanduíche de molho de tomate, sorvete e cerveja para o jantar. O que minha mãe pensaria?

Ao longo dos anos eu talvez tivesse reclamado do mínimo envolvimento doméstico de Archie, mas nunca de suas habilidades culinárias. Na casa ele não era incompetente, de jeito nenhum, só negligente, indiferente, contentado por me deixar fazer tudo. Mas na cozinha a coisa era diferente: Archie era talvez um dos piores cozinheiros do mundo. Podia cuidar de um enxerto de laranja descarnado e murcho até lhe dar uma supreendente vida nova ou produzir os mais robustos tomates a partir de nada além de adubo orgânico, mas de algum modo não tinha aquela conexão básica que lhe informava como juntar vários ingredientes para montar uma refeição simples como massa com molho ou um assado. Ultimamente eu ficava por ali quase suando devido ao esforço de não dizer nada enquanto o observava colocar os legumes no forno antes da carne. Antes mesmo que a carne estivesse descongelada. Implorava silenciosamente a Estelle e Daisy que comessem seu mingau queimado ou seu purê de batata aguado em vez de criticar seu pai. Todos os cozinheiros do mundo são seres humanos hipersensíveis, e um pai cozinheiro não é diferente do mais temperamental gênio da culinária. Mesmo se você sabe que produziu um desastre espetacular ou um sucesso forçado, sente esse fracasso de maneira aguda, e ninguém no mundo precisa lhe dizer isso, nem mesmo seus filhos.

Mais tarde, quando levei Daisy para a cama, não tinha certeza se Estelle estava dormindo ou emburrada. Deitei-me com Daisy durante um tempo, até nossa respiração ficar no mesmo ritmo, depois puxei as cobertas para cima e enfiei sua cobra de pelúcia debaixo de seu braço. Fui até a cama de Estelle. Rígida. Ela ainda estava acordada.

Stelly. Qual o problema?

Ela estava chorando. Uma coisa tão rara para minha filha de onze anos, que às vezes se comportava como uma adolescente. E às vezes como uma criança pequena.

Eu sei que você não me detesta, afirmei.

Detesto, sim. Eu detesto você porque você vai morrer. Detesto, detesto, detesto isso!

Ela se virou e me segurou, então, abraçando com força e deixando as lágrimas correrem livremente.

Aquele era o momento dela, e eu não ia chorar. Não podia deixá-la conhecer o pavor horroroso dentro de mim. O medo.

Eu também me detesto, disse eu. Também detesto isso.

JEAN TINHA RAZÃO. No dia seguinte, quando eles todos saíram, peguei as linguiças de sangue no congelador e as joguei no lixo. Elas não serviriam para nada. Talvez tivessem valor nutritivo, mas isso era irrelevante. Minha família ia pensar que tinha sugado meu sangue e me devorado, em vez de achar que eu lhes deixava uma parte essencial de mim mesma. Ainda havia bastante espaço no congelador, e eu passei o resto da semana cozinhando tudo o que conseguia. Todos os pratos simples e comuns que sabia que eles comeriam, e que não insultariam Archie se deixados ali. Os pratos que eu preparava e congelava o tempo todo, desde sempre, para os momentos em que estivesse fora de casa ou trabalhando. Sopa de galinha. Lasanha. Mesmo que Estelle ainda fosse vegetariana dali a seis meses (uma perspectiva bastante provável), poderia encarar aquilo. O molho napolitano que podia acompanhar arroz ou massas ou cuscuz. *Ratatouille* (com pimentão vermelho, não verde), torta de espinafre. E cozinhei também o curry cremoso de frango de que até mesmo Daisy gostava. Bolo de carne com massa feita de purê de batata. E se Estelle se tornasse vegetariana, problema dela (embora eu tivesse pena de Archie: aquilo ia pôr à prova até mesmo minha paciência culinária), mas ainda haveria coisas que poderia comer. Hambúrgueres de lentilha. Croquetes de arroz. Rolinhos primavera. E então, para Archie, um pouco mais de linguiças, das comuns, com porco e vitela, alho, pimenta, tomilho e outros temperos e sabores, mas nada semelhante ao sangue. No fim parecia que eu havia preparado o suficiente para um batalhão. Talvez fosse isso mesmo, em minha mente. Pensei em envolver as meninas, mas o incidente da pizza fez com que me decidisse pelo contrário.

Acho que elas pensaram na possibilidade de alguma espécie de banquete, então, na noite de sexta-feira, quando perguntaram o que havia para jantar, eu as surpreendi dizendo que não havia preparado nada.

Mas você passou a semana inteira cozinhando, disse Estelle.

Exato. Minha noite de folga é hoje.

A gente vai sair?, indagou Daisy, esperançosa. Acho que estava pensando no KFC.

Não.

O que a gente vai fazer, então?

Eu ainda não tinha apanhado os ovos naquele dia, então as mandei até o galinheiro enquanto preparava um coquetel para mim. Mais um ritual... Na verdade, eu nem tinha certeza se queria mesmo beber. Perguntei-me se seria a última vez que teria vontade de beber um martíni. Elas voltaram com os ovos. Dessa vez, como um presente, eram quatro, e todos perfeitamente limpos.

Nada de Lydia, outra vez, disse Daisy.

Aquela galinha maluca e irresponsável. Dei um nome adequado a ela, não dei?

Pedi-lhes que se sentassem, observassem e escutassem. Quando peguei a panela pequena e depois o pão, Estelle disse:

É isso que a gente vai jantar? Ovos cozidos e torrada?

Não apenas ovos cozidos. Os mais perfeitos ovos cozidos. Minha receita secreta.

Elas se entreolharam, algo incrédulas.

Ouçam, pedi, ao longo dos anos as pessoas me pedem, naquela coluna, uma receita do perfeito ovo cozido e eu nunca lhes contei meu segredo. Vocês deviam ficar agradecidas.

Posso ver? Archie aparecera na porta. Acabara de chegar do trabalho.

Claro.

Então eu lhes disse. E lhes mostrei. Como você primeiro deixava os ovos mornos numa tigela de água quente da torneira. Depois colocava a panela com água para ferver. Depois fatiava o pão. Quando a água estivesse fervendo, você colocava os ovos ali com uma colher, e imediatamente em seguida colocava o pão na torradeira. Assim que o pão estivesse torrado e a manteiga derretida tivesse se espalhado em sua superfície, você pegava os ovos e os colocava nos recipientes. O de Daisy em forma de pato, o de Estelle em forma de estrela, e os de vidro para mim e para Archie. Entreguei uma colher de chá a Daisy, que de modo solene rachou o topo de cada ovo, depois uma faca a Estelle, que o removeu. As gemas eram como um espesso molho dourado. As claras estavam macias e doces.

Aí está, mostrei, mergulhando ali a primeira fatia de torrada. É assim que você faz o perfeito ovo cozido. Nada complicado. Não precisa de cronômetro. Nada além da sequência correta. Eu realmente não acho que alguém possa ter uma receita melhor do que esta para nada.

Ajuda, disse Archie em meio a uma bocada, ter o ovo certo, para começo de conversa. Acho que o meu foi posto por Lizzie.

Cara Délia,
qual o segredo para fazer suflê? Minhas tentativas sempre ficam encharcadas demais e afundam no meio.
Curiosa

Cara Curiosa,
eu costumava pensar que o segredo era ter ovos tão frescos quanto possível. O que significa tirá-los de sob suas galinhas e levá-los direto para a cozinha. Mas agora sei que não é isso. O mundo se divide em dois tipos de pessoas: as que conseguem fazer suflê e as que não conseguem.

CINQUENTA

A MÃE DE AMBER MORGAN era uma boa mãe. Tão boa que protegeu sua filha dos caçadores de celebridades que perseguiam crianças que passavam por transplantes de coração. Tão boa que a protegeu do que imaginava ser a perambulação lupina de alguém que perdera tudo e depois dera ainda mais. Talvez ela temesse que aquela outra mãe regressasse algum dia a fim de olhar faminta para o rosto de sua filha, de colocar a palma da mão sobre o seu esterno e sentir o coração de seu próprio filho palpitando musicalmente ali. Talvez temesse a gula com que ela teria sorvido a vida de sua filha, querendo, quem sabe, apanhá-la de volta.

Essa era a outra razão que me levara de volta a Amethyst. A outra razão que impulsionara meus apressados preparativos para aquela fuga repentina. A razão verdadeira que eu tinha para abandonar minha família num momento em que necessitava mais do que nunca ficar. Eu precisava encontrar aquela menina que agora era uma mulher, precisava lhe dizer com que boa vontade eu abrira mão do coração do meu filho, e precisava saber que ela estava bem, que tinha sobrevivido.

Mas a mãe de Amber não tinha como saber se meu retorno era motivado por algo diferente. Era puro desejo. Uma mulher à beira da morte não se sente tão desesperada para se reunir outra vez com um filho morto. E ela não podia saber disso porque eu própria não sabia, não até depois de voltar para Amethyst e recolher todos os pedaços quebradiços de meu extenso pesar e minha enorme culpa. A essa altura, eu só estava ávida para olhar o rosto da pessoa cuja vida tinha sido iluminada pela minha própria carne. Em nome da paz. E, se você preferir que eu admita, para concluir as coisas.

Quantos anos ela devia ter agora? Dezenove? Vinte? Era um ano ou coisa assim mais nova do que Sonny, tinha em torno de seis anos quando recebeu o coração dele. Depois da operação, depois que Amber se recuperou das complicações, a família Morgan voltou para morar em Amethyst, o que não tinha nenhuma razão misteriosa. A cidade era acolhedora, algo de que eu soube quando ela me segurou junto ao seio numa época perdida e solitária. Estava cheia de gente como Mitchell, Tara e as outras pessoas do circo. Eles se importavam, mas também lhe davam seu espaço.

Mas eu não sabia com certeza se ainda estavam lá. Mrs. Morgan teria sabido que eu deixara a cidade logo após a morte de Sonny, e que Archie me seguira. E teria sabido que nós nunca voltamos. Não tinha obrigação de saber que tínhamos construído uma vida inteiramente nova lá no sul, e que eu tinha duas filhas. Não tinha obrigação de saber que meu desejo de olhar para a sua filha não era mais do que vontade de atar uma ponta solta que andara caída ao meu lado durante anos a fio, causando-me uma incômoda irritação, e que eu afastava com a mão de tempos em tempos, mas nunca conseguia arrancar. Mrs. Morgan, Amber, eu só queria dizer oi, e depois adeus.

CINQUENTA E UM

Algumas pessoas têm ruas, parques, piscinas e cidades inteiras com seus nomes. Algumas só têm o nome numa lápide. Como você pensa que o seu memorial deveria ser? Vale a pena pensar nisso logo, antes que seja tarde demais.

"A condição pós-morte"
Mil e uma dicas para morrer (em breve)

Era Mary, entre todas elas. Eu estava no escritório quando ouvi um grasnado que não se parecia em nada com as jactâncias e altercações cotidianas que compunham o coral rotineiro do meu quintal. Fui lá para fora e vi um gato preto e branco desaparecendo por cima da cerca preta. As galinhas estavam amontoadas num canto do galinheiro, cacarejando e resmungando como um bando de velhas senhoras importunadas por garotos. Todas elas, exceto Mary, que estava no alto da mangueira chamando, queixosa. Eu não tinha ideia de como ou mesmo por que ela chegara tão alto, e ela, aparentemente, também não. Gritei que ela descesse, depois peguei o ancinho e lhe dei uns leves cutucões com o cabo, mas ela não veio para baixo, e gritava, além de tudo.

Desisti e voltei para o trabalho, lá dentro. Meu plano era finalizar a seção sobre testamentos legais no fim do dia, mas seus gritos continuavam a me distrair. Ela nunca tinha feito isso antes. Voltei e tentei ligar a mangueira sobre ela, num chuvisco suave, mas ela continuava fora de alcance e obstinadamente no mesmo lugar.

Passava pouco das duas horas. Não adiantaria ligar para Archie. Mesmo que ele estivesse passando pelas proximidades, ia me pedir que não me preocupasse tanto, que ela ficaria bem e que ele cuidaria de tudo quando voltasse para casa. Mas havia algo na atitude dela e em seus gritos, agora mais baixos, mas como um apelo desesperado, que eu não conseguia ignorar. Talvez ela estivesse machucada. Embora eu me sentisse um pouco tonta e vacilante, não havia outro jeito — teria que pegar a escada e resgatá-la eu mesma.

No degrau mais alto aonde eu podia subir sem ficar com a sensação de que ia cair, estava perto o bastante para alcançá-la quando ela deu um grito alto, bem no meu rosto, pulou por cima de mim no galho, ergueu as asas e as bateu desajeitada até chegar ao chão. Correu diretamente para onde estavam as outras, e todas cacarejavam como se concordassem com a afronta que era aquilo, alguém pensar que ela precisava de resgate de uma árvore. Às vezes eu me perguntava por que desperdiçava meu afeto desse jeito.

Fiquei na escada por um instante a fim de recuperar o fôlego e me acalmar. Daquela altura, eu podia ver de cima o quintal de Mr. Lambert. Fazia anos que eu não dava mais do que uma olhadela no lugar. Tudo tinha mudado. A mobília de jardim com sua mortalha de plástico, os caminhos de pedras artificiais e o feio forno feito com tijolinhos tinham desaparecido. Bem no centro do gramado havia um grande canteiro redondo, plantado com rosas que começavam a florir. Eu conhecia muito bem aquela variedade, o rosa suave e clássico que era a Dorothy Perkins. E bem no centro, cercado pela massa de rosa e verde, havia um antiquado relógio de sol, de arenito erodido. Embora eu não pudesse vê-las de onde estava, sabia que as letras entalhadas ao redor do mostrador formariam as palavras CARPE DIEM.

Quanto tempo fazia que Mrs. Lambert havia morrido? Talvez tivesse sido logo antes de ele se mudar para ali e começar suas podas. Tudo o que eu via nele era sua hostilidade para com o jardim, e agora talvez entendesse por quê. Ele estava limpando tudo para começar de novo e fazer seu próprio memorial. Então notei a silhueta de Mr. Lambert de pé atrás da porta de tela. Não sabia quanto tempo fazia que ele estava me olhando. Desci a escada devagar e voltei ao trabalho.

Cara Délia,
você tem uma boa receita para preparar asa de arraia? Não consigo
achar nada em parte alguma.
Amante de Peixes

Caro Amante de Peixes,
asas de arraia? Eu não tenho nem receitas ruins para asas de arraia.
Nem mesmo sei o que é isso. Se você gosta de frutos do mar, por que
não compra os melhores siris que conseguir encontrar (atualmente
$75,95 no supermercado)? Ou caviar beluga? Melhor ainda: ambos.
Prepare uma refeição de verdade com isso.

CINQUENTA E DOIS

HÁ CATORZE ANOS, os Morgan tinham se mudado para o número 49 da Lark Street. Não estavam ali agora, quando eu bati. O número 49 era a casa de um jovem casal com dois carros escuros e brilhantes na entrada e três crianças bonitas e igualmente vistosas brincando numa sala de estar dolorosamente arrumada. Nunca tinham ouvido falar na família Morgan, embora o marido franzisse a testa, no que pensei ser um instante de compreensão quando mencionei o transplante. Afinal, Amber foi uma celebridade local durante alguns anos. Mas então ele explicou que a família dele se mudara de Emerald fazia apenas cinco anos, antes de fechar educadamente a porta de modo definitivo.

Os próximos Morgan em minha lista ficavam num quarteirão de casas perto da principal área comercial da cidade. Três mulheres jovens morando juntas. Morgan, o nome na lista telefônica, revelou-se o pai de uma das garotas, o dono do local. Desnecessário dizer que nenhuma delas era Amber, embora tivessem mais ou menos a idade que eu procurava.

O último lugar e minha última esperança. O endereço na Nile Crescent ficava na parte mais antiga da cidade, que se estendia na direção do rio. As casas ali margeavam terras improdutivas, do tipo em que Archie frequentemente trabalharia, podando e arrancando lantanas, mas onde a natureza em geral comandava o espetáculo. Nada distinguia muito a casa 3A das outras. Talvez fosse um pouco menor e um pouco menos circundada por folhagens, mas era o mesmo tipo de residência de sarrafo rodeada por varandas amplas que se encontrava por toda a extensão do estado. Mas quando me aproximei, senti uma pontada de algo dentro do meu estômago, o mesmo algo que sentira por vários dias antes de me encontrar parada ali, de manhã cedo. Mais uma vez, aquela casa me parecia familiar. Parecia-me o exato tipo de casa onde Amber Morgan teria vivido. Os largos degraus de madeira que davam nela estavam acinzentados pela idade, e as tábuas da varanda, frágeis e brilhantes com a exposição ao tempo. A porta da frente estava aberta, e a porta de tela, fechada, e em vez de uma campainha havia um senhor dos ventos, que chocalhou num ruído metálico quando eu o sacudi.

Sacudi de novo. E de novo. E após dois longos minutos eu me dei conta de que ninguém ia atender. Abri a porta com um empurrão e entrei, dizendo Olá algumas vezes. Lá dentro estava mais escuro e mais frio, embora houvesse um ar abafado que sugeria ou que a porta da frente não ficava habitualmente aberta, ou que aquela era a casa de uma pessoa idosa. Os móveis pareciam confirmar isso. Eram poucos, limpos mas gastos. Tudo parecia, de modo geral, desbotado, mas por causa da idade, não do sol. A cozinha era limpa, mas estava vazia, a não ser por um bule de chá com um abafador no secador de louça.

Ela estava nos fundos, acabando de fechar o portão de um velho galinheiro com três galinhas marrons. Estava velho, mas intacto. Ela levantou os olhos, me viu e me fez um sinal com uma das mãos para que descesse a escada, e vi que na outra segurava um enorme ovo marrom.

A porta estava aberta, tentei, me defendendo. Eu chamei...

Tudo bem, disse ela. As pessoas vão entrando...

Que beleza, disse eu, admirando o ovo. E suas galinhas são magníficas. Quais os nomes delas?

Ela sorriu. Sabe, querida, quase ninguém me pergunta isso, ninguém acha que elas têm nomes. Então ela se virou e apontou. Esta é Jenny, esta é a Patch e esta é Mrs. Bennet.

Eu ri alto diante daquilo, não consegui me conter, e ela franziu a testa até eu lhe explicar sobre minhas galinhas.

Bem, disse ela, dei o nome de Mrs. Bennet por causa da mulher na cooperativa. Quando eu tinha um monte de galinhas, anos atrás — ela fez um gesto na direção das suas costas que indicava uma coleção mais vasta de galinhas de postura que o galinheiro atual sugeria —, eu as vendia na cooperativa, e aquela era a mulher mais exigente e difícil de agradar que eu já encontrei. Inspecionava cada ovo como se eu estivesse vendendo diamantes ou coisa do tipo. Esta Mrs. Bennet é igualzinha, sempre foi. Sempre se preocupando com qualquer coisinha. E em que posso ajudá-la?, acrescentou ela. Espero que não queira ovos — ela suspendeu o seu —, não tenho muitos para mim hoje em dia.

Não, não preciso de ovos. Meu nome é Délia, e estou procurando por Amber Morgan.

Ela subia os degraus de volta à cozinha. Quando chegou no alto, se virou.

Bem, meu nome é Margaret, e não há nenhuma Amber aqui.

Acompanhei-a e perguntei novamente, mas ela foi inexorável. Não podia me ajudar. Não sabia do que eu estava falando, ou de quem. Achei que ela estava evitando meus olhos enquanto se movia pela cozinha, colocando o ovo numa tigela, pegando um copo num aparador, colocando o bule de chá sob a torneira. Mas sua vista parecia fraca apesar dos óculos, pois ela procurava as coisas com os olhos de modo algo desfocado. Parecia não haver como continuar perguntando sem insultá-la, ou insinuar que estava mentindo.

Em sua cozinha à moda antiga, com sua única torneira de água fria pendurada sobre uma pia de porcelana amarela, sua mesa com uma toalha de plástico estampado com margaridas, sua louça de cerâmica em tons pastéis guardada no aparador e seu triste bule e abafador, eu me sentia deslocada, grande demais.

Já estava quase escurecendo quando voltei para o carro. Saí de lá sentindo uma profunda depressão em meu peito. Pedi desculpas a Margaret no caso de ter sido involuntariamente rude ou invasiva, e ela se despediu de mim de modo suficientemente polido. Quando liguei o carro, pude vê-la atrás da porta de tela, e quando olhei de volta pelo espelho retrovisor ela ainda estava lá.

O poço de depressão aumentou. Não tinha a menor ideia do que fazer além de bater em cada porta da cidade. Tinha perguntando nos correios, nos bancos, nas bancas de jornal. Tinha ido ao centro comunitário. À escola secundária. Às faculdades técnica e rural. Tinha ido ao hospital, mesmo sabendo quão confidenciais eram as informações de seus pacientes, mas esperando que alguém pudesse me dar alguma orientação, ou que alguém fosse ter pena de mim, mesmo que eu me desprezasse por desejar pena, entre todas as coisas.

No circo, no bar do Mitchell, no Clube do Elvis, na igreja, nos estacionamentos, no supermercado — todo mundo escapava de mim, evitava deliberadamente minha pergunta, mentindo para mim por completo, ou então a verdade era que Amber e a família Morgan tinham ido embora, e que ninguém ouvira falar deles fazia anos. Eu perdia meu tempo em Amethyst. Eu não encontraria o coração do meu filho novamente.

OI. SOU EU.

Como você está?

Você estava certo, Archie, foi uma perda de tempo. Por que não o escutei?

Talvez porque você simplesmente tenha se mandado. Sem nem mesmo nos avisar... Porque você nem me perguntou, para começo de conversa...

É, eu sei. Desculpe-me.

Ele suspirou junto ao telefone. Você teria ido de qualquer modo, Del. Sei que precisava ir.

Você entende, você estava lá, você fez tudo. Você sabe por que eu tinha que tentar encontrá-la outra vez.

Claro. Você só não está em condições de fazer isso, não agora.

Está me dizendo que eu devia ter feito isso anos atrás?

Não estou dizendo nada assim.

Ambos respiramos de forma audível por um tempo. Archie parecia tão cansado quanto eu. Depois de um instante, eu disse:

Arch, eu sei que não a encontrei, mas e se não tivesse tentado? Eu ainda precisava vir, porque de outro modo teria continuado até o fim sem jamais saber se podia abandonar ou não essa ideia.

Mas abandonou?

Sim. Abandonei, agora. Não preciso ver Amber Morgan. Posso aceitar isso. Vou embora amanhã de manhã. Em poucos dias estarei de volta. Diga às meninas que as verei logo.

Encaixei o fone no aparelho e me sentei na cama. Sim, eu estava profundamente desapontada. Mas também era verdade o que tinha dito a Archie. Agora eu aceitava. Era natural querer atar os fios soltos antes de morrer. Aqueles fios tinham me feito cair vezes demais ao longo dos anos. Há muito tempo eu aceitara que o pai de Sonny jamais ia reaparecer, então tentei garantir algo mais para o meu filho nos anos futuros. Mas no último dia, o dia em que o mundo parou e depois se inclinou e tentou fazer com que eu caísse, escorregasse de cima dele, fui lograda. Nunca disse as palavras que teriam deixado Sonny tão feliz, e guardei o arrependimento em meu peito como um veneno por todos aqueles anos. E foi por isso que quando diagnosticaram que eu tinha câncer de mama bilateral dois anos atrás, fiquei devastada, furiosa e amargurada — mas não fiquei surpresa. Fazia sentido que meus seios tivessem azedado ao longo dos anos devido ao remorso e à dor.

Cortem-lhes a cabeça, disse eu, como se fosse a Rainha de Copas e eles fossem os valetes do baralho. Fatiem-nos. Eu não precisava pensar nisso por muito tempo. O que eram os meus seios comparados a um coração, a uma vida? Se ao menos isso fosse a cura.

CINQUENTA E TRÊS

O testamento só cuida de certas coisas. Outros assuntos podem ser resolvidos antes da morte, e alguns deles são tão divertidos quanto práticos. Sugestões: dar uma festa e convidar todos os presentes a escolher alguma coisa entre seus pertences. Fechar você mesmo suas contas bancárias e pedir que o banco lhe dê tudo em dinheiro. Informar o imposto de renda antecipadamente e garantir uma restituição antecipada. Entregar as chaves do carro a um amigo ou um parente querido.

"Testamentos e desejos"
Mil e uma dicas para morrer (em breve)

SEMANAS HAVIAM SE PASSADO, e Archie ainda não tinha decorado sua parte do caixão. As meninas terminaram seus lados até onde podiam. Ainda era um desafio repintar e redecorar, de modo que passados alguns dias uma delas pegava um pincel largo e cobria todos os corações (Daisy) ou caveiras e ossos cruzados (Estelle) e os substituía por estrelas e flechas, caras de macaco e raios. Estelle parecia ter decidido pintar um travesseiro vermelho de cetim no alto, enquanto Daisy pintava grama e flores na parte de baixo. A tampa continuava não decorada, fora algumas marcas de xícaras de café. A essa altura, já se tornara um tampo de mesa, sobre o qual se acumulava o costumeiro lixo doméstico de canetas, copos de plástico, avisos da escola, palitos de sorvete, canetinhas secas, catálogos coloridos que chegavam pelo correio, grampos de cabelo, *post-its*, embalagens de barras de cereal e, de algum modo, sempre aparecia uma meia solitária. Eu tinha pedido algumas vezes a Archie para arrumar aquilo, e ele me ignorara. Certa manhã ele bebia seu café na varanda da frente, os pés sobre o caixão, lendo o jornal. Tomei aquilo como uma ofensa pessoal. Era o meu caixão, afinal de contas.

Archie, será que você não pode arrumar as coisas uma vez na vida, pelo amor de deus? Quem diabos você acha que vai fazer isso depois que eu tiver morrido? Comecei a recolher as coisas.

Ele jogou o jornal no chão e se levantou.

Pare com isso! Dê um tempo, está bem?

O quê?

Isto. Tudo isto. Ele gesticulou para o caixão, gesticulou para o resto da casa.

Toda essa besteirada sobre como fazer tudo certo, droga. Quem dá a menor bola se este lugar estiver arrumado ou não? Você acha mesmo que isso importa? Mesmo?

Olhei fixamente para ele.

Sim. Importa para mim.

Você está maluca. Está doente e vai morrer, e me diz que tudo com que se importa é uma casa arrumada? Ele esbarrou em mim ao passar e entrou.

Examinei a propaganda que estava segurando. Eu me importava, sim, em deixar aquele lugar limpo e arrumado: isso tinha uma importância enorme para mim. Mas não era tudo com que me importava. Eu sempre tinha tido uma casa arrumada, isso remontava aos dias em que vivia no *trailer* e tinha que manter tudo no lugar, pois do contrário me afogaria na bagunça. E era mais do que uma questão de orgulho deixar minha casa arrumada. Mais do que qualquer outra coisa, eu temia que, se eu relaxasse nos assuntos domésticos, Estelle e Daisy iam se sentir inseguras, assustadas, achando que as coisas estavam fora de controle. As coisas *estavam* fora de controle. A mãe delas estava morrendo. Mas eu simplesmente não queria que elas sentissem que era assim, não antes que fosse necessário.

Ele abriu a porta de tela atrás de mim outra vez.

E se você acha que envolver as meninas pintando isto aqui as está ajudando a lidar com a situação...

Mas não as está magoando, está?, devolvi.

Ele me fitou, depois deu de ombros. Talvez não, disse, com a voz mais baixa. Ele vestiu o blusão. E aliás, aquele desgraçado fez de novo: cuidado quando for até o quintal.

Por quê?

Ele fez um gesto com a cabeça na direção do vizinho. Ele jogou alguma coisa por cima da cerca outra vez, lá nos fundos. Provavelmente alguma coisa bem nociva. Estou com pressa, limpo quando chegar em casa.

LEVEI AS MENINAS à escola dirigindo devagar. Naquela época eu dirigia como uma aposentada. Em parte tomava cuidado extra, no caso de minha direção estar começando a ficar prejudicada sem que eu me desse conta. Em parte tinha consciência de que minhas passageiras eram mais preciosas a cada minuto. Quando voltei para casa, fui direto até os fundos ver do que Archie estava falando. Havia de fato uma pilha de alguma coisa jogada por cima da cerca, mas quando me aproximei vi que não era nada de nocivo. Nada morto. Nem mesmo ervas daninhas. Com as mãos tremendo por causa do momento, por todas as implicações do que significava, curvei-me e apanhei. Um grande e desmazelado buquê de rosas, frouxamente amarradas com barbante.

Afundei o rosto na massa delicada de botões rosa-claros, ainda úmidos do orvalho da manhã. Cortados do jardim que ele cultivara em segredo e tornara belo para os olhos de ninguém mais além dos seus próprios. Havia milhares de palavras impronunciáveis naquele presente que Mr. Lambert enviava para mim. Em casa, encontrei meu maior vaso e acomodei as rosas Dorothy Perkins ali dentro, de onde elas se curvavam pelos lados e sobre a mesa.

Então voltei para a varanda. Archie estava errado. Eu não ligava a mínima para a casa arrumada, apenas para o que aquilo representava. Havia uma calma ordeira e uma segurança em minha casa, e isso não acontecera do nada. Eu fizera com que fosse assim. Eu criara aquele ambiente. Minhas filhas mereciam tudo o que um lar poderia ser. A mera palavra *lar* tinha um significado profundo para mim. O lar era onde eu queria estar. Depois de estar fora trabalhando ou em algum outro lugar, o lar era sempre para onde eu queria voltar. Não podia evitar — e não pediria desculpas por — querer deixar o lugar onde minha família vivia o mais confortável possível e, quer Archie visse isso quer não, mantê-lo arrumado era parte disso. Arrumar a casa nunca foi, para mim, uma atividade ignóbil. É claro que eu gritava com as meninas quando elas deixavam cair batata frita e embalagens no chão recém-varrido, ou roupa suja e toalhas molhadas em suas camas. Mas o ato de arrumar, como o de cozinhar, suspenso de seu contexto — contexto esse que significava que tudo era instantaneamente desfeito ou consumido —, era fonte de puro prazer. E para uma escritora, até mesmo uma escritora comercial e assalariada como eu, o trabalho doméstico proporcionava um valioso tempo para reflexão. Muitas palavras tinham sido escritas em minha mente enquanto eu passava a ferro ou esfregava o chão. Eu com frequência me perguntara se haveria algum elo neurológico entre a suave ação repetitiva dos braços usando uma vassoura ou a mão mexendo numa panela e as ideias que chegavam até a parte da frente de sua mente. Parecia-me alguma fusão da ação física com a ignição criativa.

Tirei tudo que estava em cima do caixão, cuidadosamente colocando as tampas certas nas canetinhas, levando de volta as xícaras para a cozinha e jogando os papéis no cesto de reciclagem. Varri a varanda e aparei as folhas mortas das azaleias. Peguei um ciclâmen que se recusava a florir e coloquei-o num lugar sombreado no jardim. Deixado ali, ele talvez ficasse bem dentro de uma ou duas temporadas. Levei o vaso de rosas para fora e coloquei-o sobre a mesa, onde algumas das flores chegavam ao chão. Então peguei uma velha colcha, um travesseiro e uma fronha limpa e meus tamancos pretos chineses, e levei tudo para a varanda. Por fim, abri a tampa do caixão e vi que estava errada. Archie tinha feito sua contribuição, afinal. Tinha pintado o interior.

Quando ele voltou com as meninas naquela tarde, eu estava sentada ao lado do caixão, com a tampa aberta. Escolhendo entre seus desenhos da tarde ou jogos de computador, Estelle e Daisy disseram Oi enquanto corriam para o andar de cima, mas eu estendi os braços quando passaram e elas se perderam em meu abraço, em vez disso. Archie fez uma pausa por um momento antes de subir a escada, como se precisasse avaliar minha resposta.

Achei que você ia gostar de um pouco de poesia, no fim, disse ele.

Está perfeito.

As meninas espiaram ali dentro e leram em voz alta os versos que Archie pintara num tom de roxo-escuro sobre um fundo dourado, um itálico fluente que começava com as palavras *Se dessem-nos tempo e espaço afora...*

Eu ia colocar um soneto ou coisa assim, disse ele, acho que não dá para errar com um pouco de Shakespeare. Mas então me lembrei de quanto você gosta de Marvell, essas coisas.

É, essas coisas, concordei.

Um século para cada parte, o último para o coração tomar-te. Estelle leu mais do que Daisy, mas então também parou. Não absorvia tanto a atenção quanto Philip Pullman, da *Bússola de Ouro*, com certeza.

Que ótimo, mamãe, agora podemos ver TV?

As duas desapareceram lá dentro. Então eu disse: Archie, Archie. E estava em seus braços, e não conseguia dizer mais nada. Ele se lembrara do que eu quase esquecera, como ia recitar os versos para mim mesma repetidas vezes. Um de meus poemas preferidos, tão espirituoso, tão sábio, tão urgente e fluido. E agora não às minhas costas, mas diante de mim; eu não ouvia, eu não via a carruagem alada do tempo se aproximando veloz? Não contemplava, todos os dias, os desertos da vasta eternidade? Quanto devia ter custado a ele pintar aquelas palavras, quando cada minuto de cada dia era mais um adejar daquela carruagem alada, aproximando-se mais e mais para me levar embora?

Desculpe-me, Del. Por hoje de manhã.

Eu o abracei com um pouco mais de força.

Sei como foi difícil para você escrever isso, disse eu. Como tem sido difícil para você.

Ele deu de ombros. Uma coisa meio masculina, sem lágrimas, mas de algum modo mais terrível por isso. Eu não queria que as meninas vissem isso, ainda não.

Vamos lá, Archie, disse eu, temos que aguentar firme. Ainda não morri. E tive um ótimo dia hoje. De verdade. Olhe para isto.

O que é?

O que Mr. Lambert jogou por cima da cerca hoje de manhã.

Está brincando? Ele as examinou mais de perto. Dorothys, não são? Onde você acha que ele as arranjou?

Ele tem um canteiro repleto delas no quintal. Vi outro dia quando subi na escada.

Sentei-me e peguei um dos caules, com um grumo de botões semiabertos.

Colha seus botões de rosa enquanto ainda pode, falei.

Isso também é do Marvell?

Acho que não. Agora não consigo me lembrar. Segurei o caule bem junto ao nariz, mas não havia muito perfume. Sou só eu, comentei, ou estas rosas não deveriam ser perfumadas?

Agora não consigo me lembrar. Archie sorriu.

Sabe, opinei, aposto que a mulher dele se chamava Dorothy.

Nós nos sentamos juntos olhando para o caixão. Ele apontou para a segunda estrofe na tampa. É meio pessoal demais, não é?

Talvez. Mas o meu túmulo será um lugar bonito e privado. Não haverá nenhum mais bonito.

Archie. Meu belo, engenhoso e sábio jardineiro. Calmo semeador e zelador de gramados. A mais calma de todas as coisas: o gramado. A melhor de todas as pessoas: o jardineiro. E então ele me explicou que achava que do lado de fora da tampa ia colocar uma de minhas expressões favoritas, junto com os versos de W.C. Fields: *Eu preferia estar lendo.*

E se você guardar isso para a lápide, sugeri, se não for caro demais? Depois disse: A não ser que eu esteja...

Esteja o quê?

Lendo, é claro. Apontei para as inscrições roxas líquidas, o poema perfeito que ele transcrevera para minha eternidade de repouso.

Cara Délia,
não, eu quis dizer toalhas Dela e Dela. E não me importo que sejam démodé, minha namorada também não. Escolhemos a mesma cor: lilás. O que eu queria lhe perguntar é: por que você sempre supôs que eu fosse um homem?

CINQUENTA E QUATRO

O CEMITÉRIO EM AMETHYST se tornara mais verde ao longo dos anos. Os gramados menos secos e falhados, as moitas de *frangipani* e trechos de gramados-pampas e filas de palmeiras mais altos, mais densos. Havia mais sombra, de modo que a luz do sol parecia mais pronunciada.

Os anos passados significavam que, ao lado dos três túmulos de seus avós e de sua bisavó Constance, a lápide de Sonny agora parecia pertencer àquele lugar. Parecia ter criado uma pele, mosqueada, ligeiramente escamosa, com uma fina camada de líquen se espalhando a partir da base. Era de mármore simples estampado com seu nome, SONNY BENNET, e as datas de seu nascimento e morte, e em letras bem menores, embaixo, dizia, *Filho único de Délia*. E depois: *Um coração, uma vida*. Era o único tributo em que eu conseguira pensar, na época.

Quando olhei pela última vez para a lápide, na manhã antes de ir embora de Amethyst com Jean, a minha visão doeu. Cerca de uma semana depois do enterro, a pedra ainda era nova demais, brilhante demais, um poste sinalizador ofuscante para o que jazia ali embaixo. Agora eu a fitei por um longo tempo, e dessa vez a dor era branda como uma tosse.

Perguntei-me por que tinha sentido medo disso durante tanto tempo, mas sentada ali, na grama, ao lado do túmulo dele, finalmente compreendi. Eu tinha crescido, envelhecido, e agora me encaminhava à minha própria morte. Naquela época eu era jovem, e a vida se estendia a uma distância assustadora e desconhecida, a caminho de um futuro que eu não tinha certeza de querer. Mas eu fizera progresso aos poucos, durante esses anos, mantendo-me ocupada e preocupada durante um dia ou uma semana ou às vezes uma hora de cada vez. Agora era como se todos esses anos tivessem, escondidos, tomado conta de si mesmos enquanto eu não estava olhando.

Não havia nada a ser feito no túmulo de Sonny. Quão morto você estava quando estava morto? Como era inútil para os que ficaram levar flores ou lembranças. Prender fotos emolduradas ou flores de plástico dentro de redomas, ou instalar pequenos nichos cobertos de vidro contendo as coisas favoritas da pessoa morta. Mesmo que eu tivesse plantado uma rosa ou alfazema ou hibisco, mesmo que eles tivessem sobrevivido aos anos, duvido que fosse ter me dado ao trabalho de podar uma única folha, pois lá embaixo meu filho jazia tão morto quanto no dia em que havia sido enterrado.

Filho único de Délia.

Adeus, Sonny, despedi-me, ao me levantar da grama. Tenho que voltar para as suas irmãs, agora.

CINQUENTA E CINCO

A morte de um autor é uma coisa, mas as consequências da morte do leitor ainda precisam ser explicadas. Se o leitor morre, onde isso deixa o livro? Um bom lugar para ele pode ser um memorial em seu túmulo. Muitos belos livros entalhados em mármore branco adornam cemitérios em todo o mundo.

"A condição pós-morte"
Mil e uma dicas para morrer (em breve)

ANTES MESMO DE ME dar conta de que eu estava deixando este mundo prematuramente, eu fantasiara que ficaria lendo até o instante da morte, e com frequência me perguntara que autor ou livro eu teria comigo quando minhas pálpebras se fechassem para sempre. Agora começava a achar que ia planejar isso. Mas conforme percorria a casa vendo todos os títulos não parecia me decidir por nenhum. Todos os livros que eu amara e admirara e considerara absolutamente perfeitos agora pareciam ter perdido seu sabor. Peguei meus títulos mais adorados, os que eu lera e relera interminavelmente — anotara, sublinhara, fizera resenhas como se estivesse preparando meu texto de formatura —, e nada parecia se adequar ao propósito. *Middlemarch*, de George Eliot, era pesado demais. Espirituoso, sim. Ardente, sem dúvida. Mas pesado demais. Levei *O morro dos ventos uivantes* para a cama certo dia, e sua narrativa meticulosa e cheia de surpresas, que eu sabia ser brilhante, só me frustrou até as lágrimas. E eu queria matar Nelly Dean. Ou Catherine. As duas. *Lolita* era inteligente demais. *Orgulho e preconceito* subitamente era frágil demais. *As ilusões perdidas*, lúgubre. *Madame Bovary*, excessivamente cínico. Até mesmo *Mrs. Dalloway* me parecia puro de um modo impossível. Então me dei conta, quando comecei a rejeitar livros que eram obras literárias perfeitas, que o problema não estava neles, e nem nos autores. Estava em mim, a leitora. A leitora em mim estava se desenrolando, bobinando para trás. A leitora que eu era já não era mais.

Se eu ainda não tivesse sido capaz de aceitar que a morte era iminente, esse fato bastaria para me convencer. Durante toda minha vida eu tinha lido, e somente a leitura era o lugar onde eu me sentia completa. E agora não conseguia ler. No entanto, não conseguia abandonar minha obsessão em encontrar o título perfeito para meu leito de morte.

Morte em Veneza

A morte do caixeiro-viajante

Não te orgulhes, ó Morte

Viagens intermináveis da minha cama de volta às estantes de livros se tornavam ainda mais frustrantes devido ao fato de que durante toda minha vida o único sistema de catalogação fora registrado em minha mente, e agora minha mente não funcionava mais do modo como funcionara outrora. Todas as centenas de livros espalhados pela casa não tinham uma ordenação, exceto talvez os do último ano ou algo próximo, quando o sistema simplesmente tinha sido colocá-los em ordem de aquisição no único espaço disponível: a estante na extremidade direita da sala de estar. Nenhuma organização, e no entanto eu sabia, até a última pequena coletânea de contos, o mais magro minilivro, onde cada um dos títulos repousava. Ao longo dos anos pensei em catalogá-los numa espécie de ordem — não o sistema Dewey, mas pelo menos alguma coisa que expressasse lógica, como juntar toda a ficção australiana num mesmo lugar, ou todas as reimpressões verdes da editora Virago em outro —, algo sensato e não muito perfeccionista. Mas quando encontrava um livro pouco lido em que eu não tocava fazia muitos anos, sempre decidia que não. Por que mudar algo que me convinha perfeitamente? Ninguém mais parecia precisar dos meus livros, então por que organizá-los e talvez me arriscar a nunca mais encontrá-los?

Agora eu gostaria de que houvesse decidido diferente. Aqueles caminhos batidos na minha memória estavam borrados, como uma tempestade de areia sobre marcas de rodas no deserto. Restavam poucas placas sinalizadoras agora, não muita coisa para seguir em frente. Manhãs inteiras foram tomadas com a busca por um simples romance, e quando eu me instalava de novo em meu quarto verde, começando pela primeira página de *Feira de vaidades* ou *Os diários de pedra*, era como sentir gosto de cinzas em minha boca em vez de suco de romã.

Até que a morte nos separe
Por quem os sinos dobram

Tentei até mesmo os velhos volumes das Seleções do Reader's Digest, que antes pertenceram ao meu pai e que Jean pretendia jogar fora. Guardei-os não porque quisesse lê-los, mas porque estavam conectados com o pouco dele de que me lembrava. Frank só tinha livros de capa dura. De acordo com Jean ele nunca colocara a mão em um livro brochura em toda sua vida: não eram livros de verdade. Para o tipo de homem que ele era, que ascendera de caixa de banco até assistente de gerente, que saíra da escola aos quinze anos mas sempre sentira que tinha perdido alguma coisa, os livros da Reader's Digest que chegavam todo mês eram preciosos. Jean passava os olhos por romances históricos em encadernação brochura enquanto via televisão e tricotava. Frank se sentava em seu estúdio, com os livros cuidadosamente dispostos sobre a mesa, virando as páginas resolutamente. Eu me lembrava da solene ansiedade que eu sentia esperando que ele viesse para casa depois do trabalho quando o correio tinha chegado com o livro do mês, como eu ficava excitada para entregá-lo a ele, e como ele abria lentamente o papel pardo, dobrava-o e me entregava para que eu o jogasse no lixo. Aquela reverência por livros. A sensação de que continham todos os mistérios que você sempre poderia querer saber. O modo como ele os colocava cuidadosamente na estante quando acabava de lê-los. Eu ainda podia me ver com cinco anos, não muito antes que ele morresse, deitada no chão ao pé da estante tentando ler os títulos dourados nas lombadas azul-escuras ou rubras. Um título em particular tinha me desnorteado, porque continha uma palavra nova para mim. Eu sempre o lera errado, como *A um passo da eterna idade*, já que a palavra estava hifenizada e dividida, para caber na lombada. O livro que continha o romance de James Jones ainda estava em minha estante. Entre todos os livros, eu me perguntava se *A um passo da eternidade* seria o mais adequado a ler naquele momento.

Mesmo o que era ofuscantemente óbvio me chegava de modo vagaroso naqueles dias, mas levou semanas daquelas viagens de beco sem-saída em torno das minhas estantes, aquelas excursões áridas e estéreis por uma biblioteca que outrora podia ser o único motivo da minha vida, pela qual eu podia morrer, até eu me decidir. Foi quando encontrei um título muito óbvio, um que eu podia ler, e depois mais um — *Enquanto agonizo*, que terminei em um dia, o que era lento para mim mas rápido para o meu novo e reconstruído eu moribundo, e depois, um outro dia, *Crônica de uma morte anunciada* — que finalmente descobri. Só conseguia ler algo muito curto. Uma pessoa mais inteligente à beira da morte talvez tivesse reparado nisso semanas ou meses antes. Seria má ideia começar gordos romances do século XIX, especialmente aqueles que você nunca tinha lido antes. Como você estaria apertando irritadamente a mão do Anjo da Morte, em toda a sua pompa e foice, enquanto com a outra mão passava os capítulos finais de *Jane Eyre* para ver se ela se casa com Mr. Rochester ou não? E muitos livros contemporâneos seriam igualmente pouco práticos, se a encapuzada subitamente aparecesse ao pé da sua cama, um pouco antes do que você planejara. Com licença, preciso terminar *As correções* e ver se Enid afinal consegue reunir sua maldita família para o Natal... Pouco provável. E as chances de um companheiro para o leito de morte, um parente ou um amigo que tivesse lido o livro e pudesse te contar enquanto as luzes diminuíssem e a música abaixasse... também não havia muitas chances de que isso acontecesse.

I'm Dying Laughing.

O ente querido.

Mas era mais do que a consideração prática. Comecei a ver que não era a extensão, mas a natureza destilada da obra. Eu precisava vascular no interior da escrita e encontrar sua essência numa tacada. Isso também fazia sentido. Agora, se eu quisesse beber, não desejava mais do que uma pequena taça de xerez seco, ou um trago de conhaque mais do que várias taças de vinho. Muitas vezes depois do jantar, mesmo que eu tivesse comido pouquíssimo, Archie me levava um xerez ou alguma outra bebida numa das melhores taças de cristal. Quando as crianças estavam na cama, depois de eu ter lido mais algumas páginas daquelas tediosas histórias de fantasia para Daisy, nós nos sentávamos por alguns minutos na sala de estar com a televisão baixa, e ele tomava mais uma ou duas cervejas enquanto eu bebericava. O gosto de vinho fortificado parecia muito melhor ultimamente. E assim também era com os poemas. Eu sabia que havia lido e em alguns casos os sabia de cor — pois todas as anotações e marcas e trechos sublinhados e páginas marcadas estavam ali nos livros como prova —, mas eu podia espiar aquelas palavras, algumas delas apenas duas estrofes numa página, e o efeito não era apenas como se eu as estivesse lendo pela primeira vez, como se eu fosse sua primeira leitora, uma Eva no jardim da literatura... Não. Eu entendia exatamente o que estavam dizendo sem o menor esforço. Eu sabia, embora mal me lembrasse, que outrora relia poemas como "Ode ao outono" repetidas vezes para extrair seu sumo interminável. Agora, meu discernimento e minha compreensão eram tão agudos que quase doíam. Eles falavam comigo de imeditado, e completamente. Era quase miraculoso. Eu só queria ler poesia.

O que eu estaria lendo no momento da morte? Não sabia agora, pois conforme o momento se aproximava o antigo conhecimento se desfazia, e coisas novas emergiam de modo inesperado. Mas eu achava que, se fosse ler alguma coisa, seria poesia. É claro, estaria ouvindo velhos discos de Johnny Cash, ou Pearl Bailey, ou Liberace — a morte tornava qualquer coisa possível — porque meus olhos talvez não estivessem funcionando tão bem. Os sentidos param de funcionar, e a audição é o último a nos deixar. Eu sabia disso. O que tornava essa especulação sobre a leitura para a hora da morte um pouco redundante. Talvez eu devesse remexer na minha coleção de discos ou ver se algumas das minhas fitas mais antigas ainda funcionavam. Ou verificar se realmente ainda existia um aparelho de som habilitado a tocar fitas cassete.

E era difícil abandonar a ideia de ler. Tinha sido uma ideia persistente em minha vida e, portanto, uma ideia persistente em minha morte. Então comecei a notar que a pilha ao lado da minha cama não continha muito mais do que poesia.

Elegia escrita num cemitério da aldeia

Agora eu entendia. Morrer era uma experiência destilada. Morrer era um momento poético. A ironia final. O drama derradeiro na vida de uma pessoa. Fazia sentido só conseguir ler poesia.

Então me concentrei na leitura de poemas, e abandonei qualquer plano de reler *O amor nos tempos do cólera* ou *A casa abandonada*. Não fazia muito tempo que, se eu pensasse que ia morrer sem a chance de reler meus livros mais adorados, teria chorado ante esse pensamento, teria me sentido desolada ante a pura chance de partir sem um adeus final a amigos tão queridos. Teria me sentido triste por não haver mais oportunidades de reler *Ardil 22*. Lamentaria nunca mais ter a oportunidade de entender *Finnicius Revém*. Sentiria um profundo fracasso por nunca ter chegado perto de resolver o cubo mágico que era *Fogo pálido*. Mas achava que nada disso importava no momento. Olhando para esses títulos, todos empilhados uns por cima dos outros na estante do vestíbulo, senti-me quase feliz por poder lhes dizer adeus agora. Todos aqueles livros queridos, alguns deles gastos e surrados, com páginas caindo e *post-its* se acumulando nas margens. Aceitei com calma o fato de que não ia relê-los nunca mais.

Além disso, enquanto eu os deixava de lado pegando, em seu lugar, Keats ou Plath ou Forbes, ou o *Novo tesouro dourado do verso em inglês*, pensei em vez disso que eram eles que talvez quisessem se despedir de mim, e não o contrário. Talvez fosse aquela astúcia, aquela clareza de visão mais uma vez proporcionada pela morte, mas agora eu me perguntava se eles teriam existido de verdade, todos aqueles romances, se eu não os chamasse à vida. Ou talvez isso fosse a morte. Tornando você um pouco mais arrogante do que o normal. Fazendo com que se sentisse ligeiramente divino.

Mas eu esperava que pelo menos estivesse segurando um livro no momento da morte. Esperava ter condições de segurá-lo. Frank estava lendo quando morreu: um exemplar de *Papillon*, de Henri Charrière, que ele comprara depois de ver o filme recém-lançado. Qual seria o meu livro? Títulos óbvios se insinuavam, mas eu sabia que seria improvável que fosse as *Odes* de Keats ou *A odisseia* ou *In Memoriam*. Teria que ser algo pós-moderno, eu imaginava. Algo improvável e despretensioso. Se eu fosse o tipo de pessoa capaz de atrair um obituário, isso teria importância. A posteridade gostaria de registrar o que eu estaria lendo em meus últimos momentos.

Ela estava, para seu eterno pesar, só na metade de Possessão *quando a morte bateu à porta.*

Ela conseguiu cumprir uma ambição de vida inteira lendo até o fim Em busca do tempo perdido *antes de receber o chamado da morte.*

Uma leitora profissional até o fim, virou a página final do último vencedor do Booker Prize, decretando ser estilisticamente exagerado e pobre em narrativa, antes de fechar seus olhos para sempre.

Por sorte, eu não era esse tipo de pessoa. Se algum livro estivesse envolvido na fatalidade, o que quer que fosse minha última leitura ela não precisaria ser um desafio maior do que o último relatório dos criadores de galinha. Mas obviamente a leitura perfeita para o leito de morte seria *Mil e uma dicas para morrer*. Era melhor eu me apressar e terminá-lo.

Cara Délia,

sei que você tem galinhas. Minhas três orpingtons vermelhas não querem pôr, mesmo tendo uma bela gaiola com jornal limpo. Há um espelho lá dentro, e um sino, e coloquei até mesmo um ovo falso para enconrajá-las. Dou-lhes a ração indicada. O que estou esquecendo?

Sem Ovos

Cara Sem Ovos,

a natureza, eu diria, é aquilo de que está se esquecendo. Mrs. Beeton exprime isso melhor do que ninguém quando diz que a arte de os pássaros construírem ninhos é uma das maiores invenções que o vasto mundo da Natureza pode mostrar. Em outras palavras, apesar de todos os seus artifícios inventivos, suas galinhas não vão pôr ovos sem fazer seus próprios ninhos. Sobre a arte de construir ninhos: tudo o que você precisa fazer é jogar lá dentro um pouco de palha e deixar o resto com elas. Você estará comendo omeletes num piscar de olhos.

CINQUENTA E SEIS

NO DIA SEGUINTE, de manhã cedo, arrumei minhas coisas no hotel Paradide Ranch, e quando terminei verifiquei os armários e gavetas. Não havia brincos ou batom colocados no lugar errado nem meias esquecidas. Na gaveta da mesa de cabeceira encontrei uma Bíblia dos Gideões. Jamais abrira uma delas, em nenhum dos diferentes tipos de hotel em que ficara hospedada durante a vida. E era tarde demais para pensar em religião. Minha casa tinha sido minha religião, minha família, o alvo de minha devoção.

Mas eu não teria outra oportunidade de ler uma Bíblia dos Gideões, então me sentei na cama e a abri. Lembrava-me, quando dos meus dias de escola dominical, de haver uma bonita história sobre uma mulher chamada Rute, catando milho em meio a estrangeiros numa plantação longe de casa. Abrindo o Velho Testamento, encontrei *O livro de Rute*, e o li até o fim. Rute está determinada a se instalar em um lugar com o qual só tem um único vínculo: a mãe de seu falecido marido. Ela quer consolo e proteção, mas não implora; tem dignidade e paciência. Não faz mais do que pedir a gentileza de seu parente Boaz, e ele a estende sobre ela como um casaco. Enche a manta que ela lhe entrega com seis medidas de cevada de sua colheita. E então toma-a como esposa.

Rute, ocorreu-me, era qualquer pessoa longe de casa, exilada de tudo o que conhecia e amava e ainda assim determinada a triunfar sobre a dolorosa movimentação de sua vida. Keats compreendeu isso quando escreveu sobre o triste coração de Rute, chorando em pé entre o milho estrangeiro. Terminei *O livro de Rute* sentindo um pouco de seu coração triste. Rute foi a mãe de Oved, a avó de Jessé, a bisavó de Davi, o rei de Israel. Eu também estava nostálgica, mas não haveria mais corações tristes. Fechando a Bíblia dos Gideões, deixei-a sobre a cama e fechei minha bolsa. Era hora de ir.

Passava do meio-dia quando parti, e não tinha comido nada naquela manhã. Havia uma última parada que pensei em fazer, então entrei no Roadkill Café para um café da manhã tardio. Não era de Mitchell, mas ainda assim eu sentia que devia experimentar pelo menos uma refeição. Não havia outros fregueses, então escolhi sem pressa o meu prato, antes de pedir ovos de pato selvagem mexidos com torrada intergal. Com o chile que acompanhava, feito de tomate nativo, plantado pelo próprio Roadkill, os ovos tinham mais ou menos o mesmo gosto que qualquer outro, e pensei que não eram nem de longe tão bons quanto ovos das minhas galinha. Depois da refeição, tomei um excelente café com leite, sem pressa para ir embora.

Não era indispensável comer rato frito ou canguru com pimenta ou qualquer coisa exótica assim antes de morrer. Mas comprei um frasco do molho de tomate e chili da casa, que vi no balcão na hora de pagar.

Enquanto cada hora da longa viagem para o norte estava impressa em minha mente, enquanto conseguia me lembrar de cada lugar que atravessara de carro, cada canção que escutara, cada parada que fizera, a viagem de volta foi só um borrão no tempo. O fracasso me impulsionava. A tristeza ainda era minha companheira, mas uma companheira amigável. Eu regressava com um vazio no peito, mas sabia que ia preenchê-lo para sempre com o que me esperava em casa. Três dias, e dirigi sem registrar nada além das paradas que tinha de fazer. Tudo o que conseguia ver estava à minha frente, e quando finalmente estacionei o carro em frente à minha casa em perfeita exaustão, sabia que ali dentro havia um manto esperando para me cobrir.

CINQUENTA E SETE

Peritos na cozinha aconselham que se tenha sempre um estoque do que chamam de básico, e no entanto sua lista inclui coisas como favos de baunilha e agraço. Mas a família comum representa uma crise em potencial. As coisas mais sensatas para se ter à mão são macarrão instantâneo, biscoitinhos de milho, feijão em conserva e concentrado de suco de limão açucarado. Não existe criança que não fique contente com pelo menos um desses produtos.

"Fazendo estoque na despensa"
Dicas para a cozinha (2002)

O INTERIOR DA CASA ERA um lar carente de atenção. Entrei, esperando que as meninas se atirassem nos meus braços como eu queria me atirar nos delas. Em vez disso, Daisy veio correndo me perguntar o que haveria para o jantar, e Estelle não teve pressa em se desgrudar da frente do computador antes de vir pegar minha bolsa.

Tenho que sair, disse Archie, tenho essa reunião com os arquitetos às seis. Pensei que você fosse chegar antes.

Foi impossível atravessar a ponte a essa hora, disse eu.

Podemos pedir comida?

Aposto que vocês pediram comida todas as noites em que estive fora, respondi a Daisy.

Não todas as noites, disse Estelle. A vovó veio e preparou comida de verdade. O que você trouxe para a gente?

Mais tarde falamos disso.

Archie passou por mim apressado, com um beijo, e vestiu a jaqueta no mesmo movimento. Talvez ele estivesse mesmo atrasado. Talvez também houvesse algum ressentimento por eu ter ficado fora. Larguei a bolsa e as chaves sobre a bancada da cozinha.

Estou com fome. Quero jantar. Posso tomar um *milk-shake?*

Daisy, acabei de chegar, me dê um tempo, por favor.

Ela pareceu irritada.

Me dê um abraço, então. Preparo seu *milk-shake* num minuto.

O abraço foi breve. Era difícil competir com a televisão, à noite. Mas naquela noite fiquei feliz por isso. Fui me sentar em minha cama um pouco. Não podia estar me sentindo mais cansada. A mera ideia de abrir a geladeira para ver o que poderia haver ali depois de minhas duas semanas fora era insuportável. A perspectiva de preparar qualquer coisa mais complicada do que feijão com torradas, impossível. Mas eu as deixara. E voltara com pouco mais do que fracasso dentro da mala.

Queria lhes dar coisas especiais dele: seus livros e brinquedos. Mas agora que estava de volta sabia que elas não se interessariam. E por que deveriam ter? Como poderia esperar que tivessem qualquer interesse num irmão morto há tanto tempo? Um meio-irmão. Uma não pessoa, que vivera e morrera antes que elas nascessem. Uma criança fantasma. E ainda assim provavelmente já tinham ciúme. Empurrei a velha mala dele para dentro do meu armário, tirei minhas poucas coisas de dentro da minha mala e coloquei em cima da cama, joguei a roupa suja no canto do quarto e peguei os sabonetes e minixampus do Paradise Ranch que tinha guardado para elas. Não era muito, mas era melhor do que nenhum presente.

Voltei à sala de estar.

Que tal pizza para o jantar? Estelle, você quer dar uma ligada e pedir para mim?

Joia. Vegetariana com porção extra de queijo.

Naturalmente.

Mas eu quero havaiana, choramingou Daisy.

Ó, deus.

Peça as duas, ordenei, rapidamente. Naquela noite eu teria cortado fora meio seio esquerdo — se tivesse um — para evitar outra daquelas cenas exaustivas.

Quer dizer uma de cada? Elas não conseguiam acreditar.

O que vocês quiserem.

Elas se entreolharam, calculando em nanossegundos até onde poderiam explorar essa vantagem.

Podemos pedir pão de alho também? E uma garrafa de Pepsi?

Tudo, respondi. Mas ligue para eles agora, Stelly, e vamos assistir a alguma coisa idiota na TV.

Os Simpsons não é idiota, disse Daisy.

Está bem, disse eu. *Os Simpsons* é uma coisa muito, muito inteligente. E de todo modo ela estava certa.

> *Cara Délia,*
> *ainda não consigo encontrar uma receita para preparar asas de arraia. Gostaria de uma para dugongo também, se você tiver.*
> *Amante de Peixes*

> *Caro Amante de Peixes,*
> *você já pensou em preparar pequenos mamíferos nativos? Recentemente eu me deparei com pratos como gambá grelhado (desossado, no espeto) e filés de canguru com molho de pimenta. Passo de bom grado as receitas, se você quiser.*

CINQUENTA E OITO

Lembre-se da coisa mais importante de todas: o funeral é para os vivos, não para os mortos.

"Funeral como festival"
Mil e uma dicas para morrer (em breve)

As MENINAS FICARAM um pouco mais altas, o número de seus sapatos aumentou, elas decidiram que adoravam torta de espinafre num mês e no outro que detestavam. Estelle largou o *netball*, Daisy começou a fazer jazz. Continuaram a brigar e a se acariciar mutuamente diante da televisão. Durante os meses seguintes foi uma vida familiar normal, exceto pelo fato de que eu pensava na morte e escrevia sobre ela. Organizava caixões. Visitava cemitérios e funerárias. Segui em frente e fiz a pesquisa e escrevi os capítulos e mantive o lar em seu rumo, mesmo que aos tropeços, da melhor forma possível.

Entre isso tudo, havia semanas em que eu me recolhia à cama, em que dormia sem conseguir descansar. Havia momentos em que eu podia trabalhar e viver como uma pessoa normal. Havia visitas à clínica oncológica e ao consultório da dra. Lee, e houve o dia em que saí da ala de quimioterapia para sempre. Eu estava feliz por ter ido a Amethyst e visto Mitchell, Pearl, Tara e apanhado a mala. Triste por não ter encontrado Amber mas feliz por ter tentado. Durante todos aqueles meses, enquanto eu garantia que as meninas tivessem permissão de levar uma vida normal, eu me perguntava o que exatamente era isso. O que era normal para crianças?

O que aconteceu foi que Jean passou a nos visitar muito mais. Archie trabalhava um pouco menos. Eu ficava mais tempo sentada com as galinhas.

E em meu tempo livre, andava pela casa me preparando para os problemas. Levando todas as coisas indesejadas para as lojas de caridade. Enchendo o *freezer*. Terminando a pilha de roupas para passar. Elaborando alguma coisa especial para as meninas.

Eu já tinha comprado duas caixas, uma para cada uma, a de Daisy com patos por toda parte, a de Estelle preta com estrelas prateadas. Agora, começava a enchê-las. Numa coloquei a lista de casamento (bem, pode ser que ela ache engraçado daqui a vinte anos) e minha aliança de casamento, que eu não usava fazia muito tempo, com toda a perda de peso. Coloquei um pato de plástico levando um bilhete em torno do pescoço que dizia: *Pode ser trocado por um pato de verdade em dois anos. Lembre o papai.* Eu sempre prometera um pato de estimação a Daisy, mas não sabia como acomodá-lo junto às galinhas. Deixaria Archie resolver. E então incluí uma nota de vinte dólares, para que ela soubesse que eu estava falando sério. Coloquei ali um exemplar de *Now We Are Six*, de A.A. Milne. Pertencera a Daisy quando ela era menor, e a Jean quando ela era criança. Um livro amado e guardado como uma preciosidade por décadas. Talvez Daisy fosse lê-lo para um filho seu, algum dia. Talvez só fosse enviá-lo para o bazar do Exército da Salvação. Mas isso não tinha importância. Ela só precisava saber que era algo que eu fizera para ela. Coloquei o *kit* de mágica de Sonny. Quase tudo era sem valor, mas pensei que talvez ela gostasse da varinha, que, com seus fios e ímãs ocultos, funcionava realmente um pouco parecido com mágica. E por fim a margarida de plástico dele, que espirrava água, é claro.

Para Estelle eu tinha um conjunto de roupa em seda preta, antiga mas em perfeito estado, que eu sabia que ela usaria não por baixo, mas por cima das suas camisetas de malha. Na sua caixa, coloquei um par de brincos de cristal em forma de gota que eu havia comprado fazia muito tempo num brechó, e vinte dólares, para que ela pudesse furar as orelhas em seu aniversário de doze anos, como eu havia prometido. Ela provavelmente atormentaria Archie e conseguiria fazer isso antes. Eu era sóbria o bastante para não sugerir leituras a Estelle, e suspeitava que ela era o tipo de garota que ia acabar escrevendo seus próprios livros. Então, o livro que escolhi para ela estava inteiramente em branco, páginas creme sem linhas e capa vermelha. Incluí minha melhor caneta-tinteiro e um frasco de tinta perfumada que escondia fazia anos. Estelle cobiçava ambos. Das coisas de Sonny, escolhi maquiagem de palhaço e um nariz vermelho de plástico. Achei que ela fosse apreciar aquilo.

Tinha pensado em lhes dar os aparelhos eletrônicos que tanto queriam — um celular, um videogame portátil, uma nova câmera digital, um iPod — até me dar conta de que isso era impraticável. Mesmo que eu morresse na semana seguinte, essas coisas provavelmente estariam obsoletas. E sei que nunca teria escolhido a marca certa, o número certo de *megapixels* ou *gigabytes* ou o que quer que fosse tão vital nessas coisas. Não importava a mim, mas importaria a elas. E isso era o mais importante.

Haveria meus livros, meus enfeites, minhas coisas de papel, minhas roupas, minhas joias, minha música, até mesmo meu carro. Elas poderiam ter as chaves do reino e pegar o que desejassem. A única coisa que importava era que eu teria pensado com muito cuidado no que mais queria lhes dar, já que o amor, embora durasse, não podia ser capturado e colocado em caixas como aquelas.

Na verdade, quando Estelle completara onze anos eu já tinha dado a ela as chaves do reino. O que significa que lhe delegara toda a responsabilidade sobre seu quarto, sobre o quarto delas. Quando entrei para esconder as caixas, quase tropecei na mochila de Daisy, com estampa de oncinha. Chutei-a para o meio do quarto, onde ela aterrissou perto de várias folhas de dever de casa, um estojo de lápis vomitando seu conteúdo sobre o chão e mais ou menos mil bonecas com roupas em bom e mau estado. Havia uma demarcação invisível naquele quarto. O lado de Estelle, com seus pôsteres de bandas e cantores ou atores (eu honestamente não sabia) nas paredes, e suas roupas arrumadas no conjunto de aramados. Seus livros empilhados na mesa de cabeceira, seus CDs todos nos estojos e arrumados por ordem alfabética na estante ao lado do aparelho de som. Sua cama estava feita, e os travesseiros, no lugar. O lado de Daisy parecia habitado por suricatos hiperativos. Os travesseiros estavam sempre no chão, as cobertas ocultando volumes intrigantes, os bichos que ela abraçava durante o sono estavam imprensados entre o colchão e a parede. Muitas de suas brigas eram disputas territoriais ocorridas naquele quarto. Eu estava bastante orgulhosa do modo como deixava tudo isso por conta delas. Entregava-lhes pilhas de roupa limpa e deixava o resto com elas. Se os lençóis não tinham sido trocados recentemente, ninguém parecia ter contraído nenhuma doença em particular.

Coloquei a caixa de Estelle no alto do armário, onde sabia que ela ia encontrá-la logo depois que eu morresse. A de Daisy pus no armário, no chão da sua metade, onde, a julgar pelo monte de embalagens de comida, roupas íntimas sujas, velhas pantufas e outras coisas sobre as quais eu nem queria saber, ela talvez não a achasse durante anos.

Então, já decidiu? Vai ser Waverley ou Rookwood? Archie deu uma longa golada em sua cerveja.

Estávamos no galinheiro antes do jantar, sentados nas cadeiras de vime que precisariam ser jogadas fora logo, de tão velhas que estavam. Estava mais fresco naquela noite do que normalmente estaria em setembro, e as galinhas já começavam a se encaminhar para seus poleiros. Eu ainda segurava Jane em meu colo. Se as pessoas soubessem como galinhas iguais a ela eram macias e dóceis, elas seriam mais populares como animais de estimação do que os coelhos.

Não seria ótimo ser enterrada aqui?, propus. Bem ao lado da caixa de postura. Bem fundo, onde estão as melhores minhocas. Eu ficaria tão contente aqui, debaixo do cocô das galinhas e suas sobras.

Archie apenas olhava para mim.

Não ligue para isso, pedi, não tenho nenhum plano maluco para isso. Além do mais, é contra a lei. Seção 63, relativa à Remoção de Tecidos Cadavéricos, do *Ato dos Cemitérios*, de 1908. Fiz essa pesquisa para o livro.

Onde, então? Você vai ter que me dizer, cedo ou tarde. De preferência, não tão tarde.

Bem, os dois lugares que tenho em mente estão à mesma distância daqui, então qualquer um dos dois é uma opção prática. Isso se vocês planejarem me visitar.

Claro que vamos visitar.

Mas Waverley é uma ideia atraente. Arthur Stace está enterrado lá.

Quem?

Você sabe: o cara da Eternidade.

E por que isso é relevante?

Só me agrada. Não se preocupe: você vai entender em breve.

Jane estava irrequieta para sair dos meus braços, então a passei por cima da cerca, por onde ela saiu trotando para se empoleirar durante a noite.

Então você quer que seja em Waverley. Acha que devíamos... você sabe...?

Comprar o lote agora?, perguntei. Está tudo bem, Arch, você pode dizer isso. Tudo fica mais fácil quando dizemos as palavras certas, não acha?

Ele apenas enfiou o nariz fundo no seu copo de cerveja. É claro, mesmo naquele estágio, mesmo depois que vencera o desafio do caixão, nada facilitara que Archie dissesse as palavras corretas. Aquilo não era fácil para ninguém além de mim.

Mas não, não quero dizer que me decidi por Waverley, disse eu. Tem uma vista fantástica, mas lá é muito movimentado, você sabe. E Rookwood tem um nome poético tão maravilhoso. Tem assonância. Adoro a ideia de ser enterrada em Rookwood.

Quer dizer que escolheria um cemitério só por causa do *nome*?

É POSSÍVEL. Mas o nome Waverley tem conotações literárias, observei. E muitos poetas também estão enterrados ali.

Ele revirou os olhos. Bem, é melhor você chegar a uma conclusão para que a gente possa começar a se organizar. Vou pegar outra cerveja. Quer alguma coisa?

Arch..., segurei o braço dele quando ele se levantou. Não vou chegar a uma conclusão, disse eu. Não me decidi nem vou me decidir.

Você? Não vai se decidir? Não vai planejar? Conversa fiada.

É isso mesmo. Não vou.

Por que não, Del?

Eu me dei conta de que não vou visitar a mim mesma quando estiver morta, então não vou fazer nada porque não preciso. Você pode fazer.

Eu?

É. Você é o jardineiro. Vai fazer a escolha certa sobre onde me plantar, sei disso.

Eu me recostei na cadeira de vime me sentindo talvez presunçosa demais, mas também sabia que estava certa. Quando ele foi pegar sua cerveja, quase pude ver os dentes das engrenagens se movendo em sua cabeça. Waverley ou Rookwood. Rookwood ou Waverley. Talvez ele pudesse decidir jogando cara ou coroa.

Caro Desesperado,
nestas circunstâncias, foi extremamente generoso da sua parte me convidar para a cerimônia de oficialização entre você e sua namorada no Hyde Park. Mas eu temo que não esteja bem o suficiente para comparecer. De outro modo eu adoraria estar presente. Estou mandando para vocês um presentinho, que talvez combine com aquelas toalhas.

CINQUENTA E NOVE

Você talvez queira levar em consideração, porém, a elaboração de uma lista de emergência. Mesmo que o funeral seja algo para os vivos, um bocado de briguinhas familiares podem acontecer sobre detalhes irrelevantes, como a decisão de servir ou não canapés e ostras defumadas no velório... Ou de se contratar um tocador de gaita de foles: piegas ou ironicamente divertido?

"O funeral como um festival"
Mil e uma dicas para morrer (em breve)

TAMBÉM NÃO PLANEJEI o funeral. Planejei no início, com mais uma lista escrita, incluindo o lugar e o horário. Queria que fosse no fim da tarde, para que todo mundo pudesse ficar por ali depois, com bastante bebida e diversão — bebida de verdade também, com champanhe decente e uísque puro de malte e engradados e mais engradados de cerveja *premium*. Também seria servida comida de verdade — travessas generosas de um gordo pernil fatiado, pãezinhos frescos e crocantes e bolinhos cremosos de chocolate. Além de comida de festa para as crianças: elas precisariam de Fanta e pão com manteiga e confeitos e todas essas coisas magníficas e nojentas.

Não seria como aqueles funerais anêmicos tão na moda agora, cuja comida era trazida por um único fornecedor. O tipo de pacote funerário que tomava conta de tudo, desde o caixão até os *croissants*. Tudo limpo e fácil e frio. Salões em funerárias e crematórios que eu encontrara enquanto pesquisava para o livro. Templos vastos e seculares com música estéril vinda de alto-falantes camuflados, música que não se parecia com nada na terra ou no céu. Nesses lugares os enlutados eram silenciosamente conduzidos pela porta da frente e depois para fora dali pela porta lateral em menos de uma hora, como se estivessem numa passagem que se movia vagarosamente, atapetada de bege, e supostamente não deveriam notar que alguém havia de fato morrido. Que havia um corpo ali. Que o caixão (ou ataúde) fracamente iluminado na frente daquelas cortinas cinzentas não continha um bilhetinho dizendo *Descanse em paz* ou uma bricadeira dizendo *Foi-se!* Mas que isso significava que havia, agora, um imenso buraco esfarrapado na vida de pelo menos uma pessoa, bem ali, naquele lugar.

Eu não teria nada disso. Minhas filhas e seus amigos podiam se sentar em torno do meu caixão, comer seus lanches em cima dele, se quisessem. Estelle podia apoiar seu CD player no topo. E Daisy podia derramar todo molho de tomate em seu sanduíche que quisesse, enquanto seu ratinho, China, corria por ali.

Quanto à ordem do serviço em si, eu estipulara as canções e músicas. Escrevi os nomes das pessoas que gostaria que falassem, ou que lessem meus poemas favoritos. Cogitei fazer um pequeno filme de mim mesma, sorrindo para toda a minha família e meus amigos, insistindo para que não ficassem tristes, dizendo-lhes quanto eu os amava, lembrando-os de que comprassem um exemplar de *Mil e uma dicas para morrer* na saída (mas infelizmente eu não poderia autografar para eles) e depois dizendo Adeus, adeus, adeus. Mas então isso me pareceu algo um pouco macabro. Além do mais, eu não tinha as habilidades tecnológicas para fazê-lo. Estelle talvez pudesse me ajudar, mas não seria uma surpresa. E depois de ter resolvido tudo e até mesmo decidido a cor dos guardanapos que eles poderiam usar para limpar a comida e a bebida, dei-me conta de que não precisava fazer aquilo. Nada daquilo. E joguei a lista fora.

Então, um dia, Jean me disse, como eu sabia que ela ia dizer:

Délia, não discutimos o funeral.

Aham, disse Archie. O que você quer fazer? Ele foi até o aparador apanhar um bloco de anotações e uma caneta. As meninas estavam terminando seu dever e a casa ficou quieta por um tempo. Vou abrir uma garrafa de vinho para nós, falou Archie, e podemos nos sentar e resolver tudo. Você também pode nos dizer agora o que quer.

Nada, respondi, enquanto pegava o vinho da despensa.

Como?, falaram eles em uníssono.

Vocês me ouviram. Nada. Não vou planejar absolutamente nada.

Não entendo, interrompeu Archie. Você planeja algo como o casamento de Daisy, mas deixa seu próprio funeral de fora? Você estava até pensando em fazer o bolo de casamento dela, pelo amor de deus!

É, eu sei.

Mas você disse que quer um bom velório. Que tal fazer uma lista de músicas? Ou da comida, pelo menos... Você é tão específica com festas e coisas do tipo.

Não sou, não.

Ah, pare com isso, disse ele, você *é*.

Não, Archie, eu *era*. Não mais. Deixei isso para trás.

Ele e Jean se entreolharam. Ela estendeu a mão para pegar a garrafa de vinho que ele ainda não tinha aberto.

Descobri uma coisa, declarei. Nos próximos anos, é claro que quero que você e as meninas se lembrem de quanto eu me importava com vocês. É por isso que fiquei gastando meu tempo com listas de casamento e coisas do tipo. Mas o funeral não é para mim; é para vocês. Então vocês fazem a lista. Vocês escolhem a música. Os poemas. Os hinos, se quiserem. A comida e a bebida. Podem servir bolos de carne com molho, água tônica e cerveja Foster se quiserem. Não me importo.

Você realmente não se importa?

Não. É incrível, não é? Mas será o evento de vocês, não meu. Quero que vocês façam tudo conforme sua preferência.

Empurrei o bloco e a caneta para eles e me levantei.

Comecem a escrever agora, se quiserem, propus. Tenho uma coisa importante para fazer.

Eu ainda tinha mais uma caixa vazia, mas não conseguira decidir o que deixar nela.

Fui até o meu quarto verde, fechei a porta e liguei meu computador. Então digitei a última lista que eu escreveria.

Alguns meses antes, eu tentara ter a mais difícil de todas as conversas com Archie, uma conversa que eu achava inevitável. Tentei dizer a ele para pensar em si mesmo. Para pensar em sexo. Eu tentara dizer que, com a minha reduzida — e então, nos meses seguintes, extinta — capacidade para fazer sexo, ele não deveria julgar errado encontrar uma namorada. É claro que era uma conversa idiota para se tentar ter.

Não é triste para você?, perguntei-lhe, enquanto estávamos deitados juntos na cama, aconchegados. Você não sente falta?

Eu não conseguia, naquele estágio, nem mesmo me lembrar da última vez que tínhamos feito sexo. Parecia, então, que eu sempre sentia dor, ou vomitava, ou estava internada no hospital, ou me recuperando de uma cirurgia, ou trabalhando, ou dormindo, ou exausta, e nunca interessada ou disposta. Só tinham se passado dois anos desde a mastectomia, mas a essa altura era difícil lembrar como era ter seios. Mas eu me lembrava de como Archie gostava deles, de como, quando estávamos na cama, ele os segurava com as mãos em concha e os acariciava como se fossem filhotes de passarinho.

Por que deveria ser triste?, perguntou ele.

Não sei. É só que... nossas transas eram ótimas, não eram? Não quero que você perca isso, não por minha causa.

O que exatamente você quer dizer?

Quero dizer... Você poderia, sabe, sair com outra pessoa... Se quisesse.

(É claro que por *sair* eu queria dizer *fazer sexo*, mas dizer isso era impossível.)

Mas agora?

Claro, por que não? Eu não me importaria. Se isso ajudasse. Só se você quisesse.

Eu estava dizendo tudo da maneira errada. Archie começou a ficar com uma expressão não muito agradável no rosto. O simples fato de dizer aquilo estava errado. Mas eu não conseguia parar de falar, porque tinha que lhe informar o que eu sabia agora, e o que nem mesmo ele sabia, por mais de perto que observasse minha vida terminar: que você precisava abraçar a vida e segurá-la com o máximo de força possível, toda ela, antes que ela escorregasse de nós como o punhado de areia que era.

Então, o que acha de Charlotte?

(Coisa errada de se dizer.)

Você só está tentando controlar tudo de novo!

Confuso, ofendido, zangado, tudo. Ele também devia se sentir culpado por seus pequenos flertes, que ele provavelmente achava que ainda me incomodavam. Mais uma vez, foi embora do quarto.

Mas a conquiste, Archie, disse eu, às suas costas. Apodere-se dela. Mr. Lambert entendeu, mesmo sendo tarde demais para ele. *Carpe diem*, anunciei, enquanto ele se afastava, embora eu duvidasse de que ele tivesse me ouvido.

Então, a conversa que tentei ter sobre a importância do sexo, suas necessidades íntimas e outras mulheres, e talvez mesmo sobre Charlotte (eu tinha certeza de que eles gostavam um do outro), nunca aconteceu, mas não desisti. Eu compreendia Archie, e sabia que em algum momento ele ia querer outra mulher, e também que ia querer que eu abençoasse a relação, mesmo que estivesse morta. Quem quer que fosse aquela mulher, e quando o momento chegasse, eu ainda poderia terminar a conversa que não tínhamos conseguido ter. Na verdade, dessa maneira ele poderia escutar, mas eu não estaria lhe dizendo uma única palavra.

A outra conversa que nunca tivemos foi uma que passara pela minha cabeça vezes intermináveis desde que eu voltara de Amethyst. Você quis a mim, Archie, porque sabia que eu podia ter filhos? Essa é a verdadeira razão por sua relação não ter dado certo com Pearl? Foi por isso que você terminou com ela?

Eu não podia me obrigar a pronunciar as palavras. Não queria saber. Não sabia nem mesmo se isso era importante ou não. E eu sabia como essa conversa teria sido difícil para Archie. Ele já tinha que lidar com muita coisa.

Então, a última lista que escrevi foi simples, caprichada, clara. Começava com itens como frutas secas, açúcar-mascavo, conhaque e condimentos. Terminava com glacê simples, branco. E uma flor de verdade por cima. *Frangipani*, ou gardênia, dependendo da época do ano. Talvez um raminho de laranjeira. Pela primeira vez, escrevi a receita do meu bolo de casamento, o que eu fizera para o nosso casamento e para vários outros ao longo dos anos. A receita que eu recitara mais do que propriamente preparara, mas que era sempre perfeita, saborosa, úmida, e capaz de durar anos nas condições ideais. Eu a imprimi, coloquei num envelope, escrevi o nome dele, selei com um beijo e coloquei na caixinha que estava esperando por alguma coisa minha para Archie.

Para minha mãe, eu não tinha nada de especial para deixar. No entanto, lhe deixaria tudo. Ela estaria com minhas filhas enquanto elas se tornassem mulheres. E não poderia existir um presente melhor do que esse. Na ponta da minha mesa de trabalho, que estava agora arrumada e só continha os papéis mais necessários — a versão final do livro, minhas pastas de receitas médicas, horários, relatórios e contas —, eu tinha colocado os dois álbuns de fotos documentando os anos das vidas de Estelle e Daisy, ambos com páginas sobrando. Jean podia continuar acrescentando coisas. Por cima dos álbuns, coloquei a caixinha para Archie.

Mãe, disse eu quando voltei para a cozinha, quando eu tiver partido gostaria que você arrumasse o meu escritório, se não se importar. Eu já fiz a maior parte, mas talvez você encontre coisas que me passaram despercebidas.

É claro que sim, disse ela, me estendendo a mão e mantendo o rosto focalizado em sua taça de vinho.

Cara Délia,
você talvez tenha se esquecido, mas ia me passar os detalhes daquele
bolo. Preciso saber principalmente quanto conhaque devo usar. O
casamento é em breve.
Obrigada,
Mãe da Noiva.

SESSENTA

Os preparativos para a morte em si devem ser simples. A maioria das pessoas deseja morrer tranquilamente em casa. É tentador romantizar o momento da morte e introduzir um pouco de música clássica junto com chás herbais exóticos e citações de versos de poetas vitorianos. Mas a pessoa que está morrendo talvez queira ficar deitada no quintal bebendo gim Pimm e escutando Mrs. Mills. Ou talvez prefira partir acompanhada pelas frases da banda Herp Albert's Tijuana Brass. Sua última refeição pode ser sopa de tomate entalada, ou picolé de limão. Não importa.

> "O penúltimo momento"
> *Mil e uma dicas para morrer (em breve)*

Daisy estava sentada no banco da cerca de frente certa tarde de sábado esperando por uma amiga, e eu estava na área de serviço dobrando toalhas quando a ouvi gritando para que eu fosse logo lá. Eu a ignorei. Ela chamou repetidas vezes, para que eu fosse rápido. Fui devagar.

Quantas vezes eu já disse a você? Isso é grosseiro. Se você quer que eu venha, vá me chamar...

Mas, mamãe, olhe! Olhe para isso. Do banco da cerca ela tinha uma vista do gramado da frente de Mr. Lambert. Tem alguma coisa escrita ali, disse ela. Escrita com flores verde-escuras, ou alguma coisa assim.

Ela estava certa. Alguma coisa estava escrita bem no gramado dele. Meu segredo por fim florescera.

São trevos, afirmei. O que está escrito? Agora ela estava de pé no banco, balançando, forçando a visão.

Tome cuidado. Eu segurei suas pernas para que ela não se desequilibrasse. O que você acha que está escrito?

Ela virou a cabeça para poder ver melhor. É só uma palavra. Eterna-idade, acho. Não faz sentido.

Vamos lá, você consegue ler melhor que isso.

Mas parece manuscrito!

Leia de novo.

E então ela leu. Eternidade, disse ela. *Eternidade*.

E ali estava, em imensas letras verde-escuras fluidas, a palavra tão clara que era possível lê-la do alto do céu se você quisesse, a palavra perfeita de Arthur Stace.

Bem quando eu achava que tinha terminado o livro, Nancy ligou. Tinha tido a ideia de que ele devia conter um capítulo sobre a vida após a morte, e já tinha marcado algumas entrevistas.

Tenho um padre e uma monja budista, disse ela.

Não sei se isso é relevante, Nancy.

E um clérigo muçulmano.

Tentador, disse eu. Mas é um manual para morrer, e não para a morte.

Qual a diferença?

Eu tinha que pensar nisso com cuidado. Para mim a distinção era clara e sempre tinha sido, e eu supunha que Nancy compreendia isso. Achava a ideia de uma vida após a morte pouco prática e, tendo tratado de assuntos práticos no livro, eu sentia que aquele ficaria deslocado. Mas era algo mais do que isso, algo que eu só sabia parcialmente até a pergunta de Nancy me forçar a articulá-la.

A morte é uma condição, mas morrer é um ato, disse eu. É um substantivo *versus* um verbo. A morte vem mais tarde. Não estarei aqui para isso. E espero que você se dê conta de que não é só um problema de gramática. Posso escrever sobre morrer porque sei o que é, estou fazendo isso.

Então qual vai ser o capítulo final?

Ainda não tenho certeza, respondi. Outra pessoa talvez tenha que escrevê-lo.

Varrendo o arquivo eletrônico final para ver se podia incluir aquilo, descobri que tudo estava bem adiantado. A maioria dos capítulos estava lá, e somente uns poucos precisavam de uma revisão final. Não havia índice e não havia lista de fontes ou referências. Se eu não o terminasse, Nancy sempre poderia ajeitá-lo. Talvez ela conseguisse entrevistar seus padres e monjas. Se antigamente eu teria ficado envergonhada por não completar um trabalho, agora já não estava tão meticulosa. Além disso, tinha concordado que entregaria o manuscrito na primavera, e a primavera ainda não tinha acabado. Terminei o sumário e cliquei no atalho da impressora para imprimir uma cópia final do original e deixá-lo em sua pasta, sobre a mesa. Enquanto imprimia, selecionei minhas notas e coloquei na cesta de lixo reciclável todos os rascunhos e papéis que não eram mais necessários. Topei com um desenho de Daisy, de uma galinha empoleirada no alto de uma lápide, entre todas as coisas. Por pura diversão, escrevi *Mil e uma dicas para morrer* em letras pretas no alto da folha, *Délia Bennet* embaixo, e coloquei-o por cima do manuscrito. Nancy gostaria da piada, se eu não tivesse chance de entregá-lo pessoalmente.

Então deixei uma música tocando enquanto descansava. O volume estava bem alto, por isso levei algum tempo até notar que alguém batia à porta da frente. A tarde chegava ao seu fim, Archie ainda estava no parque com as meninas. As batidas vieram novamente, parecendo impacientes ou urgentes. Fui até a porta da frente, o que parecia uma viagem tão longa naqueles dias, diminuindo o volume de Elvis no caminho e me perguntando quanto tempo fazia que a pessoa estava ali.

Quando abri a porta, ela estava com o punho levantado, prestes a bater novamente. Atrás dela a luz do fim da tarde deixava seu rosto coberto por sombras. Alta, magra, cabelo castanho-escuro e comprido com reflexos em bronze que talvez fossem naturais. Difícil de dizer, sabendo a moda das garotas daqueles dias. Aparentava ter cerca de vinte anos. Eu nunca a tinha visto antes. Ela nem sorria nem estava séria. Usava um jeans escuro e uma jaqueta preta de couro, com uma bolsa grande por cima de um dos ombros. Não parecia uma vendedora nem uma Testemunha de Jeová. Sua boca estava mole, se contorcendo de leve, como se ela estivesse prestes a chorar ou rir.

Você é Délia?

Notei, atrás dela, que Mr. Lambert verificava sua caixa de correio. Ele se virou e olhou fixamente para o jardim, como se o estivesse vendo pela primeira vez. Então olhou diretamente para mim, e eu olhei para ele. Era a primeira vez que nossos olhares se encontravam depois de anos.

Délia?, perguntou ela novamente, mais alto, como se eu fosse ligeiramente surda.

Voltei a fitá-la nos olhos.

Sim.

Ouvi dizer que você estava procurando por mim. A vovó me contou.

Vovó?

Sim, você perguntou por mim. E aqui estou eu.

Por uns poucos momentos eu não fiz a menor ideia do que ela queria dizer, e então me lembrei de Margaret e das galinhas, e de como achara que ela estava escondendo alguma coisa de mim. Mas como eu poderia saber que era ela?

Quem é você?

Você sabe, disse ela, você me conhece.

Como é que eu a conheço? Isso era difícil demais. Sou eu. Amber.

Amber? Minha voz me traía, com grande incerteza. Ouvi-a se rompendo ao final daquele nome. Para além dela, para além da varanda, da cerca da frente, o dia parecia um dia comum. A gata do outro lado da rua andando com passinhos miúdos pela entrada da frente da casa. Um carro prateado passando, seguido por um azul. Mr. Lambert ainda na caixa de correio, fitando o gramado e coçando a cabeça. Estava quente, apesar de já ser tarde, e no entanto havia também um sopro de ar gelado sugerindo que a noite seria fria. Outubro era assim: mudava rapidamente, oferecendo uma amostra de cada estação num único dia.

Foi em outubro que Sonny morreu. Quando ela recebeu seu coração.

Amber Morgan? Como posso saber que é você?

Devagar, ainda olhando para mim, ela abriu o zíper da jaqueta e, segurando os dois lados da camiseta, abriu-a para revelar uma cicatriz longa e grossa no meio do peito.

Agradeço tanto a você, disse ela. Tenho agradecido a vida inteira.

O último para o coração tomar-te.

Ela estendeu a mão para segurar a minha e a colocou em seu peito, exatamente sobre o lugar onde eu podia ouvir o coração do meu filho batendo com a regularidade de um relógio.

Não seria possível ler sobre isso. A vida tem histórias mais loucas do que qualquer ficção. Ela entrou comigo em casa depois de uma eternidade de abraços e choro, bem na varanda da frente. Mr. Lambert nos observava de modo benigno. Possivelmente estava até sorrindo.

E quando achei que não podia ter mais surpresas, ela me pegou de novo. Fomos nos sentar em meu tranquilo quarto verde e, quando fui desligar a música, ela me deteve.

Adoro essa música, disse ela. Deixe, por favor.

Você gosta de Elvis?

Ah, sim. Sempre gostei, desde os seis anos de idade. Isto é, depois que eu melhorei.

Tive que rir. É claro que sim, está no seu coração. Fiz uma pausa por um momento, me lembrando. Colocamos essa música para tocar durante a operação, disse eu:

Então deixei Elvis cantando "Always On My Mind" e nos sentamos juntas enquanto ela me disse como foi perseguida pela mídia, sempre faminta por histórias médicas sensacionalistas envolvendo crianças. Sua mãe a protegeu mudando-se de uma casa para outra em Amethyst, e finalmente permanecendo, quando concluiu que era um lar tranquilo o bastante, na casa na Nile Crescent com o vasto quintal. Sua avó foi morar com elas, e colocou ali suas galinhas. Lá elas viveram em paz quando as pessoas se esqueceram da menininha que recebera um novo coração poucos dias depois que um menino local morreu num dos raros acidentes de trânsito das redondezas. Eu *havia mesmo* sentido que alguma coisa naquele lugar se conectava comigo, embora não fosse familiar.

E então os Morgan se mudaram da cidade, os pais se divorciaram e Amber se mudou para o sul com a mãe, onde fazia faculdade.

Antes de você visitá-la aquele dia, a vovó já tinha ouvido dizer que estava procurando por mim.

Não era segredo, comentei. Andei perguntando. Mas por que ela mentiu para mim?

Ela também ouviu dizer que você estava trabalhando num livro. Que era escritora.

Agora eu compreendia. Aquilo devia significar o pior: uma mãe enlutada, uma mãe ressentida, e agora tinha a oportunidade de transformar toda a dor num livro. Ela não ia deixar que explorassem a vida de sua neta.

Depois que ela me contou, pensei em procurar por você, disse ela.

Não apenas o website de Nancy exibia todos os títulos da série de manuais para o lar, como também anunciava *Mil e uma dicas para morrer* como um título a ser lançado no verão (Nancy também era otimista), e entre as qualidades do livro estava o fato de estar sendo escrito por alguém que tinha experiência pessoal do assunto.

Mas morrer. Isso fez Amber pensar. Qual poderia ser o último desejo dessa mulher que estava morrendo?

Telefonei algumas vezes mas desliguei, disse ela. Simplesmente não sabia o que dizer. Pensei nisso por muito tempo, depois resolvi simplesmente vir até aqui.

Eu estava errada. A estação não era tão cruel, afinal. Pouco antes do fim, ali estava um presente para me trazer conforto. Mas então, eu entendi: meu desejo tinha sido satisfeito, e eu sabia o que vinha a seguir.

Quando por fim colocamos em dia os últimos catorze anos, Jean chegou. Ela agora fazia suas rondas todos os dias. Mais uma vez ela me surpreendeu irrompendo em lágrimas.

Você também estava lá?, perguntou Amber.

Jean fez que sim. Lembro-me de que colocamos as canções preferidas dele para tocar, disse ela, fungando. E não chorei naquele momento, não chorei nenhuma vez, até agora. Desculpe-me, querida, disse ela para mim.

Eu só assenti.

Mas olhe para você. Amber. Você é tão, tão...

Amber sorriu. Ela era bem alta, quase um metro e oitenta.

Grande?, perguntou ela. Saudável? Com um coração forte?

Com um coração forte, repeti. Isso mesmo. Essa é a expressão certa.

O QUE EU NÃO entendo, disse Archie, é por que sua família estava tão protetora.

Foi mais tarde naquela noite, depois de um jantar com o canelone de ricota de Jean, e canja de galinha para mim. Estelle e Daisy tinham aceitado a ideia de ter uma meia-irmã — pois era isso que ela era, de certa forma — com equanimidade típica. O que significa dizer que o que era importante para mim e para Archie era trivial e quase tedioso para elas. Eu tinha terminado de ler para Daisy e voltara à sala de estar, onde Archie tinha diminuído a luz e aberto uma garrafa de *shiraz*. Eu mesma também não entendia, disse Amber, não até crescer. Só tinha seis anos na época. Mas tem alguma coisa a ver com memória celular. Quando compreendi que tinha o coração de um menino dois anos mais velho do que eu, fiquei a princípio assustada. Achei que fosse grande demais para o meu peito. E depois que me recuperei, minha mãe notou mudanças em mim. Eu me recusava a beber leite, na verdade detestava laticínios; eles me deixavam enjoada.

Sonny era alérgico a laticínios, comentei.

Sim, foi o que a mamãe deduziu, ou pensou algo parecido. E, antes, minha cor preferida era rosa. Quando fiquei doente, mandei enfeitar meu quarto inteiro de rosa. Rosa-choque. Depois do transplante, eu não aguentava mais aquilo, reclamei tanto que a mamãe teve que redecorar.

Deixe-me adivinhar, disse eu. Vermelho e azul? Azul-royal.

Exato. Também comecei a gostar de música mais adulta, e detestava todas as coisas de criança com as quais estava acostumada. Lembro-me de ouvir Elvis cantando "Burning Love" no rádio um dia e simplesmente começar a cantar junto. De algum modo eu sabia a letra.

Uma das favoritas dele.

E então, conforme fui crescendo, me tornei bem esportista, aventurei-ra. Menos feminina. Não queria usar vestidos, enquanto que antes era toda babados e rendas. Eu era a dondoquinha, como mandava o figurino. Mas depois, só queria me vestir deste jeito. Este agora é o meu eu de verdade: de jeans e tudo mais. Só me sinto confortável vestida deste jeito.

Mamãe tinha lido sobre outros casos, nos Estados Unidos. Uma mulher fora a um programa de entrevistas e explicara como recebera o coração de um homem adulto, e depois do transplante começara a adorar comida api-mentada, pouco saudável, e admirar louras. Achou que estava se tornando lésbica. Então conheceu a família do doador e descobriu que ele tinha mor-rido num acidente de carro, e que sua última refeição tinha sido no Taco Bell. Ele adorava comida mexicana, hambúrgueres, salsichas apimentadas, esse tipo de coisa. E todas as suas namoradas tinham sido louras. Houve um bocado de controvérsia. Ela se tornou uma celebridade, depois entrou em depressão, com impulsos suicidas. Era como se estivesse vivendo com duas personalidades. Quando a mamãe viu todas as mudanças em mim, ficou determinada a nunca me deixar sofrer como aquela mulher.

Memória celular, disse Archie. O que é isso?

Aparentemente células individuais têm lembranças, e é por isso que imu-nizações funcionam. É complicado demais para mim, e de todo modo não tinha ideia do que se tratava quando era mais nova. Mas a mamãe sabe como fiquei diferente. Meu médico ridicularizou a questão, mas tenho lido a respeito desde então. Dizem que nossas emoções e nossas personalidades ficam guardadas em lugares do corpo. O coração manda no cérebro tanto quanto o cérebro manda no coração.

Segurei a mão dela e me virei para Archie. É engraçado, sabe...

O quê?

Nancy ligou hoje mais cedo, queria que eu escrevesse um capítulo sobre a vida após a morte, mas em vez de vermos num livro, isso está aqui. A vida após a morte está conosco, agora.

Cara Mãe da Noiva,
use uma garrafa inteira de conhaque. Uma de uísque também. E muitos ovos. Não vai dar errado. Vai ficar perfeito, eu sei.

SESSENTA E UM

Entre todos os tabus que circundam o ato de morrer, aqueles relativos às necessidades íntimas da pessoa que está morrendo são os piores. A morte não significa que o desejo pelo sexo evapora. Na verdade, há provas bem-documentadas de que pessoas à beira da morte mostram um interesse renovado pelo sexo. É como se a inevitabilidade da mortalidade acendesse a urgência contrária em viver. A morte é sabidamente erótica. Recomenda-se às pessoas que estão morrendo e seus parceiros entregarem-se a isso. Lembrem-se de que o momento do clímax não é chamado de *pequena morte* por acaso.

"O sexo e a pessoa à beira da morte"
Mil e uma dicas para morrer (em breve)

Então, foi simples assim: acordei certa manhã e soube que uma época tinha ficado para trás e outra tinha chegado. Era hora de esquecer a cozinha, esquecer por completo as artes domésticas. Em vez disso, era hora de me preparar.

Disse a Nancy que estava bastante bem e trabalhando, mas naquela manhã também admiti para mim mesma que tinha feito o máximo de que era capaz. Não veria o livro ficar pronto.

Essa foi a manhã de outubro em que acordei e senti a crueldade, então decidi optar pela alegria. A manhã em que me abaixei para colher pétalas molhadas de glicínia malva e segurei-as na palma da mão antes que o vento súbito as soprasse para longe. A manhã que eu imaginava ser uma das últimas oportunidades para apreciar a beleza, o cheiro fresco e limpo depois da chuva, o calor úmido subindo dos tijolos sob os meus pés descalços enquanto o dia florescia. A manhã em que desci mais cedo do que o habitual para as galinhas, chamando cada uma delas pelo nome — Jane, Elizabeth, Mary, Kitty e Lydia —, todas elas filhas de Mrs. Bennet, desde a mais meticulosa até a mais tola. A manhã em que me dei conta de que, se o tempo estava acabando, era hora de abandonar algumas coisas e aproveitar outras.

Por um momento, eu me esquecera de meu outro presente final. Quando as palavras começaram a diminuir, passei a ouvir com mais acuidade. Esperava que minha voz fosse a primeira a partir, mas não me dera conta da clareza com que passaria a ouvir. Conversas ao meu redor se tornavam musicais. Os ruídos domésticos eram um coral cantando baixinho. A porta do forno que ainda rangia depois de cinco anos, o baque metálico da porta de tela dos fundos, o ruído surdo dos pés nas tábuas do piso, o tagarelar metálico dos desenhos na televisão — todos os sons que tinham acompanhado minha vida se tornavam harmoniosos. Do lado de fora, o chalreio metálico dos periquitos nos eucaliptos em flor parecia mais suave. Lá dentro, o bate-boca das meninas era sutil, lírico. Atravessando esse coral estava a melodia. A canção.

Por último, bem como no início, tudo se resumia à trilha sonora. Mas foi a coisa mais inesperada, quando chegou. Não foram as canções que eu imaginava. Não foi a música dos anjos me anunciando no além. Não foi algum excitante coral sobre carruagens, cantando baixo, ou meu corpo cansado sendo carregado ao seu sono definitivo. Não foi a música que eu teria escolhido para mim mesma, como o Cânon de Pachelbel. Ou alguma coisa de Bach, no tom de ré menor. Em momentos de maior reflexão, eu tinha imaginado alguma canção poética de Leonard Cohen, cheia de charme silencioso e desejo complexo, "Anthem" ou "Hallelujah" como trilha sonora da minha morte. Como o último livro que pensei que teria nas mãos, isso foi igualmente inesperado. Nada de Faure, de Dylan. Nada de Patsy enlouquecendo, Aretha com sua voz gutural, Hank confidenciando seu fim cansado e solitário.

Conforme a morte se aproxima, a audição é o último dos sentidos a parar de funcionar.

Embora houvesse música tocando em algum lugar ao fundo — eu ouvia acordes delicados de algo simples e tranquilizante, os cantores irlandeses favoritos de Archie, acredito —, o que eu conseguia ouvir com mais clareza, conforme a noite se aproximava, bem do lado de fora da minha janela aberta, vindo na verdade do jardim da frente de Mr. Lambert, era um plácido toque-

toque-toque. O chamado inconfundível das rãs. Os girinos de Daisy agora eram adultos. A brisa da noite soprava por ali como uma asa. Toque-toque. O som era um milagre absoluto.

Então Estelle entrou correndo no meu quarto. Você está escutando as rãs?

Eu apenas fiz que sim e ela correu para contar a Daisy. Compreendi os estranhos alinhamentos, os padrões que não faziam sentido até o fim. Eu estava esperando para escutar as rãs, ou talvez elas estivessem esperando por mim. Um instante mais tarde, Archie entrou segurando alguma coisa. Colocou na minha mão, ainda quente, uma pequenina pena grudada.

Achei que poderia cozinhar para o seu jantar, disse ele.

Estou sem fome, sussurrei. E eu sorri. Pois, embora eu tivesse suposto que no fim estaria segurando um livro, o plano não se confirmara. Eu estava, em vez disso, segurando um fresco e cremoso ovo branco.

DALI EM DIANTE, descansei com uma serenidade que nunca tinha experimentado antes. Agora estava deitada no quarto verde enquanto o meu lar marulhava suavemente ao meu redor, e eu me rendia aos pensamentos. Notei coisas pela primeira vez enquanto me encontrava deitada ali: por exemplo, como durante todos aqueles anos Daisy era quem cantava e tocava, mas Estelle só escutava sua música. Como as cabeças de Archie, Estelle e Daisy enquanto eles se moviam de um lado a outro, ao meu redor. As entradas de calvície de Archie, que ele negava existirem. Quando ele se curvou sobre mim para me abraçar, tive uma vista perfeita. (Não disse a ele Veja, Archie, seu cabelo *está* ficando meio ralo aqui em cima, embora você negue.) Vi a cabeça castanha e brilhante de Estelle (que em breve seria uma declaração pontuda e multicolorida, indicando sua identidade cultural/musical/emocional). E o cabelo repartido certinho de Daisy, dividido em duas tranças bem-feitas. Aquelas entradinhas, aquele brilho, aquele penteado: eu agora os venerava. O alto das cabeças das meninas se tornou particularmente suave, embora eu estivesse concentrada em coisas demais para poder me ater à possibilidade de talvez não ter passado tempo bastante — apesar de toda minha devoção como mãe — contemplando e admirando seus corpos perfeitos e inviolados. Coisas como suas nucas, a fonte de seu cheiro único, inspirando ondas de alegria numa mãe.

Lembrava-me de seus pés, a perfeição milagrosa no nascimento, até a última e minúscula unha do pé, cada dobra macia, o formato de cada calcanhar de bebê, pequenino e macio como um único botão de rosa dentro da palma de minha mão enorme. Eu venerava aqueles pés, depois do nascimento de cada bebê e durante meses e anos depois. Ajoelhava-me no chão ao lado de suas caminhas à noite, beijando os dedos pequeninos que tinham passado por entre as grades, idolatrando o milagre da primeira infância, o dom da perfeição que era a criança adormecida, e sentindo, enquanto beijava aquelas solas delicadas como um mistério palpável, algo para ser apanhado e segurado e sentido, mesmo que apenas por uns poucos momentos, e só na calada da noite.

Mas eu me perguntava: será que me maravilhara por tempo suficiente diante de suas mãos de estrela-do-mar? Firmes e no entanto macias, e sempre, mas sempre quentes? Será que apreciara por tempo bastante a sensação da mão flácida que a minha podia segurar mas jamais conter? Não estava tão certa. Talvez eu tivesse afastado de mim suas mãos mais cedo do que deveria, as mandara lavá-las vezes demais, as banira de agarrar meus seios ou enroscar meu cabelo, em vez de aceitá-las, imundas, pegajosas e coceguentas como elas talvez fossem. Agora, essas mesmas mãos, maiores e mais hábeis, se aproximavam de mim, segurando flores do jardim, trazendo copos d'água, pedaços de torrada. As mãos de Daisy se alvoroçavam em torno do meu pescoço e afagavam meu braço. As de Estelle apertando a colcha verde. Ela estava controlando suas emoções, pois sentia, como irmã mais velha, a responsabilidade de não perder o controle, de não deixar Daisy ver que tudo, por mais antecipado, discutido e planejado que tivesse sido, agora vinha abaixo e se transformava em desordem, dava errado.

Agora que eu podia ver quão vulneráveis as entradas de calvície de Archie eram; me fixei nos lóbulos das suas orelhas, que eu adorava beijar e mordiscar. Eu as beijara vezes suficientes? Dissera a ele vezes suficientes quanto adorava fazer isso? E quanto ao seu glorioso pau, suas dobras acetinadas quando em repouso, aquela ponta suave que continuava feito seda apesar de anos e anos de fricção? Que milagre, que glória. Que prazer simples lambê-lo devagar repetidas vezes, sentir o gosto excitante de seu porvir salgado. Eu estava cansada demais para dizer isso a ele, então esperava que soubesse quanto adorava acordar e senti-lo duro de encontro à minha bunda, mesmo que a sensação nunca levasse ao ato em si, mesmo que tivéssemos que pular de nossa cama com o som de um despertador ou um bebê ou as centenas de outros motivos que obrigam pais que trabalham a levantar, manhã após manhã, depois de nunca terem dormido o suficiente, em vez de poder se virar um para o outro e dar as boas-vindas ao dia com um sexo vagaroso e sonolento. Eu esperava que ele soubesse que eu faria isso, se pudesse.

E, ainda assim, como era ridículo lamentar isso quando fazia tanto tempo que eu não me importava com sexo. Como era irônico, e que piada perfeita — com certeza devia haver um deus, afinal de contas, aquela ironia não podia ser acidental — pensar em sexo em seus últimos momentos quando se está quase do outro lado da porta, quando mal se está presente, quando seu corpo está deitado inerte e inútil, mas sua alma está alerta e quase viva. Mas a morte era assim, eu agora entendia: surpreendia você com os arrependimentos e os desejos, enquanto *tua alma de bom grado transpira por cada poro* a fim de escapar, de ascender.

Eu os via, um pouco mais distantes agora, e no entanto com muito mais nitidez, como se eu tivesse estranhas lentes novas reduzindo tudo ao meu redor a um agradável borrão esverdeado e ainda assim tornando-os, aquele círculo que era minha família ao redor da minha cama, mais nítido, mais claro. Até vislumbrei Sonny ali, um vulto mais suave se aninhando sob o braço de Archie — ou seria isso apenas o efeito daquelas estranhas lentes novas? —, não com oito anos, como estava quando o vi pela última vez, mas também não com vinte e dois, como estaria agora. Apenas uma espécie de Sonny essencial, uma aparição de quem ele era quando foi morto e de tudo o que poderia ter se tornado. E de pé atrás deles, alta e séria, uma imagem de Amber, com aquele coração batendo tão forte que eu podia ver cada pulsar com tanta clareza que seu peito parecia feito de vidro.

Quanto eu os amo, e, no entanto, quanto desejo estar livre. Como posso adorar cada partícula deles e ainda assim, pela primeira vez, querer ir embora sem uma única pontada de culpa ou sofrimento. Isso também é uma surpresa. Eu imaginava que morrer seria semelhante a deixar as crianças no portão da escola no primeiro dia de aula, sabendo que tem que ir embora, que quer ir embora. Mas cada músculo grita tanto quanto elas para que você fique, cada célula faz com que estaque ali. Mas não, agora que sinto isso pela primeira e pela última vez na vida, descubro que não é assim, de jeito nenhum. Estou calma. Não sinto dor. Observo-os ir e vir, e meu coração não poderia estar mais pleno deles, mas agora experimento a liberdade total. Minha família. Parece ser um fim, mas nunca um adeus. Pareço estar deixando-os por alguma coisa muito melhor, embora eu não pudesse tê-los amado mais. Embora eu os deseje, posso deixá-los ir. Que esplêndida ambiguidade poética. Desconfiei disso antes, mas agora tenho certeza. A morte é um momento poético.

Cara Mãe da Noiva,
uma última dica, especialmente para você. Adicione umas duas colheres de sobremesa de Angostura na massa. É o único ingrediente secreto que guardei durante anos. Não vou mais precisar dele.

EDITORA RESPONSÁVEL
Izabel Aleixo

PRODUÇÃO EDITORIAL
Daniele Cajueiro
Phellipe Marcel

REVISÃO DE TRADUÇÃO
Frida Landsberg

REVISÃO
Claudia Ajuz
Ricardo Freitas

PROJETO GRÁFICO
Leandro B. Liporage

DIAGRAMAÇÃO
Trio Studio

Este livro foi impresso no Rio de Janeiro, em maio de 2009,
pela Ediouro Gráfica, para a Editora Nova Fronteira.
A fonte usada no miolo é Electra LH, corpo 11,7/15.
O papel do miolo é pólen soft 70g/m², e o da capa é cartão 250g/m².

Visite nosso site: www.novafronteira.com.br